纳博科夫小说叙事研究

邱畅 著

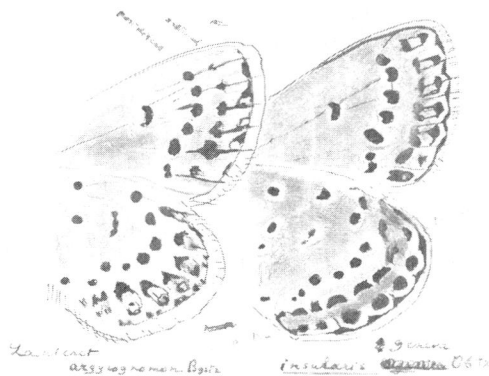

北方联合出版传媒（集团）股份有限公司
春风文艺出版社
·沈阳·

图书在版编目（CIP）数据

纳博科夫小说叙事研究 / 邱畅著 . —沈阳：春风
文艺出版社，2023.1（2023.8重印）
ISBN 978 - 7 - 5313 - 6257 - 9

Ⅰ . ①纳… Ⅱ. ①邱… Ⅲ . ①纳博科夫（Nabokov,
Vladimir 1899-1977）— 小说研究 Ⅳ. ①I712.074

中国版本图书馆CIP数据核字（2022）第079621号

北方联合出版传媒（集团）股份有限公司
春风文艺出版社出版发行
沈阳市和平区十一纬路25号　邮编：110003
永清县晔盛亚胶印有限公司印刷

责任编辑：姚宏越		助理编辑：周珊伊	
责任校对：张华伟		封面设计：黄　宇	
印制统筹：刘　成		幅面尺寸：170mm × 240mm	
字　　数：248千字		印　　张：13	
版　　次：2023年1月第1版		印　　次：2023年8月第2次	
书　　号：ISBN 978-7-5313-6257-9		定　　价：60.00元	

目录

绪　论

　　弗拉基米尔·纳博科夫（1899—1977）是享誉世界的俄裔美籍双语作家，也是20世纪最重要的后现代主义作家之一。由于纳博科夫本人具有独特的双语背景，他对俄语文学和英语文学的发展均做出了令世人瞩目的贡献，乃至为世界文学的发展也增添了浓墨重彩的一笔。自20世纪60年代以来，对纳博科夫的研究一直是评论界关注的焦点，纳博科夫的许多文学理念、创作技巧和写作风格都是文学评论和学术研究的热点。评论界对纳博科夫小说的评价一直存在较大分歧，有些评论家给予相当高的评价，有些评论家则嗤之以鼻。苏联文学批评家米哈伊诺夫斯基曾经在享有盛誉的《简明文学百科全书》一书中毫不留情地批判纳博科夫的小说，"对人像跟蝴蝶一样奇怪的冷漠"，完全游离于俄罗斯现实主义传统的道德问题之外，只专注于"复杂、机智而无用的艺术……像在制作棋谜"[①]。虽然纳博科夫的小说曾经遭到评论界的质疑和读者的冷落，但是他并没有因此而对自己的创作风格失去信心。在尖锐的批判声中，他始终坚守自己独特的创作风格，并且在坚守的过程中使自己的创作风格日臻成熟，最终成功跻身美国后现代主义作家的行列。艺术需要超拔于凡俗的世界，既不关乎扶弱济困，也不关乎谴责堕落与惩罚罪恶，只关乎探索隐藏于灵魂深处的最隐秘的东西，并最终直达"彼岸世界"，这正是纳博科夫的内心感受的真实写照。

　　纳博科夫是一位多产作家，他一生中为世人创作了大量优秀的作品。纳博科夫并不单纯是一位小说家，准确地说，是一位文学家。他进行创作的文学体

---

　　① 李小均. 纳博科夫研究——那双眼睛，那个微笑 [D]. 上海：复旦大学，2005年博士论文：3.

裁非常广泛，涉及小说、散文、诗歌以及文学评论，其中尤以小说和诗歌的成就最为突出。纳博科夫一生中先后创作十七部长篇小说、五篇短篇小说、四百多首诗歌、九部剧作以及一些文学评论和讲稿，评论和讲稿均收录于鲍尔斯编辑出版的《文学讲稿》之中。纳博科夫在从事文学创作的同时，还笔耕不辍地完成大量翻译工作。他曾经将莎士比亚、歌德、缪塞、刘易斯等文学大师的作品翻译成俄语，也曾经将勃洛克、普希金等文学大师的作品翻译成英语。

纳博科夫的作品曾经在苏联遭到冷遇，甚至在相当长的一段时间内被列为禁书。1989年以前，纳博科夫的所有作品禁止在苏联出版。1989年，苏联政府终于颁布对纳博科夫作品的解禁令，此时距离纳博科夫逝世已经长达二十年之久。解禁令颁布之后，纳博科夫的多部小说立刻出现在出版市场上，在相当短的时间内，以多种形式呈现在读者面前。纳博科夫的小说在苏联的出版界掀起前所未有的热潮，后人称这种现象为苏联文学界绝无仅有的"纳博科夫现象"。纳博科夫的小说不仅在苏联掀起前所未有的热潮，在欧美国家也同样掀起热潮。广大读者热情追捧，促使纳博科夫小说的销量一路攀升；同时，评论界也高度关注纳博科夫的小说，对纳博科夫及其小说的研究多角度、大范围地展开，研究范围由纳博科夫的某几部知名小说扩展到所有小说，研究视角也呈现前所未有的多元化。在文学评论和学术研究热潮的推动下，读者对纳博科夫及其小说的关注与日俱增。经过这一时期的繁荣发展，纳博科夫及其小说的相关研究成功跃居全新的高度。

纳博科夫及其小说的研究主要分为两个阶段，两个阶段的划分通常以20世纪70年代为界。70年代以前，评论界关注的焦点是纳博科夫小说的结构和形式，主要从美学和元文学角度对纳博科夫的小说展开研究。从研究视角上看，上述研究存在其自身的局限性。鉴于上述研究主要从纳博科夫小说的结构和形式入手，即使该研究能够深入分析小说文本的特征，也会由于在研究过程中过分侧重小说形式和结构而导致研究内容略显偏狭。事实上，纳博科夫小说的艺术精神和社会学价值也非常值得研究，并且引人深思。直到70年代，这种研究上的局限性才有所改观，此时评论界的研究视角日益开阔，开始关注纳博科夫小说的伦理价值、道德意义以及"彼岸世界"。此外，纳博科夫的个人生活经历也逐渐被纳入评论界的视野，评论界开始关注他的流亡经历以及多元文化的生活环境，重点分析他的个人生活经历与其文学创作之间存在的内在联系。70年代以后，关于纳博科夫及其小说的研究不断深入，评论界的研究范围不再局限于纳博科夫的某几部小说，而是研究其总体写作风格，乃至俄罗斯文学整体。在这一阶段的研究中，纳博科夫的文学创作与俄罗斯文学创作之间的关系尤其吸引评论界的注意力。

纵观西方评论界对纳博科夫及其小说的研究，大多数研究主要从形式批评、伦理研究和形而上批判的角度展开，另有一些研究从纳博科夫跨文化、跨民族的特殊身份入手研究他的小说特色。大致可以归结为以下几个方面：

在形式批评方面，以伊奇·斯佳格纳、朱莉亚·巴德以及安德鲁基尔得为代表人物。形式批评是指研究者从语词、技法、结构的角度深入分析纳博科夫独具特色的创作风格。1972年，美国评论家巴德出版了《水晶之地：纳博科夫英语小说中的技巧》，该书是一本专门研究纳博科夫及其小说的专著，该书的研究视角比较新颖，并没有像以往的形式批评一样局限于研究纳博科夫小说的结构、语言、写作风格及技巧，而是将纳博科夫的小说置于美学环境下重新审视。在理论上，巴德承袭斯佳格纳的美学观点，主张将纳博科夫的小说置于"艺术"的主题下进行研究，从而呈现小说的诸多特征。巴德认为，纳博科夫在小说中所采用的创作技巧归根结底是一种"艺术"意义上的形式主义："映象、孪生、学究的乡愁、揶揄的认真、疯狂与堕落、死亡与永恒，所有这些虽然不能为艺术主题所涵盖，但都涉及这个主题。"[①]巴德进一步指出："由于这个艺术家所描写的'真实的'主体和客体已经是经过选择、形容的，它们经过剪裁，适应了一个虚构的形式，因此即使那些'真实'也是通过镜子或棱镜被看到的，常常要通过镜子放在一定的距离外来观看这位艺术家。在纳博科夫的小说中，不单是用镜子反映自我，而且是用镜子反映创造过程中的自我之镜。"[②]显然，巴德认为纳博科夫小说中的许多人物均存在一定的共性，他们都是艺术家或者从事与艺术相关的事业的人，他们都生活在虚构的世界中，远离现实世界，有些人物甚至与现实世界完全隔绝。纳博科夫不仅细腻地刻画这些人物，而且通过发挥自己的想象力和创造力，为笔下的人物构筑了一个绚丽的艺术空间。

在伦理研究方面，以 L. L. 李、朱利安·W. 康纳利和埃伦·皮弗为代表人物。L. L. 李主要通过将形式与意义相结合的方法，对纳博科夫的小说进行全面而深入的分析和阐述；朱利安·W. 康纳利则主要从自我与他者的角度入手分析纳博科夫早期的俄语小说；埃伦·皮弗主要分析纳博科夫小说的伦理内涵。1976年，L. L. 李发表了一篇题为《弗拉基米尔·纳博科夫》的文章，文中通过形式与意义的有机融合，深入分析纳博科夫的小说所蕴藏的深刻含义。L. L. 李的研究从艺术入手，深入地反映纳博科夫文学创作的全部实质。从表

---

① John O. Stark. *The Literature of Exhaustion* [M]. Durham, N. C: Duke University Press，1974：63.

② John O. Stark. *The Literature of Exhaustion* [M]. Durham, N. C: Duke University Press，1974：64.

面上看，纳博科夫的文学创作以艺术为主旨；从根本上看，纳博科夫的文学创作仍然以生命本体的终极体验为主旨。纳博科夫认为，人的本能和本性以艺术创造的形式存在，并且借助艺术的建构使生命具有存在的方式、秩序和意义。艺术创造使人产生一种必然感，这种必然感是人在时空位移中的客观存在所带来的体验。由此可以判断，纳博科夫认为人的生命与艺术创造具有同质性，鉴于这种同质性的存在，人们将在文学创作中获得一种存在的时间感。人们一旦获取这种时间感，便具有追溯过去、把握现在以及预测未来的能力，从而使人们从时间的束缚中解放出来，摆脱时间对人们的奴役和控制。上述观点的创新之处在于，L. L. 李深刻地发掘了纳博科夫的文学创作与其实质存在的生命之间的必然联系，阐明纳博科夫实质存在的生命本身就是最佳的文学创作，文学创作本身只是纳博科夫生命本身的最佳形式之一，或者可以视之为纳博科夫重塑时间的途径之一。L. L. 李的论述不仅深刻地把握了纳博科夫文学创作的实质，而且透彻地分析了艺术与生命之间的关系。

1980 年，美国评论家埃伦·皮弗出版了《纳博科夫和小说》，从伦理学的角度阐释纳博科夫小说创作的价值。由于当时评论界的主流是从美学角度研究纳博科夫的小说，皮弗的著作一经问世，便完全改变了当时纳博科夫及其小说研究的现状，为纳博科夫小说的研究提供全新的视角。皮弗认为，纳博科夫不单纯是一位文学家，而且是一位哲学家兼艺术家。皮弗的评论一向以精准著称，她认为纳博科夫是一位优秀的文体大师，在文学创作中比较遵循道德律令，以至于纳博科夫小说的内容时常被评论家所忽视。通过分析《洛丽塔》《微暗的火》《绝望》等多部小说，皮弗深刻揭示了纳博科夫小说中的人物所具有的道德伦理和伦理的潜意识。皮弗指出，由于纳博科夫是道德律令规则下的现实个体，纳博科夫的小说中始终蕴藏着对人类本质的追寻，即便在凸显形式主义的小说中也没有放弃对人类本质的追寻。纳博科夫曾在多部小说中塑造形形色色的艺术家形象，比如《洛丽塔》中的亨伯特，《微暗的火》中的金波特，《绝望》中的赫尔曼，以及《阿达》中的范。虽然上述人物形象形色各异，各具特色，但是他们依然具有共性——都试图通过艺术的超越性来控制现实世界。纳博科夫主张自由与民主，但是小说中人物的观点与他的观点相违背。从文学创作的角度而言，纳博科夫在小说中创造的人物的行为与他自身的行为准则毫无关联，因此纳博科夫完全没有必要为小说中人物的行为和道德标准负责。从读者的角度而言，有些读者总是习惯于将纳博科夫小说中的人物与他自身联系甚至等同起来，认为小说中人物的观点正是纳博科夫个人观点的体现，小说中人物的行为也正是纳博科夫行为准则的集中反映。持此种观点的读者不仅完全误解了纳博科夫的道德目的，而且没有真正领悟纳博科夫在小说中所要彰显的伦理内容。

在形而上批判方面，亚历山大罗夫和W. W. 罗是形而上批判的代表人物。1991年，亚历山大罗夫出版《纳博科夫的彼岸世界》，集中阐释纳博科夫所提出的"彼岸世界"的形而上内容，被誉为阐述纳博科夫的"彼岸世界"内容的经典之作。1995年，亚历山大罗夫出版《纳博科夫研究指南》，进一步深入研究了纳博科夫及其小说。在评论界，1995年出版的《纳博科夫研究指南》与此前传记作家博伊德于1990年、1991年相继出版的《纳博科夫：俄罗斯时代》《纳博科夫：美国时代》并称为纳博科夫研究成果中学术价值最高、资料最为翔实的三部学术参考著作，为纳博科夫及其小说的研究提供了全面的、可靠的参考，为此后的研究提供了一种范例式的参照，同时也提供了翔实的资料来源和强有力的理论支撑。

1981年，W. W. 罗发表文章《纳博科夫的幽灵之维》，从哲学、过度抽象的角度分析和探索纳博科夫的小说。W. W. 罗从形而上的角度入手研究纳博科夫小说的语言与细节。W. W. 罗的观点与形而上的观点一脉相承，将纳博科夫小说中的细节延伸至纯精神分析的层面，在纳博科夫小说的字里行间寻找精神分析的象征，并在小说的细节描写中寻找深刻的哲学含义。W. W. 罗指出，纳博科夫经常在小说中构建一个充满幽灵和鬼怪的世界，比如《塞·奈特的真实生活》中的尘土飞扬代表幽灵出场，《光荣》中的流水声则代表鬼魂已经出现。在《阿达》中，纳博科夫特别突出鬼魂在小说架构中的作用。在小说中，去世的阿克娃为了阻止范与阿达的乱伦关系，以灵魂附体的形式在女仆布兰奇身上显灵，利用布兰奇的躯体来诱惑范，企图使范爱上布兰奇而放弃阿达，但布兰奇的诱惑却没有动摇范对阿达的感情。计划失败后，阿克娃不但没有放弃，反而诱惑阿达背叛范，以此来破坏范与阿达的感情，结果她的计划再次失败。事实上，并非范与阿达的感情坚不可摧，而是由于卢塞特的鬼魂一直在撮合范和阿达，促使他们发生乱伦关系。为了达到自己卑劣的目的，卢塞特甚至自己化身阿达与范结合。纳博科夫曾经斥责和批判W. W. 罗对自己小说的极端分析，认为W. W. 罗的精神分析过分强调哲学含义，因此而变得非常极端。尽管W. W. 罗的研究有些极端，但是他的研究另辟蹊径，为纳博科夫及其小说的研究提供了另一种视角。

从纳博科夫的小说最早在中国传播至今已有三十余年的时间，甚至已经伴随着一代中国读者长大成人。在过去三十余年的时间里，纳博科夫的小说在中国的传播和接受也曾经经历了一段相当漫长的历程。在传入中国之初，纳博科夫的小说并未引起中国读者的关注，国内评论界也没有给予足够的重视，甚至对纳博科夫的文学创作提出诸多诟病。20世纪80年代，中国的改革开放刚刚起步，中国民众的思想还没有得到完全的解放，在传统观念的驱动下，中国读者对外来小说中译本的接受度始终不高，对充满异国风情的纳博科夫小说始终具有一种陌生感和疏离感。同时，国内的评论界对纳博科夫小说的接受度也不高，在对作品的认知上存在偏差，普遍认为纳博科夫只是一位不入流的作家，称其小说的道德内容以及写作风格都有待商榷。国内评论界产生这种认知偏差具有多方面的原因，其主要原因在于纳博科夫创作风格的转变。纳博科夫是一位由现代主义过渡到后现代主义的作家，其早期小说均为现代主义小说，在创作的中后期其创作风格才转向后现代主义。在早期创作的小说中，纳博科夫的文学创作还处于发展阶段，尚未成熟，而且纳博科夫的现代主义小说所引起的关注度远不及其后现代主义小说，因此纳博科夫早期的现代主义小说常常沦为被评论界遗忘的角落。在中后期创作的小说中，纳博科夫的文学创作日臻成熟，创作风格也由现代主义逐渐向后现代主义过渡。由于最先在中国翻译和传播的纳博科夫小说主要为后现代主义小说，因此评论界纷纷将目光集中于纳博科夫的后现代主义小说上，几乎忽略其现代主义小说。由于纳博科夫的成长历程和文学创作生涯的不同阶段被完全割裂，因此造成评论界对纳博科夫小说的认知偏差。

随着越来越多的纳博科夫小说被译成中文并出版，中国读者逐渐熟知纳博科夫，纳博科夫及其小说也逐渐在中国引起评论界及读者的广泛关注。第一本被译成中文的纳博科夫小说是《普宁》。1981年，《普宁》的中译本在中国首次出版，此后纳博科夫的多部小说也逐步译成中文在中国出版发行。在纳博科夫小说的中译本在中国发行的几十年时间里，评论界和读者对纳博科夫及其小说产生了前所未有的热情。随着中译本数量的不断增加，不仅纳博科夫在中国所拥有的读者数量大幅度提高，而且评论界对纳博科夫及其小说的关注也达到前所未有的高度，研究成果日益增加，研究范围日益扩大，研究视角日益繁多。尽管如此，国内关于纳博科夫及其小说的翻译和研究仍然无法与国外相媲美。近年来国内相关研究数量大幅度增加，研究水平显著提高，但是仍然存在一些局限性。一方面，系统性、整体性不足。目前，国内大多数研究主要从纳博科夫小说的主题、人物形象、叙事技巧等角度切入，没有把握纳博科夫小说的全部精神实质和思想内涵，缺乏对纳博科夫小说的全面评价和系统认识，尚未形成整体性、系统性的研究；此外，目前对纳博科夫小说的研究主要集中于《洛丽塔》《普宁》《微暗的火》等既比较知名而且较早有完备的中译本的几部小说，而对于尚未为中国读者所熟知的小说则研究不多，单纯从几部小说归纳纳博科夫小说的性质和特征难免失之偏颇。另一方面，创新性不足。目前对纳博科夫及其小说的研究一般采用传统理论进行分析，研究视角与现有研究存在交叉重合，研究方法也存在重复，研究理论、研究视角、研究方法均缺乏创新性。

进入21世纪，国内对纳博科夫及其小说的研究发展得如火如荼。21世纪的第一个五年间，评论界关注的热点主要集中于《洛丽塔》，大量文章以《洛丽塔》为研究对象。从研究内容上看，许多研究打破原有框架，引入后现代主义，形成全新的研究视角；从研究方法上看，许多研究所采用的研究方法呈现多样化，包括社会历史批评、叙事学批评等多种方法。在多种研究方法的引导下，许多有价值的研究成果不断涌现。在21世纪的第二个五年间，评论界关注的热点主要集中于对纳博科夫小说及其文学观点的全方位、多角度的阐释，这一时期的研究比较全面，既有对某部小说的具体研究，也有对纳博科夫不同时期或不同风格小说的系统研究，研究水平较比之前的五年具有显著提高。在这段时期，评论界对《洛丽塔》的关注度依然没有降低。在纳博科夫小说的研究中，有近三分之一的研究将其研究对象确定为《洛丽塔》。值得一提的是，这一时期的研究与前一个五年阶段相比，充分体现出进步之处，这一时期评论界开始将目光转向《微暗的火》《绝望》《黑暗中的笑声》等小说。在21世纪的第三个五年间，国内对纳博科夫的研究已经如火如荼，研究热情越发高涨。在这一时期，由于前两个五年的研究已经为这一时期研究的发展奠定了良好的基础，因此这一时期的研究逐渐进入成熟阶段，研究内容包罗万象，研究视角灵活多变，研究方法种类繁多，开启全方位、多角度地研究纳博科夫小说的新阶段，评论小说所运用的多重叙述视角，阐述小说中不同类型的人物形象，剖析小说中形式多样的叙事技巧，探寻纳博科夫与众不同的生命之旅，总结纳博科夫的文学思想。对纳博科夫后现代小说的研究不仅限于对小说本身文本及技巧的研究，而且重点关注小说文本的后现代主义气息，其中有些研究已经上升到精神世界的高度，使读者在不断探索中更加全面、深刻地认识纳博科夫的小说。由此可见，国内对纳博科夫及其小说的研究经过数十载的发展和成熟，不仅使研究的内容更加丰富，而且使研究的视角进一步拓宽。虽然国内的相关研究起步较晚，但是关于纳博科夫小说各方面研究的发展速度较快，而且一直保持着大规模发展的态势。

如果单纯从研究内容的角度来看，国内学者对纳博科夫及其小说的研究大致可以归结为两个方面：一方面是对形式以及写作技巧的分析和讨论，主要包括对小说的主题、人物形象、叙事策略以及语言特点的研究；另一方面是对小说所具有的后现代主义因素的分析，以及对小说的美学价值的挖掘。尽管可以根据研究内容和角度为纳博科夫及其小说的研究分类，但是我们无法简单地将纳博科夫本人归入任何群体。纳博科夫是一位经历非凡的作家，他始终宣称自己身上不带有任何集体性标签，自己也不隶属于任何群体。纳博科夫持有偏离传统的后现代文学观点，独特的文学思想使其创作呈现出独具特色的后现代文体风格，不仅如此，他还在文学创作中使用多元化的后现代语言，堪称一位后现代主义文学大师。

纵观当今国内评论界的研究，国内学者对纳博科夫及其小说的研究内容呈现多元化，从多个角度对多部小说展开研究。

有些学者从道德角度研究纳博科夫小说的内容及实质。1955年，《洛丽塔》一经出版立刻引起巨大反响，颇受读者欢迎。尽管如此，随后许多国家将其列为禁书，认为书中掺杂过多的色情描写，尤其其中所描写的亨伯特与洛丽塔的乱伦关系更加违背当时社会的道德规范，为世人所唾弃。国内学者于晓丹另辟蹊径，认为色情与乱伦并不是导致《洛丽塔》被列为禁书的最主要原因，真正原因在于《洛丽塔》中所描写的情节和人物的行为违反当时社会的出版规范，因此《洛丽塔》并不是一本道德堕落的小说，而是一本反传统的小说。另一位学者毕其玉则认为，《洛丽塔》无视道德，完全冲破人类社会的基本道德底线，理应被列为禁书。毕其玉接受"艺术是欺骗"的观点，但是他反对作家以"艺术是欺骗"为借口随意创作小说，完全不顾小说的道德水准，肆意践踏社会的道德标准和伦理规范；创作反映一定道德内容的小说是作家必须承担的社会责任，而纳博科夫所创作的《洛丽塔》并没有恰当地履行这一社会责任，故而难以为社会所接受。

有些学者从纳博科夫艺术观的角度研究纳博科夫的小说及其写作风格。纳博科夫喜欢字谜游戏、象棋以及捕蝶，并且擅长将上述爱好运用于小说之中。纳博科夫对蝶类、象棋以及字谜游戏的痴迷爱好与其家庭背景以及流亡经历密切相关。纳博科夫不仅是一位杰出的文学家，也是一位优秀的捕蝶专家。他将自己对蝶类细致观察的能力应用于小说的细节描写之中，使小说的细节描写精准、到位，丝丝入扣。纳博科夫对字谜游戏和象棋的爱好不仅使其成为思辨高手，而且使其逻辑能力超越常人。由此可见，纳博科夫对蝶类、字谜游戏和象棋的爱好不仅对其人生观和价值观产生了深远的影响，更重要的是，对其艺术观也产生了深远的影响。国内学者对纳博科夫艺术观的研究主要以纳博科夫某部小说的艺术特色为突破口，进而以点带面地分析其独具特色的艺术观，并在对艺术观的分析过程中揭示纳博科夫小说的虚构性和原创性。除此之外，也有一些学者从创新性的角度研究纳博科夫的艺术观，比如国内学者马红旗的文章《弗拉基米尔·纳博科夫的政治意识》创新性地从纳博科夫政治意识的角度研究纳博科夫的文学观。文章通过分析《塞·奈特的真实生活》《洛丽塔》《普宁》《王，后，小丑》等十四部小说中纳博科夫所描写的人物形象，指出他所描写的俄国流亡知识分子形象和形色各异的女性形象与他自身的政治意识密切相关，并且将他的政治意识归结为两个方面：一方面是对自由的渴望和追求，另一方面是难以割舍的俄罗斯情结。纳博科夫对形色各异的女性形象的刻画充分体现了他的自由意识，以及他对自由的追求和渴望；纳博科夫对俄国流亡知识分子的描写则充分体现纳博科夫难以割舍的俄罗斯情结。比如，伊丽莎白是集多种传统美德于一身的传统女性形象，令人神往和倾慕；丽莎是鄙俗的女性形象，令人厌恶和鄙视；玛戈则是心狠手辣的、残酷的女性形象，令人心寒和恐惧。纳博科夫通过对女性形象的描写以及女性对男性的影响，借以表达自己对自由的渴望和追求。反观男性，普宁、亨伯特、金波特均是典型的俄国流亡知识分子形象，纳博科夫通过对上述人物形象的描写，借以表达自己难以割舍的俄罗斯情结。纳博科夫将自身的身份特征赋予小说中的人物形象，通过分析其笔下人物的思维状态和情绪变化，评论家和读者能够更加透彻地洞见纳博科夫的心理状态，更有条理地阐述纳博科夫透过人物形象所体现出来的思想意识。

有些学者从纳博科夫的文化身份角度研究纳博科夫的文化身份及小说。他是一位跨民族、跨文化的作家，这种特殊的文化身份为评论界从文化角度研究其小说提供了着眼点。许多评论家通过梳理纳博科夫小说，将他的小说按照语言划分为俄语小说与英语小说，以此突出纳博科夫小说的俄罗斯情结和后现代主义精神。国内学者李小均以纳博科夫的文化身份为着眼点，在其博士论文《纳博科夫研究——那双眼睛，那个微笑》中全面且详尽地论述了他的文化身份、人物形象以及写作风格。首先，作者从纳博科夫的生活经历、文化背景以及文学创作中运用的语言特点入手，有逻辑、有条理地归纳了纳博科夫文学创作的大致图景；其次，作者从纳博科夫的文学思想入手，总结和归纳其关于媚俗、个体、记忆等话题的观点；再次，作者从纳博科夫的多部小说入手，将纳博科夫划归为"自由反讽者"，指出他是不带有任何集体标志性的作家，很难将他明确地归入某一类别或群体，也很难为他打上某种语言、文化、族裔特征的烙印。纳博科夫的小说内容丰富、形式多样、充满不确定性和独特性，因此他是一位超越传统局限的作家，能够在文学创作中开疆拓土，不断创新。对于纳博科夫所处的时代而言，他既是审判者也是反讽者。周启超从纳博科夫跨文化、跨民族的特殊身份和文化背景入手，在文章《独特的文化身份与"独特的彩色纹理"——双语作家纳博科夫文学世界的跨文化特征》中研究纳博科夫小说的跨文化含义。该文章从跨文化的角度入手研究纳博科夫小说，不仅突破了原有的研究视角，而且全面梳理了纳博科夫及其小说的研究在俄罗斯以及欧洲国家的进展。针对俄国批评家指责纳博科夫的小说没有体现俄罗斯传统、缺乏"俄罗斯骨血"和乌托邦色彩的批评，该文章指出俄国文学界和英美文学界在分析和评论纳博科夫的小说时确实失之偏颇。英美文学评论界主要从文本、语言和叙事策略等角度入手分析和评价纳博科夫小说，由于过分强调对形式的批评，对于纳博科夫小说中的思想内容缺乏深刻的发掘。上述研究不仅揭示了纳博科夫小说的文化价值，而且彰显了小说从现代主义到后现代主义的文学转向。纳博科夫小说的跨文化、跨民族特性为评论界以更加多样性的视角对其小说展开研究提供了更加广阔的空间和更多的可能性。

有些学者从叙事形式角度研究纳博科夫的小说。叙事形式包括叙述者、叙述视角、叙述结构等多个层面，从叙事形式的角度入手分析纳博科夫的小说对于深刻认识其叙事风格具有十分重要的意义。欧阳灿灿主要从叙事形式角度研究纳博科夫的小说，其文章《纳博科夫小说中的时间意识》创新性地以时间观念为视角对纳博科夫小说进行了深入分析。文章称纳博科夫为"极其严肃的作家"，指出任何出现在他生活中的时间断层都会在他的文学创作中有所体现。文章从纳博科夫的个人背景和流亡经历入手，以巴赫金关于时间的观点为理论导向，探索纳博科夫的时间断裂意识，阐述纳博科夫小说中体现的时间意识所具有的特点，即小说内容的狂欢性和叙事形式的空间性。此外，文章还论述断裂的时间观对纳博科夫文学创作的重要意义，指出时间意识是贯穿纳博科夫小说内容和形式的关键线索。在纳博科夫的小说中，时间具有非连续性，这一特点使他的写作风格不同于传统文学的写作风格，从而使他成为由现代主义文学向后现代主义文学过渡的作家。断裂的时间是纳博科夫小说的叙事内涵和叙事形式的重要因素，对他的文学创作产生了重要影响。尽管如此，纳博科夫文学创作的目的并不在于创造断裂的时间，而在于弥合断裂的时间，以便实现文学创作中的"审美狂喜"。在断裂的时间观的引导下，纳博科夫的写作目的在于揭示人与世界的崭新的和谐关系，从而向读者展现一种狂欢式的体验，描述狂欢化的笑声、怪诞的人物以及危机四伏的时间点和空间点，以此修复象征性的断裂与痛苦，最终实现存在上的整体感。

有些学者从主题角度研究纳博科夫及其小说。刘佳林在自己发表的多篇文章中指出，理解纳博科夫的流亡者身份以及流亡经历是深入分析纳博科夫小说主题的一把钥匙，只有理解他的流亡身份和流亡经历，才能准确把握他的小说所反映的乡愁主题、时间主题和自由主题。此外，刘佳林曾发表题为《纳博科夫研究及翻译述评》的文章，该文章将纳博科夫的全部小说进行梳理，勾画出各个创作时期的创作轨迹，同时也对纳博科夫小说的研究进行文献综述，划分研究的各个流派，归纳各个流派的理论观点、研究视角以及研究的发展趋势。此外，文章还列述了纳博科夫小说在中国的传播状况、研究状况以及目前国内学者对纳博科夫及其小说研究的局限性。早期对纳博科夫及其小说的研究主要着眼于小说的内容，许多学者重点关注的是纳博科夫小说的内容是否具有俄罗斯性。随着研究的不断深入，纳博科夫及其小说研究的着眼点逐渐由内容转向形式，聚焦于美学与元美学的批评，深层次挖掘纳博科夫的精神世界。随着对纳博科夫精神世界研究的不断深入，原有的关于纳博科夫小说内容的研究又得到一定程度的提升，尤其对于伦理内容以及形而上观点的研究更加具有条理性、逻辑性。两个研究方面相互作用，相互促进，共同发展。文章还前瞻性地论述了纳博科夫研究的未来发展趋势，按照研究内容划分，关于纳博科夫及其小说的研究大致可以分为两种趋势，即"细化"和"泛化"。前者是指通过研究纳博科夫的某一部小说来分析和评价他的文学创作，阐明其意义；后者是指不再局限于纳博科夫的某一部或者某几部小说，而是将纳博科夫的小说置于俄罗斯文学的大背景下进行研究，研究视角也更加多样化。

纳博科夫的人生经历跌宕起伏，经历了多种人生境遇。纳博科夫原本在俄国享受着无忧无虑的贵族生活，政局的动荡和战争的摧残使其被迫在颠沛流离中流亡了几十年，纳博科夫的流亡经历在其多部小说中均得到不同程度的体现。纳博科夫将其流亡经历以不同方式展现在人物形象或者小说情节之中，因此他笔下的人物从某种意义上说已经成为他在小说中的代言人。纳博科夫持有独特的文学观，他认为不应该将文学作为道德教化的工具，也不应该赋予小说过多的社会责任。对于他而言，小说只是对人类灵魂深处的隐藏于心底的想法和理念的发掘，因此他喜欢在小说中设置迷局和文字游戏，认为艺术本身就是带有谜题性质的制作。尽管如此，纳博科夫的小说并未停留于艺术技巧的制作，而是真切地反映自身的流亡经历和多年辗转生活中的心路历程。纳博科夫的小说是精心雕琢的语言艺术品，他经常以带有神秘色彩的语言细腻地刻画丰富的情节，营造奇幻的小说基调和氛围，探索人类内心世界的曲折迂回，赋予小说语言特有的质地和美感。本书通过对纳博科夫小说叙事策略的后现代性、现代性、东方元素等方面的详细梳理、研究与评析，全面、深入地分析作品的叙事艺术，以期对纳博科夫的小说有综合全面且鞭辟入里的评价。

第一章　纳博科夫小说的发展与演变

　　文学巨匠纳博科夫是一位俄裔美籍作家，他的文学创作深受全世界广大读者的喜爱，而且其跌宕起伏的人生经历也一直引起广大读者的关注。纳博科夫在具有传奇色彩的一生中，曾经历多次流亡。1919年，纳博科夫一家被迫离开俄国，自离开俄国之日起，纳博科夫再也没有回到故国。在几十年的流亡生涯中，纳博科夫辗转漂泊于欧洲和美国各地，直到晚年才定居瑞士。纳博科夫具有非凡的语言天赋，精通俄语、英语和法语，其中英语和俄语是其主要创作语言，因此纳博科夫堪称伟大的双语作家。纳博科夫的文学创作形式非常丰富多彩，虽然以小说著称，但是他在翻译、诗歌、文学评论等方面同样享有盛誉。除文学创作之外，纳博科夫的兴趣非常广泛，包括足球、击剑、棋类、拳击等，然而上述爱好均远不及他对捕蝶的痴迷。他是一位捕蝶专家，一生致力于蝶类的收集、整理和研究工作，并且曾多次发表颇具学术价值的蝶类研究论文。纳博科夫的人生经历丰富而曲折，人生中的种种磨难不仅造就了他坚毅的品格，而且为他的文学创作提供了大量宝贵的素材。

　　在20世纪的世界文学史中，纳博科夫一直被冠以"流亡作家"的头衔。在近六十年的流亡生活中，纳博科夫辗转多个国家，先后经历许多艰辛和苦楚。他将流亡生活中的林林总总有机地融入自己的文学创作，使其小说真实地反映流亡生活的艰辛与无奈、孤独与忧伤。纳博科夫长期的流亡经历使其小说的场景富于地域空间的变化和文化情境的转换，同时在流亡过程中的内心孤独和凄凉使其小说主人公充满对往昔回忆的向往以及难以释怀的思乡情结。对过去的向往使他纠缠于思想与现实之间，始终受困于"时间之狱"而无法解脱。1919年是纳博科夫人生的转折点。1919年以前，他在俄国一直拥有无忧无虑的生活；而1919年以后，他一直忍受着颠沛流离的流亡生活。基于对"时间"这一存在的重新审视，纳博科夫的小说形成了跨越现代主义和后现代主义的两种截然不同的风格。

纳博科夫的一生充满流亡的痛苦，他的大部分人生均在漂泊和逃亡中度过，跌宕起伏的人生经历成为影响其创作风格以及创作语言的重要因素。因此，这里根据纳博科夫的人生阶段来划分纳博科夫的文学创作阶段，以此阐述纳博科夫小说的发展与演变。

一、故国文化的多元滋养

（一）优越的家庭环境

1899年4月22日，纳博科夫出生在位于俄国圣彼得堡莫尔斯卡亚大街47号的贵族家中，家庭背景相当显赫。莫尔斯卡亚大街位于海军部大楼地区，只有上流社会才能居住在该地区，由此可见，纳博科夫家族在当时的俄国具有一定的社会地位和家世渊源。纳博科夫的生日非常具有戏剧性，他的出生年份既是俄国大文豪普希金的百年寿诞，也是英国文学大师莎士比亚诞辰的三百三十五周年纪念日。纳博科夫是家中第一个没有夭折的孩子，由于他自幼体弱多病，父母一直对他加倍关心和爱护。

根据史料记载，纳博科夫家族的姓氏源自来到俄国的鞑靼王子，因此纳博科夫的姓氏中包含阿拉伯语同根词"nabo"。纳博科夫曾在自传体小说《说吧，记忆》中提到，纳博科夫家族的成员一直都是俄国皇室中的军政要员，曾担任不同类型的政治职位。太祖父亚历山大·伊凡诺维奇·纳博科夫将军在保罗一世王朝中任诺夫哥罗德卫戍军团团长；曾祖父尼古拉·亚历山大洛维奇·纳博科夫曾任海军军官，为了纪念他在勘探远征中的重大贡献，其中一条新发现的小河被命名为"纳博科夫河"；曾伯祖父伊凡·亚历山德洛维奇·纳博科夫是反拿破仑战争中波罗季诺战役的大英雄，曾担任关押陀思妥耶夫斯基的彼得保罗要塞的司令官，娶普希金的同学兼密友的妹妹为妻；祖父德米特里·纳博科夫在两位沙皇手下担任了八年左右的司法部部长，祖母是德国男爵的女儿；叔叔谢尔盖为沙皇指挥猎狐犬，任米滔的总督；二叔康斯坦丁在外交部门工作；大姑姑纳塔里亚是俄国驻海牙领事的妻子；二姑姑薇拉是运动家和地主的妻子；三姑姑尼娜是海军大将军的妻子。纳博科夫的家境非常富裕，他从小就过着锦衣玉食、无忧无虑的生活，大约有五十多名佣人为其家人服务，家里的生活用品都来自国外，从不间断。"各种各样舒适、甘醇的物品从涅夫斯基大街的英国商店里稳定有序地来到：水果饼、嗅盐、纸牌、游戏拼图、条纹运动衣、白如滑石的网球。"[1]

纳博科夫的家人对纳博科夫成长的各个方面均产生了深远的影响。父亲弗拉基米尔·德米特里耶维奇·纳博科夫是著名的法理学家、出版家、民主运动者。早在圣彼得堡读大学时，纳博科夫的父亲就积极投身于学生运动，毕业之后成为一名法律顾问。纳博科夫的父亲可谓政绩卓著。1895年，纳博科夫的父亲被任命为议院初等议员，兼任圣彼得堡皇家法理学院犯罪学讲师；1906年，入选第一届俄国国会；1906—1907年，任自由派日报《言论》和法理学杂志《法律》的编辑；1908年，因反对沙皇解散议会被捕入狱三个月；1917年，"二月革命"爆发，起草沙皇让位诏书，在第一届临时政府中入选立宪议会，成为立宪民主党创始人之一；十月革命爆发后，纳博科夫举家迁入克里米亚，而纳博科夫的父亲却被布尔什维克党逮捕入狱五天，获释后才前往克里米亚与家人会合；1918—1919年年初，纳博科夫的父亲任克里米亚政治司法部部长，并且出版许多关于政治和刑法学的书籍。纳博科夫的父亲不仅在政界颇具威望，而且在文学方面也造诣颇高，他尤其崇拜普希金和丘特切夫，并且能够熟练背诵他们的诗。由于纳博科夫的父亲在政治上是亲英派，因此他欣赏狄更斯、福楼拜、司汤达、巴尔扎克等作家，并且经常为家中的孩子们诵读诸如《远大前程》等励志作品。

母亲艾莱娜·伊凡诺夫娜同样出身于上流社会的鲁卡维什尼科夫家族，纳博科夫的外祖父是百万富翁工业家的儿子，外祖母是博士的女儿，纳博科夫的母亲从小就拥有优越的生活环境，受到良好的家庭教育，通晓多国语言。母亲喜欢写诗，也喜欢将写好的诗读给别人听，同时在绘画、音乐方面也颇具造诣。母亲出嫁时，外祖父将维拉庄园送给母亲作为嫁妆，纳博科夫在这里度过了快乐的童年和少年时光，然而这段经历在他开始流亡生活后便永久性地成为尘封的回忆。除了父母之外，最疼爱纳博科夫的是卢卡舅舅。卢卡舅舅在外交部门工作，经常游历各国，其经历令少年时代的纳博科夫大开眼界。此外，卢卡舅舅同纳博科夫的母亲一样喜欢音乐和诗歌，培养了纳博科夫对音乐和诗歌的浓厚兴趣。卢卡舅舅去世时，将自己价值几百万美元的遗产全部留给了纳博科夫，可惜这些财产在纳博科夫一家流亡国外时全部被苏维埃政权收归国有，纳博科夫永远失去了这笔巨额财富。

纳博科夫家族一直延续着优良的教育传统，为孩子聘请来自英国、法国、德国和俄国的优秀家庭教师，使孩子在语言、文学、音乐、游泳、骑马、击剑

---

① 纳博科夫著，陈东飚译. 说吧，记忆 [M]. 长春：时代文艺出版社，1998：64.

等方面得到专业系统的训练。纳博科夫的父亲沿袭纳博科夫家族传统的教育方式，从首都聘请大学毕业生到家中担任家庭教师。在11岁之前，纳博科夫一直跟随家中的家庭教师学习。这些家庭教师来自不同种族、不同阶层、不同专业领域，有不同语言背景，他们受聘于纳博科夫家族，与孩子们住在一起，共同学习，共同生活，尽心尽力地教导纳博科夫家族的孩子们。虽然这些家庭教师来自不同国家，但是纳博科夫的父母都能够与他们自如地沟通与交流。纳博科夫的父母颇具语言天赋，精通多种语言，母亲还经常用英语为孩子们讲故事和读书。父母的遗传和得天独厚的学习环境使纳博科夫对俄语、英语和法语都颇具天赋。纳博科夫率先掌握的是英语和俄语，他在6岁时便能用英语阅读。纳博科夫具有非凡的语言学习能力，他5岁时开始学习法语，6岁时已经可以聆听法语女教师用温柔、婉转的声音朗读如《索菲的不幸》《小东西》《悲惨世界》《基督山伯爵》《八十天环游地球》之类的法国著名小说。纳博科夫从幼年起就开始接受多种语言教育，在成年之后，他这样回忆自己幼年时学习语言的经历，认为自己当时是"脑子说英语""心说俄语""耳朵听法语"[①]。幼年时对语言的学习帮助纳博科夫形成扎实的语言功底，同时也使纳博科夫在成年后的文学创作中能够自如地运用俄语、英语和法语。

由于9岁那年的一场重病，纳博科夫遗憾地丧失了在数学方面的才能，使其原本在数学方面显示出的天赋就此搁浅。面对儿子的不幸，纳博科夫的父母并没有因此而放弃对纳博科夫的培养。母亲聘请美术教师培养纳博科夫的绘画技能，推动他在艺术之路上继续前行。美术老师要求他凭借记忆尽可能细致地描绘自己非常熟悉的物体，绘画的学习使他的观察力和洞察力得到显著提高，他能够通过准确的想象建立视觉上的平等互助系统。早期的绘画训练使纳博科夫在小说中描绘人物或事物时如摄影般清晰与逼真，这种真实的描写使他的小说更加生动，给读者身临其境之感。

11岁以后，纳博科夫开始进入学校学习，父母为他选择了位于圣彼得堡的铁尼塞夫学校。该学校由自由派贵族开设，是一所典型的俄国学校，学校不开设英语课程，但讲授法语课程，重点学习俄罗斯文学尤其是中世纪俄罗斯文学，包括拜占庭的影响、古代的编年史、中世纪俄国社会生活、普希金的诗歌艺术，以及对果戈理、莱蒙托夫、费特、屠格涅夫等著名作家的研究。贵族家庭出身的纳博科夫在学校遭遇了自己人生中的第一次滑铁卢，他发现自己无法与同学相处，与同学的关系非常疏远，究其原因在于纳博科夫与其他同学存在明显差异。他每天由专车送到学校门口，而不是像其他同学

---

① 纳博科夫著，潘小松译. 固执己见 [M]. 长春：时代文艺出版社，1998：64.

一样步行到学校；他还拒绝使用学校提供的脏毛巾，甚至与同学打架时只用手指关节而不是拳头。虽然纳博科夫的成绩十分优异，但是他却没有受到老师的青睐。一方面，他拒绝接受老师让其在距离学校较远的地方下车的建议；另一方面，他在作文中夹杂的英语和法语使老师在批改作业时非常为难。这些英语和法语都是纳博科夫不经意的自然流露，然而老师却认为他是在故意炫耀自己的语言才华，以显示自己与众不同。尽管纳博科夫在学校遭到大多数人的非议，但是仍然有一些老师和同学钦佩他的才华，比如他当年的同窗——作家奥列格·沃尔科夫曾多次称赞他的才华，毫不掩饰自己为他的天赋所折服。

当时的俄国贵族家庭非常流行在家中收藏大量书籍，纳博科夫家也不例外。利用家中藏书的优势，纳博科夫在五年时间里饱览万卷藏书，阅读威尔斯、爱伦·坡、布朗宁、济慈、福楼拜、魏尔伦、兰波、契诃夫、托尔斯泰、勃洛克的文学巨著，他最崇拜的小说人物是斯卡利特·平珀乃尔、菲利斯·福格和夏洛克·福尔摩斯。纳博科夫晚年接受记者采访时曾经表示，他认为自己在这五年内所读的书籍数量要远远胜过人生中任何一个五年所读的书籍数量。文学阅读和知识积累不仅拓展了幼年纳博科夫的眼界，引领他走入文学殿堂，而且为其日后的小说创作奠定了坚实的基础。1923年，纳博科夫小试牛刀，出版了《钉子》和《山路》两本诗集，诗集的风格和内容在很大程度上受到当年家中藏书的影响，他不仅吸收当年阅读书籍的精华，而且颇受大师级作品的启发。纳博科夫在家中的图书馆中读到哈维洛克·艾利斯涉及心理学方面的书籍，对其理论十分推崇，此后，他对心理学理论的热衷在多部小说中均有体现，如《眼睛》中的斯穆洛夫、《绝望》中的赫尔曼、《洛丽塔》中的亨伯特等人物的创作原型均来自哈维洛克·艾利斯的书籍。此外，家中收藏的关于苏联探险家普尔热瓦尔斯基第三次中亚之旅的书籍为《天赋》的创作奠定了基础，这部小说的创作在某种程度上弥补了纳博科夫的亚洲之行没有实现的遗憾。

纳博科夫家庭的文学气息非常浓厚，母亲爱好写诗，经常把自己喜欢的和自己创作的诗歌抄在小册子上，在大家聚在一起时读给大家听。纳博科夫家族的孩子们在诗歌方面均颇具造诣，堂兄季米特里曾出版个人诗集，最小的弟弟基里尔也曾发表高水平的诗篇。在家庭氛围的熏陶下，纳博科夫在16岁那年将自己创作的诗歌进行整理后，编辑并出版了第一本诗集。那一年，纳博科夫第一次萌生爱情，爱的甜蜜和力量激发了他的创作灵感，他将自己创作并整理的第一本诗集送给了自己心爱的女孩塔玛拉。纳博科夫在诗中将塔玛拉称为自己的"灵魂的伴侣"和"天使的原形"，诗歌中充满唯美的诗句。在他的眼中，生活中的一切都显得幸福而美好，仿佛生活可以永远幸福地继续。不幸的是，政局的改变完全打破了一家人平静的生活，同时也打碎了纳博科夫的美梦。

纳博科夫的父母都信仰基督教，童年的纳博科夫经常跟随父母阅读圣经和其他宗教经典，因而了解不少圣经和宗教诗。当时，在俄国青少年中非常流行简创作、梅音·瑞德上尉翻译的西部蛮荒小说以及无删节的《无头骑士》小说，纳博科夫通过父亲送的插画本传记对堂吉诃德产生难解的情结，并因此对骑士文学产生浓厚的兴趣。在逃亡到克里米亚期间，纳博科夫反复阅读亚瑟王及其圆桌骑士的故事，该故事也成为此后他以浪漫骑士尤其是特里斯丹为抒情对象创作大量诗篇的创作源头。

纳博科夫19岁时，他的第二本诗集问世，诗集中主要收入其以俄语写作的爱情诗和咏颂祖国风景的赞美诗。除了家庭氛围的熏陶，圣彼得堡浓厚的人文气息和文化氛围也着实激发了他的文学灵感，促成了文学大师的诞生。作为俄国重要的政治、文化中心，圣彼得堡涌现了普希金、勃洛克、别雷、曼德尔施塔姆等一批著名诗人和作家。生长于圣彼得堡的纳博科夫不仅秉承俄罗斯的文化传统，而且受到俄国传统现实主义以及俄国象征派、阿克梅派理论的影响，深深地打上白银时代俄罗斯文化精神和传统美学的烙印，为其日后的文学创作奠定了坚实的文化基础。

受到父亲的影响，纳博科夫怀有深刻的蝴蝶情结，对鳞翅目昆虫的兴趣尤其浓厚。从6岁开始，每到夏季，他每天都要利用几个小时捕捉蝴蝶。到7岁时，他已经能够标识和辨别二十种普通型蝴蝶。随着对蝴蝶日益熟悉，他对蝴蝶的求知欲完全被唤起。他在不经意间通过多种途径了解蝴蝶的知识，整个人完全沉浸在蝴蝶的世界之中。8岁那年，他无意中在别墅的储藏室里发现了许多自然科学书籍，包括苏里南昆虫图片、蝴蝶的木刻画以及《鳞翅目》《新或罕见鳞翅目的历史画像》《英国蝴蝶飞蛾自然史》《欧洲鳞翅目大全》《亚洲鳞翅目回忆录》《新英格兰蝴蝶》等科学著作，这些书籍是当年他的外祖父为他的母亲准备的自然科学书籍，如今这些书籍则为纳博科夫提供了汲取知识的源泉。通过阅读这些书籍，他对蝴蝶的认识更加系统和深入。9岁那年的夏天，纳博科夫在去比亚里茨旅行时捕捉到了全新的蝴蝶品种，并把自己的稀有发现寄给了"世界所有时代最伟大的鳞翅目学家之一"[①]。10岁时，纳博科夫已经完全掌握了《欧洲鳞翅目大全》中提及的所有昆虫。到12岁时，纳博科夫已经能够独立购买稀有品种的蝴蝶，并且已经广泛阅读昆虫学刊物。

少年时代的纳博科夫对蝴蝶的爱好已经发展成为一门精通的学问，他已经能够准确地将鳞翅目昆虫具体分为蛾和蝶，能够识别大约二十万种已被发现且

---

① 纳博科夫著，陈东飚译. 说吧，记忆［M］. 长春：时代文艺出版社，1998：123.

命名的鳞翅目昆虫，并且能够准确描述鳞翅目昆虫在斑纹、线条和毛序方面分别具有哪些明显的特征，以及这些特征的背后蕴藏着哪些美妙的玄机。他不仅已经熟知鳞翅目昆虫的理论知识，而且已经着手捕捉各种类型的蝴蝶，并将其制成标本，以便收藏。在全家迁往克里米亚的那段日子里，纳博科夫全家寄住在父亲朋友的别墅中。尽管如此，时局的动荡和生活的颠沛流离丝毫没有减损他对蝴蝶的热爱。在克里米亚居住的几个月中，他从未因为寄住在他人家中而感到愁苦，反而将所有精力和时间都集中于收集蝴蝶，制作标本，甚至因为捕蝶而被误当成刺探情报的间谍。在短短的几个月时间里，纳博科夫共采集蝴蝶标本七十七种，采集飞蛾标本一百多种。在采集蝴蝶的过程中，纳博科夫深刻地体会到了大自然的玄妙与美丽，也体会到昆虫学的博大精深和变化无穷。收集蝴蝶使纳博科夫的观察力得到了大幅度提升，进而对他的文学创作大有裨益。在精准的洞察力的作用下，纳博科夫意识到了细节的变化所带来的差异，只有抓住细节才能把握事物的本质，同时他也认识到科学与艺术可以完美结合。在纳博科夫的文学生涯中，他将对蝴蝶的热爱贯穿于文学创作始终，也时常将鳞翅目的研究成果应用于文学现象的阐释。因此，纳博科夫认为艺术不应该局限于民族或国家之中，真正的艺术是无国界的，每只蝴蝶身上独特的斑纹和色彩如同每位作家独特的写作风格和个性，都是独一无二的。

（二）纷乱的社会环境

1899—1919年，俄国社会发生了天翻地覆的变化。俄国在沙皇统治时期，对内政治腐败，经济萧条，对外战事不断，人民生活苦不堪言。为了保证对外作战的战斗力，俄国被迫大量扩充军备，急招成千上万的男性青年入伍，造成国内劳动力大量短缺，田地无人耕种，工厂无人生产。物资的奇缺使百姓的生活陷入水深火热之中，上百万人因寒冷饥饿而死亡。在与德军的交战中，沙皇军队毫无战斗力可言，节节败退，最终德国占领了俄国的大片土地。为了免于遭到迫害，大批俄国民众逃离俄国。1917年2月，俄国社会发生了根本性转变，布尔什维克通过武力终结了腐朽的沙皇封建统治，资产阶级临时政府组建起来，然而缺乏中央集权的俄国政治统治仍然混乱不堪。虽然沙皇的封建统治已经被推翻，但是资产阶级临时政府的统治仍然无法帮助人民改变饥寒交迫的生活现状，仍然无法为人民带来安稳的生活。在布尔什维克党的组织下，俄国人民多次举行游行示威，抗议资产阶级临时政府的腐朽统治。在布尔什维克党的领导下，同年俄国爆发十月革命，彻底推翻了资产阶级临时政府，建立了苏维埃政权，暂时稳定了俄国的政治统治。尽管如此，苏维埃政权很快便面临内忧外患的局面，一方面国内的政治斗争十分激烈，另一方面国外的战争升级，伤痕累累的俄国不得不在内忧外患的局面中艰难度日。

从俄国社会的政治环境来看，俄国政局的动荡与混乱突然打破了纳博科夫一家平静的生活，完全改变了纳博科夫的生活境遇。纳博科夫的父亲曾经在资产阶级临时政府中担任职务，在临时政府被推翻后，父亲别无选择，只能举家匆匆离开俄国，以免遭到政治打击。为了保证全家的安全，纳博科夫的父母决定在最短的时间内逃离俄国，于是他们将庄园等大量无法带走的财产永久性地留在俄国，其中还包括纳博科夫从最疼爱自己的舅舅那里继承而来的大笔财产。资产阶级临时政府的被推翻使纳博科夫一家失去了显赫的政治地位，仓皇出逃又使他们遭受了惨痛的经济损失，精神上和物质上的双重打击完全改变了纳博科夫的生活境遇，他一夜之间从生活优越的贵族少年变为无家可归的流亡者，往日奢华的生活已经永远变成回忆，眼前的现实是流离失所的流亡生活和化不开的乡愁。怀着失去亲人的痛苦、流亡的苦闷以及无尽的思乡之情，纳博科夫开始了充满孤独、不安的流亡生活。流亡生活不仅完全改变了纳博科夫一家的生活状态，而且彻底打碎了他们的精神家园，物质世界和精神世界的双重毁灭使他们的生活陷入前所未有的痛苦之中。从优越的生活状态跌落至为生存而挣扎的困境之中，现实世界的巨大改变彻底颠覆了纳博科夫的精神世界，彻底改变了他的认知。

（三）多元的文学思潮

从文学艺术的环境上看，"俄国文化精神尤其是白银时代俄国文化精神，在弗拉基米尔·纳博科夫身上打下了不可磨灭的印记。对于理解纳博科夫及其作品来说，白银时代俄国文化精神是一把必不可少的钥匙。……自1919年出国后，纳博科夫和俄国已经不再有任何外在的联系。但俄国文化精神已经在他身上打下了深刻的烙印，这烙印如胎记一般是个人意愿所不能去掉的"①。从俄国社会文学创作的发展状况来看，俄罗斯文化精神和文学理念对纳博科夫的文学创作具有深远的影响。一方面，俄罗斯文化精神对纳博科夫的文学创作意义重大，其中尤以白银时代的俄罗斯文化精神的意义最为重大。从某种意义上说，理解白银时代的俄罗斯文化精神是理解纳博科夫小说的关键所在。虽然纳博科夫于1919年离开俄国，此后再也没有回到故国，完全割断了与故国的联系，但是俄罗斯文化精神已经如血液般流淌于纳博科夫的全身，既无法更改，也无法抹去。在众多艺术创作理念中，象征派的艺术理念对纳博科夫文学创作的影响最为深远。象征派主张"艺术至上"，认为艺术是"独立而自在"的，艺术家的

---

① 张冰著. 纳博科夫与白银时代俄国文化精神 [J]. 外国文学研究，2005（3）：116.

宗旨是摸索和追求精神彼岸。从象征派的角度来看，艺术犹如思想家和预言家，它既能够创造生活，也能够预知社会和宇宙中发生的一切。象征派将艺术家视为自然的继承人，他们不仅可以向人们传达上帝的神谕，而且可以洞悉通往"彼岸"的桥梁和媒介，因此艺术家不应该局限于鄙俗的尘世生活，而是应该超脱于尘世生活，凌驾于尘世生活之上，全心创造全新的生活。象征派的理论观念充分论述了艺术家的本质，该观念为纳博科夫日后的文学创作奠定了坚实的基础。

另一方面，纳博科夫对时间的认识也对其文学创作具有十分重要的意义。纳博科夫认为，人们无法突破时间的限制，人们无法走出时间的环形怪圈。时间犹如一座环形的监狱，人们被困在"时间之狱"中无法逃脱。纳博科夫认识到，客观世界决定精神世界，面对时间，任何思想都无法找到出口。由于俄罗斯民族具有强烈的民族意识和现实主义意识，其文学作品自然具有明显的现实主义色彩。纳博科夫的文学作品具有浪漫的诗意，大胆的创造性和探索性，时常被当时崇尚现实主义的主流文学所排斥，因此纳博科夫这样写道："我曾在思想中返回……到遥远的地方，在那里摸索某个秘密的出口，但仅仅发现'时间之狱'是环形的，而且没有出路。"①这段话表明纳博科夫并没有将注意力转向现实生活，而是将虚拟的心灵"彼岸世界"视为人生的最高追求。在这一观念的引导下，纳博科夫的小说独树一帜，特色鲜明，为文学的发展指引新的方向。根据德裔哈佛大学教授埃里克森的观点，童年时代给人们留下的记忆往往是最深刻的，因此纳博科夫的俄国生活经历在流亡生活中一直是他人生的精神寄托。虽然物质世界的完全改变造成了精神世界的崩溃，但是童年以及青少年时代在俄国生活的记忆使纳博科夫高度认可并接受了象征派的艺术理念，这也成为他的文学创作的主要理念。象征派理念对纳博科夫的文学创作曾产生诸多方面的影响，使其小说具有高雅而又神秘的风格，尤其对细节的处理十分细腻到位。在俄罗斯文学新旧交替的时代，俄国现实主义的力量依然坚不可摧，象征派在当时只是无法与现实主义相媲美的边缘性文学流派。许多文学大师并不认可象征派的理念及其作品，他们认为象征主义是贫乏的一种证明，将象征派称为"资产阶级的浪子"，认为其结局注定是无疾而终。在一片否定与批判的浪潮中，象征派自然成为边缘化的文学理念。

1. 现实主义

传记作家博伊德曾经这样评论年轻的纳博科夫："直到历史逼近，把他从熟悉的生活中猛然推出来之前，年轻的纳博科夫在爱情与诗歌中前进，他的眼睛

---

① Vladimir Nabokov. *Speak, Memory* [M]. London: Victor Gollancz Ltd., 1951: 11.

与耳朵对历史的硝烟与炮火毫不留意。"①青少年时代的纳博科夫认为生活中的一切都是美好的，他出身于贵族家庭，享受着优越的物质条件，无忧无虑。在纳博科夫看来，生活就像俄罗斯诗歌一样宁静而美好。绵绵的亲情，海量的藏书，渊博的知识，朦胧的爱情以及俄罗斯博大精深的古老文化，这一切都在促使他将自己的内心感受和对生活的评论见诸笔端。在这个创作时期，他的创作风格是轻松的、愉悦的，他运用清新的文字抒发美好的情感，宛如田园诗一般恬静。青少年时期舒适安逸而又浪漫的生活不仅为纳博科夫的文学创作提供了抒情的原动力，同时也为他的文学风格和语言特色奠定了基础。显然，家庭的文化氛围和社会的文化环境共同在他心中深深地打上了贵族式文化的烙印，同时俄罗斯美学对真善美的追求也成为促进他创作风格形成的美学力量。

纳博科夫浪漫而自由的创作风格并没有持续太久，生活境遇的改变不仅使他遭受了身心的双重打击，而且使他的创作风格发生了根本性转变。1919年，俄国政局的变化迫使纳博科夫一家逃离俄国，开始流亡生活，生活境遇发生了天翻地覆的变化。纳博科夫生平第一次失去优越的生活条件和上流的社会地位，第一次体会到颠沛流离生活的滋味，第一次感受到失去亲人的痛苦。往昔的美好生活与俄国的庄园和财产只能永远成为美好的回忆，现实的生活中只有各种艰辛和无奈。为了生计，纳博科夫一家只能无奈地放弃所有爱好，努力在战争和种族排斥的恶劣环境中生存下来，竭力将自己的知识和才能转换为谋生的手段，艰难维持生活。尽管生活中的巨大改变使纳博科夫在现实中艰难生存，但是他的内心依然充满对美好往昔的回忆。在流亡生活的初期，纳博科夫仍然没有完全脱离俄罗斯文化氛围，他与大批俄国侨民居住在一起，日常运用的语言仍然是俄语，他的写作也基本以俄语完成，以便广大侨民阅读。此时的纳博科夫依然非常眷恋自己的故土，对俄罗斯文化依然非常痴迷，时常在作品中向故国表达由衷的敬意。纳博科夫对俄语十分珍视，甚至将俄语视为从故国保留下来的唯一珍贵的财产。他小心翼翼地保护着俄语，十分担心在不同国家的流亡生活会减损自己对俄语的掌握，于是他坚持用俄语创作诗歌，甚至包括诗歌的风格也力求与俄罗斯风格保持一致。由于生活境遇的改变，此时纳博科夫的创作风格比较偏重现实主义，尤以承袭现实主义作家布宁的写作风格为主。布宁擅长细节描写，擅长从细处着笔，发掘现实生活中的美，描绘人物入木三分。纳博科夫在文学创作中充分吸收和运用布宁的创作手法，刻画人物，描绘生活。在流亡德国期间，纳博科夫曾经出版一本名为《乔尔巴归来》的小

---

① Brian Boyd. *Vladimir Nabokov: the American Years* [M]. New Jersey: Princeton University Press, 1991: 110.

说集，其中一篇名为《委屈》的小说便是对布宁的精神分析小说的成功借鉴。在这篇小说中，纳博科夫以细致入微的印象主义笔法刻画人物，展现情节，细腻地刻画小男孩普嘉·希什科夫在他的命名日一天中的情绪变化以及他对自然界的体会，这篇小说也被视为纳博科夫专门献给布宁的作品。

在经历一段流亡生活之后，纳博科夫不再创作浪漫抒情的作品，而是创作反映社会现实和流亡者内心世界的作品。纳博科夫的第一部长篇小说《玛丽》就是一部反映流亡者生活的小说，小说准确地刻画了流亡者无奈的生活和心灵的偏执。小说的主人公加宁是一位俄国流亡者，他在非常偶然的情况下发现，邻居拿给自己看的照片中的妻子竟然是自己的初恋情人玛丽，于是加宁完全沉陷于回忆之中无法自拔，回忆起与玛丽度过的美好的往昔。虽然加宁仍然处在流亡的途中，但是初恋的美好还是让他感到非常甜蜜，同时平日难以排解的心中愁苦也得到某种程度的释放。最终，加宁决定在玛丽搭乘火车来到膳宿公寓之前，到火车站与玛丽会面，并与玛丽私奔。当加宁来到火车站时，他却突然意识到自己和玛丽已经无法回到过去，他和玛丽无法再续前缘，于是他一个人默默地离开。虽然《玛丽》讲述的是加宁的故事，却真切地反映了纳博科夫对故乡的眷恋和对初恋的难以忘怀。小说中加宁思想的转变恰好反映了纳博科夫思想的转变，体现出纳博科夫对流亡生活的安于现状，表达了他决定隔断回忆的心情，也表明了他面对现实生活的决心和走向未来生活的信心。正如纳博科夫曾经在自己的小说简介中所写的，作家总是有一种在自己的处女作中展现其人生经历的冲动，作者会将小说中的某个人物设置为自己在小说中的替身。纳博科夫称自己这样做的原因并不是为了使小说的故事更具有真实性，而是为了使自己从过去跳脱出来，以便在此后的文学创作中更加自如地放手去创作。虽然《玛丽》是一部现实主义小说，但是小说也充满现代主义气息。小说以玛丽命名，但是始终只是加宁回忆中的形象，并没有以小说人物的身份出现在小说中。加宁是故事的真正叙述者，小说的故事通过加宁的回忆来完成，小说中现实与回忆互相交错，由加宁有机地将现实和回忆衔接起来。纳博科夫认为，回忆是现实的隔断与连接，回忆反衬出现实的苍白。虽然《玛丽》具有现实主义风格，但是小说凸显柏格森的直觉主义理论和"心理时间"说，突出"思乡"这个虚拟"心理时间"的意义，这表明小说带有明显的象征派和后现代派的叙事特征。

2. 象征派理念

20世纪初期，俄国文坛迎来一段黄金时期，象征派艺术思潮兴起。随着该思潮的发展和壮大，俄国象征派应运而生。象征派有力地促进了俄国文坛的发展，在短短的十年间，俄国文坛涌现出大批优秀的作家，在文学史上称为"白银时代"。俄国象征派的精神源自神秘主义，神秘主义是对索洛维约夫的"索菲亚"学说的拓展，在俄国思想史上具有悠久的历史。"索菲亚"是西欧神学传说中的女神，这位女神雌雄同体，完整合一，纯洁神圣。弗拉迪米尔·索洛维约夫是俄国著名思想家和宗教家，他在西欧神学传说的基础上，对"索菲亚"女神的形象进行了本土化改造。索洛维约夫的理论将人与神合二为一，使这个人与神的合体成为永恒宇宙的女性，将女性独有的魅力化身于神的体内，以此警醒人们不要单纯追求爱情，要时刻关注神的存在，感悟人与神的合二为一以及由此而产生的永恒的力量，领悟"此岸"与"彼岸"、天堂与人间的根本差异。该理论将人们对永恒的期待和对女性的迷恋完美融合，同时也使"索菲亚"成为神秘主义与现实主义的完美融合，该理论观点一直为白银时代的文学家所追捧，在多部作品中均有所体现。

在当时的社会背景下，"索菲亚"学说对白银时代的诗歌创作产生了巨大影响，它引领白银时代的诗人追求"彼岸世界"。象征派的思想点燃了白银时代诗人的内心灵感，勃洛克、别雷等白银时代的诗人纷纷追随象征派的思想。在象征派思想的指引下，象征派诗人形成了自己独特的艺术世界，在这个艺术世界里，现实世界犹如一座监狱，将人们的肉体和心灵层层束缚于其中。现实生活无法解救人们，只有艺术能够解开人们心灵的束缚，引领人们通往永恒自由，与人神合一的"索菲亚"相会。艺术不仅可以通灵，而且可以摆脱时间的束缚，使象征派作家通过"象征"将永恒与其时空的体现方式相融合，指向已经逝去的过去和仍待开启的未来，通向"索菲亚"的永恒世界。因此，"索菲亚"学说主张现代艺术家应该努力将自己的作品升华为开启现实世界中人们心灵的监狱之门的钥匙，帮助人们开启通往永恒之路的大门。

象征派理念不仅对纳博科夫产生了巨大的吸引力，而且与他的唯美理念十分契合。受到象征派观点的影响，纳博科夫认为现实世界与理想世界是二元对立的，极力排斥俄国现实主义，将自己完全沉浸在象征派与俄罗斯新古典风情构建的亦幻亦真的神性世界里。纳博科夫吸收了象征派的理念，并且在象征派理念的基础上形成自身的文学理念，在文学创作中形成了自身独特的意境和氛围，即"超结构的特性"。由于当时俄国文坛中占主导地位的仍然是现实主义文学，因此象征派被排斥在主流文学之外，纳博科夫对象征派理念的推崇自然也被现实主义边缘化。

在俄国白银时代的众多著名诗人中，勃洛克对纳博科夫文学创作的影响最为深远。纳博科夫十分崇拜勃洛克，将其视为自己的精神导师，而且自称为"勃洛克时期的诗人"。勃洛克的创作恰逢俄国社会的新旧交替时期，当时的社会转型与政局动荡直接波及文学理念的变化，引发了一代人对艺术的思考和探索。勃洛克是"索菲亚"学说的代表人物，他的文学理念犹如一股清新的风，吹向当时由现实主义主宰的俄国文坛，为现代主义文学的发展指引了方向。纳博科夫十分钦佩勃洛克的才华，认为勃洛克是俄罗斯文学史上一位伟大的诗人。由于勃洛克在诗歌创作方面的成就难以超越，因此他在俄罗斯文学史上的地位也无人能够撼动。勃洛克是俄国象征主义的典型代表，他的诗歌充满音乐的美感，而且在诗歌中运用优美的词汇。在勃洛克的诸多作品中，纳博科夫尤其对《十二个》《美妇人诗集》等作品赞不绝口。纳博科夫从勃洛克的诗歌中吸取了丰富的营养，一方面，勃洛克诗歌中的现代主义元素使他对现代主义的认识进一步加深；另一方面，勃洛克诗歌中的忧郁、哀伤和玄学意味为他的心灵带来了前所未有的震撼。在文学创作中，纳博科夫一直承袭勃洛克的艺术理念，追求象征派的"彼岸世界"，让真理开启人们心灵的大门，在诗歌中探索通过理性的文字构想的非理性的神秘；同时他又开创性地将文学创作的灵性和神秘与"宇宙同步"的玄学观点相融合，形成与众不同的写作风格。

白银时代的另一位诗人古米廖夫也对纳博科夫的文学创作产生了深远的影响。纳博科夫一直非常崇敬古米廖夫的诗歌所描绘的戏剧性的死亡及其散发的英雄气质。古米廖夫的许多诗歌都反映死亡主题。在古米廖夫看来，死亡是英雄的壮举，它能够充分展现一个人的本性。因此，纳博科夫称古米廖夫为"崇高的彼岸性"诗人，是一位能够微笑面对死亡的真正的艺术家。纳博科夫不仅多次在自己的诗歌中赞颂古米廖夫，而且还在自己的小说中加入死亡的情节以表达对古米廖夫的敬意，比如在《斩首之邀》和《洛丽塔》中，纳博科夫将象征派的诗意和写实派的英雄主义相融合，展现一种悲壮的死亡。

3."有机时间"理念

离开俄国之后，纳博科夫心中充满思乡之情，然而现实使他永远失去故乡，无奈地忍受凄凉的流亡生活，缺乏安全感和归属感。对于流亡中的纳博科夫而言，现实生活已经将其边缘化，他无法割裂自己与俄罗斯传统文化的联系，也无法使自己融入西方文化之中，始终游走于文化的边缘。与此同时，他的未来又存在极大的不确定性，当时他甚至无法知道自己未来将会在何时流亡到哪个国家。对于纳博科夫而言，一切都是不确定的，只有对故国的回忆一成不变。由于纳博科夫的特殊经历，他的"现实"完全不同于普通意义上的现实，而是存在于自己内心世界的"现实"，因此该"现实"仅存在于消失的时间之中，而不是存在于客观世界之中。这里所提到的时间不是普通意义上的"物理时间"，而是"心理时间"。"心理时间"与"物理时间"相断裂，而且与空间相分离。在纳博科夫的小说中，大多数主人公都是与他一样离开故国、流亡在外的流亡者，他们游走于各个国家之间，找不到自己的归属地，生活变成永远的漂泊。在某一个国家生活得越久，他们就会发现自己与该国家的文化越疏远。随着流亡生活的日益深入，现实生活境遇的改变使纳博科夫的文学观发生了完全的转变，他渐渐疏远俄国现实主义的文学理念，认为文学创作应该享有充分的自由，不应受到文学理念的束缚，否则文学将无法反映真正的现实，同时也会磨灭作家的创造性。由于生活中的巨大变故，在俄国生活的美好回忆在纳博科夫的内心世界日益占据突出的地位，"彼岸世界"和"有机时间"逐渐成为他关注主观意识的焦点，同时他也逐渐加深了对心理的"有机时间"与现实生活的"物理时间"之间冲突的认识。

与此同时，社会变革和社会思潮的发展也对纳博科夫的"有机时间"理念产生了显著影响。随着经济的发展和社会的进步，现代工业化的进程在欧洲各国突飞猛进，经济和社会的飞速发展导致西方社会文明畸形，陌生感和压抑感在西方社会的民众中间迅速蔓延。在这种陌生感和压抑感的压抑下，人们的心理也开始发生畸形的变化，焦虑、孤独、恐慌成为人们面临的主要心理问题。为了帮助人们摆脱生存危机，哲学家和文学家开始关注人类心灵的关怀以及异化问题。现代主义作家主要针对异化的"自我"，分析由异化而产生的痛苦，发掘生存环境的变化以及异化的力量对人们的束缚、扭曲与迫害，同时表达对人们未来生活的关注以及对人类命运的忧虑。纳博科夫推崇"有机时间"的概念，关心人类异化现象，追求如勃洛克的语言般的韵律感和美感，这一切都使他一直追随纯艺术形式，尝试在自己的作品中着重刻画内心世界，抒发内心情感，使读者的阅读过程成为一种奇妙的体验。基于上述原因，纳博科夫的文学理念与俄国象征主义"彼岸世界"的文学理念日益契合。在纳博科夫看来，艺术的吸引力不仅在于现实的本真，更重要的是将来自"彼岸世界"的信息传递至"此岸世界"，当然信息的传递必须以语言为媒介。

4. 现代主义

1940年以前，纳博科夫均运用俄语进行文学创作，这一阶段的作品成果颇丰，包括上百首具有先锋派风格的诗歌、四个剧本、五十多篇短篇小说、两部中篇小说、八部长篇小说。俄罗斯文学为纳博科夫的文学创作提供了丰富的土壤，俄罗斯传统美学中的真善美也极大地滋养着他的文学创作，比如象征派"艺术创造真实"的理念，普希金的浪漫情怀，勃洛克的深邃哲理，以及布宁细腻入微的描写笔法，这些不仅为俄罗斯文学的发展提供了精神源泉和宝贵财富，同时也为日后现代主义文学的发展奠定了基础。

在当时的社会环境下，现代主义发展得如火如荼，已经成为欧美国家文学发展进程中的重要趋势和强大力量。在现代主义浪潮的推动下，纳博科夫的文学理念逐渐发生了转变。除现代主义的推动作用之外，俄国未来主义所提倡的

"词语革命"也极大促进了纳博科夫文学理念的转变。纳博科夫极具语言天赋，他精通俄语、英语、法语三种语言，可以通过阅读多个国家作家的作品，从中享受语言的美感，并在自己的作品中展现语言的魅力。纳博科夫是一位语言的先锋派，他非常擅长设计各种语言游戏，并且尝试各种语言变革，比如双关、方言、古语等都是他偏爱的语言变革手法。通过各种语言游戏和语言变革的运用，纳博科夫文学创作的语言成功实现质的飞跃。

二、异国流亡的文化固守

1917年，俄国爆发了声势浩大的十月革命，为了保全一家人的安全，免于遭受政治打击，纳博科夫一家逃离俄国，放弃无法带走的大量财产，开始了长达几十年的流亡生活。1919年4月15日，纳博科夫全家被迫在隆隆的枪炮声中登上逃离俄国的轮船"希望号"，经希腊和法国，辗转到达英国伦敦。从此以后，纳博科夫始终处于流亡状态，中断了与故国的一切联系，在故国的短暂爱情也就此宣告终结。离开俄国，纳博科夫一家几经辗转，终于在英国伦敦落脚之后，他们不仅永远失去了故国，而且永远失去了高贵的社会地位和巨额的家族财富。开始流亡生活后，纳博科夫一家的生活相当困苦。为了帮助纳博科夫进入英国剑桥大学三一学院学习，母亲不惜变卖自己的首饰。进入剑桥大学学习后，纳博科夫首先学习生物学，后来转为学习俄罗斯文学和法国文学，他不仅十分崇拜普希金、托尔斯泰、丘特切夫和果戈理等俄国作家，而且深入研究爱伦·坡、乔伊斯、普鲁斯特、福楼拜等欧美现代派先锋作家，对中世纪法国文学尤其是克雷蒂安·德·特罗亚编写的亚瑟王传奇也特别感兴趣。

在剑桥大学学习期间，纳博科夫并没有专注于学术，而是热衷于英式足球、拳击、网球等各类体育活动，以及风花雪月的恋爱。由于图书馆的开放时间和运动时间相互冲突，纳博科夫竟然从不去图书馆。尽管纳博科夫在准备复习考试时还在忙着写诗，但是他每次考试都能轻松名列第一，并因此而获得学院的奖励。纳博科夫在大学里并没有发表关于文学或俄罗斯诗歌方面的论文，却在克里米亚蝴蝶的研究方面取得突破，在蝶类研究的重要期刊《蝶谱专家》上发表了一篇题为《论克里米亚蝴蝶》的论文。剑桥的大学生活并没有在他的脑海里留下深刻的印象，他感觉大学的生活毫无意义，曾一度想退学，但在父亲的劝诫下，最后坚持拿到了学位。

在流亡期间，纳博科夫极力固守自己的身份，努力保存与故国有关的一切联系。对于遭受经济和政治双重损失的纳博科夫一家而言，俄语成为他们非常珍视的宝贵财富，于是纳博科夫在日常生活中运用俄语交流，阅读俄语报刊，用俄语进行文学创作，以便使自己时刻保持对故国的回忆，保护俄罗斯传统文化。在剑桥大学学习期间，纳博科夫始终认为自己是一位俄国诗人，他喜欢阅读俄罗斯文学作品，尤其是俄国白银时代代表象征主义和早期俄国现代主义的作品。纳博科夫在《说吧，记忆》中指出，自己在剑桥大学学习期间投入大量精力致力于成为一名优秀的俄国作家。从某种意义上说，纳博科夫在英国的生活与他在俄国的生活，尤其是特尼谢夫时代的生活存在千丝万缕的联系。纳博科夫一直努力成为一位杰出的俄语诗人，尤其是像勃洛克那样的诗人，却没有想到自己会在日后成为20世纪最杰出的英语小说家之一。

毕业之后，纳博科夫没有选择留在英国工作，而是前往德国柏林。在十月革命后，由于地理位置、印刷成本低等多种原因，德国成为俄国移民中心。首先，从地理位置上来说，德国距离俄国相对比较近，方便移民返乡；其次，德国的纸张和印刷成本低，是欧洲最大的出版中心，在这里出版的俄语书籍数量甚至远胜过俄国本土出版的俄语书数量；再次，德国的生活支出相对较少，因此德国绝对称得上外来移民的理想选择。由于当时的纳博科夫专注于成为一名俄语作家，德国柏林的环境当然比英国伦敦更适合他的发展，这也是他选择前往柏林的主要原因。为了儿子的生计，纳博科夫的父母为他安排了一份银行的工作，但是纳博科夫仅工作三个小时就选择了放弃，因为这份工作对他而言毫无吸引力，而且与他成为俄语作家的梦想毫不相干。为了实现自己的作家梦，纳博科夫一边讲授英语、法语、拳击、网球等课程以维持生计，一边坚持创作诗歌、杂文、小说等，并且尝试在各类报纸和刊物上发表自己的作品。

鉴于纳博科夫的选择，1920年8月纳博科夫一家流亡至德国柏林。当时许多俄国作家都流亡至柏林，施展自己的文学才华。纳博科夫的父亲也不例外。虽然纳博科夫已经远离俄国，但是他仍然固守俄罗斯传统文化。众多汇聚于柏林的侨民中不乏优秀的作家和文化人士，他们中的一些人尝试自己出版报纸或刊物，在广大侨民中间发行，逐渐形成一个文化圈。尽管当时的纳博科夫在生活上和心灵上由于流亡生活而备受煎熬，但是侨民之间的文化氛围却为他提供了绝佳的发展机会。纳博科夫开始尝试在各种报纸和刊物上发表自己的作品，使自己的文学创作逐渐呈现出进步的趋势。在到达柏林后，纳博科夫的父亲与其他俄国侨民合伙编辑流亡者日报《舵》，父亲担任编辑，于是纳博科夫以"西林"为笔名在报纸《舵》上首次发表文章。随后，他又在《舵》上发表多篇俄语诗歌、散文以及英法诗文翻译。随着作品在《舵》上成功发表，纳博科夫开始尝试在其他报纸和刊物上发表文章，因此他的早期作品主要刊登于俄国侨民自己创办的报纸和杂志上。纳博科夫是一位多产作家，后经他的传记作家安德鲁·费尔得的权威统计，他在俄国侨民创办的刊物上发表的文章多达百余篇，在当时的侨民圈中享有盛誉。尽管如此，由于俄国侨民的生活圈比较封闭，再加之创作语言的限制，纳博科夫的读者群仅限于俄国侨民，俄国侨民圈以外的读者对纳博科夫及其作品一无所知。

20世纪20—30年代期间，纳博科夫等许多俄国侨民均先后流亡到德国、法国等欧洲国家。尽管诸多俄侨作家纷纷努力在文坛崭露头角，在俄国侨民创办的刊物上发表文章，或者像纳博科夫的父亲一样在欧洲各国创办自己的刊物，纳博科夫的才华仍然使其迅速在诸多侨民作家中脱颖而出。随着多篇文章的发表，"西林"这个笔名开始在侨民圈中为人们所熟知，纳博科夫也在他的写作道路上迈出了坚实的一步，为创作长篇小说进一步奠定基础。1926年，纳博科夫用俄语撰写的第一部长篇小说《玛丽》面世，小说一经出版，立刻受到广大侨民的关注，纳博科夫也因此在侨民圈中被誉为"新一代最伟大的希望"。取得初次成功后，他对自己的文学创作信心大增，开始坚信自己可以在写作这条路上走得更远，于是他乘胜追击，接连完成了几部优秀的作品，包括《卢仁的防守》(1929)、《保护鲁宁》(1930)、《乔尔巴的回归》(1930)、《奸细》(1930)、《光荣》(1932)、《暗箱》(1932)、《蒙昧的囚牢》(1933)、《绝望》(1936)。1941年，纳博科夫的第一部英语长篇小说《塞·奈特的真实生活》取得了巨大成功，此时他的创作已经深受广大读者欢迎，他甚至与1933年诺贝尔奖获得者伊凡·蒲宁齐名。尽管纳博科夫已经开始运用英语进行创作，但是他仍然坚守自己的俄语传统，他受邀用俄语参加俄国侨民组织的散文和诗歌朗诵会，曾在巴黎、布拉格、布鲁塞尔和伦敦等多地进行文学交流。纳博科夫在侨民中间引起了巨大反响，得到广大侨民的广泛关注。"20世纪二三十年代，纳博科夫的作品一般是在巴黎等地俄侨编辑的杂志上刊载，因此早期的评论也是在这些刊物上出现。纳博科夫的传记作家安德鲁·费尔得曾列出此类文章一百五十篇。但是，由于这些杂志只是在俄国流亡者中间发行流布，影响力受到严重制约，所以在俄侨文学圈之外，纳博科夫仍然鲜为人知。"①

纳博科夫虽然生活在德国，却拒绝学习德语，坚持用俄语与他人交流，坚持用俄语进行文学创作，最大限度地保留俄语和俄国文化传统，使自己的思乡之情得到最大限度的表达。当时纳博科夫生活在俄国侨民圈里，用俄语与人交流，阅读俄文报刊和书籍，唯一使用德语的机会是同房东们打交道或者外出购物。尽管纳博科夫非常具有学习语言的天赋，但在柏林旅居十五年后，他仍然无法灵活自如地运用德语。与对其他几种语言的掌握程度相比，纳博科夫几乎没有学过德语。为了坚守自己俄罗斯的根，纳博科夫拒绝拓展语言空间，担心

---

① 刘佳林著. 纳博科夫研究及翻译述评 [J]. 外国文学评论，2004 (2)：70-81.

流畅地运用德语会一定程度地损害自己十分珍视的俄语基础，于是他对俄语的重视程度远超过其他几种语言，抛开其他文化的影响，专注于俄罗斯文化。多年后，纳博科夫有些后悔自己当初没有学习德语，导致无缘了解德国文化。

尽管纳博科夫坚守俄罗斯文化，但是扎实的语言功底和非凡的语言天赋使他不仅可以用俄语进行大量文学创作，而且可以将许多优秀的英语作品翻译成俄语。在将英语作品翻译成俄语的过程中，纳博科夫在坚持俄罗斯翻译传统的基础上，大胆使用归化法和挪用法，成功地将英国作家刘易斯·卡罗尔的《爱丽丝漫游奇境记》和法国作家罗曼·罗兰的《格拉·布勒尼翁》翻译成俄语。在翻译方法方面，纳博科夫进行大胆的尝试，使两部作品更加俄罗斯化。首先，标题的翻译更加俄罗斯化。纳博科夫将小说的标题分别翻译为《安妮亚漫游奇境记》和《尼克尔卡·别尔西克》。其次，情节的翻译更加俄罗斯化。原著中英吉利女孩爱丽丝在背诵英国大文豪莎士比亚的作品，而译著中则变成俄国少女安妮亚在背诵俄国文学宗师普希金的作品；原著中英国的威廉大帝转换成基辅中世纪的弗拉基米尔王子；原著中使用的英镑也转换成卢布。此外，纳博科夫还将大量外语诗歌翻译成俄语，其中主要包括英国诗人莎士比亚、济慈、拜伦、丁尼生、叶芝的诗歌以及法国诗人兰波和波德莱尔的诗歌。归化和挪用的翻译方法不仅唤起了背井离乡的俄国移民的民族文化归属感，引起了他们的强烈共鸣，而且在很大程度上减轻了纳博科夫心中对使用其他语言会减损自己的俄语熟练程度的担忧。

在文学之路一路坦途的同时，纳博科夫也幸福地收获了自己的爱情。1922年，纳博科夫在柏林俄国侨民举办的一次慈善舞会上结识了具有犹太血统的女子薇拉·斯洛宁。薇拉是一位生性幽默、思维敏捷的姑娘，她不仅接受过良好的教育，而且具有非凡的记忆力。薇拉一家原本也住在俄国，十月革命后全家从克里米亚来到德国，薇拉的父亲来到德国后受邀成为一家出版社的合伙人。纳博科夫与薇拉在舞会上相遇后一见如故，互生情愫，薇拉对纳博科夫的才华做出了高度评价，纳博科夫还特意为薇拉创作了诗歌《会面》，两颗年轻的心坠入爱河。三年后，两人在柏林结婚。在与薇拉结婚后，纳博科夫开始转向长篇小说的创作。薇拉对纳博科夫的爱极大地激发了他的创作灵感和创作动力，在不到十年的时间里，他共完成了八部长篇小说，堪称一位多产作家。爱情使纳博科夫找到了新的方向和新的动力，他为爱而写，在这一阶段创作出大量优秀作品。薇拉是一位贤妻良母，多年来一直默默支持纳博科夫，在文学创作上和生活上给予他许多无私的帮助。薇拉不仅是一位温柔体贴、任劳任怨的妻子，而且是他的速记员、打字员、审校、编辑、翻译，甚至司机，她悉心照料纳博科夫的生活，认真处理他的一切事务。正是在薇拉全心全意的支持下，纳博科夫才得以全身心地投入文学创作，优秀的作品频频问世。此外，薇拉还十分支持丈夫的昆虫学研究工作，帮助丈夫收集昆虫的资料，在柏林的自然科学博物馆中进行昆虫分类工作。薇拉的确是纳博科夫事业发展的强大支持者。

1932年，战争形势变得更为艰难，纳博科夫向朋友求助，与薇拉带着孩子逃离德国，前往法国巴黎定居。虽然法国的政局较为稳定，但是纳博科夫一家在法国的生活相当贫困。由于当时纳博科夫始终坚持用俄语写作，他的创作仅为俄国侨民所熟知和推崇，因此使用其他语言的读者并不熟悉他和他的作品。当纳博科夫一家来到法国时，纳博科夫遭到冷遇，一方面默默无闻的纳博科夫及其作品丝毫没有引起法国读者的关注，另一方面法国政府拒绝向纳博科夫发放工作证，导致夫妇两人失去生活来源，陷入极度贫困之中。纳博科夫和妻儿只能暂住在一间公寓房中，过着十分拮据的生活。

当时法国比较流行召开文学聚会，纳博科夫有幸在一次文学聚会上结识了崇敬已久的作家詹姆斯·乔伊斯，二人共进晚餐，还谈论起蜂蜜酒的俄国配方。随后，乔伊斯还应邀参加纳博科夫在普希金逝世一百周年的纪念会上用法语做的讲座。与乔伊斯的交往使纳博科夫体会到了文学大家的风范，现实的残酷以及乔伊斯的启发使已近不惑之年的纳博科夫逐渐改变了想法。纳博科夫意识到自己必须突破原有读者群的限制，拓展发展方向，摆脱生活的窘境。于是，他不再坚守用俄语写作，开始尝试用英语和法语进行创作。在创作语言转变之初，纳博科夫尝试用法语翻译普希金的诗，并用法语撰写一些介绍普希金的文章。1937年，纳博科夫用英语翻译自己的俄语小说《绝望》后，进一步坚定了用英语创作的信心。同时，他仍然继续用俄语创作，先后完成《斩首之邀》（1938）、《天赋》（1938）、《孤单的国王》（1940）、短篇小说《魔法师》（1940）等俄语作品。截至1940年，纳博科夫共出版了八部长篇小说、两部中篇小说、五十篇短篇小说、上百首诗歌、四个剧本、几十本棋局解答和字谜游戏。

在欧洲流亡期间，纳博科夫先后失去了三位生命中最重要的亲人，使他的内心备受折磨。1922年3月，纳博科夫的父亲在一次公开活动中遭到沙俄右翼君主主义分子暗杀，父亲的去世给他带来了生命中前所未有的震撼。次年，纳博科夫发表《山路》和《钉子》两本诗集，作为父亲逝世一周年的纪念。父亲的死不仅对纳博科夫的精神世界造成重创，而且在很大程度上改变了他的写作风格。在父亲去世后，纳博科夫的作品中经常出现一些血腥恐怖的内容，这既是对父亲之死的无声抗议，也是在寄托对父亲的无尽哀思。1939年，纳博科夫的母亲在布拉格去世，他却因为无力负担昂贵的路费而无法与母亲见最后一面，也无法参加母亲的葬礼。此后，意料之外的噩耗再度传来，纳博科夫的弟弟在德国集中营中被折磨致死。至此，纳博科夫生命中三位至亲的人均离他而去，永远消失在他的生命中。随着第二次世界大战的爆发，法国的局势也变得动荡不安，纳博科夫还来不及为失去亲人而悲痛就忙于逃亡。1940年，纳博科夫终于在犹太人救助团体的帮助下买到了廉价船票，前往美国。

三、文学事业的空前转折

1940年5月，在德国的坦克即将占领巴黎之前，纳博科夫一家成功登上了逃离法国的船只，带着仅有的一百美元，前往美国。抵达美国后，纳博科夫一家无家可归，只能暂时寄住在纳博科夫的表妹娜塔莉的家中。由于当时俄国移民圈中兴起反对犹太人的趋势，而且日益盛行，纳博科夫因此逐渐减少了与俄国侨民的联系。来到美国后，纳博科夫凭借自己的才华很快找到工作。他一边在《纽约客》杂志工作，一边从事鳞翅目昆虫的研究工作。不久，纳博科夫开始一边在几所大学授课，一边进行文学创作，同时还利用暑假时间在美国各地收集蝴蝶标本。1942年，纳博科夫因蝴蝶研究的突出成就被聘为哈佛大学"比较动物学博物馆"的兼职研究员，研究员的工作为他带来了稳定的收入，使他能够进一步从事鳞翅目昆虫的研究工作。在研究工作中，他先后发现了蝴蝶和蛾子的新品种，并且从中获得了巨大的快乐。随着纳博科夫的成就逐渐为世人所关注，荣誉纷至沓来。1943年，纳博科夫接受了古根汉姆奖学金。两年后，纳博科夫夫妇顺利获得美国国籍，正式成为美国公民。此后，纳博科夫的事业一帆风顺，先后获得在多所大学任教的机会，他在大学中开设了文学类课程，主讲俄罗斯文学、欧洲文学等课程。

纳博科夫对俄罗斯文学的高深造诣以及对英语的熟练掌握使他受到美国大学的青睐，先后在斯坦福大学、韦尔斯利学院、康奈尔大学讲授俄罗斯文学和欧洲文学。纳博科夫将自己对普希金、果戈理、契诃夫、高尔基等文学大师的热爱和敬仰融入文学课程的课堂教学，他的授课深受学生喜爱。尽管纳博科夫在上述三所大学开设了课程，但是由于自身学历和专业设置等因素的限制，纳博科夫始终没有被聘为全职教师。纳博科夫通过运用联想发音、对比记忆等方法使学生更好地记忆俄语的发音和用法，纳博科夫的俄语课程寓教于乐，生动形象，他的授课颇受学生欢迎，每周授课的次数一再增加，由最初的一周两次增加到一周三次，这为纳博科夫的收入提供了切实的保障。随着纳博科夫的作品在读者中的影响日益扩大，纳博科夫开始为美国的文学界所熟知。康奈尔大学拉丁语系主任莫里斯·毕肖普在读过纳博科夫的几部作品之后，非常欣赏他的才华，主动邀请他到康奈尔大学担任教授。纳博科夫在经历多年的漂泊后，终于获得了一份稳定的工作，有了体面的收入。康奈尔大学为纳博科夫提供了施展才华的广阔天地，他在此先后开设了俄罗斯文学高级阅读课、专题讲座、欧洲小说、文学大师等课程。纳博科夫的授课思路清晰，视角独特，课堂气氛轻松活跃，受到学生的一致好评。1952年春天，纳博科夫还受邀到哈佛大学纪念堂为学生讲授了一个学期的欧洲小说。在十八年的教学生涯中，纳博科夫先后向学生介绍多位俄国著名作家的作品，他尤为推崇普希金、果戈理等文学大师的作品。后来，纳博科夫在康奈尔大学授课的讲稿均被编辑整理成册，编入《文学讲稿》《俄罗斯文学讲稿》《关于〈堂吉诃德〉的讲稿》，讲稿中表达了非常独到的见解，对俄罗斯文学的研究大有裨益。出于对俄罗斯文学的眷恋，纳博科夫还试图将俄罗斯文学与美国文学有机结合。在从事教学工作的同时，他还着力完成了大量翻译工作，先后将《伊戈尔远征记》《叶甫盖尼·奥涅金》《当代英雄》等翻译成了英文。经典名著的翻译工作不仅使纳博科夫对俄国文学大师及其作品的了解更加深入，而且进一步加深了对美国文学与俄罗斯文学差异的理解。

在授课和文学创作之余，纳博科夫仍然没有停止自己非常热爱的鳞翅目昆虫研究。在受聘担任哈佛大学"比较动物学博物馆"的兼职研究员之后，纳博科夫一直从事鳞翅目昆虫的研究和分类工作。他对鳞翅目昆虫的研究非常痴迷，经常连续五六个小时在显微镜下工作。每当谈起这段经历，纳博科夫都认为那是自己流亡生活中最快乐的时光，甚至可以与在故国的童年时光相媲美。经过对鳞翅目昆虫的潜心研究，纳博科夫成功发表了多篇关于鳞翅目昆虫研究成果的论文，因此受邀担任了《新世界》刊物关于蝴蝶方面文章的撰稿人和修订人。纳博科夫经常利用暑假时间与妻子游历美国各地，采集蝴蝶标本。在不断搜寻的过程中，他成功收集了许多珍贵的蝴蝶品种，其标本分别陈列在哈佛大学和康奈尔大学的比较动物学博物馆之中。1952年，纳博科夫成功采集到了一种新的蝴蝶品种，最终这个新的蝴蝶品种以纳博科夫的名字命名，以表彰纳博科夫捕蝶的成就。在采集蝴蝶的过程中，纳博科夫经常穿行在各大公路上，居住在各种汽车旅馆中，深谙美国普通人的生活状况，这段人生经历为此后的小说创作提供了丰富的素材。

纳博科夫流亡到美国的时候已近不惑之年，生活的磨炼使他对文学创作的看法逐步发生了转变。虽然在俄国的美好时光已经在纳博科夫的心里打下深深的烙印，使他在离开俄国多年之后仍然对故国无比眷恋，但是现实生活的残酷使他意识到自己必须迎合读者的需要。经过思想的转变，纳博科夫改用英语进行文学创作，以便扩大自己的读者群，吸引更多的读者关注，增加自己的影响力。为了维持生计，纳博科夫十分关注市场的变化，不断寻找畅销的题材来迎合读者的口味。在纳博科夫看来，放弃俄语而改用英语进行文学创作使他被迫由一位俄语作家转变为一位英语作家，这完全是他个人的悲剧。在纳博科夫的心目中，俄语的地位高于其他任何主流语言的地位，俄语是浑然天成的语言。尽管纳博科夫仍然对俄语怀有深厚的情感，然而他不得不向现实低头，放弃用俄语进行文学创作。1941年，纳博科夫发表了第一部英语长篇小说《塞·奈特的真实生活》，小说一经出版立刻引起读者和评论界的关注，评论界称其为"英语语言文学的里程碑"。初战告捷，纳博科夫对自己的英语信心大增。1944年，纳博科夫用英文撰写半传记、半评论式的长篇论著《尼古拉·果戈理》，解读这个"俄罗斯有史以来所产生的最不平凡的诗人与小说家"。纳博科夫和著名作家、评论家艾德蒙·威尔逊一见如故，两人在艺术创作上惺惺相惜，艾德蒙非常赞赏纳博科夫用意译的方法翻译普希金的诗歌。随后，两人共同为《新共和》杂志编译了普希金的《莫扎特与莎列丽》。此后，纳博科夫不断在《大西洋月刊》和《纽约人》等著名刊物上发表短篇小说、回忆录和诗歌。1945年，纳博科夫开始翻译四卷本《叶甫盖尼·奥涅金》。1947年，纳博科夫发表了小说《庶出的标志》，在小说文本中显示出非凡的语言天赋，地道的英语使其小说行文流畅，读者反响不错。1951年，纳博科夫发表英文传记《终极证据》，经用俄语修订后，于1955年以《彼岸》为书名正式发行，该书被视为纳博科夫著名的自传体小说《说吧，记忆》的前身。《终极证据》《彼岸》《说吧，记忆》这三部作品中有很多极为相似的地方，但内容上不断充实与丰富。

1955年，《洛丽塔》的出版将纳博科夫的创作事业推向巅峰。在成功的背后，纳博科夫也曾经历过不少心酸的故事。在写作过程中，他对自己的创作十分不满意，几次想将手稿付之一炬，幸好薇拉及时挽救手稿，否则今天读者将无法读到这部伟大的作品。书稿完成后，小说的出版又遇到难题。纳博科夫先后向四家出版社投稿，但都因书中涉及中年男人与少女的畸形恋爱以及性爱内容而被拒绝。由于当时美国禁止出版描写性爱的书籍，因此有些出版社明确表示，一旦出版《洛丽塔》，他们将会触犯法律。无奈之下，纳博科夫只好将手稿送到法国专门出版色情文学的奥林匹亚出版社出版。出乎意料的是，小说出版后好评如潮，受到广大读者的热情追捧。为了满足广大读者的购书需要，出版社连续三次加印，不到一个月的时间该书共售出十万册，连续一个月斩获《纽约时报》畅销书榜首之位。《洛丽塔》的出版为纳博科夫的写作生涯带来了巨大辉煌，令人遗憾的是，经过短暂的辉煌之后，《洛丽塔》在多个国家遭到了冷遇，英国、新西兰都将其列为禁书，美国的图书馆也禁止该书向公众开放借阅。在纳博科夫被《洛丽塔》是色情文学的质疑声所包围时，英国作家雷厄姆·格林率先发现了《洛丽塔》的精妙之处，并在伦敦《泰晤士报》上发表文章称赞《洛丽塔》为1955年度三部最佳小说之一，以此为《洛丽塔》正名。1958年，《洛丽塔》由美国普特南出版社重新出版。由于之前的禁书风波和评论家的褒贬不一，《洛丽塔》的出版立刻引起广大读者的追捧，连续六个月高居畅销书排行榜首位。从此，纳博科夫和他的《洛丽塔》享誉全球。虽然法国、比利时、新西兰、苏联等国家明令禁止《洛丽塔》的出版和发行，纳博科夫也被冠以色情文学作家的头衔，但是他却从此进入了文学创作生涯的鼎盛时期。其实自1953年起，纳博科夫的小说《普宁》中的四章内容便开始在《纽约人》连载，随着《洛丽塔》的出版，《普宁》也因此受到美国读者广泛关注和好评。1957年，《普宁》全书内容与读者见面，期待已久的美国读者对这部小说好评如潮。小说的热销使纳博科夫名利双收，同时《普宁》的成功也使人们开始将目光转向纳博科夫的早期作品。当时比较有名望的美国企鹅出版公司抢得先机，率先出版《黑暗中的笑声》《普宁》《塞·奈特的真实生活》《斩首之邀》等多部纳博科夫的小说，《花花公子》《纽约客》等知名杂志也争相刊登纳博科夫的多部小说，纳博科夫成为真正意义上的知名作家。虽然纳博科夫的事业蒸蒸日上，生活也变得富足，但是他和妻子始终没有购买固定房产，总是租住公寓或者汽车旅馆。1959年，纳博科夫辞去康奈尔大学教授的职位，离开美国，回到欧洲。

（一）后现代主义文学理念

从欧洲流亡至美国成为纳博科夫人生中最关键的转折点，这次流亡不仅使他所处的社会环境和文化环境发生了根本性改变，更重要的是，他的创作语言由俄语转变为英语，使其读者群得以实现实质性的扩大和前所未有的突破。到美国之后改用英语创作对纳博科夫而言意义重大，生存环境和创作语言的转变为纳博科夫的创作生涯续写了全新的篇章，更重要的是，为纳博科夫塑造了全新的文化身份。如果对纳博科夫的创作阶段进行划分，那么可以根据其创作语言进行划分，即运用俄语创作的第一阶段和运用英语创作的第二阶段。在第一阶段，纳博科夫仅运用俄语创作，其读者群仅限于俄国侨民；而在第二阶段，纳博科夫改为运用英语进行文学创作，不仅读者群得以扩大，而且成功跻身知名作家的行列，享誉世界。尽管评论界对于纳博科夫小说的态度一直莫衷一是，但是评论界的质疑与争论无损纳博科夫作为文学大师的风范。

1940年春天，身上仅存一百美元的纳博科夫和妻儿乘船到达纽约。第二次世界大战刚刚爆发，战争正在摧毁人们的肉体和精神。战争肆意打乱正常的生活进程，无情地荼毒成千上万鲜活的生命。二战结束以后，美国社会生活的方方面面都与美国文坛紧密关联，各类社会事件不断震撼和激荡着美国文坛，比如在第二次世界大战期间，纳粹分子对犹太人的大规模屠杀以及原子弹爆炸等事件均震撼着美国民众的心灵，从而导致美国社会原有的道德准则、人生观、价值观发生动摇。在基本价值观的根基被严重撼动的情况下，社会中各种新思潮纷纷涌现。随着科技的发展，二战后美国民众生活的各个方面均发生了重大改变。科技的发展使人们的生活变得更加便利，却使人与人之间的关系变得更加疏远。进入20世纪60年代以后，美国出现了一系列社会事件，总统遇刺、暴力事件、导弹危机、学生运动、政治丑闻、女权运动等都使美国人在精神上陷入迷惘和彷徨之中。显然，战争在人们心中留下难以驱散的阴影，美国民众普遍产生了悲观失望的情绪，开始对生活丧失信心，认为自己未来的生活充满不确定性。在战后的社会环境和民众内心情绪的催生下，存在主义和后结构主义哲学思潮日益流行起来，潜移默化地对民众的思想产生影响，其中尤以知识分子对上述两种哲学思潮最为推崇。

第二次世界大战结束之后，美国涌现多种哲学思潮，均对二战后美国文学的发展产生巨大影响，其中尤以萨特和加缪的"存在先于本质""存在即自我"的哲学理念最为突出。萨特十分推崇不受干扰的自我意识，认为人生而自由，只有人们获得自由生活的权利，可以自由选择，才能塑造人的本质。萨特的观点解构了传统意义上的人生观，激励作家以全新的视角去看待人生，这与象征派的理念十分契合。纳博科夫认为作家要在文学作品中创造不同于现实世界的生活，这种脱俗的生活，不仅能够向人们昭示生活的真谛，而且能够帮助人们由"此岸世界"到达"彼岸世界"，开创全新的生活。存在主义认为，世界是荒诞的，整个世界中的一切事物都是荒诞的，甚至包括人类所生存的现实环境。基于上述观点，存在主义认为文学的目的在于赋予荒诞以价值并以文学的形式将现实中的荒诞呈现出来。后结构主义认为，一切事物都是虚无和变幻的，世界上根本不存在永恒不变的事物，无论是历史还是真理都不会永恒不变，因此后结构主义指出，文学的目的在于以高深复杂的结构呈现客观世界的虚无和变幻，文学应该专注于文学世界内部，不受文学世界之外的因素干扰，消解主题和动机，颠覆秩序和真理。德里达是后结构主义的代表人物，他认为文学作品中无法协调的矛盾是造成文本不确定性的主要原因，因此所有模式都能够深度消解。

存在主义与后结构主义的结合为后现代主义的诞生奠定了基础，后现代主义的"不确定性"与"内在性"均来源于存在主义与后结构主义。后现代主义的诞生是人们在二战后精神世界崩塌的一种体现，后现代主义的"不确定性"与"内在性"恰好与当时人们的生活状态和精神状态相契合。纵观二战后的后现代主义文学，其作品往往在原有现代主义文学的基础上进行大胆的创新，开辟全新的创作思路。二战后的后现代主义文学吸收存在主义哲学的理论观点，运用创新性的语言和富于变化的叙事技巧描绘空虚、荒诞的现实生活，反映二战后社会生活的发展和变化，体现人们面对社会生活的种种变化的无奈。在当时的社会背景下应运而生的后现代主义思潮积极打破固有的框架、模式和定律，着重强调作品内在的不确定性和迷宫式的结构，使叙述手法和叙事风格难以把握和琢磨。虽然现代主义作品和后现代主义作品都在揭示现实世界的荒诞不经，但是二者在表现手法上大相径庭，现代主义作品往往以凄苦的方式展现现实世界的荒诞，而后现代主义作品则以荒诞的方式去体现现实世界的荒诞。对于后现代主义作家而言，展现荒诞不必大肆渲染荒诞本身，以无意义的方式表现无意义的事物往往最具有说服力。

在纳博科夫流亡到美国后，他一直无法融入异质文化，一直处于主流文化的边缘。文化身份的缺失导致纳博科夫在心理上备受折磨，此时的他深刻体会到"心理现实"与"客观现实"的二元对立，于是他运用"有机时间"重新界定"物理时间"或"应用时间"。纳博科夫的思想非常开明，在流亡到美国后，他并没有固守俄罗斯文化传统，而是很快地接受美国文化，并且十分推崇美国的多元文化。纳博科夫将俄国传统的哲学观与存在主义和后结构主义的哲学思潮相结合，形成观点鲜明的后现代时间观。他将时间比作抽象的河，这条河不断流逝，所有事物都将随着河流而流逝，人们根本无法阻止，只能控制"由感觉、知觉向情感方向的衍变，那如潮水般在心中涌来、退去的往事，那由渴望、嫉妒和富有诗意的欣喜之情等等绵延起伏所构成的情感波澜"①，在纳博科夫的时间观中，"物理时间"为"有机时间"所取代，过去与现在被"时间之墙"所隔绝，人们无法回到"过去"，也无法飞向"未来"，只能困在当下的"时间之狱"中，无法掌控。在对现在与未来的思考中，纳博科夫开始探寻人类的生存之道与逃离"时间之狱"的方法。在上述时间观的基础上，纳博科夫形成了自己的文学观，认为文学创作不可能完全符合现实生活，必须带有虚构的成分，一部小说的风格与结构才是小说的真正精髓。

纳博科夫将"心理时间"和"应用时间"的概念与俄国白银时代神秘主义的理念相结合，顺利跻身美国后现代主义作家的行列。在后现代理念的指引下，纳博科夫在探索中努力向"彼岸世界"靠近，随心所欲地将真实世界与艺术世界相交织，将二者在虚幻中同质化，使文学作品如魔方般不断变幻色彩和样式。在纳博科夫的小说世界里，艺术世界的虚幻性与真实世界的真实性没有明显的界限，二者的真实与虚幻完全混淆，甚至具有同质性。小说人物在真实

---

① 纳博科夫著，申慧辉等译. 文学讲稿［M］. 上海：上海三联书店，2005：180-181.

的艺术世界与虚幻的现实世界之间随意行走，在小说中构筑自己独特的天地。纳博科夫视艺术创造为生命创造，试图用艺术打破时间的必然性，从而使生命实现永恒。

纳博科夫在《斩首之邀》中充分表达了自己对"有机时间"和"彼岸世界"的渴求，同时也包括对穿梭于真实与虚构同质化的小说空间的渴求。小说的主人公辛辛纳特斯是一个流浪儿，在别人眼中是一个异类，辛辛纳特斯被判处死刑的原因在于他的伪装性和难以辨别性。在一个将同质和透明强加于人的世界里，不透明使辛辛纳特斯成为世人眼中的另类和危险人物。辛辛纳特斯在监狱里等待行刑日期的到来，可是没有人知道他的行刑日期。监狱里没有钟表，只有通过观察狱卒在墙上画出的表来判断时间。即便如此，辛辛纳特斯无法知道准确的日期和时间，他手足无措，只能在监狱里煎熬着无尽的等待。在《斩首之邀》中，时间已经不是人们日常意义上的"物理时间"，而是一个界限模糊、内涵不明确的概念，因此辛辛纳特斯的每一天都是相同的，如同时间是静止的，今天与明天首尾相接寓意人们对现实时间的无能为力以及时间对人们的强大束缚。通过描述辛辛纳特斯每天在监狱中经历的相同的日子，纳博科夫向人们昭示，真正囚禁辛辛纳特斯的是"时间之狱"而不是现实的监狱，因此辛辛纳特斯是时间的囚徒。在双时间的叙述手法下，现实与虚构相互纠缠，辛辛纳特斯将当下的现实生活与过去的回忆相混淆，从而使现实的"物理时间"与辛辛纳特斯内心的"有机时间"相互矛盾，相互干扰，真假难辨。被时间束缚的辛辛纳特斯无法进入未来，也无法回到过去，只能困在现在的"时间之狱"中，唯一的解脱方式是死亡。由此可见，《斩首之邀》充分体现了纳博科夫对"有机时间"的认知以及对永恒的情感记忆。《斩首之邀》可谓纳博科夫后现代小说创作的开端，在此后的多部小说中，纳博科夫的作品开始逐渐融入后现代主义因素，凸显不确定的主题、解构主义的形式、迷宫般的语言等标志性的后现代主义创作风格。

《洛丽塔》是又一部体现"有机时间"的力作，作品充分反映纳博科夫对"有机时间"的理解和话语表述。主人公亨伯特因无法忘怀自己的初恋阿娜贝尔而对往事形成持久的"有机时间"记忆，成年后的亨伯特仍然禁锢于"有机时间"之中，试图回到过去重温与阿娜贝尔的恋情。由于人们无法穿越"时间之墙"，亨伯特无法挽回过去的岁月，也无法挽回阿娜贝尔逝去的生命。为了弥补自己逝去的往昔岁月，亨伯特以少女洛丽塔为替代品，试图找回自己的过去。尽管亨伯特限制洛丽塔的自由，并且以各种手段控制洛丽塔，但是他最终也无法拥有洛丽塔。在洛丽塔逃走后，亨伯特与洛丽塔的感情纠葛最终以一场命案告终。当洛丽塔不再是宁芙，亨伯特才真正意识到洛丽塔不属于自己，洛丽塔也无法替代阿娜贝尔。《洛丽塔》是由亨伯特的回忆片段拼凑而成的，小说中充分体现了后现代主义的"不确定性"和"内在性"，小说运用戏仿、语言迷局、不可靠的叙述者以及解构主义等手法，具有明显的后现代主义风格。《洛丽塔》颠覆传统意义，解构当代人的道德理念，解放桎梏的思想，也因此而受到美国读者的推崇，连续数月稳居畅销图书排行榜，同时《洛丽塔》也使纳博科夫成为后现代主义的先锋派作家。如果说《斩首之邀》是纳博科夫向后现代主义迈进的起点，那么随后出版的《洛丽塔》便是纳博科夫后现代创作风格的成熟之作，将纳博科夫的后现代主义创作风格表露无遗。

《洛丽塔》以及纳博科夫的一系列后现代主义小说对美国"垮掉的一代"作家的创作风格具有相当的影响力。"垮掉的一代"是指美国20世纪50年代后半期涌现出来的一批作家，他们对社会现实不满，以怪异和夸张的行为表示对社会的反抗，其作品也多以描绘怪诞行为为主。金斯堡的《嚎叫》以及威廉·巴勒斯的《赤裸的午餐》都是此类作品的代表。"垮掉的一代"的创作风格自由、洒脱、无拘无束，与纳博科夫的创作风格十分契合。从某个角度来看，《洛丽塔》实则为美国50年代后半期的文学变革创造了契机，它充分激发了充满反叛意志的"垮掉的一代"作家的创作灵感，为传统文学打开全新的视野，打破现实主义的禁锢，冲破框架式的思维，极大地拓展了文学创作可以发挥的空间，有力地推进了当时美国文坛后现代主义的发展进程。《洛丽塔》的热销为先锋派迎来了春天，许多出版商争相出版先锋派的作品，比如厄普代克的《夫妇们》和罗斯的《波特诺的抱怨》相继出版，并在广大读者中引起巨大反响。随着先锋派作品的成功，《查泰莱夫人的情人》和《赤裸的午餐》也终于获得与读者见面的机会。纳博科夫的后现代主义作品不仅促进当时美国作家的创作风格纷纷向后现代主义创作风格过渡，而且促进了文学创作传统时代的终结，以及全新创作时代的到来。纳博科夫着实是一位后现代主义的先锋派作家，他在自己的后现代小说中不断引入全新的创作技法，使小说的内容和形式均具有鲜明特点，对新兴的后现代主义作家发挥关键的指向性作用。纳博科夫在小说中常用的语言设谜、叙述文本创新等叙述技巧迅速成为后现代作家可参照的先例和标准，许多作家甚至开始承袭纳博科夫的创作风格进行小说创作。纳博科夫可谓一位承前启后的作家，他既吸收借鉴现代主义文学的精髓，又创新大胆地开创后现代主义创作风格，对美国文学由现代主义向后现代主义的过渡产生了深远影响。

（二）后现代主义写作风格

美国文化的多元性和包容性为纳博科夫在美国的发展提供了广阔的天地，

他以其非凡的语言天赋以及创新的写作风格迅速融入美国文学界。虽然他的母语是俄语，但是他凭借鲜明的艺术手法和卓越的艺术表现力吸引了无数读者的注意力，因此顺利实现了创作风格和文化背景的双重转换。由于纳博科夫对艺术的理解已经超越了国家和民族的界限，因此纳博科夫堪称一位真正的后现代主义大师。

来到美国后，纳博科夫的写作风格实现了本质上的飞跃，他的写作风格在古典主义与现代主义、现代主义与后现代主义、人文科学与自然科学、历史与未来、时间与空间、此在与彼在之间不断跳跃与转换。文学转向和文学越界现象的出现与作家的思想存在必然的因果关系，纳博科夫所秉承的是自由主义思想，该思想恰好与后现代主义文学的风格不谋而合。后现代主义文学的显著特征在于颠覆和解构传统文学的内容和形式，是一种反传统的创作风格。由于后现代主义作家秉承自由主义思想，其文学作品以及文学作品所展现出来的创作风格均反常规、反传统，充分体现文学创作的自由以及作家对这种自由的执着追求。与之相对，纳博科夫对后现代主义创作风格的追求也恰好是其自由主义思想的一种表达，这也是纳博科夫能够在文学内部和外部自由转换的原因。鉴于纳博科夫的自由主义思想，许多评论家从自由主义的视角分析纳博科夫及其作品，将他称为"极端自由主义者"。纳博科夫总是试图从世俗的语境中突围，在自由主义思想的海洋里遨游，与其他作家相比显得更加独树一帜。

纳博科夫自由主义思想的渊源与俄国人道主义思想以及自由主义传统密切相关，其中俄国文学大师普希金对纳博科夫的思想影响程度最高。普希金是近现代俄罗斯民族文学的开创者和奠基人，他坚持自由主义立场，不畏强权专制，对纳博科夫的思想产生了诸多影响。在普希金自由主义精神的强烈震撼下，纳博科夫将《叶甫盖尼·奥涅金》翻译成英语，并为作品加评注，以此表达对普希金的敬意。普希金的文学精神为纳博科夫的文学精神和文学写作原则提供了原动力，纳博科夫承袭普希金的写作原则，模仿屠格涅夫、托尔斯泰等文学大师的写作风格，将自由主义的文学传统提升到了全新的高度。

除俄罗斯文学传统的自由主义精神对纳博科夫的写作风格产生影响之外，纳博科夫本人的人生经历也对其写作风格产生了巨大的影响。纳博科夫人生中的几十年一直经历流亡生活，在流亡过程中他深切体验到了各种苦难和辛酸，现实的残酷使纳博科夫的人生观和价值观随着人生经历逐步发生了转变。虽然纳博科夫一家因逃避政治迫害而逃亡到国外，但是纳博科夫本人并没有卷入政治纷争之中，因此对他而言，他的流亡生活更多的是一种文化上的流亡，而不是政治上的流亡。多年的流亡生活使纳博科夫始终保持质疑和警惕的姿态，他有意远离主流意识形态，使自己的精神边缘化，以保证自己的精神保持独立和自主，避免受到任何意识形态的束缚和控制。纳博科夫十分认同西方国家所提倡的民主和自由，认为政治专制与民主自由之间的矛盾不可调和，任何形式的政治统治都是遏制个体自由的障碍和鸿沟，因此纳博科夫最终前往在他眼中崇尚自由平等的美国，努力在美国追逐理想，实现愿望。从某种意义上说，纳博科夫选择后现代主义写作风格也是在表达自己对政治专断的批判和否定。

在美国自由、创新的社会环境下，纳博科夫不断接触全新的文学思想。根据"彼岸世界"的理念，纳博科夫认为"彼岸世界"是一个永生不灭的、非物质的虚无世界，这个世界永恒存在，不生不灭，对"此岸世界"产生无法估量的影响，该思想与形而上的世界观十分契合。由于俄国象征派孕育于动荡的社会环境，因此它能够迅速适应美国同样变化万千的社会环境，于是象征派的"独立而自在"的艺术观开始进入人们的视野，并且与黑色幽默派遥相呼应。"黑色幽默"思想的精髓在于摒弃客观现实，鼓励人们自主地创造自身的本质，反观象征派的思想精髓则在于使人们凌驾于现实生活之上，使文学成为个体精神实质和话语个性的来源。纳博科夫将黑色幽默派的理念与象征派的理念相融合，将黑色幽默融入小说创作，形成黑色幽默的写作风格，比如《洛丽塔》便是运用这种风格的范例。纳博科夫在这个社会变化、文化多元化的时代进行文学创作，他将这个时代的价值、思想和判断恰当地融入了自己的小说之中。纳博科夫的文学创作既具有俄罗斯传统文化的高贵气质，又具有黑色幽默的调侃气息，迅速在美国文坛形成一种独特的风格，他的小说也因此成为"超体验文学"的代表。在当时的美国，个人主义肆意膨胀，人们只关心自身的生活状态，完全不理会社会的发展状况。在此人生观的影响下，人们开始追捧无所介入的艺术。此外，新批评派对纳博科夫作品的流行也起到了一定促进作用，新批评派对作品本身的评论方式的关注恰好符合纳博科夫的创作思想。

因此，身处两种文化背景的纳博科夫成功地在文学上跨越国界，跨越民族，在东西方文化之间架起了一座沟通的桥梁。纳博科夫在与俄国传统文学割裂的同时，顺利完成了由现代主义向后现代主义的转型，这次成功的转型具有前所未有的创新性意义。只有充分理解从现代文学到后现代文学的过渡与转型，充分理解俄罗斯文学的传统性与美国文学的后现代性，才能真正理解纳博科夫的文学世界。

四、暮岁晚景的笔耕不辍

1959年，纳博科夫从康奈尔大学退休，次年移居瑞士。根据纳博科夫以往的习惯，纳博科夫夫妇并没有购置房产，而是常年住在蒙特罗一家保持着19世纪风格的五星级宾馆的套房里，透过宾馆房间的窗户可以俯瞰美丽的日内瓦湖。在这样风景秀丽的环境中，纳博科夫专心从事一生执着的文学创作和蝴蝶研究。纳博科夫在晚年选择瑞士蒙特罗定居的部分原因在于，从这里前往妹妹居住的日内瓦和儿子居住的意大利米兰都非常便利，而事实上，真正原因在于纳博科夫那份难解的俄罗斯情结，因为俄国多位文学大师都曾在这里暂住并且进行文学创作。尽管此生无缘回到故国，纳博科夫依然尽量让自己的心贴近故国。

晚年的纳博科夫依然精彩迭出，1962年出版的《微暗的火》被美国著名女作家玛丽·麦卡锡称赞为"本世纪最伟大的作品之一"[①]，这部作品进一步巩固了纳博科夫在美国文坛的地位。同年，纳博科夫将《洛丽塔》改编成剧本，美国著名导演库布里克将这部文学作品搬上荧幕，并获得巨大成功。1967年，纳博科夫将俄文版《终极证据》修订并翻译成自传体小说《说吧，记忆》。1969年，纳博科夫最长的一部英文小说《阿达》出版，该书荣登美国当年年度畅销书榜。1972年，《梦锁危情》出版，该书被认为是纳博科夫小说艺术精华的浓缩。1974年，纳博科夫最后一部完整的长篇小说《瞧！那些小丑》出版。除了小说创作，纳博科夫在诗歌创作方面也取得了巨大成就。1970年，他的一本别具特色的诗集《诗歌与残局》出版，其中收录三十九首俄文诗，同时将俄文诗译成英文诗，并增加十四首英文诗和十八局国际象棋棋谱，诗集中收录的十二首长诗中包括《童年》《克里米亚》《彼得堡》等九首俄文诗和《俄罗斯诗歌晚会》《微暗的火》等三首英文诗。

纳博科夫在晚年仍然持续进行大量翻译工作，将自己早期创作的《王，后，杰克》《防守》《光荣》《绝望》《天赋》《斩首之邀》等俄语作品相继翻译成英语。作为一位文学翻译家和文艺评论家，纳博科夫还将俄罗斯文学经典翻译成英语，以便扩大俄罗斯文学在世界上的影响，包括莱蒙托夫的《伊戈尔远征记》《当代英雄》，普希金的《叶甫盖尼·奥涅金》以及丘特切夫、霍达谢维奇的诗。最值得一提的是，《叶甫盖尼·奥涅金》是纳博科夫历尽十五年翻译的心血力作，他创新性地采用直译加注释的个性化翻译方法，在四卷共一千五百页的书稿中，译文约二百五十页，译者序约二百五十页，索引约一百页，注释约八百页，分别对诗中涉及的俄语习语、风俗、人名、历史文化事件、西欧文学，尤其是法国文学进行详细介绍，堪称一部标准的学术翻译典范。

纳博科夫不仅在文学创作方面笔耕不辍，对毕生热爱的蝶类研究工作也从

---

① Norman Page（ed.）. *Nabokov：the Critical Heritage* ［M］. London：Routledge&Kegan Paul，1982：133.

未停歇，日内瓦湖畔、意大利山里、地中海诸岛上、法国南部的山脉间时常可以见到纳博科夫夫妇"蝴蝶旅行"的身影。纳博科夫还曾参观多家博物馆，细致研究自古埃及到文艺复兴时期各类画作上的蝴蝶。

晚年的纳博科夫不断收获成功的喜悦，他的多部后现代主义小说均受到评论家的好评和广大读者的喜爱，成为美国优秀的后现代主义作家。由于纳博科夫的多部小说均十分畅销，企鹅出版公司在1960—1964年间连续出版纳博科夫为读者所喜爱的多部小说，流行刊物《花花公子》《纽约人》等畅销杂志定期刊登纳博科夫的作品，各大报纸、杂志、电台、电视台的记者也慕名前往瑞士采访这位文学大师。纳博科夫一般不会即兴回答记者的提问，通常要求记者事先将需要提问的问题寄来，采访时会按照事先准备的内容回答问题，采访结束后再将手写稿交给记者。在最后出版前，他还要亲自检查文字内容，即兴发言的内容必须征得他的同意才能发表。

随着斯坦利·库布里克执导的电影《洛丽塔》与观众见面，纳博科夫再次成为媒体及大众关注的焦点。一方面，纳博科夫受到大众的高度关注，先后成为多家知名杂志的封面人物；另一方面，纳博科夫受到学术界的高度重视，斯泰格纳的《遁入美学》和安德鲁的《纳博科夫之艺术生涯》等专门研究纳博科夫及其作品的著作纷纷面世。至此，纳博科夫已经成为世界公认的名副其实的文学大师。同年，纳博科夫因杰出的文学成就荣获美国文学艺术学院荣誉奖章。1972年，诺贝尔文学奖得主索尔仁尼琴向瑞典皇家科学院写信推荐纳博科夫为诺贝尔文学奖候选人。虽然纳博科夫与诺贝尔文学奖擦身而过，但是他已经成为文学界公认的20世纪享有世界盛誉的经典文学家。1973年，纳博科夫因其终身创作成就而被美国授予国家文学金奖。

1977年7月2日，纳博科夫因患肺病医治无效在瑞士洛桑病逝，享年78岁。他的墓碑上镌刻着"弗拉基米尔·纳博科夫，作家"。纳博科夫以自己传奇的一生书写了无数优秀的作品，他以大胆创新的写作风格、精巧的情节设计、入木三分的人物刻画、迷宫般的行文结构、简洁精妙的语言赢得了读者的好评和评论界的赞赏，堪称一代文学大师。

第二章　纳博科夫的文学思想

在文学创作的过程中，纳博科夫逐渐形成了独具特色的现实观和时间观，这些文学思想与纳博科夫的小说创作密切相关。纳博科夫认为，世界是未知的，现实是一种主观化的真实，甚至是幻象，因此人们无法摆脱"时间之狱"；同时，意识的反身性与依赖性使人们只能困于"当下"。在纳博科夫看来，小说或艺术创作的目的在于探索存在的可能性，而不在于单纯揭示真理，因此纳博科夫在文学创作中不断建构自身的文学领地，始终崇尚"艺术至上"的观点，并且通过小说艺术的创新和变换来揭示小说的本质是探询性的，而不是确证性的。虽然评论界对纳博科夫的小说褒贬不一，但是却普遍认可他的文学才华。由于纳博科夫的小说具有高度开放性，因此读者可以深入小说之中，对小说进行无限的解读。徜徉于纳博科夫的小说之中，读者仿佛陷入纠缠不清的梦魇，甚至无法确定自己是否能够回到现实中来。纳博科夫的文学思想在其小说、文学讲稿以及访谈录中均有充分的阐述和体现，是指导其进行文学创作的标准和原则，理解纳博科夫的文学思想是理解纳博科夫小说创作的一个重要窗口。

一、纳博科夫的现实观

（一）理论观点

纳博科夫主张"一元论"，该理论观点指引他创新性地认知和评价客观世界，这种对现实全新的认识不仅促使他形成了独特的现实观，而且促进他形成了自成一派的写作风格。

1. 主观性现实

纳博科夫认为："现实是非常主观的东西。人们离现实永远都不够近，因为现实是认识步骤、水平的无限延续，是抽屉的假底板，一往无前，永无止境。"[①]在认知事物的过程中，人们可以不断深入和扩大对事物的认知，但是人们永远无法完全认知一个事物，换言之，人们永远生活在自己无法完全认知的事物之中。由此可以看出，纳博科夫并不认同主客观对立的观点，也并不认为存在一个客观世界，这个世界中存在的事物可以供我们研究。纳博科夫认为，真实的世界与主观世界相关联，即使存在一个不受主观世界干扰的客观世界，人们也无法探寻这个客观世界的本来面目。世界的万物都具有主观色彩，而且人们无法去除这种主观色彩，真实的世界中的万物都是心灵的投射。英国哲学家休谟在《人性论》中曾经表达过与纳博科夫相似的体验："我们纵然尽可能把注意转移到我们的身外，把我们的想象推移到天际，或是一直到宇宙的尽处，我们实际上一步也超越不出自我之外，而且我们除了出现在那个狭窄范围以内的那些知觉以外，也不能想象任何一种的存在。"[②]一旦人们的生命缺乏坚实的对象化的世界做基础，将会变得空灵而轻盈，因此生活在精神世界中的人们的生活必定充满梦幻色彩。纳博科夫的小说总是呈现出强烈的虚幻感，小说人物的身份和形象具有相当的开放性，既不拘泥于固定模式，也不拘泥于单一的文本层面，小说的情节也是开放性的，小说讲述的故事并不具有完整性。在阅读纳博科夫小说的过程中，读者犹如坠入梦境，人物只是模糊的形象，让人难以看清，情节断断续续，缺乏传统意义上的情节连贯性。通常在梦醒后，人们对梦的感觉并不是很真切，只留下一些模糊的影子。一旦读者进入纳博科夫的小说世界，就会进入一场永远无法醒来的梦境，无法感知梦与醒之间的界限。

在《塞·奈特的真实生活》中，塞·奈特同父异母的弟弟"我"正是经历了一场无法醒来的梦境。"我"在收到塞·奈特病危的电报之后，匆匆赶往塞·奈特所在的医院，此时读者已经和"我"一起陷入一个漫长而又不知何时结束的梦魇之中。"我"由于匆忙而忘记携带足够的钱，也忘记了医院的地址，一路上几经周折，脾气暴躁的出租车司机、仿佛从天而降而且面容模糊不清的警察、偶然搭乘的火车、医院值班室里的胖老头等在"我"的眼前一一闪过。经过一路颠簸，"我"终于来到塞·奈特的病床前。当"我"听到哥哥均匀的呼吸，感受着哥哥熟睡的宁静时，"我"的心中对哥哥充满了最真挚的爱。就在这个充满爱的时刻，院方告知"我"，病床上的那个人并不是塞·奈特，塞·奈特

① 纳博科夫著，潘小松译. 固执己见 [M]. 长春：时代文艺出版社，1998：12.
② 休谟著，关文运译. 人性论 [M]. 北京：商务印书馆，1980：84.

已经在几天前去世了。伴随着"我"的一切经历，读者好像和"我"一起在无尽头的梦境中沉降，这种梦境的状态使读者有一种前所未有的孤独感。又如在《洛丽塔》中，亨伯特也遭遇了同样的孤独。亨伯特深爱着洛丽塔，并且渴望永久地占有洛丽塔。尽管他可以通过各种诱骗手段占有洛丽塔的身体，但他永远无法占有洛丽塔的灵魂，他们犹如两条可以无限接近却永远无法相交的平行线。亨伯特最终锒铛入狱，只能在监狱中面对自己应有的惩罚，洛丽塔只是他的一场梦。每个人的世界都是封闭的，每个人感知的万物只是心灵的表象，每个人都生活在自己的内心世界之中，每个人的生命都由于孤独而变得更加沉重。

2. 主体性自我

"一元论"所追求的是"心"与"物"合二为一的状态，在这种状态下，明确的、具有主体意识的"自我"已经融入世界，互相渗透，融为一体。在《塞·奈特的真实生活》中，为了再现塞·奈特的真实生活，塞·奈特同父异母的弟弟"我"在塞·奈特去世后前往哥哥生前生活过的地方，拜访了解哥哥生活的人，经历哥哥生前经历的生活，以便搜集翔实的资料，为哥哥写一部反映他真实生活的传记，以此表达对哥哥的爱。遗憾的是，"我"所做的努力并没有使自己发现真实的塞·奈特，因为每个人的眼中都形成一个独特的塞·奈特，仿佛塞·奈特的幽灵以不同的方式附着在这些人身上，构成这些人存在的一部分。

在"我"的眼中，塞·奈特一直是值得学习的榜样。童年的"我"对哥哥周围的一切都感到好奇，总是想方设法引起哥哥的注意。成年后，兄弟二人分开生活，很少联系，哥哥的生活更是蒙上一层神秘的面纱。"我"将自己对哥哥的爱完全赋予头脑中的哥哥的形象，以至于当"我"与哥哥真正见面时，总是有些不知所措，气氛显得有些尴尬。在神秘与崇拜的感情之中，"我"在心里创造出了一个年轻帅气、品格高雅、才华横溢的塞·奈特。在塞·奈特童年时期的家庭教师眼中，塞·奈特是一个高贵的孩子，塞·奈特童年时期的影子始终在她的头脑中萦绕，她的回忆永远停留在塞·奈特和"我"的童年时期，这些回忆构成了这位年老的家庭教师的生活世界。在塞·奈特死后，"我"为了寻找塞·奈特的资料而拜访这位家庭教师时，她只是不厌其烦地诉说着"我"和塞·奈特的童年往事，而对成年后塞·奈特的生活毫无兴趣。在塞·奈特的秘书古德曼先生眼中，塞·奈特完全是一个由时代和环境造成的悲剧人物，他的喜怒哀乐受到特定时代、特定环境的操控，行为和举止也被剥夺了自由。在"我"的母亲眼中，塞·奈特是一个谜一样的孩子，让人难以捉摸。在塞·奈特昔日同学的眼中，塞·奈特是愿意为实现目标而付出努力的大学生，只有当他沉浸在诗的幻想中时，他才会展现出不为人知的另一面。在塞·奈特的女友眼中，塞·奈特富有才气，却缺乏激情和浪漫。塞·奈特的生活如同一面多棱镜，身边的每个人只是多棱镜的一个面，折射出塞·奈特生活的各个层面。通过棱镜各面的折射，塞·奈特的生活逐渐展现在读者面前。事实上，小说并不存在固定的塞·奈特的自我存在，谈论塞·奈特的人会参与他的灵魂，以某种形式在塞·奈特身上复活。

在小说中，"我"的形象是模糊的。尽管如此，读者仍然可以获取"我"的相关信息。小说的世界以"我"寻访塞·奈特的经历展开，而且"我"是塞·奈特同父异母的弟弟，自然与塞·奈特在家庭背景等方面存在相似之处。随着塞·奈特的资料展现在读者面前，"我"的信息也自然呈现给读者。比如"我"没有确切的形象，没有名字，没有姓氏。为了还原一个真实的塞·奈特，"我"不辞劳苦地终日奔波，努力搜集关于塞·奈特生活的方方面面的资料，走访知情人。"我"无名无姓，甚至没有正式介绍自己。由此可见，在《塞·奈特的真实生活》中，塞·奈特和"我"都不是具有确定内容的实体，也没有确切的形象。在小说中，人的主体性自我被消解，人没有确切表明自己身份的资料，没有固定的形象，而只是不同的人眼中的镜像。正如在《玛丽》中，玛丽并没有直接出现在小说中，而只是不同的人眼中的镜像，在不同的人的期待或回忆中，玛丽具有不同的形象。加宁也是一个模糊的形象，读者只知道他是一个流亡国外的边缘人，甚至不知道他的真实姓名，因为唯一透露姓名的护照是一本假护照。虽然他的面容和身份非常模糊，但是他的情感真挚，其经历给读者以丰富的回忆。虽然这些人物的形象在小说中比较模糊，他们的主体性自我被消解，但是他们传达的情感是真挚的，从而自然地渗透到读者的存在之中，这正是纳博科夫小说文本不确定性的理论基础。

（二）理论渊源

纳博科夫的"一元论"具有悠久的历史，甚至可以追溯到远古的神话时代。神话是发挥想象力创造出来的产物，不仅可以向人们展示祖先的生活方式，而且可以向人们展现深不可测的神灵世界。在神话时代，由于人们还没有经历理性主义的建构，因此人们还没有与世界和神明相分离，自然不存在与神和自然的对立。对于神话时代的人们而言，他们并没有意识到神与他们的世界和他们的生活存在差距，因此当时的人们对由想象力创造出来的神话世界的看法与今天的人们存在巨大差异。在神话时代，人们认为人与神共同生活在现实的世界之中，现实的世界只有一个，没有真实和虚构之分。在人与神共存的世界中，人们周围的世界总是笼罩着一层神秘的迷雾，在这个神秘的世界中，发挥主导作用的是人们的想象力。

随着人们的逻辑推理能力日益发展提高，人们开始重新认识自己生存的世界。人们开始渐渐认识到人与神的二元对立，不再认为人与神共同生存于现实的世界之中。此时，苏格拉底提出人的理性化，提醒人们应该更多关注自身，这种观点的意义在于使人们清楚地意识到人们生存的世界中主体与客体的关系。通过对自身的关注，人们在人与神的共存世界中发现自身的存在，更重要的是，人们在人与神共存的世界中将自身塑造出来。在理想主义的影响下，超越主体的先验想象力沦为主体的某种属性或能力。理性使整个世界井然有序，但却使现实世界过于刻板，缺乏情感的温暖。理性主义使想象力束缚于主体之中，从而使想象成为与客观现实对立的虚构。

尽管理性主义使人们的想象力受到束缚，但是想象力对人们内心的激荡作用仍然不容小觑，柏拉图的观点对当时处于蒙昧状态的人们的影响颇为深远。柏拉图提出"神启迷狂"的灵感说，这里的"迷狂"是指人的主体性被想象力超越后所达到的一种哲学意义上的死亡状态。在"迷狂"状态下，冰冷的现实世界被瓦解，与神和世界相分离的人已经不复存在，生与死、现实与虚构二元对立的划分变得毫无意义。"迷狂"所持的观点是"一元论"的，"灵感迷狂说"深刻洞察主体的想象力，向人们展示神话时代的"一元论"。康德指出，先验想象力是纯发生的，不具有感性直观形式和知性概念的规范性，先验想象力独自构成一切对象的知觉条件，因此它独立于任何其他的心灵能力之外。在《纯粹理性批判》中，康德认为想象力"先于统觉而成了一切知识、特别是经验知识的可能性基础"①。这种先于"统觉"的想象力具有一种毁灭性的力量，它散发着死亡和疯狂的气息，冲破人的理性所具有的僵硬的外壳。想象力突破生的阻滞，喷涌出死的快感。想象力激荡着人们的心灵，使人们不再是头脑冷静的理性主体，而是陷入一种癫狂状态。在这种癫狂状态下，人们感受到生与死的界限已经消失。在一个活着经历死亡的人那里，现实世界已经变得毫无理性秩序，由此而产生的绝对自由给人以极大震撼。海德格尔认为，并不存在人与世界的二元划分，一切现成性也被消解。哲学家海德格尔的观点使想象力得以完全释放，并且重新恢复了想象力的本原性地位。由此可见，由理性主义建构出来的、作为现成存在者的人在海德格尔的观点下已经不复存在。从某种意义上说，海德格尔哲学对现成意义上的现实世界的消解以及对想象力的无限张扬正是其向神话时代这一本源回归的努力。

纳博科夫对超越理性的想象力的格外关注也将读者带入人类原初的存在之域中。在多部小说中，纳博科夫均表现出向神话时代回归的倾向，比如在纳博

---

① 康德著，邓晓芒译. 纯粹理性批判［M］. 北京：人民出版社，2004：126.

科夫的小说中经常出现乱伦主题，这正是与创世神话的典型映衬。在此思想的指导下，纳博科夫眼中的文学创作不再是模仿某种对象的结果，而是想象力的创造。由此可见，纳博科夫的"一元论"现实观是向神话本源的回归。

（三）现实渊源

1. 流亡生活

1919年，纳博科夫被迫流亡欧洲，从此结束无忧无虑的贵族生活，开始颠沛流离的流亡生活。在接下来的几十年中，纳博科夫再也没有回到故国，而是辗转于英、德、法、美等国艰辛地生活，没有固定的居所，更没有固定的身份。在自传体小说《说吧，记忆》中，纳博科夫这样回忆自己的流亡生活："失去故土对于我一直是与失去我的爱相提并论的。"①虽然纳博科夫在流亡生活中承受身体和精神上的双重痛苦，但是他也从纷繁芜杂的生活经历中获取了诸多创作灵感。在纳博科夫的小说中，绝大部分主人公都是流亡者或者生活在异乡的漂泊者。纳博科夫个人的流亡生活不仅在其小说人物身上打下了深深的烙印，而且对其现实观的形成产生了重大影响。

在多年的流亡生活中，纳博科夫一直居无定所，即使在生活富裕的晚年，也仍然租住在瑞士的一家酒店中。纳博科夫在一生中无奈地不断进行迁移，从一间公寓到另一间公寓，从一家汽车旅馆再到另一家汽车旅馆，他需要不断面对陌生的空间，适应变化的环境。在不断漂泊的生活中，纳博科夫没有个人历史，心理充满孤独和凄凉，每一种现实体验对他而言都是不真实的。纳博科夫一直对流亡者的生存环境非常不满，这种情绪在多部小说中均有所表达。比如在《洛丽塔》中，他描写鱼龙混杂的汽车旅馆，不仅居住环境十分肮脏，而且居住在汽车旅馆中的人也污秽不堪。流亡生活中的居住环境使他感到非常失望，尽管如此，他必须忍受汽车旅馆中嘈杂、混乱的环境，因为那里毕竟为他提供了安身之所，使他能够度过漫漫长夜。由于流亡生活中纳博科夫的居住环境一直处于脏、乱、差的状态，他一直非常怀念童年在故国舒适的居住环境，这种强烈的反差也使纳博科夫更加怀念故国的童年生活。

在不断漂泊的生活中，纳博科夫的内心充满孤独和漂泊感，同时深刻体会到现实的虚幻。在流亡生活中，人与环境相互对立，现在与过去相互分裂，只能在文学创作的世界里找到寄托。在纳博科夫看来，文学能够喻指现实生活。通过不同手法的描写，文学作品能够更加凸显现实与理想之间的差异；与此同时，文学作品又具有十分强大的融合力，能够模糊现实与理想、真实与虚幻之

---

① 纳博科夫著，陈东飙译. 说吧，记忆［M］. 长春：时代文艺出版社，1998：236-237.

间的界限，弥合束缚与自由、掩饰与显现的冲突，促进沟通，帮助人们摆脱生活框架的束缚，以全新的视角认识生活和对待生活。纳博科夫将自己的流亡体验转换成文字从笔尖流出，在小说中描绘流亡生活给他带来的心灵上的痛苦和折磨，以及流亡生活中所面临的种种束缚和无奈。现实世界的纳博科夫在文学创作中找到了叙事虚构真实的立足点，在这个立足点上，纳博科夫自由穿梭于现实世界和想象世界之间，暂时逃避现实世界的残酷，在虚构的世界中找到一种乌托邦式的满足。对于纳博科夫而言，世界上并不存在真正的"现实"，只有用语言创作出来的文学作品才是真实的，而作家的叙事目标恰恰就是追求"符号真实"。

2. 蝶类研究

纳博科夫是一名捕蝶专家，他利用大量业余时间从事采集、收集、整理和研究鳞翅目昆虫的工作。鳞翅目昆虫研究是一门兼具知识与美感的学科，它既能够向研究者呈现变化万千的生命状态，又能够给研究者带来审美的愉悦。鳞翅目昆虫的美感分为静态美和动态美，每一种品质的美都需要通过细致观察才能发现。多年对昆虫的观察使纳博科夫具备了超过常人的捕捉细节和辨别细节的能力，这些能力在他的文学创作中发挥巨大优势，因为他总是能够迅速地捕捉到人物或者事物的细节，并且以细腻的笔法进行刻画和描绘。蝴蝶是一种不断迁移的昆虫，它总是在迁徙中寻找生存的希望，这一点与纳博科夫的流亡经历有些相似，二者都是在不断的迁移中寻找生存的机会。纳博科夫正像一只迁徙于不同国家间的蝴蝶，通过不断的迁徙来寻求适合自身的生存环境。

捕蝶是纳博科夫一生中最重要的嗜好，作家和蝶类学家的双重身份在纳博科夫身上达到完美统一，蝶类研究对他的文学创作具有相当巨大的辅助作用。纳博科夫曾在《固执己见》中坦言，蝶类研究对自己的文学创作具有无法估量的重要性。在纳博科夫的创作生涯中，蝴蝶一直为纳博科夫的创作提供指引和支持。由于对蝶类的观察和研究，纳博科夫具有对细节进行精准刻画和描写的能力，拥有熟练运用图案结构的技巧，更重要的是，纳博科夫的蝴蝶情结对其现实观的形成产生了深远影响。

蝴蝶研究对纳博科夫的文学思想产生了巨大影响，在《说吧，记忆》中，纳博科夫毫不掩饰地表达对蝴蝶的痴迷："我在自然之中找到了我在艺术中寻求的非功利的快乐。"[①]艺术和自然都如魔法般奇妙，既具有迷惑人们的奇幻性，又具有游戏般的欺骗性。蝴蝶的"伪装"技巧为纳博科夫的现实观提供了依托，如果说纳博科夫善于运用骗术，那么大自然则是技巧更为高超的骗子。无论是

---

① 纳博科夫著，陈东飚译. 说吧，记忆 [M]. 长春：时代文艺出版社，1998：113.

动物的保护色，还是各种繁殖技巧，大自然都以其神奇的瑰丽欺骗世人，小说家只是自然的模仿者。纳博科夫认为优秀的作家就是一位杰出的魔术师，其高超之处就在于其作品能够蒙蔽读者的双眼。

作为一种拟态生物，蝴蝶模拟生态的能力使其在不同的环境中生存下来。纳博科夫的创作与蝴蝶的拟态能力具有相似性，他将小说、戏剧等多种文本杂糅，使自己的文学创作变换多种形态，迎合不同的读者。这种自然的发现给人以艺术的喜悦，同时也呈现出一种错综复杂的魅力与幻象。蝴蝶是一种擅于伪装的昆虫，对于捕蝶者而言，能够捕获伪装的蝴蝶才是真正的乐趣所在。纳博科夫将蝴蝶的欺骗性和伪装性应用于小说创作，使小说具有迷宫般的魅力，使由"符号"叙事构筑的艺术世界具有真实性；从另一个角度来讲，纳博科夫希望读者如捕蝶者识别蝴蝶的伪装一般，看穿小说的伪装，意识到小说中的艺术世界完全是由符号叙事虚构而成的"魔法骗局"，也是符合"符号世界"的内在"真实"，"符号真实"能够给读者带来非一般的审美愉悦。

3. 象棋迷局

纳博科夫自幼酷爱象棋，成年后纳博科夫一直潜心研究象棋游戏，并且设计许多象棋难题，勾画许多象棋棋谱。纳博科夫认为，象棋最关键的并不是游戏规则，而是"符号"和"符号系统"。纳博科夫曾经指出，棋子就是"符号"，它需要服从"符号系统"为其制定的内部规则，仅此而已，"符号"与外部的世俗世界无关。对象棋"符号"及"符号系统"的深刻思考为纳博科夫"虚构真实观"的形成奠定了基础。在文学创作中，纳博科夫逐渐意识到用语言进行文学创作与象棋游戏具有异曲同工之妙，二者都是符号的游戏，而且参与游戏的人无须考虑"现实世界"，只需考虑符号内部系统的规则。正如游戏玩家只需要符合游戏中的"符号真实"，纳博科夫在文学创作中不再追求所谓的"生活真实"或"艺术真实"。

既然文学创作是游戏，那么就无法避免欺骗。在《固执己见》中，纳博科夫明确提出象棋与艺术的共同之处："棋里的欺骗，跟艺术里的欺骗一样，只是游戏的一部分；它是结合体的一部分，是可能性的一部分，是幻觉的一部分，是思想范畴的一部分，那思想范畴也许还是假的。我认为一个好的结合体总应含有某种欺骗的成分。"[①]纳博科夫还将象棋与诗歌进行对比，认为艺术和象棋都存在欺骗性，象棋的真正较量产生于棋局的创作者与解题者之间，而不是单纯的下棋双方的较量。小说也是同理，小说的真正冲突在于作者与现实世界之间，而不在于小说的人物之间。只有深刻领悟小说冲突的根源所在，才能真正

---

① 纳博科夫著，潘小松译.固执己见［M］.长春：时代文艺出版社，1998：13.

体会审美愉悦。

纳博科夫从"制作者"和"解题者"两方面解释象棋和艺术中需要"欺骗"的原因，即为了体会那种延迟得到的快感。这里的快感是指"艺术的愉悦"，为了得到这种快感，象棋中的解题者和文学作品的读者就要在虚实莫辨的象棋（艺术）世界里不断"尝试"。进行"尝试"的次数越多，最后这种"尝试"带来的"顿悟"的快感就越强烈、越刺激。这种经过虚实莫辨后的"顿悟"带来的快感可以抵消"解题者"（读者）因被欺骗带来的所有痛苦，从而得到一种深刻的艺术愉悦，而"制作者"（作家）也在这种给读者带来愉悦的"制谜"活动中得到一种精神的满足。经过一番"制谜"与"猜谜"的周折，从那种虚实莫辨的幻境中走出来之后，无论是文学作品的作者还是读者都会恍然大悟：一切都不是真实的，真正的真实源自构成虚幻的语言符号。

4. 文字游戏

在文学创作的过程中，纳博科夫十分注重语言在文本中的作用，尤其对文字游戏十分偏爱。在纳博科夫的一生中，文字游戏曾经是维持生计的手段，声名显赫后文字游戏便成为一种消遣的享受。无论在哪个创作阶段，纳博科夫从未停止文字游戏。在欧洲流亡期间，创造文字游戏是纳博科夫维持生计的手段；在《洛丽塔》的出版带来丰厚的收入后，玩文字游戏俨然成为纳博科夫的一种兴趣。纳博科夫对于自己作品的要求十分严苛，他时刻要求自己运用最恰当的词汇将思想准确地表达出来，并且坚信只有带有意境的文字才能使读者产生丰富的联想。在文学创作中，纳博科夫通过重新组合语言符号使语言符号产生差异，进而使文本具有意义。由此可见，文本的创作不仅是符号的排列组合，也是语言的文字游戏。

基于此观点，纳博科夫频频在自己的小说中设置文字游戏，并且形成了驾轻就熟的创作技巧。比如在《洛丽塔》中，纳博科夫使用双关语、字谜游戏、文字游戏等多种语言游戏，创造出复杂的迷宫般的叙事文本。正如哈桑所说："活生生的语言和杜撰的语言，重新构造了宇宙……将宇宙重构成为语言所创造的符号，将自然转变为文化，又将文化转化为一种内在的符号系统。"[1]因此，读者对"客观世界"的关注度日益降低，而将目光聚焦于语言的世界、文本的世界和符号的世界。

5. 学术转向

19世纪末20世纪初，语言学的学术价值逐渐为人们所关注，同时语言中介

---

① Hassan. *The Postmodern Turn*: *Essays in Postmodern Theory and Culture* [M]. Columbus: Ohio State University Press，1987：172.

力量的地位日益上升，从而促进西方现代文论对文学语言的研究取得丰硕成果，文学语言的地位日益上升。文学语言不仅成为文学的关键要素，而且甚至与"文学性"居于同等重要的地位，这一趋势使文学研究专注于文学语言研究。纳博科夫的现实观与俄国形式主义以及英美新批评存在诸多契合之处，纳博科夫也认为："毫无疑问，使小说不朽的不是其社会重要意义，而是其艺术，只有其艺术。"①尽管如此，纳博科夫的现实观确实受到了19世纪末20世纪初学术转向的影响。在他流亡欧美之前，俄国形式主义十分盛行，在流亡欧美国家的过程中，"新批评"在美国文坛日益盛行。纳博科夫一直十分关注"符号"语言，并且从上述文学流派中学到许多精华。纳博科夫认为文学叙事可以与"魔法"或"骗术"相提并论，二者均呈现出一种贴近真实的创造，只是运用手段不同，文学叙事应用的是"符号虚构"现实，而"魔法"则运用道具等手段。虽然称之为"魔法"或"骗术"，但是"符号虚构"更加深刻地揭示小说的本质特征和精髓，这也恰恰是文学的本质特征和精华所在。

由此可见，纳博科夫的"虚构真实观"与其个人生活经历、兴趣以及当时的文学理念均具有紧密联系。纳博科夫清醒地意识到人与世界的隔绝状态，人对世界的认识与领悟必须以"符号系统"为媒介。鉴于媒介的作用，人们无法看到真实的世界，只能看到媒介。由于世界本身也可能是虚构的，因此只有媒介才是真实的。从这个意义上说，文学创作不应该摒弃虚构。

（四）现实观与小说创作的关系

纳博科夫认为，文学没有任何现成的规定性，不承载社会宗旨、道德说教等所谓的社会功能，也不是为某些东西服务的工具。纳博科夫认为自己创作的小说旨在证明传统意义上的小说并不存在，小说创作具有较强的主观性，并不带有功利色彩，只是为了写作而写作。纳博科夫指出，文学创作是一种高超的技艺，在文学创作的过程中，作家必须字斟句酌，全身心地投入作品之中，当然作家也能在文学创作的过程中获得愉悦。纳博科夫将目光直接关注"小说如何是"的问题，而不是"小说是什么"的问题，因此我们在分析纳博科夫的小说时，也应该以此为关注点。

1. 丰富的想象力

有些作家坚持以主体身份写作，此类作家将世界视为现成的客体，往往比较重视对现实的模仿而非真正的创造，其作品也因缺乏想象力而缺乏光彩，此类作家往往被归入平庸的作家之列。平庸的作家缺乏创造力，习惯于按照原有

---

① 纳博科夫著，潘小松译. 固执己见［M］. 长春：时代文艺出版社，1998：37.

的思维模式修饰现有的事物，因循守旧，缺乏新意。平庸作品的平庸之处就在于它们缺乏具有想象力的创作。一旦作家以主体身份写作，在他们那里，世界便成为僵硬的客体，他们的创作只是从现成的客观世界中获取一些现成的东西并加以修饰，仅此而已。

纳博科夫认为，天才之作是富有想象力的创作，而平庸之作则是对现成世界的模仿。纳博科夫曾说："文学是创造。小说是虚构。"①真正的创造只有在超越真实与虚构的严格区分之后才能够实现。纳博科夫主张"一元论"，他在《固执己见》中说："一元论意味着：对基本现实的看法是一元的。"②"一元论"是指不把现实当作与虚构对立而存在的真实之物。现实就是现实，无所谓真实还是虚构，一个全然与虚构对立的真实本身就是虚构。用"一元"的看法看待现实还意味着既不把现实看作全然客观的实在之物，也不把现实看作全然主观的心理事实。纳博科夫认为，神话所宣扬的想象能够弥合虚构和真实之间的界限，神话既是虚构的世界中呈现出来的真实，也是真实的世界中残留的梦幻。真实与虚幻构成人们生活于其中的现实的世界。

"一元论"的现实观决定纳博科夫所理解的想象必然是一种呈现。呈现不同于表现，呈现强调显现的过程，显现的过程本身即构成呈现的主体，因此它不是对象性的；而表现则强调被显现之物，被显现之物是表现的主体，因此它是对象性的。呈现甚至不是一种自我呈现，因为以自身为目的的显现仍然是对象性的表现，而这个被表现的自身是作为他者而存在的。作为呈现的想象，一方面指"接受"，即被想象之物呈现给读者并为读者所观照；另一方面则指"纯发生"，即主体自身的一种无意识的发生，而不是某种主观的、有意的安排。海德格尔指出，"这种既接受又发生的两面夹逼的要求必是对一先行的'地平域的撑开'……也就是说，只有在这样一个本体的域或本体的空间中，'接受性'与'发生性'这样两个条件才能同时被满足，对象才能'被允许站在对面'。因此它又被海德格尔称为'对象性的地平域'和'纯存在论的地平域'。这种存在论或本体论意义上的'域'或'游戏空间'就是时间"③。纳博科夫强调好的小说必然是富有想象力的创造，能否创作出好的小说不以人的主观意志为转移，真正的天才之作非常鲜见。

纳博科夫声称自己的思维堪称天才。与沿袭规范性写作的作家相比，纳博科夫是一位颇具创新性的作家。任何天才都要放弃自我，将自己完全变成想象

① 纳博科夫著，申慧辉等译. 文学讲稿［M］. 上海：上海三联书店，2005：4.
② 纳博科夫著，潘小松译. 固执己见［M］. 长春：时代文艺出版社，1998：124.
③ 张祥龙著. 海德格尔思想与中国天道［M］. 北京：生活·读书·新知三联书店，1996：78-79.

的工具，感受人的最高痛苦与不幸，因此天才及其作品都表现出伟大的艺术家的重要性。艺术家的重要性与作品的重要性相去甚远，艺术家只是创作作品的媒介，他最终将在作品中消亡；天才放弃自身的主体身份，以化身为显现通道的方式使作品得以呈现。天才对自己主体身份的放弃使僵硬的现实世界瓦解，因此他们的作品绝不是对现实世界的模仿，而是发挥想象力的创造。

纳博科夫小说所关注的重心不是"故事"，而是故事的讲述方式，任何对小说的概括都会削弱小说自身的叙事魅力。多数读者仅处于关注《洛丽塔》"是什么"的层次，无法达到关注它"如何是"的层次，纳博科夫认为这样的读者无法读懂作品。在《黑暗中的笑声》的开篇，纳博科夫仅用短短几十字就概括了整部小说。随后纳博科夫指明，寥寥数语便可以讲清楚一个故事，人们之所以总是大费周章地将一个故事娓娓道来，其原因在于人们享受讲故事所产生的愉悦，正如无论墓志铭再怎样全面地概括逝者的一生，人们仍然执着于了解更多的细节。这种观点充分体现了纳博科夫非凡的洞察力。

与小说所讲述的故事相比，小说被讲述的方式更为重要。从古至今，文学所讲述的故事是有限的，因此才会有"文学永恒的主题"之说。文学之所以能够焕发出无限生机，其原因在于层出不穷的讲述方式，这也充分体现了文学想象力所具有的创造性。纳博科夫的小说总是以不同姿态出现在读者面前，因此纳博科夫的小说并不是具有固定意义的现成物。随着纳博科夫小说的存在条件问题日益突出，小说也向读者提出了更高的要求。纳博科夫在《固执己见》中表示："我写书主要是给艺术家们看的。"[①]优秀的读者的阅读乐趣不在于把纳博科夫的小说概括为简单的故事梗概，而在于通过反复阅读不断获得新的体验和感受。在反复阅读的过程中，读者不断敞开心扉，体验到存在本身的快乐，这才是衡量一位读者是否擅理解、懂欣赏的标准。

2. 精妙的设计

在《诗歌和残局》中，纳博科夫将诗歌和国际象棋的一些残局棋谱置于同等重要的位置，他认为象棋残局的设计者与艺术的创作者需要具备相同的素质，即言简意赅、思维敏捷、宁静致远、创新求变、淡泊名利。玛丽·麦卡锡也曾在评价纳博科夫的《微暗的火》时称该小说犹如陷阱般诡秘，犹如残局般难以捉摸，犹如珍宝般让人惊喜，犹如游戏般让人欲罢不能。由此可见，纳博科夫的每一部小说都是一个精心设计的象棋残局，经过呕心沥血，纳博科夫邀请读者在阅读过程中与自己一起进入小说的游戏世界，使作品丰富的内容逐层显现。

---

① 纳博科夫著，潘小松译. 固执己见［M］. 长春：时代文艺出版社，1998：44.

纳博科夫认为，游戏本身具有一种巨大的吸引力。虽然游戏者需要受到游戏规则的规制和局限，但是游戏者仍然会由于游戏的无限魅力而自愿加入其中。真正的游戏者将完全脱离主观意识和目的，完全遵循游戏规则，因此游戏本身就是游戏的主体。由此可得出结论，文学作品的主体是作品本身，而不是作者，作者只是借助作品这个媒介来表达和展现自我。游戏和文学作品的共同点在于二者的存在方式都是自我表现。游戏和文学作品的自我表现必须得到观众或读者的应和，如果没有观众或读者的应和，游戏和文学作品的自我表现将不复存在。游戏者是游戏的参与者，读者是文学作品的参与者。没有游戏者的参与，游戏将无法继续；没有读者的阅读，文学作品将不具有存在的意义。从这个角度来看，文学作品的作者和读者是相互关联的，二者的地位是平等的，作者无法全权决定作品的命运。同时，作者与作品也形成一种互动关系，作品无法独立生成，必须经过作者的创作过程，而作者的思想和情感必须借助作品来表达，再经由读者的阅读完全呈现出来。在这种相互制约的关系中，作者和读者担任展现作品、成就作品的角色，正如游戏者担任游戏展现自身工具的角色。

　　纳博科夫经常熟练地在小说创作中设计各种艺术表现手法，在小说中营造一个错综复杂的魔幻世界。在阅读纳博科夫小说的过程中，读者需要调动所有智力，理清小说纷繁芜杂的关系，还要时刻提防作者预设的陷阱，尽管如此，读者仍然时常被纳博科夫小说文本中出现的忽明忽暗的景象所吸引，比如"影子"和"呓语"。

　　"影子"是纳博科夫小说文本中经常出现的意象。在《塞·奈特的真实生活》中，纳博科夫借助塞·奈特创作的小说《棱镜的棱》来阐释"影子"的印象："我想指出《棱镜的棱》是会让人得到彻底享受的，只要你理解此书的主人公其实是一种我们可以粗略称之为'构成法'的东西。这就好像一个画家说：看着，我在这儿要给你们看的不是一幅风景画，而是画一幅风景画的各种画法，我相信它们融会贯通起来就能表现出我想让你们看的东西。"[①]纳博科夫认为人们的存在并不是有着某种固定内容的实体，而是根据不同的光反射到不同镜面中的影像。人们始终无法真正认清自己，因为人们只是无数面镜子中的一个，人们的存在就在这相互影射的动态构成之中。

　　在《洛丽塔》中，纳博科夫共设计了两个"影子"。其中一个"影子"是小约翰·雷博士。与众不同的是，序言部分不是对小说的总体介绍，而是已经进

---

① 纳博科夫著，席亚兵译. 塞·奈特的真实生活 [M]. 长春：时代文艺出版社，1998：214.

入小说，以小约翰·雷博士的口吻与正文构成一些有趣的相互影射关系。序言中明确指出该书是杀人犯亨伯特·亨伯特在狱中所写的回忆录，并且委托小约翰·雷博士将其编辑出版。纳博科夫不仅潜入文本世界之中，而且与文本主人公构成了似是而非的影射关系。另一个"影子"是克莱尔·奎尔蒂。纳博科夫很巧妙地将"影子人"隐藏在亨伯特的叙述中，通过若隐若现的"影子人"使《洛丽塔》具有典型的神秘色彩和悬念故事的风格。在小说结尾，纳博科夫又列出自己亦真亦假的一系列笔名。这些奇怪的名字和亨伯特·亨伯特的名字具有共同特点，即姓和名完全相同，这不仅预示小说叙述者性格的双重性，而且预示小说文本张力产生的两极。亨伯特充满激情却又被激情所伤害；他的内心充满浪漫的想法，却表现为道德败坏、残酷冷漠。亨伯特既是诱捕洛丽塔的猎人，又是受到洛丽塔诱惑的猎物。亨伯特非常想表达自己单纯的感情，但在欲望的驱使下却只能画出扭曲的画面。伴随亨伯特·亨伯特的伪装与坦白，奎尔蒂的气味遍布小说。即使叙述者亨伯特成功避免提及这个名字，奎尔蒂的名字仍然从始至终反复在小说中出现。愤怒的亨伯特最终和自己的"影子"扭打在一起，并且杀死了奎尔蒂。虽然奎尔蒂死了，但是他仍然像"影子"一样笼罩着亨伯特，这说明作为亨伯特的"影子"的奎尔蒂终将附着在亨伯特之上。一方面，奎尔蒂煽动亨伯特的犯罪激情，激发他的仇恨情绪；另一方面，奎尔蒂又是亨伯特所犯罪行的直接投影，是其心理自我的滑稽的模仿者。

《黑暗中的笑声》中纳博科夫设计雷克斯与欧比纳斯互为"影子"。最初，雷克斯以欧比纳斯的知己身份出现，他一出场就与欧比纳斯和玛戈纠缠在一起。雷克斯与玛戈曾经是情人关系，在同居一段时间以后，雷克斯无情地抛弃了玛戈，断然离开。当两人再次相见时，玛戈发现自己仍然深爱着雷克斯，然而此时玛戈的生活中已经出现了欧比纳斯。欧比纳斯对玛戈一见钟情，非常痴迷于玛戈。在雷克斯出现之后，雷克斯、欧比纳斯、玛戈三个人的关系就无法理清地纠缠在一起。三个人总是纠缠在一起，当玛戈生病时，雷克斯和欧比纳斯会同时出现在玛戈的病床前。无论是旅行、看比赛，还是其他活动，三个人都要同行。后来，欧比纳斯在车祸中双目失明，只能服从玛戈的安排，与玛戈和雷克斯一起租住在一栋别墅中。显然，雷克斯与欧比纳斯已经构成影射关系。

《绝望》中纳博科夫设计菲利克斯为赫尔曼的"影子"。小说的主人公赫尔曼是一个濒临破产的巧克力商人，一次偶然的机会，他发现流浪汉菲利克斯与自己的长相、身材非常相似。为了骗取保险金，帮助自己的生意渡过难关，赫尔曼决定谋杀菲利克斯，使他成为自己的"影子"。于是，赫尔曼开始精心设计这场杀人案，并最终残忍地谋杀了流浪汉菲利克斯。当菲利克斯的尸体被警察发现时，警察迅速根据线索确定了菲利克斯的身份，赫尔曼的阴谋最终未能得逞。事实上，流浪汉菲利克斯与赫尔曼的长相并不相似，只是自我迷恋的赫尔曼一厢情愿地认为菲利克斯与自己相似。小说的故事情节看似比较简单，只是讲述一个杀人骗保的故事，然而纳博科夫的真正目的并不在于杀人案本身，而在于通过这件杀人案引起读者的思考。在赫尔曼准备谋杀菲利克斯的过程中，他的目的由最初的杀人骗保渐渐发展为塑造另一个自我。由于菲利克斯是一个流浪汉，无依无靠，无所牵挂和寄托，因此赫尔曼认为自己可以随意摆布菲利克斯，决定菲利克斯的命运。赫尔曼认为自己是缔造人类的主宰，能够主宰菲利克斯的生死，让他毫无声息地消失，再将独特的自我完全复制出来。赫尔曼最终完全失败，因为在其他人看来，菲利克斯与赫尔曼是两个完全独立的个体，并不存在任何相似的关联，一个刻有菲利克斯名字的手杖更是菲利克斯身份的最好证明。最后，赫尔曼的杀人罪行败露，他的真正失败在于无法复制自我。归根结底，赫尔曼失败的原因在于他缺乏对自己的准确认识。赫尔曼的叙述具有明显的不确定性，只有他自己认为与菲利克斯相似，其他人都持有不同观点。由此可见，纳博科夫认为现实是具有主观性的。

"呓语"是不可靠的叙述者做出的不可靠的叙述。在纳博科夫小说中，叙述者的叙述都具有不确定性。纳博科夫习惯于将叙述的权力完全交给某一个人，而这个人往往是偏执的、歇斯底里的。叙述者就像自己神经最敏感的部分受到了强烈的刺激一般，开始没有条理地掺杂着他们无数想象与回忆的讲述，而读者就要从这些喋喋不休的讲述中展开文本的世界。

《绝望》的叙述者赫尔曼备受破产和杀人念头的折磨，因此显得有些神经质，而且小说以赫尔曼回忆录的形式出现，赫尔曼在开篇就表明自己是一个说谎者。赫尔曼首先语无伦次地介绍自己的父母，紧接着又否定自己叙述的可信性。赫尔曼通篇以这种肯定与否定交叉的方式回忆，根据其回忆和想象有意选取可以公开的片段，并不停地为自己的行为辩解。人的回忆都带有主观色彩，即便是最真诚的回忆也必然经过主观选择的过滤，更何况赫尔曼公然声称自己是一个很有灵感的骗子，因而他的回忆的可信性大大降低。赫尔曼的叙事就像是一系列谜语，等待读者去拆解。

《洛丽塔》中亨伯特忏悔式的叙述也让人觉得不可信赖。在小说的序言中，雷博士就已经指出小说是亨伯特·亨伯特在狱中所写的自白书，而且根据作者的要求，这本回忆录只有在他和洛丽塔死后才能出版，这表明当读者看到这本书的时候，一切已经死无对证。既然是自白书，其中一定包含大量因为想为自己脱罪而进行的辩解，其可信度大大降低。此外，小说中也多次提到亨伯特曾经长时间在精神病院接受治疗，很难判断亨伯特所叙述的内容是不是一个精神病人的臆想。况且，回忆本身不可能完全展现当时发生的一切，亨伯特只是有意或无意中将令他印象深刻的片段呈现了出来，而更多的内容则更像是模糊的背景。

在纳博科夫的小说中，没有现成的、充满可靠内容的叙述，他只是把原初状态的东西不加修饰地放在那里，至于文本世界如何去建构和呈现，一切取决于读者的选择和创造。纳博科夫认为，小说中蕴含的单纯追求严肃认真的思想必然面临走向空泛主题的结局，文学以其特有的方式实现构建和实现的功能，只有当文学的唯一目标在于推出作家所能创造出来的最完美的作品时，它的这种社会功能才得以实现。通过"影子"和"呓语"，纳博科夫增强了小说的游戏性、文本结构的开放性，以及叙事的片段性，为读者提供自由与作者进行互动的空间和机会。

纳博科夫的小说是想象力创造的产物，他反对"为艺术而艺术"的唯美主义观点。纳博科夫曾说："我不太在意'为艺术而艺术'的口号——因为这个口号的推动者如奥斯卡·王尔德和各类华而不实的诗人事实上都是道德说教者。"①"为艺术而艺术"的观点已经把艺术视作某种现成物，这只能使艺术僵化和窒息。既然认为艺术可以为"艺术"而艺术，艺术也当然可以为"别的什么"而艺术。"为艺术而艺术"的口号没有真正改变艺术的目的性和功利性本质，因此它依然是一种"道德说教"。纳博科夫在文学创作中追寻的是使小说不受束缚而自由创作的真正自由的游戏，作者在游戏中通过字斟句酌、精妙构思而编制出整部作品，读者则通过创造性的阅读体会参与作品的快乐。自由的游戏不带有明确的目的性，它甚至不以自身为目的，因为这个作为目的的自身同样是作为游戏的他者而存在的。这里的"无目的"依然具有目的性。"无目的"强调游戏本身的非现成性，它永远不可能被实现，也永远不可能被穷尽，而是处于一种循环往复的变化之中。纳博科夫总是巧妙地构思和布置好游戏的迷局，邀请读者参与到游戏之中。

在纳博科夫的小说中，读者感受最多的是如梦魇般的故事碎片以及扭曲的或模糊不确定的人物，因此纳博科夫的小说总是显得空灵而怪诞，难以捉摸。纳博科夫的小说与众不同的原因在于其小说展现的是纯粹时间，时间是实现自由游戏的必然条件，时间的本源性和非现成性决定了以时间为主体的游戏的无目的性，这种无目的性给予游戏充分的自由，不会使游戏沦为实现某种目的的手段，也不会因此而遭到某些框架的束缚。由此可见，游戏是以时间为主体的游戏。

---

① 纳博科夫著，潘小松译. 固执己见 [M]. 长春：时代文艺出版社，1998：37.

二、纳博科夫的时间观

根据传统时间观，变动不居的易逝之物是时间性的；而永恒之物因不变而持久，因超越于时间之外而具有非时间性。在现实世界中，人们将时间视为一条河流，这条河流由未来而来，由现在构成，最终消解于过去。由于传统时间观专注于现在这一维度，因此许多问题在传统时间观下都无法得到合理的解释。亚里士多德也对时间感到困惑，他认为在大多数人看来，时间并不是现实的存在，即使将时间视为一种存在，它也非常模糊，使人难以把握。时间总是由两部分组成，一部分已经消逝于过去，而另一部分仍然在未来之中，尚未到来，无论是整体的时间之流还是具体的某一段时间都由这两部分组成。由于时间的这一特性，人们往往认为时间是虚无的，不是实体的存在。与传统时间观相似，亚里士多德的时间观同样关注"现在"这个维度。当人们探寻何为"现在"时，人们所追问的"现在"已经成为不复存在的过去。"现在"总是不复存在或尚未到来，因此现在其实根本就不存在。亚里士多德进一步解释道，从表面上看，现在是过去与将来之间的分界点，但是人们很难确定现在具有同一性还是差异性。根据亚里士多德的观点，如果"现在"总是彼此各不相同，那么时间中就没有任何不同的部分同时并存，这样时间便不是人们所认为的一条流动的河流。如果"现在"始终是同一个"现在"，那么在先的"现在"与靠后的"现在"都是当下这同一个"现在"，这样不同时间发生的事件将会并列出现，根本无法排列其先后顺序。"现在"的始终同一虽然使时间的不同部分得以同时共存，时间却也因取消"先前"与"靠后"的区分而失去了原本应有的流动性。在亚里士多德看来，时间是静止的链条，这种观点显然与我们日常所感受到的时间的流逝相矛盾。

亚里士多德的时间观缺乏运动和变化。亚里士多德认为，时间可以通过计算物体的运动数量而得到。从这个意义上看，时间成为被数者，而且总与一个进行计数的过程以及操劳于此过程的人密不可分。"作为被数者，这些现象本身也正在数着，数着被穿越过去的众运动地点。所以这时间就是'数着的被数者'或'被数着的数者'。被数者与数数者相互纠缠。"[1]亚里士多德的时间既非客观的亦非主观的，而是已经超越主客体的二元对立，进入一个更为本源的视野。根据亚里士多德的时间观，"现在"只有在"先前"与"靠后"的视域中才

---

① 张祥龙著. 海德格尔思想与中国天道［M］. 北京：生活·读书·新知三联书店，1996：141.

能作为一种"被数者"而显现出自身。由于用钟表等用具计量所得的计数更加具有可视性，因此使被数者与数数的人缠结在一起的计数过程容易被人们所遗忘，被数者由此成为现成的数目。于是，"现在"很容易脱开"先前"和"靠后"的视域，而成为一个个现成的、可被安排的死点，时间由此变成由僵化了的"现在"所组成的系列，这就是所谓的流俗时间。虽然亚里士多德的时间观并不能完全被简单地等同于流俗的时间观，但是亚里士多德的时间观确定对流俗时间观的产生起到推动作用。

柏格森认为，"对于时间确有两种可能的概念，一种是纯粹的，没有杂物在内，一种偷偷地引入了空间的观念"①。柏格森将时间划分为真正的时间和科学的时间，前者是现实的、具体的时间，不夹杂空间要素，后者则是抽象的、可度量的时间。柏格森认为真正的时间是绵延，虽然用空间的广延性来表达时间可以赋予它一种抽象的统一性，但是这也是以牺牲真正的时间为代价的。柏格森强调，纯粹的绵延不是一个量，任何去测量它的企图都需要用空间取代它。在柏格森看来，我们只有借助直觉才能把握真正的时间，而不是仅仅获得时间的某种表象。直觉被视为一种无须借助表象而直接把握对象的认识方式，这样就可以避免时间的空间化。在柏格森看来，绵延绝非外在于我们意识的客观对象，它本身就是意识之流。换言之，如果我们追问"什么是绵延"，那么我们的意识就会与意识的对象重合，从而使一切理性的对象性认识失去效用，这也决定只有借助非理性的直觉才能把握绵延。虽然柏格森极力避免把绵延弄成一种现成的对象，但是他没有意识到"绵延"本身就是一种空间意向，所以在他那里时间依然是空间化的。此外，把真正的时间说成是绵延，依然要面对绵延究竟如何存在这一问题。纳博科夫没有认识到"绵延"本身就是一种空间意象，因此纳博科夫的时间观依然是空间化的。纳博科夫否认自己曾经受到任何人的影响，也不隶属于任何团体，但是不可否认的是，纳博科夫对时间的理解和认知在很大程度上受到了柏格森时间观的影响。尽管如此，纳博科夫并没有局限于柏格森的观点，而是在原有观点的基础上实现了突破性的超越。纳博科夫并没有形成独立的时间理论，而是使时间在其小说中以各种形式呈现给读者，这种对时间的呈现具有一种现象学意义上的展示。

（一）纯粹时间

虽然纳博科夫对时间的认识颇有见地，但是他毕竟是文学家而不是哲学家，他不会使用概念式的逻辑语言去论述时间。由于纳博科夫没有形成自己完

---

① 柏格森著，吴士栋译. 时间与自由意志［M］. 北京：商务印书馆，2010：74.

整的时间理论，他不会借助理性认识去把握本源时间，这样有效避免了"被我们的空间概念所腐蚀"。

纳博科夫在《固执己见》中曾这样论述："我们可以想象各种时间。比如'应用时间'——用于各种事件的时间，这是用钟表和日历来计算的。不过，这类时间不可避免地被我们的空间观念所腐蚀。当我们讲到'时间通道'时，我们脑中闪现的是一条流过大地的抽象的河。"①基于上述观点，"应用时间"的价值往往体现在科学研究之中，而对于读者和作家而言则毫无意义。纳博科夫所指的"应用时间"是指可用钟表日历计算的时间。亚里士多德的时间观认为，时间确实与一种借助于钟表来进行的计数活动有关。由于由这种计数活动而显示出的人和时间所具有的那种原初意义上的相互建构关系被遗忘，因此时间成为客观实在的东西。流俗时间观认为，时间是由无数作为现成点的"现在"连缀而成的河流，这种观点关注一切存在者的现成化，甚至连时间本身也沦为一种与一般存在者相并列而存在的存在者，"应用时间"作为现成的客观对象而存在。由于一切客观对象都必然存在于空间之中，因此"应用时间"必然已被我们的空间观念所腐蚀。在纳博科夫看来，一般所认为的作为"一条流过大地的抽象的河"的时间已被赋予空间意象，因此只是一种"应用时间"。柏格森所谓的作为真正时间的"绵延"只有在被想象为"河流"之类的某种带有空间意象的东西时才能被人们所理解，因此"绵延"是一条"抽象的河"。鉴于上述时间观的不完善，纳博科夫借助艺术来探寻比"绵延"更为本源的时间。纳博科夫认为，时间不能等同于韵律，因为韵律即是动作，而时间没有动作。纳博科夫所指的"时间并不动弹"并不是认为时间是静止的，而是反对把时间视为运动的观点。虽然亚里士多德在《物理学》中质疑把时间当作运动的观点，但是这种"运动"的时间观依然为人们所接受，并发展成为柏格森所称作的"绝对的运动"的"绵延"。纳博科夫所提出的"时间并不动弹"恰恰是要反对用现成存在者的运动来类比时间的做法，他认为这种类比时间的做法本身就是一种用空间观念腐蚀时间的举动。时间不是存在者，我们不能说时间存在，因此时间也就无所谓运动还是静止。

纳博科夫声称自己是一个"一元论"者，因此他根本不会用主客体二分的二元论观点去看待时间。纳博科夫明确表示关注"纯粹的时间，感知的时间，有形的时间，没有内容和上下联系的时间"②。这种时间之所以"纯粹"，其原因在于它没有被空间化。纳博科夫认为，"纯粹的时间"是"感知的时间"，"感

① 纳博科夫著，潘小松译. 固执己见 [M]. 长春：时代文艺出版社，1998：180.
② 纳博科夫著，潘小松译. 固执己见 [M]. 长春：时代文艺出版社，1998：180.

知"表明时间与人之间存在一种原初意义上的关联，人与时间不是现成存在者之间的并列关系。无论主观时间还是客观时间，二者都是被空间化的作为对象而存在的时间。时间的本源存在与否在于其是否被现成化，被现成化的时间必然是空间化的，无论它是主观心理的还是客观外在的。"心理时间"只是存在者层次上的时间，它依然作为我们的思维表象的对象而存在，因此与外在的客观事件不存在本质上的差别。从主客体二分的角度看待时间，只有超越这种主客体的二分，我们才能从僵化的思维模式中释放出来，进入一种浑然一体的自由而清楚的境界。当我们进入这种境界时，会被光所照亮，亦会被光所充满，从而感受到心灵的极度震颤。纳博科夫认为"纯粹时间"是有形的，这里所说的"纯粹时间"之"形"是一种"无形之形"，是一种"大象无形"之纯象。这种观点类似于康德提出的由先验想象力所构成的纯象，即时间图型。时间作为纯象，是一切具体形式之前提，是构成一切形式之根本，它以无形之形赋予万物以形式，从而把万物纳入时间之中。时间不是实体的存在，它以虚无化的方式让存在者得以在虚无的背景中显露出来。康德明确指出，时间与先验想象力在本质上是统一的，而纳博科夫的"纯粹时间"也与想象力有着极为密切的关系。因此，纳博科夫的作为自由游戏的小说一方面是想象力的创造，另一方面是以时间为主体的游戏，在纳博科夫的小说中，想象力与时间形成一种自然融合、浑然一体的关系。

（二）"时间之狱"

线性时间观认为，如果作为过去的"现在"与作为将来的"现在"可以共存，那么时间便是一条不会流逝的现成链条，从而与我们的实际生存经验相悖；反之，过去和将来的连续就会无法实现，时间根本无法成为一种连续的"线"。纳博科夫反对线性时间观，他认为时间是"环形"的，而且是一座环形之狱。"我曾在思想中返回——我返回时思想毫无希望地越来越窄——到遥远的地带，在那里摸索某个秘密的出口，最终仅仅发现时间的监狱是环形的并且没有出路。"①既然时间是环形的，那么在无限至远处，将来与过去必然交会并重合在一起，所以纳博科夫怀疑时间。在纳博科夫看来，只有时间如折起的"魔毯"一般是环形的，时间"魔毯"上图案的不同部分才有可能实现重合。"时间的监狱是环形的"只是纳博科夫用来表达他的时间感受的一种较为生动形象的说法，绝非某种对时间的定义。只有当"时间之墙"在无垠的黑暗中撑开一道狭窄的缝隙时，才会有光投射进来，我们的生命正是投射进这道缝隙的微弱的

---

① 纳博科夫著，陈东飙译. 说吧，记忆［M］. 长春：时代文艺出版社，1998：2.

光，这就意味着在纳博科夫那里，时间不仅是囚禁我们的监狱，也是我们生存的终极之境域。

　　既然时间是人们生存的终极之境域，只要人们还在生存，时间就不可能被逾越。"时间之墙"是坚不可摧的，人们为了逃出"时间之狱"而尝试的一切挣扎与反抗都是徒劳的，"时间之狱"没有出路。人们无法逃离"时间之狱"，只能无奈地困于其中。在《斩首之邀》中，纳博科夫将"时间之狱"对人的困顿表现得淋漓尽致。当辛辛纳特斯被囚于囚室之中时，突然听到囚室的墙里传来挖掘的声音，他断定有人在监狱中挖掘暗道，于是他的心中立刻燃起希望，甚至仿佛看到监狱外面的世界和自己自由的生活。当黄色的墙壁猛然倒塌时，辛辛纳特斯的希望彻底破灭了。从洞里爬出来的不是同监狱的狱友，也不是来营救自己的人，而是监狱长和刽子手；而且这条暗道并不是通向监狱的外面，而是通向另一间囚室。监狱长和刽子手之所以大费周章地从另一间囚室挖掘暗道通向这里，只是想给辛辛纳特斯单调的生活增加一些色彩，使他能够承认自己的罪行，并且愉快地度过行刑前的日子。辛辛纳特斯的想法与监狱长和刽子手的想法恰好相反。他觉得自己被监狱长和刽子手当成了笑话，他们完全是在恶作剧，以此来愚弄自己。当刽子手上前拥抱辛辛纳特斯时，他愤然拒绝，以此表示自己对这种恶劣的恶作剧的不满和愤怒。纳博科夫认为，生总带有一种死的怪诞，生存在这个纷繁芜杂的世界上本身就是一种恶作剧。尽管纳博科夫也认为在"时间之墙"之外可能存在摆脱时间的自由世界，但是"时间之墙"将人们桎梏于"时间之狱"内，人们无法逃出"时间之狱"，因此无缘进入可能存在的不受时间束缚的自由世界。人是有限的存在者，时间的永恒世界只能作为一种向往或信念。尽管人们的向往或信念难以实现，至少说明了人们对生的执着与渴望。

　　既然人是有限的存在者，那么时间就是界定人们生存的界限。时间限定人们的生存是一种内在于人们的对象，从这个角度来看，"时间之墙"所构筑的"时间之狱"不是一个现实的客观存在的事物，而是人们生存本身。无论人们做出怎样的努力，始终无法逃离时间的束缚，最终会在"时间之狱"中奔向死亡。对生的执着使人们困于"时间之狱"之中，并且使人们心甘情愿地沦为"时间之狱"的囚徒。在《斩首之邀》中，囚室的墙无法束缚辛辛纳特斯的自由，使辛辛纳特斯禁锢于囚室的主要原因是他对自己身份的认同。在小说的开篇，辛辛纳特斯被关进囚室，在监狱长向他宣读法律及监狱的规定后，他便从囚室走向湿滑的台阶，走进洒满月光的院子，径直离开监狱。此时，任何事情都无法阻止辛辛纳特斯归家的脚步，家对于他而言具有非凡的意义。对于目前的辛辛纳特斯而言，家是他逃避死亡的避风港，能够让他暂时远离死亡的威胁，更重要的是，家是他始终无法释怀的牵挂，家牵动着他全身的每一根神经，然而当他推开自家的门时，他却发现仍然是那间囚室。对于每一个人而言，生是无法选择的，一旦拥有生命，人便对生充满执着与渴望；同时，死也是无法选择的，人们永远无法知道自己何时会死去。正如监狱中的辛辛纳特斯，他被迫与死亡越来越近，完全没有选择生与死的权利。由于辛辛纳特斯不知道自己具体的行刑日期，他甚至不知道自己什么时候会死，这种对死亡的无尽等待使他的生存变得更加难熬。从这个意义上说，生存与死亡对于辛辛纳特斯而言都是一种折磨和无奈，是一种无法逃离的束缚，对生的渴望使辛辛纳特斯成为生存本身的囚徒。

环形的"时间之狱"划定了人们的生存之域，也勾勒出了人们的生存界限。"只要此在存在，它就始终已经是它的尚未，同样，它也总已经是它的终结。死所意指的结束意味着的不是此在的存在到头，而是这一存在者的一种向终结存在。死是一种此在刚一存在就承当起来的去存在的方式。"①海德格尔认为，死亡决定生存，死亡从否定的意义上规定人们的生存，只有死才使人的生成为可能。流俗时间观把死亡视为与人们生存无关的现成物，认为当人们存在的时候，死亡尚未发生，而当死亡一旦发生，人们便不再存在了。生命只是时间长河中生死两点间或长或短的一段，无论是生之前还是死之后都是虚无的，流俗时间观所拒绝的正是这无法被现成化的虚无本身。流俗时间观把死亡视作位于时间长河的未来的某个有待实现的可能性，生存的最大目的在于竭尽全力地避免它的发生，死亡由此成为偶然发生的不幸事件，而不是必然发生的事件。从本质上说，任何将死亡现成化的行为都是从这种"持守"前退缩。如果不把死亡视为现成物而是将其作为可能性而持守，人们便获得"本己"的生存，因为人们的生存本身只是没有任何本质的虚无。

传统时间观关注的焦点是"这是什么"，这种思维方式使传统时间观很自然地落入主客体二元对立的窠臼之中。传统时间观所理解的时间必然是作为某种对象而存在的时间，因此传统时间观的时间必然是被空间化的时间。同时，传统时间观十分关注"现在"这一时间维度，而这正和传统时间观视时间为现成的对象直接相关。在《固执己见》中，纳博科夫给初露头角的批评家的忠告是"无论如何要把'怎么'放到'什么'之上"②。这也是纳博科夫在时间问题上仍然坚持的原则。纳博科夫在区别"纯粹时间"和"应用时间"之后，并没有进一步探寻"纯粹时间"的实质，而是借助小说将"纯粹时间"呈现给了读者。与其他哲学家不同，纳博科夫并没有追根究底地说明"纯粹时间"的概念和本

① 海德格尔著，陈嘉映、王庆节译. 存在与时间［M］. 北京：生活·读书·新知三联书店，2012：282.
② 纳博科夫著，潘小松译. 固执己见［M］. 长春：时代文艺出版社，1998：72.

质，而是将注意力集中于如何在小说中呈现"纯粹时间"。纳博科夫与海德格尔的观点有异曲同工之妙。与纳博科夫的"纯粹时间"一样，海德格尔的时间概念也不是一种通过直观和概念思辨所能达到的时间。纳博科夫的"纯粹时间"也没有被"我们的空间观念所侵蚀"，比可被度量的时间更为本原，是一种本原意义上的时间。由本原时间所开启的终极视域使海德格尔的时间性与纳博科夫的"纯粹时间"具有互通性。

从表面上看，纳博科夫的时间观较为零散，没有形成具有系统性的理论体系。纳博科夫认为，时间不是对象性的现成物，即使小说以时间为主题，时间也不会以直接对象的形态呈现在作品之中。由于纳博科夫所追求的是作为"自身显示者"的时间的直接呈现，因此以时间为主体的呈现必然是自由的游戏。由于纳博科夫的小说经常以时间为主题，这些小说才得以以游戏的面目呈现出来。因此，深入理解纳博科夫的作品需要以一种超越主客体二分理论的态度去领悟他的时间观，出离作为主体的自身，进入一种自由的游戏之中，对小说所呈现的时间进行整理。

三、纳博科夫的文学批评观

纳博科夫十分关注在作品中彰显自己的个性特征，他声称自己是一位独立的作家，不受任何个人的影响，也不隶属于任何一个团体或组织。只有将纳博科夫的文学批评观置于与相关理念的比较视域中，聚焦于其间的契合与分野，才能更准确地识别与理解纳博科夫的文学批评观所展露的独特纹理和色彩。

（一）纳博科夫论模仿

模仿说是西方艺术论中最基本的观念，它主要谈及艺术与实在之间的关系。"模仿"的含义本身并不固定，经历二十多个世纪的演变，其间充满多种变体。在古希腊，"模仿"是在荷马之后的文字，其最初的意义代表由祭司所从事的礼拜活动，该概念仅显示内心的意象，并不表示复制心外的现实。公元前5世纪，"模仿"开始应用于哲学领域，最初用于表示模仿外界。德谟克利特认为，"模仿"是对自然作用的方式所做的一种模仿，在艺术中模仿自然，在纺织中模仿蜘蛛，在建筑中模仿燕子，在歌唱中模仿天鹅和夜莺。柏拉图将艺术视为对于外界的一种被动而忠实的临摹，认为模仿并非通达真相的正途，因此不赞成模仿的艺术。亚里士多德则主张艺术模仿实在，但他所提出的模仿并不是对现实原原本本的模仿，而是对实在的一种自由接触，也就是表明艺术家可以自由运用各种方式来展现实在。亚里士多德在柏拉图的基础上进一步深入论述，认为"模仿"的含义是指事物外表的翻版。归结起来，古典时期共有四种不同的模仿概念，分别是礼拜式的概念（表现）、德谟克利特式的概念（自然作用的模仿）、柏拉图式的概念（自然的临摹）以及亚里士多德式的概念（以自然的元素为基础的艺术品的自由创作）。随着知识的发展和进步，原始概念逐渐消失，只有柏拉图和亚里士多德的概念历经时代的检验流传下来。

如果追溯到古希腊的思想，艺术与本真存在具有原初同一性。古希腊美学并没有把模仿说纳入认识论的范畴，自然与艺术尚未形成"反映"与"被反映"的二元对立，这一点与近代美学的观点截然相反。在古希腊人的心目中，自然的地位高于艺术。"自然是完美的：他们观察到它是以井然有序和趋向目的的方式展开，而这两项属性，在他们看来，都是十分值得赞美的。如果自然果真照他们所设想的那样井然有序，并合乎目的的话，那么它当然是美的了。就凭着这种事实，它也足为人的典范，特别是作为艺术家的典范。"①德谟克利特主张艺术的模仿应当服从于自然法则的引导，艺术创造应当如植物般经历自然生长的过程之后去形成作品。德谟克利特的"模仿"认为艺术与自然的性质具有同源性，艺术是创造性的活动，既然艺术与自然具有同源性，那么模仿便可以被视为一种本性关系存在，而并不是单纯地反映现实。从这个角度来看，原初的模仿论阐述的是感性与理性具有同一性的原初状态，以及"诗"与自然的构成方式的统一。

19世纪，随着现实主义的出现，模仿说再度兴盛，但是此时的模仿说已经是旧时模仿说的变体。比如当时盛行的现实主义对模仿的认知与古典时期对模仿的认知大相径庭。现实主义完全忠实于现实（柏拉图式的模仿），但有时它的用意也颇为自由（亚里士多德式的模仿），有时它的内涵是理论性的，有时它的内涵则是实际性的。与古代模仿说不同，现实主义的模仿主张艺术不仅模仿实在，而且要解释并评价现实。自然主义认为，小说应该重点研究自然和人生，而不是模仿自然和人生，即小说对现实的描写并不是单纯的模仿，小说应该观察和思考现实并发表个人对现实的见解。由此可见，现实主义是对现实的反映，这种反映具有真实性、代表性，因此现实主义能够广泛地为大众所接受。基于上述观点，19世纪以来近现代意义上的模仿说是将古代模仿说从本体论转向认识论范畴。

在现实主义（或写实主义、自然主义）语境中，"现实"是用于衡量文学作品描绘现实生活精准与否的概念。现实主义提出的"真实性"是指本质的真

---

① 瓦迪斯瓦夫·塔塔尔凯维奇著，刘文潭译. 西方六大美学观念史 [M]. 上海：上海译文出版社，2013：333-334.

实，即要求文学作品能够如实地、全面地反映社会生活。基于上述观点，"真实性"的概念包含三个层面的假设：第一，存在一个在主体之外的纯粹客观的社会现实；第二，这个社会现实完全能够为主体所把握；第三，文学作品价值的高低取决于它所表现的主体对社会现实把握的准确与深刻程度。针对这种遮蔽"自然"或"现实世界"真义的看法，纳博科夫指出："生活中存在我们所见到的一般现实，但那都不是真正的现实：它只是一般理念的现实、单调的常规形式、应时的编者按。"[①]纳博科夫认为，这个世界难以被认为是那个给定的世界，即人们所"了解"的"现实"，人们往往停留于表面现实，满足于日常所了解的常识。现实毫无意义，它只是一个模糊而且笼统的事物，只有真相才具有意义，而人们却不去追寻事物的真相。在多年研究蝴蝶的经历中，纳博科夫发现自然界中蕴藏着大量等待人们去开发的未知的秘密。有些事物表面上看似非常普通，但是其普通的外表下面却掩藏着巨大的复杂性，因此外表具有极大的欺骗性，其背后掩藏的复杂性时常超出人们的感知和识别能力。

针对艺术与"现实世界"之间的关系，纳博科夫阐发了自己关于模仿的独特观点。纳博科夫认为，当前盛行的艺术模仿论在理论上并不完备，长期以来人们已经形成惯性思维，"艺术模仿自然"或"艺术模仿现实"的观念已经根植于头脑之中。"自然"或"现实"本身的含义以及"现实世界"的真实存在渐渐淡出人们的视野之中。人们总是相信自己能够亲眼所见的才是"真实"的存在，艺术应该尽量贴近生活，尽量真实地反映现实存在的事物，揭示事物的本质，从而达到艺术刻画真实、描绘现实的目的。

在纳博科夫看来，近现代西方艺术论的致命缺陷在于割裂艺术与自然的同一性。柏拉图提出关于美的观点之后，美的现象便与现实生活割裂开来，转而与西方思想中一直盛行的以二元对立为特征的形而上学观念模式相结合。在科学理性原则占据主导地位之后，自然与心灵完全割裂，从此笛卡尔天赋观念的"我思"在主体性美学中占据主导地位。笛卡尔的思想造成了精神与物质的二元分离，主客观的二元对立，以及主体的无限膨胀。西方形而上学的盛行直接导致西方近代艺术论的根本缺陷，艺术研究执着于艺术创造与艺术欣赏的心理学分析，从而忽略艺术与自然、现实生活的根本性一体关系。

（二）纳博科夫论现实

纳博科夫的现实观在很大程度上承袭了柏格森的直觉美学观，尤其是柏格森美学观中的事物直观透视法。柏格森认为，任何人都具有自己独特的情感或

---

① 纳博科夫著，潘小松译. 固执己见 [M]. 长春：时代文艺出版社，1998：118.

经验。首先，每个人的生命独一无二，在整个生命轨迹中，一个人的情感和经验也必然与众不同；其次，每个人的情感或经验产生的时间不同，产生时间的差异决定了每个人的情感或经验独一无二，无法复制；再次，每个人对世界和自我的看法存在差异，每个人对另一个人或事物乃至整个世界的看法都带有十分明显的主观色彩，主观意识决定每个人眼中的世界，决定每个人独一无二的情感或体验。由此可见，所谓纯粹客观真实性根本无法实现，只是一种荒诞的虚幻。在柏格森的诸多观点中，影响纳博科夫最多的是绵延与直觉，二者对纳博科夫的现实观和创作风格均产生了深远的影响。根据绵延观的论点，真正的实在是时间中持续运动变化的"流"，即柏格森所称的绵延，这里的"流"是指一种由各种因素和状态汇聚而成的持续不间断的运动过程。柏格森十分强调自我意识的重要性，认为只有自我意识才能引导人们进入绵延，因此只有自我才是最真实的存在。

在阐述艺术与现实的关系时，纳博科夫借鉴柏格森和普鲁斯特的观点，认为现实是人的记忆与感觉所构成的某种关系。纳博科夫认为，作者必须学会发现两个相互迥异的因素之间的必然联系，并学会用自己的语言将其有效联结起来。在描述一个地理位置时，一个人可以通过某地的特点来形容某地，然而这并不足以确立两个事物之间的联系，只有提取两个具有非属记忆作用的事物，再通过描述者的风格将两个事物连接起来时，才有真实性可言；或者模仿生活的本来面目，当个体辨别两种感觉的异同时，用隐喻或摆脱时间束缚的语言将两种性质相同的感觉关联起来，便可以使两种感觉脱离时间的偶然性。如果人们通过这种途径来认知事物的本质，那么便可以显现事物的本质，真正达到真实性。上述现实观精神可以归结为：艺术起源于自然，这里所提到的自然并非我们日常所指的自然界，而是被标记标签的意象对象，不同的意象对象对同一个人具有不同的意义，反之不同的人对同一个意象对象具有不同的意象内容。纳博科夫倾向于将事物的客观存在视为不纯粹的想象的形式，一旦缺乏创造性的想象，思维将变得十分空洞，因此"意向性现实"源于艺术家的创造性想象，作家创作的首要任务便是开创属于自己的艺术世界。艺术可以使伟大沦为平庸，真实沦为虚假，这一切转变的根本标志在于艺术家创作的领域是否沦为现实的领域，这种转变取决于艺术家的想象是否被模仿，是否会沦为虚假的东西。

（三）纳博科夫论文学性

西方的小说批评大致分为内容批评和形式批评两个阶段，许多学者认为纳博科夫小说批评不适合归入上述类别，应该属于新批评的范畴。纳博科夫反对以"思想性"作为评价文学作品价值的标准，反对将小说人物与"现实"中的人物或作者相关联，反对将虚构的小说与现实生活的"真实性"相对应，反对以小说题材为依据研究政治、经济和文化。在纳博科夫看来，"好小说就是好童话"，每个童话世界都会构筑一个梦幻般的虚幻世界，这个虚幻的世界独立于外部现实世界而存在，遵循自己独有的逻辑、传统与巧合。无论是读者还是批评家都要注意细节，努力发掘细节，欣赏细节，并通过研读细节来研究小说中营造的虚幻的世界。为此，读者或评论家必须摒弃一切旧观念，毫无保留地欣赏这个虚幻的世界。美国当代著名作家约翰·厄普代克曾指出："50年代强调个人的位置，藐视公众事物，只感受脱离一切的单纯的艺术效果，信仰新批评理论，即全部基本信息都包含在作品本身之中……"[①]50年代的美国为纳博科夫提供了绝对自由的发展空间，这种自由状态达到了此后任何一个年代都不曾达到的自由程度。从这个角度看来，纳博科夫的观点与俄国形式主义、英美新批评确实存在契合点。三者均倾向于文学的"内部研究"，排斥对文学进行道德伦理式研究、社会历史学研究、心理印象式研究的"外部研究"，认为文学的本质在于文学作品本身的"文学性"和"诗性"。尽管上述三者的研究倾向大致相同，但其话语的内在规定仍然存在较大差异。

俄国形式主义所提出的"文学性"与纳博科夫所提出的文学本质的"诗性"存在根本差异。19世纪下半叶，西方学术界并没有将文学研究划分为独立的学科，为此俄国形式主义以"文学性"批判当时盛行的批判现状，力争使文学研究作为一门独立的学科。俄国形式主义强调，"文学性"应该成为文学理论研究的核心范畴，文本所反映的社会生活与作家的精神世界截然不同，必须加以区别对待，社会生活与现实世界也存在本质上的差异。从根本上说，这些与文学作品并不相关，只有语言与文学作品真正相关。根据上述观点，语言是具有独立价值的符号系统和符号体系，文学性只是运用文学语言的方法，因此文学批评的要旨在于研究文学作品的语义。从总体上看，俄国形式主义的观点存在一定偏差。俄国形式主义的"文学性"仅强调具有某种审美效果的语言结构和形式技巧，导致其"文学性"的概念具有极大的局限性，阻碍了"文学性"概念的发展。

英美新批评对文学本质的认知与纳博科夫的观点也存在根本差异。英美新批评颠覆了实证主义的文学批评，努力向纵深拓展，着力论证文学的自足性。英美新批评认为文学是独立的存在，与现实世界之间并不存在开放性的关联，文学的本源性就在于其自身，因此文学的本质在于文本以及文本的结构方式，具有对应调和结构功能，与道德、情感等内容性因素无关。从这个角度上看，

---

① 纳博科夫著，申慧辉等译. 文学讲稿［M］. 上海：上海三联书店，2005：24-25.

英美新批评可以视为一种"阐释学"理论，该理论认为文学作品包含内容与形式、感性与理性、内涵与外延、想象与张力等多种因素，这些因素共同构成一个辩证的有机体，字、词、句的含义需要借助相关意义的语境才得以体现。英美新批评主张以作品本身为出发点，从整体角度评价和分析作品的内容、形式、结构、意象、词语等方面。

纳博科夫的文学批评不仅强调审美在文学作品中的独立且牢固的地位，而且强调艺术作品的诗性本源和作品中与自然世界一致的诗性精神。纳博科夫指出，艺术作品诗性创造包括"理性文字""构想""非理性的神秘"。首先，"理性文字"是指文学是借助语言文字呈现的艺术，文学必须由语言文字来支撑，否则文学作品也将荡然无存，不能将语言等同于文学的诗性，而要把语言视为文学实现"审美狂喜"的媒介和途径；其次，"构想"是指艺术家是艺术创造的主体，艺术家通过记忆和灵感思维将他们观察到的"意向显现实"经过语言的创造形成充满存在的艺术品；再次，"非理性的神秘"是指人们通过原始诗性智慧领悟自然诗性。由于人与自然同构，人自然在情感上依恋自然。未经逻辑化、格式化的心灵能够在精神世界中以多种形式关联现实，实现个体生命情致的审美性超越，进而从多个层面最大限度地接近事物的本质。

纳博科夫指出，文学作品中蕴含的"诗性精神"是指文学的本质在于表现具有原初性、个体性以及事物特殊性的"非理性""非显性""非逻辑性"的原始诗性感觉。纳博科夫的观点与维柯提出的"诗性思维"相契合，维柯认为："诗既然创建了异教人类，一切艺术都只能起于诗，最初的诗人们都凭自然本性才成为诗人（而不是凭技艺）。"[①]荷马史诗中的诗性智慧是异教世界的原初的智慧，只能用一种感觉到的、想象出的玄学而不是现在学者们所用的那种理性的抽象的神学来解释，这里所提到的玄学即诗，诗是诗人天赋异禀的功能。纳博科夫还指出，"诗性感觉"是非理性的，是一种自然禀赋。"而在神祇早已退休的今天，人们的这种神奇的诗性思维也严重蜕化，公共化、集体化思维逐渐取代了生动具体个性十足的个体思维，而艺术一旦触及'公共''集体''常识'等常规思维就会一无是处。"[②]唯有充满好奇和灵性的诗性思维才能真正直达艺术的真谛。

（四）纳博科夫论艺术

纳博科夫强调艺术本性，主张"为艺术而艺术"，但是他的主张并非对唯美

---

① 维柯著，朱光潜译. 新科学［M］. 北京：人民文学出版社，1986：104.
② 纳博科夫著，申慧辉等译. 文学讲稿［M］. 上海：上海三联书店，2005：328-329.

主义的简单模仿，而是其对小说的最本质特征进行内在寻绎的逻辑结果。一方面，纳博科夫否定文学应该承受被外界赋予的教益、道德教化、社会责任等"外在"的沉重义务，认为文学中所谓的"伟大思想"正是滋生平庸艺术的温床；另一方面，在否定上述关于艺术和艺术作品习以为常的"宏大叙事"的同时，他不遗余力地将人们的注意力从空洞无物的"宏大思想"转移到那些可以带来"审美狂喜"和"诗性叙事"的艺术审美的细节上来。由此可见，纳博科夫的艺术是艺术品存在的本体，艺术不是空洞无物的抽象存在，而是那些在真正艺术品里的无处不在的艺术细节。

作为小说家和捕蝶专家，纳博科夫"喜欢具体细节甚于概括，喜欢意象甚于理念，喜欢模糊的事实甚于清晰的象征，喜欢被人发现的野果甚于条分缕析的果酱"①。纳博科夫认为文学的本质就是这种小型叙事的"琐碎玩意儿"，是那些意外发现的野果。如果作品旨在阐释所谓的"伟大思想"，将艺术作品当成"社会评论""哲学思考"与"宗教感悟"等教化工具，艺术将会失去生气与活力。艺术自己的世界才是真实的世界，是自足的生命体。艺术创造的终极目的在于建立起艺术美轮美奂的象牙之塔。纳博科夫得出结论，艺术品的价值不在于其社会性，而在于其对于某个体的价值。纳博科夫承认自己不为社会或群体写作，他只关注小说的艺术性本身，而完全忽略小说是否具有社会意义或说教功能。

纳博科夫认为小说应当秉承"艺术至上"的标准，他没有徘徊于"艺术模仿现实"与"现实模仿艺术"二元对立的思维模式之中，而是强调复杂多样的现实世界与内蕴无限丰富的艺术世界之间在本体构成方式上的一致性。在此基础上，纳博科夫专注于发掘文学作品的内在特性，并成功地在自然中找到了他的艺术中"非功利"的艺术快感。同时，纳博科夫十分关注在完美艺术中"外在价值""内在地"融入其中的事实，也正如沃伦所说："如果思想和人物、背景等一样是作为材料而成为文学作品的必要的构成成分，那它就不会对文学造成损害。"②尽管纳博科夫具有超乎寻常的强烈的道德意识，但是他认为文学创作不应过多地考虑道德与宗教意识，否则作家将会被束缚住创作的手脚。在"美"确立的过程中，"真"与"善"会不知不觉地消融其中，成为作品的自然构成成分。进行文学创作的文学家必须要有区分"善"与"恶"的能力，但是文学家不能受到"善""恶"等念头的羁绊，必须超越"善"与"恶"，将"真""善""美"自然而然地融入文学创作之中。艺术家的注意力不再是制约文学创作的因素，而是文学创作本身。纳博科夫摒弃小说中的"道德"与"不道

① 纳博科夫著，潘小松译. 固执己见 [M]. 长春：时代文艺出版社，1998：8.
② 韦勒克、沃伦著，刘象愚等译. 文学理论 [M]. 北京：生活·读书·新知三联书店，1984：273.

德"、"信仰"与"不信仰"、"形而上"与"形而下"等二元对立的思维模式，将小说的本性无限地还原到其内在的诗性特征之中。

（五）纳博科夫论象征

纳博科夫关于象征的观点具有深远的理论渊源，深受俄国象征派观点的影响。俄国象征派认为，现实本身是不完善的，每一个人都具有一种潜在可能的现实。在俄国象征派观点的基础上，纳博科夫认为，艺术具有改造世界的力量，是一种超越宗教信仰的自然本身，根本无法归纳一般意义上的现实，每一个主体眼中都存在一个与众不同的现实。由于艺术源于个体运用记忆和想象来调整组建的印象，因此艺术是非真实的，是一种幻觉。在纳博科夫看来，正是这种亦真亦幻的特质使艺术的魅力得以展现和发挥，这种特质使艺术超越粗暴的现实，为人们解释来自"彼岸世界"的信息的特性。纳博科夫与象征派的观点具有差异性，纳博科夫并未接受象征派创造生活的实践理念，反对将艺术与生活混为一谈。纳博科夫认为，现实生活与艺术存在本质上的差异，现实生活无法成为一种审美建构，艺术也不可能不加修改地直接应用于现实生活中。

韦勒克认为"象征主义"的概念可以从四个意义上理解：它可以被视为一个流派、一个运动、一个时期，甚至一种艺术表达方式。韦勒克将1885—1914年这个阶段称为欧洲文学史上的象征主义时期，在这一时期内的象征主义运动是兴起于法国随后蔓延整个欧洲的文学运动，在此期间涌现出许多优秀的象征主义作家和作品。俄国象征派是受西欧象征主义运动影响而产生的一个分支，从狭义上讲，俄国象征主义是指1886年自称象征主义者的一组诗人，并且包括以"象征主义"来为自己命名并发表"象征主义"宣言的法国诗人让·莫雷亚斯；从广义上讲，象征主义是指兴起于法国，从奈瓦尔、波德莱尔到克洛代尔、瓦雷里的一次文学运动；再从抽象的意义上讲，象征主义可以被理解为一种普遍的艺术手法，可以用于一切时代的一切文学。从某种程度上讲，象征是一种普遍的文学现象，是一切文学创作的最基本手段。但是这个层次上的象征，有些过分抽象，存在变成教条的倾向。

由此可见，纳博科夫所强调的艺术自主、无功利、理智的参与以及想象力的重要性与爱伦·坡、波德莱尔的观点十分契合。尽管如此，纳博科夫与二者仍然存在一些根本性差异。一方面，爱伦·坡和波德莱尔排斥灵感的作用，纳博科夫则强调灵感来袭时的非理性特征，认为灵感震颤是艺术家应当具备的重新组合和创造的首要才能，灵感震颤的诗性创造能够超越理性之上、常识之外，使人们体验艺术带来的"审美狂喜"；另一方面，爱伦·坡和波德莱尔认为艺术家可以利用想象力改变世界，纳博科夫则认为，尽管艺术具有创造出虚幻的"童话世界"的能力，但是艺术不具有改造自然界的力量。纳博科夫认为艺术在诗性方面与自然具有原初的同一性，艺术的欺骗性源于自然的欺骗性，艺术应当服从于自然，与自然世界和谐相处，反对将艺术与自然视为对立的存在的观点。纳博科夫与象征主义关注的焦点也存在差异，象征主义由于悲观厌世而转向关注"彼岸世界"，时常采用暗示、象征等手法来表达行为和心理；而纳博科夫则以现实的眼光关注"此岸世界"，强调"细节就是一切"，追求细节的描写，主张用清晰准确的语言来表达现实，恢复自然原初的诗性，推崇作为诗性创造的艺术。

四、纳博科夫文学思想的渊源

纳博科夫的文学创作在思想内容和艺术内涵方面具有一贯性，前期创作的小说为后期创作的小说奠定了基础。纳博科夫认为，艺术作品的冲突介于作者与现实之间。首先，读者或评论家应该重点关注作家如何以最大的真实性来表达内心对外物的感受和认识，因为这才是作家真正要实现的目的。其次，读者或评论家应该关注作品的故事情节的冲突以及作家采用哪些手法和技巧来创作自己的作品。为了实现上述目的，感受力或者感性的作用就显得至关重要。马尔库塞曾呼吁，没有感性的能力就无法实现真正的自由，人们的获得总是受到日常语言建构的秩序的束缚。为了挣脱束缚，人们必须把感性力量从社会现实中解放出来，摧毁意识形态语言的统治和常规语言的关系，重新建构语言规则。

（一）生存环境

1. 文化边缘化

随着俄国国内政局变化，社会动荡不安，纳博科夫一家不得不踏上流亡的旅途，以免在国内遭受政治迫害。开始流亡生活后，纳博科夫一家频繁辗转于欧洲各国和美国，从此再也没有回到故国。在各国流亡期间，纳博科夫接触到不同国家的异质文化，这为其日后的文学创作提供了丰富的异域素材和广阔的想象空间。尽管纳博科夫先后接触了多种异质文化，但是他仍然难以割裂与俄罗斯文化的千丝万缕的联系。文学理论家勃兰兑斯用文学的内外规定性来界定流亡文学，认为流亡文学独特的内外规定性包括流亡的身份、逆反的态度、时空的穿梭、与母文化的牵连等。

在流亡欧洲期间，文化差异使纳博科夫在心理和情感上充满虚幻，于是他撰写了一篇文章来描述自己在英国的亲身经历，其中充满流亡他乡的疏离感："在他们与我们这些俄国人之间，有一道玻璃做成的墙，他们有自己的世界，自己的圈子和生活……如果你控制不住自己，告诉他们说自己不惜一切代价只为想看看圣彼得堡附近的沼泽地，他们会像看你在教堂吹口哨一样看着你。"①俄国侨民所坚持的所谓的"欧洲主义"在西方人的摧残下显得不堪一击，他们的俄罗斯文化赤裸裸地暴露在西方人面前，被西方人无情地边缘化，成为异质文化的"他者"。俄国侨民一厢情愿地认为俄罗斯文化与欧洲文化具有亲缘关系，并以为自己在欧洲会受到欢迎。然而事与愿违，情况并没有俄国侨民想象中那么乐观，西欧国家并没有将俄国纳入其文化统一体中，对俄国的历史也丝毫不感兴趣，尽管俄国的历史具有特殊性。遭到欧洲文化排斥后，俄国侨民开始反思俄罗斯文化与西方文化的差异。通过自省，俄国侨民逐渐意识到自身文学作品中对欧洲社会和生活也往往采取批判的态度，以谴责性的语气毫不留情地揭露其风气庸俗、沉闷压抑、缺乏艺术气息的社会环境。纳博科夫更是以侨民的身份在文学创作中大大提升了俄国侨民对欧洲生活和欧洲文明的认识，使俄国侨民认识到欧洲文明正在面临衰落，潜藏的危机随时可能爆发。纳博科夫这一观点与德国哲学家斯宾格勒的观点一脉相承。

著名俄侨思想家别尔嘉耶夫在《时代的终结》中这样总结当时欧洲的时代："我们将进入一个衰老和腐朽的时期。"②这些思想界的论断对作家的文学创作的影响极其深远。当时斯宾格勒称柏林为"完全荒废的城市"，这一描述充分反映了俄国侨民的心声，也为俄国侨民树立了哲学意义上的规范。俄侨作家霍达谢维奇在《欧洲之夜》中以惊悚的描写方式描绘了柏林城区凋敝的景象，城区各处房屋像列队的魔鬼，鳞次栉比地屹立在城市中，整个城市弥漫着压抑的氛围，使人无法正常呼吸。俄国白银时代作家别雷在一篇名为《暗影王国中的地穴》的文章中称柏林为"资产阶级的所多玛"，意指因居民罪恶深重而被上帝焚毁的古城。纳博科夫曾在欧洲多地居住，对欧洲城市的现状也感到十分不满，但是纳博科夫认为这一切仍然在可接受的范围内，因此他并没有像其他俄国侨民一样将城市比作魔鬼城，好像生活在城市中的人们随时都要面临灾难的发生。既然这是现实存在的生存环境，那么人们要么适应它，要么超越它，取决于自己如何选择。如果一个人对整座城市的历史文化背景产生厌恶感，那么这个城市中的一切物质和精神实体都将变得毫无意义。对于纳博科夫而言，他并没有完全抛弃城市的精神和物质实体，反而在巧妙地借助城市的精神和物质实体以达到强化自身主导地位的目的。纳博科夫认为柏林并不是一个存在的整体，而是被陌生化的碎片。纳博科夫能够巧妙地超越现实的限制，从外部视角

---

① Julian W. Connolly. *Nabokov and His Fiction*: *New Perspectives* [M]. Cambridge: Cambridge University Press, 1999: 189.

② Julian W. Connolly. *Nabokov and His Fiction*: *New Perspectives* [M]. Cambridge: Cambridge University Press, 1999: 198.

透析现实世界，从这个角度来看，纳博科夫堪称一位"生活在别处"的作家，关注个体命运以及驱动个体发挥创造力的动力，指出作品的社会和历史意义的虚无性。在纳博科夫的文学创作中，主体的自我居于绝对的主导地位，人类思维通过将琐碎的现实整合，便获得超越时空的力量。然而人们无法洞悉现实社会中的一切，更无法预见未来。

虽然纳博科夫长年流亡国外，但是他的心中仍然怀有深厚的故国情结，这种情结也使他能够平静地对待跨越生存边界的人生转折。比如在《玛丽》中，加宁决定独自离开时，他的头脑中闪现的只有他的眼前所出现的一切，因为他已经把自己的心灵和情感深深地隐藏起来，对周围的一切都表现出漠然的态度，加宁这种漠然的态度正是纳博科夫心态的真实反映。纳博科夫从小生长于俄国贵族家庭，从小接受的是西方化的教育，家中聘请的家庭教师均来自英国、法国、德国等欧洲国家，他们向幼小的纳博科夫传授西方知识和文化，使他从小就开始了解西方文化，因此以纳博科夫为代表的俄国贵族子弟被称为"俄裔西方人"。在"俄裔西方人"看来，俄罗斯文化与西方文化紧密相连，许多俄国人将英语视为自己的母语，将西方国家视为自己的第二故乡，因此前往西方国家的流亡旅途更像是一场归乡的旅途。尽管如此，他们仍然无法脱去自身的俄罗斯色彩，他们固守的俄罗斯文化仍然与西方文化相冲突。在文化冲突中，"俄裔西方人"无情地被主流文化边缘化，因此陷入痛苦和折磨之中。

2. 个性单一化

20世纪20年代，与未来相关的思想非常盛行。纳博科夫始终认为个人问题不应该与时代背景构成非常紧密的因果关系。时代是一个模糊而抽象的概念，尽管每个时代都会发生一些影响重大的标志性历史事件，但是这些事件并不具有普遍意义，也无法成为这个时代的决定性因素，它们只在表面上影响人们的生存，根本无法改变人们生存的实质。在早期的俄语小说中，纳博科夫均描述社会运动及战争的背景，但是他描述社会背景的用意并不在于影响小说人物的生存状态和心理状态，而在于衬托情节。纳博科夫认为苏联作家失败的原因在于他们过分强调社会历史背景的作用，认为社会历史背景可以凌驾于人的生存之上，进而剥夺个体的生存权利和自由。因此，纳博科夫曾经这样评价战后的欧洲文化："不要蔑视我们的时代，它是很浪漫的。精神上是美丽的，物质上是舒适的。战争毁坏了许多，但它已经结束了。伤口已经愈合了，再也找不到什么不愉快的痕迹。"[①]

---

① Julian W. Connolly. *Nabokov and His Fiction*: *New Perspectives* [M]. Cambridge: Cambridge University Press, 1999: 202.

十月革命之后，个体价值在俄国遭到彻底消解。个性化的消解体现在人们生活的各个层面，从人们的穿着打扮，到家里的陈设和布置，再到社区里的文化活动，均体现出一种高度的趋同化。在那个特殊的历史时期，社会价值观具有绝对的权威，个人价值的体现必须以集体主义为评判标准，受到社会和历史的评判。与社会价值观相比，个人价值观显得微不足道，完全湮没在宏大的社会语境之中。纳博科夫指出，这种将多元的社会历史简化为单一的因果律的做法严重剥夺了个体的创造力，使人们碌碌无为，毫无建树。比如，《天赋》中的阿努钦教授严厉斥责弗奥多尔在其著作《车尔尼雪夫斯基传》中没有在社会和历史的背景下评判车尔尼雪夫斯基，缺乏时代背景的评判是毫无意义的。弗奥多尔的创作理念正是纳博科夫文学创作理念的再现：概括与整体性的背景模糊不清，只有借助细节才能暴露人的本性。纳博科夫以失火的例子进一步阐释了弗奥多尔的创作理念：当人们发现房子着火时，所有人会不顾一切地冲出房子以求自保，只有一个人不顾自身的安危，拼命冲进着火的房子，救出困在火场里的邻居家的孩子。通过这个简单的例子，纳博科夫旨在向人们证明，当人们共同趋向于某个目标时，能够关注为大多数人所忽略的事物才是人性的闪光点，这个闪光点既是人类价值的外在表现，也是评价人类价值的标准。

历史是偶然因素的叠加，难以追寻完整的规律。人的思想具有自由度，人的命运要靠自己来创造，人类不应该为社会和历史所束缚，正如英国历史学家卡尔·R. 波普尔所说："世界是纷繁芜杂的，作家的任务就是要把这些纷繁芜杂的东西重新整合成一个全新的图景。这个图景应该是超越社会、超越历史的，应该兼备'诗道的精神和科学的直觉'。"[①]无论社会如何发展和变化，无论作家的思想呈现怎样的趋向，艺术的形式总要以时代的精神为依归，文学创作要与时代的理念相契合。

（二）形而上文学观

1. 哲学观

20世纪西方文化经历了巨大转型，物质的富裕大大促进了精神世界和文化价值观的发展。此时，现代主义作家对于人类与其所生活的世界之间关系的认识也与传统观点存在较大差异。随着科学技术的飞速发展，诞生于19世纪三四十年代的实证主义逐渐开始盛行。实证主义承袭西方传统理性精神，以科学为原则展望西方社会的未来。科学技术的突飞猛进为人们的社会生活带来了翻天

---

① 卡·波普尔著，何林等译. 历史主义的贫困［M］. 北京：社会科学文献出版社，1987：105.

覆地的变化，同时也产生了一些负面效应。科学技术在外部统治自然世界之后，逐渐深入人的内心世界。著名思想家马尔库塞针对这一社会现象发表了自己的观点，他认为科学技术的发展和强大使它们对人类的控制力量日益加强，科学技术甚至已经形成相对稳固的统治系统以控制人类的思想和结构。随着技术理性的发展与成熟，人成为单向度的人，对自然无法遏制的欲望使人们对自然的控制欲极度膨胀，从而导致人们理性和人格的丧失。在物欲横流、金钱至上的社会中，人的精神遭到扭曲。为了掌握人类对社会的控制权，人类必须打破科学技术的统治地位，撕开科学技术树立的蒙蔽人们的屏障，探索理性表面的背后所隐藏的真实，清醒地认识真正的自我和人性的本质。在人们不断深入地认识自我的努力中，文学创作成为帮助人们实现目标的有效途径。纳博科夫曾谈到，诗歌是用理性的文字感知非理性的神秘，这才是文学创作的价值所在。使用华丽的辞藻的目的不在于哗众取宠，而在于更好地表达真情实感。纳博科夫将这种形而上的创作理念运用到文学创作之中，使作品中的人物呈现精神上的"顿悟"。"顿悟"是指相当于神明顿现的由现实事件所引发的精神的爆发力，伴随人物对现实的感觉和对过去的回忆，超越时间和空间的界限，形成纯心理与精神上的超验体验。

中世纪的宗教理性一直统治着人们的思想，维护上帝的权威，压抑人性的自然倾向。休谟的怀疑论极力推崇心理因素，认为理性无法掌握普遍必然的知识；同时，树立人为自然立法、为自身行为立法的主体地位，并修正唯理派和经验派存在偏差的论断。叔本华提出悲观主义意志论，突出直观或直觉的地位。狄尔泰提出生命哲学以及在此基础上产生的释义学的人文学科新方法，指出盲目的生命冲动是世界的本源，一切社会生活现象都是生命的客观化，自然界是生命展现自身的工具，是生命冲动受阻而确立的成果。20世纪初期的社会动荡使人们意识到西方文明正在走向衰落，基于传统理性精神的社会信条的根基开始动摇，内省式的自我体察逐步取代了外部的现实关注。血腥的第一次世界大战使人们意识到理性文明造成的恶果，从战争中幸存下来的人们不得不面对物质和精神的双重损失。一方面，人们要面临战争造成的生命和财产损失；另一方面，人们要反思传统的理性和价值标准，以非理性哲学为特征的社会思潮开始在当时的思想界和文学界盛行。

物质文明的飞速发展更新了人们对时间和空间的认知，激励人们以全新的角度审视世界。社会价值观的改变促进了文学传统精神的改变，从而促进现代主义作家以反传统的姿态尝试新颖的文学形式。纳博科夫认为，时间、空间、行为以及思想的改变使传统的创作思想和技巧失去了意义，比如兴起于19世纪的浪漫主义文学正是在人们对现实社会悲观失望的情绪中产生的。随着社会局势的恶化，浪漫主义文学已经不足以表达人们对社会现实以及人类精神的质疑，于是批判现实主义应运而生。虽然二者产生的社会背景不同，但是二者所坚持的社会传统理性价值标准具有一致性，二者作品中居于主导地位的均是理想化的社会理性原则。随着非理性的倾向日益盛行，人们已经摒弃通过知识把握真理的信条，主张本能感觉与意志的作用，因此现代意识中的非理性倾向带有明显的神秘主义色彩。

西方社会的理性原则源于人们对宗教世界观、神学与神秘主义统治的反抗。科技的发展和物质的富裕使西方的理性原则日益受到人们的质疑，这表明人们在遵循某种理性原则之后，再一次失去方向，历史从终点又回到起点，循环往复。现代主义作品与此同理。现代主义作品主要展现人物的反理性倾向，人的反理性倾向源于人的内部世界与外部世界的差异，即指人的异化、悲观、变态等表现，这种差异对作家的哲学观、艺术观、历史观均会产生巨大影响，因此生活于这个时代的纳博科夫也深深地烙上了时代的烙印。纳博科夫认为，外部世界是人的内心世界的缩影或再现。在《洛丽塔》中，洛丽塔只是亨伯特心中非真实的存在，可惜亨伯特被畸形的恋情蒙住了双眼，心智扭曲，认为洛丽塔是真实的存在，并且为了洛丽塔不计后果地犯下了谋杀罪行，最终锒铛入狱。

柏格森认为无知是生存的必要条件，清醒地认识现实世界对自我而言十分残酷。纳博科夫生长于富裕的俄国贵族家庭，生活无忧无虑；由于俄国政局的变化，纳博科夫一家被迫逃离俄国，开始流亡生活。由于纳博科夫家的大量庄园和财产无法带走，纳博科夫一家同时遭受了物质和精神上的双重打击。面对家庭的变故，纳博科夫感到非常痛苦。为了摆脱外部世界给内心造成的痛苦，纳博科夫以自我的哲学理念构筑了自我世界。他统治着这个自我世界，按照自己的生命和思维运转整个世界。在纳博科夫看来，这个世界中的所有事件流程都具有至上的真实性，而对于外部世界的忠实则需创造者进一步查证。在《防守》中，卢仁痴迷于象棋，以至于可以为了象棋放弃任何事情。卢仁的心里完全被象棋所占据，再也容不下任何事情。纳博科夫选择象棋的原因在于他认为象棋是一种高雅的艺术，在对弈的过程中，双方都在进行创造性的活动，这种活动会使人因创造的成果而产生心理上的狂喜。因此，象棋的对弈过程如同艺术家的艺术创作过程，纳博科夫也在象棋世界里构筑了自己的创作世界。

特殊的时代背景与严酷的现实促使纳博科夫形成了独特的哲学理念。纳博科夫认为，外在的认知方法僵固而静止，而且功利色彩明显，常规性严重压抑艺术的创造性。"常识"一词最早见诸《说吧，记忆》中："高耸的岩石矗立在悬崖的两边，常识告诉我们，人类的存在，不过是两道黑暗永恒之间的短短的光缝。"[①]纳博科夫认为，常识会使任何一样东西贬值，常识抑制人类自身的创造

---

① 纳博科夫著，陈东飙译. 说吧，记忆［M］. 长春：时代文艺出版社，1998：1.

力，一旦缺乏创造力的支撑，艺术的价值也荡然无存。人类的认识特性本来应该以连续性的方式存在，然而现有的理性认识却以外在的、间断的方式存在，违反自然规律。当理性认知方法脱离于绵延时，理性认知方法已经不完美，也因此失去了解事物本质的机会。

虽然人们一直执着于探索精神活动的本质，但是关于其本质却始终没有定论。柏格森曾这样论述生命与自然："真正的实在是神秘的生命之流，理性和科学无法把握实在，唯有直觉才能体验。"①"他一再指出生命冲动的过程是意志的一种自动创造的过程，无论自然规律还是理性规律都是不服从的。"②纳博科夫的观点与柏格森的观点如出一辙。纳博科夫认为，自然具有无限的创造力，但是创造的过程却难以名状，创造就意味着打破原有的、能满足人们所有需要的空间。纳博科夫以特有的思维方式构建了属于自己的王国，这个王国建立在"彼岸世界"的形而上的空间基础之上。纳博科夫的世界抛弃根植于人们头脑之中的"常识"，将空洞的理想转变为对人性美德的直觉信任，坚持非理性的神圣标准，排斥对历史和现实的宏大书写，重点关注人的灵魂。这里所指的"世界"在纳博科夫的创作结构中以超验的方式存在，摆脱禁锢人类生存的现实社会的重要信条以及时间、空间等因素的束缚，因此纳博科夫极力想要摆脱现实世界的束缚，追求自由的解脱。

2. 时间观

自一个新生命诞生之日起，时间就与人的思维息息相关。纳博科夫曾经这样论述时间与意识的关系：低等动物的世界中只有时间，人类世界中时间与意识并存，更高境界的世界中只存在意识。时间是束缚人们的监狱，人们试图逃脱这座监狱却只是徒劳。时间与意识密切相关，时间诞生于意识，意识为人们提供超越时间的途径，人的自我意识凭借主观能动性成为哲学与艺术沟通的媒介。

纳博科夫认为，维度与媒介的辅助作用密不可分。在螺旋式的维度中，如果空间转变为与实践相似的事物，而时间转变为与思想相似的事物，那么另一个维度便会自然产生。我们确信另一个维度并不是我们所熟知的空间，而是一个特殊的空间。我们可以规划出现实世界向"彼岸世界"的转化过程，即由现实空间经由时间和思想向超越现实转化，最终到达"彼岸世界"。在《斩首之邀》中，辛辛纳特斯恰好是借助现实世界向"彼岸世界"转换而超越了现实。辛辛纳特斯以"思想认识卑鄙"的罪名被判死刑，随后单独被关入一间囚室。在囚禁于囚室之后，辛辛纳特斯每天都被无尽的等待所折磨。随着时间的推

---

① 陈卫平，施志伟著. 生命的冲动 [M]. 上海：上海三联书店，1988：89.
② 陈卫平，施志伟著. 生命的冲动 [M]. 上海：上海三联书店，1988：96.

移，辛辛纳特斯的思想开始发生转变，他由等待死亡的恐惧转变为以思维畅游自由王国。囚室桎梏的是辛辛纳特斯的时间与空间，对于空间而言，更加难以承受的是时间的折磨。辛辛纳特斯知道自己将被处死，却不确定行刑的具体时间，每天周而复始地重复，使辛辛纳特斯受尽折磨。时间在流逝却没有尽头，如同静止一般。监狱对于辛辛纳特斯而言已经不是空间上的限制，而完全是时间上的束缚。在令人窒息的束缚中，辛辛纳特斯的思想逐渐开始转变，乃至最后升华。在辛辛纳特斯准备行刑的时候，他的思想跳跃出现实世界，在他站起身的那一刻，原来的世界瞬间完全崩溃。

纳博科夫小说中的许多人物都在努力追寻自我的永恒世界，不胜枚举。普宁虽然流亡于美国，却沉浸在《苏维埃文学金库》中寻找俄罗斯文化精神；加宁试图重拾旧日的美好时光，在意识到一切已经成为过去之后，释然放下一切选择离开；亨伯特执意重现过去，不顾一切地将洛丽塔作为阿娜贝尔的替代品；金波特极力索求自己贪念的一切，盗用老诗人约翰·谢德的诗歌，并且添加扭曲原诗的注释，意图借助艺术的力量战胜现实的一切。在常人的眼中，纳博科夫笔下人物的行为都是怪僻甚至疯狂的，而纳博科夫却能够准确地把握人物的灵魂，为小说中的人物构建和谐的永恒世界。

（三）俄罗斯情结

虽然纳博科夫在开始流亡生活后再也没有回到俄国，但是纳博科夫在心中始终坚守俄语和俄罗斯文化，这一点从他对俄语的执着可见一斑。纳博科夫始终认为，与俄国的联系是依靠建立与俄罗斯文化的联系来实现的，而流亡者与故国之间的联系是自然的融合与继承，而不是生搬硬套地建立联系。从某种意义上说，一个作家成长时期的文化环境将成为其文学思想的有效的参照物。

1. 陀思妥耶夫斯基

不同时代和不同个人对文学艺术的价值通常会持有不同标准。有人认为，优秀的文学作品应该反映传统伦理道德，而且这种伦理道德已经超越功利意义，具有崇高性；有人认为，优秀的文学作品应该细腻地刻画生活，尤其应该注重细节的描写；还有人认为，优秀的文学作品应该揭露社会的阴暗面，惩恶扬善，为世人敲响警钟。即使是作家本身对于文学价值的看法也大相径庭，比如纳博科夫和陀思妥耶夫斯基关于文学价值的观点明显存在较大差异。尽管二者在地缘与文化传承等方面较为相似，但是二者在生活背景以及个人经历等方面相去甚远，使二者所追求的文学终极意义大相径庭。陀思妥耶夫斯基出身贫寒，他深知贫苦百姓的疾苦，也十分了解市井生活的各个层面，因此他在文学创作中将如宗教般的爱心和宽恕等现实道德意义附着于价值观念的诉求之上；反观纳博科夫，他出生于俄国显赫的贵族家庭，他的家族拥有大笔的财富和颇高的政治地位，纳博科夫自幼便过着贵族的生活，衣食无忧，从未了解人间疾苦，因此他将文学创作的价值关怀集中于文本结构自身的美学价值和人类精神。纳博科夫和陀思妥耶夫斯基不仅在文学价值观方面有所不同，而且在艺术手法、行文结构、世界观等方面均形成鲜明对比。在对文学大师的批判式阅读中，纳博科夫逐渐理解、接受并且借鉴陀思妥耶夫斯基的思想和观点。

　　纳博科夫曾在自己的文学研究论著中谈及自己多次阅读《罪与罚》的经历。他曾在人生的不同阶段阅读陀思妥耶夫斯基的《罪与罚》，从十几岁到三十几岁，跨越了人生中重要的转折阶段。随着人生境遇的变化和自身心境的改变，纳博科夫每一次阅读都会对这本书产生不同的阅读体验。从12岁第一次阅读《罪与罚》的内心澎湃，到19岁第二次阅读《罪与罚》的索然无味，再到二十几岁第三次阅读《罪与罚》的深切体味，纳博科夫对陀思妥耶夫斯基的接受和理解经历了一个由浅入深、由片面至全面的过程。在对陀思妥耶夫斯基的认识逐渐深入的过程中，陀思妥耶夫斯基关于人类精神层面的探索对纳博科夫的影响最为深远。从青年时代阅读他的作品开始，纳博科夫就不断吸收陀思妥耶夫斯基文学创作的精华。他从陀思妥耶夫斯基的作品中获得了许多创作灵感，在对大师的思维和技巧进行整理和加工后，纳博科夫形成了自己独特的描绘人物的思想与行为的手法，并且在自己的作品中加以实践。在《玛丽》中，小说的主人公加宁是一个失意的流亡者。当加宁流亡到柏林时，无意中看到邻居妻子的照片，发现邻居的妻子竟然是自己多年前的恋人，回忆立刻把他拉回到过去的美好时光。为了与玛丽再续前缘，加宁终于下定决心与现任女友柳德米拉分手，决定在玛丽乘火车到达这里的当天到火车站迎接玛丽并将她带走，开始两个人的新生活。当加宁在玛丽到达当天赶到火车站时，加宁突然意识到他和玛丽再也回不到过去，过去已经消逝，不可能在现在重现，于是加宁选择一个人离开，忘记过去，开始自己全新的生活。根据加宁的经历不难发现，加宁这个角色与陀思妥耶夫斯基作品中的"追梦人"系列角色十分相近。陀思妥耶夫斯基的小说《白夜》中也有一个类似于加宁的角色。《白夜》描写一对年轻人虽然相爱，却没有机会走进婚姻的殿堂。当他们决心为自己争取幸福时，女方已经结婚。面对这种窘境，相爱的双方决定冲破束缚，再续前缘。此时，男方被问路的老人打扰，这时他才发现，刚才发生的一切只是自己的梦境。女方已经结婚的事实已经无法改变，一切沉迷于梦境的努力都是徒劳。由此可见，两部作品中的主人公都沉溺于幻想或梦境，当他们从梦境回到现实，一切美好的幻想都被打破。值得注意的是，纳博科夫与陀思妥耶夫斯基对人物结局的处理各具特色。两位作家笔下的梦境破灭后，主人公的境遇大相径庭。陀思妥耶夫斯基笔下的人物在梦境破灭后往往陷入更深的绝望，而纳博科夫笔下的人物在梦境破灭后则充满希望，开始新的生活。这种差异在二者的作品中是一个普遍现象，在多部作品中均有体现。与陀思妥耶夫斯基相比，纳博科夫没有将梦境与现实完全对立起来，而是在梦境与现实之间找到了一个平衡的支点。

从某种意义上说，陀思妥耶夫斯基的小说对人物思维意识的描写也为纳博科夫的小说提供了很好的范本。在陀思妥耶夫斯基的小说《双面人》中，作者描写了一个彷徨的青年古力亚得金，他的思想意识摇摆不定，在自信与怀疑自己之间来回摇摆。由于巨大的生活压力，古力亚得金的心理开始发生分裂。尽管他努力在两种心理之间寻求平衡，试图使两种心理有效地沟通，但是他并没有成功地改变这种分裂的状态，两种心理之间也没有任何弥合的迹象。更为可怕的是，两种分裂的心理同时对古力亚得金的思想展开攻击。在两种心理的作用下，古力亚得金感到自己的思想正在逐渐被侵蚀，而且正在面临失去自我的绝境。在纳博科夫的早期作品中，也有一部小说与陀思妥耶夫斯基的这部小说十分相似，明显带有陀思妥耶夫斯基刻画人物思维意识的风格。在小说《眼睛》中，叙述者声称自己发现一个独立的"他者"斯姆洛夫，但是小说文本却反映出"双面人"的存在只是一种虚幻的假象，事实上只存在一个有悖社会常理的叙述者。从表面上看，两部小说中的人物的自我映象差别比较大；但是从根本上看，两个人物的产生条件非常相似，二者均缺乏安全感，害怕来自外界的嘲弄、讥笑、羞辱和谩骂，这一切使这两个人物的心理难以承受，并因此陷入痛苦与幻觉之中。心理的扭曲必然造成行为的改变，两个人物均在痛苦与幻觉中逐渐产生了逃避社会或者叛逆社会的行为。

艺术具有高度的复杂性，只有在深厚的知识背景的积淀下，作家才会创造出优秀的文学作品，这一点对陀思妥耶夫斯基和纳博科夫这样的文学大师来说也不例外。陀思妥耶夫斯基生活于19世纪的俄国，当时的俄国正在经历从封建主义向资本主义社会性质的转变，以及由此而引发的一系列或激烈或温和的社会变革。社会的变革和动荡不仅改变着人们的生活，同时也深深激荡着人们的思想。在当时的社会背景下，激进的思想无时无刻不在激励着年轻的一代，与原本存在的传统观念构成矛盾。陀思妥耶夫斯基的思想始终来回徘徊，他既反对专制统治，又主张服从统治，他的思想陷入极大的自我矛盾之中。与陀思妥耶夫斯基相比，纳博科夫并没有追求作品的社会意义和人文道德价值，而是将注意力集中于追寻个体意义和探索作品形式。尽管如此，我们并不能妄下断言，认为纳博科夫已经放弃崇高的理想。其实，纳博科夫的理想是专注于文学作品，专注于作家的灵魂、自以为然的真理想象力的游戏以及事业的严肃铸造的文学创作的高尚理想。纳博科夫的创作主题涵盖的范围较广，包括物质与精神、空间与时间、形而上与形而下。超越界限是纳博科夫一直追求的主题之一。在超越界限的主题下，纳博科夫在作品中创造了一系列英雄人物，这些英雄人物超越现实世界，超越死亡的界限。无论此英雄人物进入一个怎样的世界，这个陌生的世界对英雄而言都是真实的，甚至比原本生活的世界更加真实。

2. 象征派

纳博科夫自青年时代离开俄国之后，一直辗转流亡于各个国家，再也没有回到故国。尽管如此，俄罗斯文化已经在他的心里打上了深深的烙印。每一种文化都具有它的时代特色，因此文化环境对生活于其中的人的影响也必然带有明显的时代特色。纳博科夫在俄国进行文学创作的阶段正是俄罗斯文化史上引以为豪的白银时代，这一时期涌现了大批以象征派诗人和小说家为代表的优秀文学家，他们的出现将俄罗斯文学推向了辉煌的鼎盛时期，同时他们也为后世留下了不少传世之作。由于白银时代作家的创作风格百花齐放，上述文学家先后形成了多个特色鲜明的流派，他们形成各自的艺术主张，推动白银时代特色鲜明的艺术潮流的发展，同时也吸引了大批读者和艺术创作者追捧各种艺术潮流。纳博科夫并不否认自己具有俄罗斯文学的根源，曾坦言自己就是白银时代的产物。纳博科夫虽然以小说创作闻名遐迩，但是其文学创作却发端于诗歌。尽管纳博科夫早期的作品有些青涩，却充分体现了他对俄罗斯文化的坚守和传承。纳博科夫的文学创作在追求个性化的同时，始终坚守俄罗斯传统，保存传统的俄罗斯文化，尤其是白银时代的艺术风貌。

19世纪初，俄国象征主义艺术发展得如火如荼，象征主义艺术家们极力批判和否定现实世界，追求运用创新的手法，甚至是有些怪异的手法创作文本，以显示自身对传统的反叛。先锋派的试验者将文学的探索与创新性的世界观与哲学观相关联，形成俄罗斯文艺美学的主要观点，他们将艺术视为以非理性的方式阐释现实世界的过程及结果，在生活的较低层次，世界是虚假的；而在生活的较高层次，世界则不受规律的束缚，只有借助灵感和直觉才能理解艺术的领域。象征主义者认为，文学创作重在形式，只有精准的语言才能表达人们内心的意象和感受，才能唤起直达内容的通感。象征主义者善于尝试音韵、符号、隐喻、陌生化等艺术创作的技巧，追求运用普通的词语与结构挖掘潜在的象征意义，在有限的表达中展现无限的存在。

纳博科夫十分赞同象征派艺术家的观点，认为文学不应具有政治性和社会性，更不应该为了某种目的而随意模仿，他认为："使小说不朽的不是其社会重要意义，而是其艺术，只有其艺术。"[①]根据马尔库塞对艺术形式的定义："（艺术

---

① 纳博科夫著，潘小松译. 固执己见［M］. 长春：时代文艺出版社，1988：37.

是）一个既定内容（现有的或历史的，个人的或社会的事实）转化为一个独立的、自主的整体（如一首诗、一篇剧作、一部小说等）的结果。艺术以自身独立自由的特性赋予现实事件以新的秩序。创造新的秩序时，艺术并非按照客观现实的原则，而是凭借一种主观的东西。"①人们运用心理规律观照和改造现实世界，构建世界的新秩序。艺术作品所描绘的现实世界并非世界的本来面目，艺术世界中的现实世界以特有的内容与形式与本身相关联，构成艺术整体。人们对客观世界的认识受到约束，因而认识仍存在发展空间。纳博科夫对客观世界的真实性始终持质疑的态度，他认为人们的所见所闻并非完全真实，人们只能无限接近现实，却永远也无法直达现实，艺术是产生于人们对客观事件的主观判断，而不是真实的客观事件。

在诸多象征派的艺术家中，象征派代表诗人别雷对纳博科夫的影响尤为深远。别雷将康德的客观静止学说进一步拓展和延伸，因此别雷的作品中充满现实世界和本体存在的悲剧性矛盾，他的作品是由喜欢的过去、亦真亦假的现在以及无法预知的未来凭借作家的思维意识的拼接构建而成的，别雷将这种纯粹的艺术结构称之为本真。纳博科夫接受别雷的观点并且将其呈现在自己的文学创作之中。在《斩首之邀》中，辛辛纳特斯在监狱中被囚禁的实际时间仅为有限的十九天，但是他的思维已经完全突破监狱的限制，自由地游历于世界的所有角落。从这个角度来看，辛辛纳特斯已经脱离了现实世界，因为他已经通过阅读与回忆在现实世界之外构建了另一个世界。在构建理想王国之前，必须实现"审美狂喜"。"审美狂喜"是一种由外部事物激发的纯粹的情感冲动，它可以打破物质与精神、主体与客体、过去与未来之间的界限，将粉碎过去世界与构建未来世界之间关联起来，从而将作者引入一个自由的创作空间。在此基础上，纳博科夫阐述自己关于"审美狂喜"的观点，认为"审美狂喜"是作者以诗歌的形式将自己的经历和感受在文学作品中准确定位，这也是诗歌的一种功能。诗人应该感到时间中的某一点上发生的一切，纳博科夫把这种体验称之为"宇宙同步"。在纳博科夫的作品中，"宇宙同步"的意识现象层出不穷，人的思维意识被纳博科夫置于一个非常突出的位置。当本不相关的细节重合叠加的时候，事件透明的网络自然形成，该网络的核心即为"宇宙同步"。纳博科夫承袭普鲁斯特的观点，认为突破时空限制的世界的图景应该存在于通过暗喻相连接的记忆与感觉之中，而且这种图景必须经过艺术的加工和处理才得以体现出来。由于纳博科夫小说中的事件与人物均源于意识的领悟与创造，因此读者必须走出常规的阅读心理才能找到作者在作品中设计的迷宫的出口。

---

① 马尔库塞等著，绿原译. 现代美学析疑［M］. 北京：文化艺术出版社，1987：8.

别雷曾说："如果词语失去了其创造性与诗性的功能，它们将成为一堆一文不值的垃圾。"[①]纳博科夫十分认同别雷的观点，他主张通过运用由丰富的联想力启发的意象语言使作品充满活力。同时，幼年时对多国语言的掌握以及成年后辗转各国的流亡生活也使纳博科夫小说的语言丰富多彩。纳博科夫认为，文学创作能够借助词语、色彩、意象等远离传统与现实的陌生化应用，从而颠覆日常意义，背离传统的现实原则，使艺术摆脱现实秩序的束缚。为了避免现实规律的瓦解及消融，纳博科夫充分发挥想象力和博学的知识，颠覆传统的文学创作理念。纳博科夫运用象征、讽喻、暗指等多种艺术技巧，凭借记忆和想象的技艺构筑丰富多彩的艺术世界。纳博科夫指出，自己作品中的现实世界犹如一个五彩斑斓的彩色玻璃球，只有身临其境才能真正体会其中的奥妙。纳博科夫还十分擅长将文学词汇与科学词汇有机地融合在一起，并且从语义、色彩等多个角度选择最贴切的词汇来表达自己的思想。

别雷十分强调依靠语言和节奏所呈现出来的词语的内部形式，词语的节奏使词语的意义进一步拓展，并且通过文本的节奏体现出来。纳博科夫比较推崇别雷关于文本的观点，强调文本节奏与文本意义表现之间的关系。纳博科夫认为，文学创作必须首先搭建文学架构，然后才能进行文字的创作。叙述的关键并不是情节的连续性，而是句与句之间的节奏张力。句与句之间的张力将独立的意象或意象群根据作者的创作意识整合成整体，赋予文本新的意义，在文本叙述的节奏流变中不断变化和增生，纳博科夫的观点也成为"宇宙同步"美学建构的创作理念基础。"宇宙同步"的美学建构使原本不相关的时间、动作等要素相互关联，构成一个能够表达完整意义的句意群。只有把握住文本内词组与词组之间的短暂瞬间意义的组合，读者才能够理解文本所蕴含的深刻含义。

3. 阿克梅派

阿克梅派承袭象征主义的观点，并且在原有理论的基础上，加入自身的文学观点和创作理念，时刻注意克服象征主义理论的形而上的思辨性和乌托邦主义，积极主张富有逻辑性的构思以及清晰的结构与形式是文学创作必然具备的要素，从而摒弃象征主义所推崇的虚无与极端的创作风格。1911年，以古米廖夫为代表的一些俄国诗人在圣彼得堡成立"诗人行会"，这些诗人倡导相同的艺术理念，共同创办刊物《阿波罗》，纷纷在刊物上发表文章以阐述自己的文学观点。阿克梅派并没有完全承袭象征派的观点，而是批判性地继承，在承认自身的艺术观点起源于象征派的同时，又批判象征主义将现实世界的事物引向形而上的生存空间。

---

① Vladimir E. Alexandrov. *Nabokov's Otherworld* [M]. New Jersey: Princeton University Press，1991：219.

阿克梅派与象征主义关于现实世界之属性的观点恰好相反，前者主张形而下的现实世界，后者则主张形而上的现实世界。象征主义创作中那种狄俄尼索斯式的癫狂逐渐为人们所淡忘，阿波罗式艳丽的色彩、简明的结构、严谨的逻辑日渐盛行。阿克梅派在注重现实世界的同时，积极进行对精神世界的探索。阿克梅派的诗人以优美的文字和精心雕琢的诗句将世界与人类所创造的文化之美展现得淋漓尽致。在阿克梅派的众多诗人中，古米廖夫对纳博科夫的影响最大，古米廖夫进一步加深纳博科夫对自身的人格精神的认识。在纳博科夫早期创作的诗歌中，纳博科夫多次直接表达对诗人古米廖夫的崇敬之情，古米廖夫视死如归的人格精神时刻激荡着纳博科夫的灵魂，纳博科夫高度赞颂古米廖夫以无畏的道德精神直面死亡的勇气。古米廖夫的人格精神象征人性中具有某种永恒意义的道德问题，昭示"彼岸世界"的理念，古米廖夫所创作的悲剧英雄使英雄式的人格精神饱满且鲜活。

　　纳博科夫由于自身不平凡的生活经历，他对于苦难能够感同身受，对于苦难的同情也凌驾于普通意义的同情之上，因此纳博科夫的小说具有尘世的现实性和理想的现实性双重意义。在《天赋》中，每当弗奥多尔想象父亲被捕，他的脑海中便会反复出现一个细节，即父亲并无惧色，而且脸上始终挂着"轻蔑的微笑"，即使在行刑前也是如此。对父亲被捕以及被处死的情形的描写是古米廖夫被处死的情形的一种映射。虽然古米廖夫和小说中的探险者经历了现实的苦难，牺牲了自己的生命，但是他们的精神世界得到了升华。正如在《荣誉》中，马丁总是幻想自己成为反抗政治压迫的英雄并且最终被判处死刑的经历，这些行动都是古米廖夫英雄主义精神的体现。

　　在《荣誉》中，小说情节与古米廖夫的诗歌形成相互映射的关系。小说中的作家博布诺夫以俄国船员的视角讲述关于哥伦布的故事，指出哥伦布发现美洲所具有的转折性的意义，该小说的情节设计与古米廖夫的俄语叙事诗《发现美洲》具有相互参照性。艺术的创作与旅行的冒险形成某种对等关系，《发现美洲》中的马丁与《荣誉》中的博布诺夫均是极具冒险精神的艺术形象。如果没有开始远洋旅行，马丁关于自己经历的联想和古米廖夫的小说创作都将因没有素材而以失败告终。在现实经历的支撑下，马丁联想到自己偷越国境线被抓的情形，博布诺夫则完成关于哥伦布的小说创作。关于马丁偷越国境线的目的，小说中并没有明确交代，但是读者却能感受到马丁偷越国境线的原因是他对滞留于俄国的女朋友的爱。正是这种火一样的激情激发了马丁的英雄主义情怀，使其甘愿将自己置于危险的境地。在《天赋》中，读者从主人公弗奥多尔身上也能体会到这种浪漫主义英雄情怀，弗奥多尔通过想象父亲在中亚探险旅行的过程，使自己信仰的天国"彼岸"在父亲逝世后出现，小说人物身上这种浪漫主义英雄情怀恰恰是俄罗斯民族所独有的英雄气质。

纳博科夫认为，英雄主义浪漫情怀是俄罗斯民族独树一帜的民族气质，其他民族的人难以理解其中的韵味。纳博科夫在接受一家媒体采访时表示："那些英国人永远也不会明白，那些旋风般的灵感、脉搏和精神的振奋，那些热烈的舞蹈，那些狂暴和柔和，会把我们转向只有上帝才知道的天堂和地狱。"[①]在重塑古米廖夫人格精神的过程中，纳博科夫对古米廖夫文学思想的认识日益深入。古米廖夫反对虚无主义的观点，主张从现实的角度创作诗歌，使诗歌尽量贴近现实。纳博科夫对现实物象的观点与古米廖夫的观点较为类似。古米廖夫认为，人们对事物的认识具有局限性，人们无法认识事物的全部本质，人们总是在不断地探索真理，然而人们又无法洞悉一切现实，于是人们在想知与不可知之间进退维谷。为了摆脱这种两难选择，古米廖夫寄艺术的创作于异国他乡，最终在哥伦布发现的美洲大陆找到了理想境界。纳博科夫则略有不同，他将各地的风土人情与知识引入现实中来。虽然尘世与艺术相互矛盾，但是二者仍然存在相互依存的关系，没有尘世支撑的艺术创作将成为无源之水，无本之木，而没有艺术引领的尘世将充满神秘和压抑。只有尘世和艺术完美地融合在一起，人类才能达到完美的生存状态。

俄国评论家尼古拉·阿纳斯塔斯耶夫指出："对纳博科夫的任何一种解读都只是一家之言，因此要有准备，它可以被接受，也可以遭拒绝。"[②]尼古拉的观点对于纳博科夫及其作品的研究具有导向性作用。在尼古拉观点的指引下，许多学者对纳博科夫及其作品的研究在理论深度和范围广度上均实现了较大突破，研究成果渐攀高峰。随着文学研究与大文化的日益融合，关于作家及其作品的研究通常会置于文化背景中考虑，这与早期只注重文本内部形式的研究相比是一种进步。与其他作家相比，对纳博科夫文化背景的研究显得尤为重要。纳博科夫是一位流亡作家，先后流亡到多个国家，具有多个国家的文化背景。作家的文学创作与其所处的社会文化背景密切相关，无论是纳博科夫自身，还是纳博科夫创作的小说，都会不可避免地打上文化背景的烙印。在开始流亡生活以前，纳博科夫已经经历了俄罗斯文学史上的白银时代，深受俄国象征派的影响。随着流亡生活的开始，纳博科夫又逐渐受到了西方文学流派，尤其是后现代主义的影响。从某种意义上说，白银时代为纳博科夫的文学创作提供了良好的积淀，欧洲的流亡生活为纳博科夫提供了广阔的创作空间，纳博科夫在此空间中自由发挥，创作出许多优秀的作品。

---

① Andrew Field. *Nabokov*: *His Life in Art* [M]. New York: Viking, 1977: 63-64.

② Vladimir E. Alexandrov. *The Garland Companion to Vladimir Nabokov* [M]. New York and London: Garland, 1995: 291.

第三章　纳博科夫小说叙事的后现代性

　　自从小说艺术问世以来，小说的内容和形式一直是一组二元对立的矛盾，福斯特等评论家认为小说形式在内容之上，而韦尔斯则认为小说的内容更为重要，内容使小说成为理解社会和自我的载体。在20世纪的文学理论研究中，各个流派关注的焦点是"将一个事物的形式结构视为构成该事物本质的根本机制"①的问题。由此可见，各个流派普遍认为，与小说的内容和题材相比，小说的形式显然处于更为重要的地位。根据俄国形式主义的观点，小说的意义在于它的创作过程，小说的内容和题材对于小说的成败并没有发挥决定性作用，重要的是作者的视角，因为作者的视角决定作者叙事的方式。由此可见，小说的形式能够解释小说的内容，小说的叙事技巧使小说由倚重情节转变为淡化情节。从小说的发展脉络来看，从浪漫主义小说到现代主义小说再到后现代主义小说，故事本身越来越淡化，作者讲述故事的方式则在小说创作中日益占据更加重要的地位。

　　在纳博科夫进行文学创作的年代，小说形式正在日益取代小说内容的地位。在重视小说形式思潮的影响下，纳博科夫的小说改变了原本主要依靠情节变化来吸引读者的局面，转而采取丰富的叙事手法，以此来吸引读者。纳博科夫认为，小说写作是一种艺术创造，作家应该运用多种叙事手段，以优美的文字描写小说人物的生活状态和内心世界，为此纳博科夫始终在小说中探索爱情、流亡、时间、死亡、文学等主题。纳博科夫非常重视细节，认为文学创作是将碎片在读者头脑中重新拼接组合的过程。基于上述创作理念，纳博科夫在

---

　　① 徐岱著. 小说叙事学 ［M］. 北京：商务印书馆，2010：49.

小说创作中运用多种复杂的叙事技巧为读者制造多种谜题，包括文学典故、暗喻和隐喻、双关和人物的镜像等，无形中增加了读者的阅读障碍。纳博科夫是一位非常擅长运用各种叙事技巧的小说家，他的每一部小说创作都如同设计一个精妙的棋局，纳博科夫对于自己的设计也备感欣喜。纳博科夫每部小说的叙事艺术都具有自己的特色，使读者在阅读小说时如同正在与作者对弈，在对弈的过程中，读者努力揭开纳博科夫设置的谜题，当然读者未必能够揭开所有谜题，以至于作者与读者之间时常产生冲突和误解。纳博科夫曾在《固执己见》中谈到自己的想法，"作者之所以同读者发生冲突是因为作家本人是自己的理想读者，而其他读者往往是动动嘴唇的魔鬼和健忘症患者。另一方面，一个好的读者势必要同难对付的作家较量一番"①。由此可见，纳博科夫认为叙述者是小说的组织者，是作者在小说中设置的代言人。

一、叙述者

略萨认为，叙述者是由话语创造的实体，而不是现实存在的人，他"是一个叙述行为的直接进行者，这个行为通过对一定叙述话语的操作与铺展最终创造了一个叙事文体"②。叙述者决定小说的叙事声音和叙事视角，在小说中发挥重要作用。在传统小说中，叙述者是全知全能的，能够以各种声音影响乃至决定读者对小说中人物或事件的判断。作者通过叙述者牵制读者的阅读，使读者在不自觉间依据叙述者所想对于叙述的人物或事件产生认同或者抵触，不给读者任何自己判断的空间，这是通过叙述者施加在读者身上的阅读影响，前提是读者必须相信叙述者。

小说理论家韦恩·布斯最先提出不可靠的叙述者的概念。布斯的定义为："'可靠的叙述者'是指按照隐含作者的价值观念和行为准则来讲话或行动的叙述者，'不可靠的叙述者'则是指其价值观念和行为准则与隐含作者不一致的叙述者。"③韦恩·布斯认为，不可靠的叙述者是不能代表隐含作者观点和价值的叙述者。由于当时隐含作者的概念尚未澄清，因此不可靠的叙述者的界定也比较模糊。为了准确定义不可靠的叙述者，韦恩·布斯又提出"隐含作者"的概念。布斯指出，作者在创作过程中往往会制造"一个'他自己'的隐含的替身"④，即隐含作者，或称为作者潜在的"替身"。隐含作者不会凸显于作品的文

① 纳博科夫著，潘小松译. 固执己见 [M]. 长春：时代文艺出版社，1998：177.
② 徐岱著. 小说叙事学 [M]. 北京：商务印书馆，2010：108.
③ 程锡麟，王晓路著. 当代美国小说理论 [M]. 北京：外语教学与研究出版社，2001：31.
④ W.C. 布斯著，华明等译. 小说修辞学 [M]. 北京：北京大学出版社，1987：80.

本之上，而是要凭借读者"对一部完成的艺术整体的直觉理解，这个隐含作者信奉的主要价值，不论他的创造者在真实生活中属于何种党派，都是由全部形式表达的一切"①。因此，隐含作者潜藏于小说的行文之中，是现实作者在文本中的代言人。读者只能通过对文本的各个层面进行分析，才能对作者的形象形成一个基本的概念，然而难点在于，读者推断出的作者并不是真实的作者，只有深入分析小说的文本，才能发掘出潜藏于小说行文之中的隐含作者。隐含作者与隐含读者相对应，既然有隐含作者就应该有隐含读者，隐含读者的形象需要由隐含作者在小说的文本中构建。隐含读者与隐含作者的互动决定了隐含作者价值观的形成。由于隐含读者和隐含作者的存在，叙述者可靠与不可靠的界限更加模糊，叙述者的可靠性判断也难以界定。因此，里蒙-凯南拓展了上述定义，进一步界定可靠的叙述者与不可靠的叙述者："可靠的叙述者是这样的一个人，对于他所讲述的故事及对故事的议论，读者应当作为小说事情的权威性陈述。而另一方面，不可靠的叙述者是这样的一个人，对于他所陈述的故事与/或对故事的议论，读者有理由怀疑。"②里蒙-凯南认为不可靠的叙述者"讲述的故事或者和对故事的评论有理由引起读者的怀疑"③。叙述者的不可靠性是读者与叙述者互动的结果，一旦叙述者的叙述不符合读者对于真实、客观的期待，或者叙述者的价值观违背读者的价值观，那么读者便有理由怀疑叙述者的叙述的真实性。

不可靠的叙述者违背了亚里士多德在《诗学》中提出的艺术本质在于模仿真实的原则。亚里士多德认为，模仿的对象可以是真实的事情，也可以是传说中的事情；但是在模仿的过程中，作者必须按照必然律或者可然律将事情描绘得可信，试图表现事物的普遍性和必然性，尽可能接近事物的真理。叙述者的不可靠性颠覆了小说的可信性和真实性，这种对于模仿传统的违背在现代和后现代小说中尤为突出。随着现代主义和后现代主义的发展，文学不再是现实世界单纯的模仿品，而是与现实并存的独立的世界。现代主义和后现代主义小说家不再追求小说的真实性和对现实的模仿，而是越来越多地使用不可靠的叙述者。纳博科夫对不可靠的叙述者的运用也使其成为美国后现代小说的先驱。在纳博科夫的小说中，文学反映自身如何在创作中产生对弈一般的游戏效果是他一直热衷探索的。纳博科夫曾多次明确指出，无论是小说人物还是叙述者，都是想象力和文学技巧的产物。纳博科夫声称自己在小说中设立了多种多样不可

---

① W.C. 布斯著，华明等译. 小说修辞学 [M]. 北京：北京大学出版社，1987：83.

② Schlomith Rimmon-Kenan. *Narrative Fiction: Contemporary Poetics* [M]. London and New York: Methune, 1983: 115.

③ James Phelan and Peter J. Rabinowitz. *A Companion to Narrative Theory* [M]. Malden, Ma: Blackwell Pub., 2005: 93.

靠的叙述者，完全忽视小说对于真实的模仿。

传统的文学批评着重作者的个人生活、创作目的以及与作者相关的各种资料和可考的依据。在英美新批评派兴起之后，文学批评的视角发生了转变。英美新批评派的评论家主要将目光投向小说本身，重点研究小说文本的客观存在，认为文本可以独立存在，而不必依托于作者。罗兰·巴特将这种风格的应用范围扩大，认为文学批评可以忽略作者的经历、意图等，语言的社会化使作品完成之时便独立于作者而存在。上述理论的铺垫大大促进了隐含作者概念的形成，于是布斯适时提出了"隐含作者"的概念。国内学者徐岱也在《小说叙事学》中阐述了关于隐含作者的观点："所谓的叙事主体也就是在叙事文本中隐含的作者。这个作者是作为生活中的人的小说家的'第二自我'，他一方面受'第一自我'的制约，另一方面也受到创作实践的影响，具有自己的特点。"[①]

叙述者与隐含作者密切相关，叙述者的特性决定了隐含作者的建构。隐含作者创造出叙述者，对于隐含作者的理解又要借助叙述者才能实现，读者需要借助叙事才能洞悉隐含作者的思想和感受，进而得出结论。叙述者具有不可靠性，隐含作者时常隐藏在叙述者背后。从读者的角度来看，叙述者并不是完全可靠的，而且隐含作者还可以隐藏在叙述者的背后，这使叙述者的可靠性进一步值得怀疑。布斯曾经阐述隐含作者与叙述者的区别："我们有时使用'人物''戴面具者'和'叙述者'这些术语，但是它们更经常是指作品中的说话者，他毕竟仅是隐含作者创造的成分之一，可以用大量反讽把他同隐含作者分离开来。叙述者通常是指一部作品中的'我'，但是这种'我'，即使有也很少等同于艺术家的隐含形象。"[②]美国叙事学家西摩·查特曼也曾分析隐含作者与叙述者的差异："隐含的作者和叙述者不同，他什么也不能告诉我们。他，或者更确切地说，它，没有声音，没有直接进行交流的工具。它是通过作品的整体设计，借助所有的声音，依靠它为了让我们理解而选用的一切手段，无声地指导着我们。"[③]通过上述论断可知，隐含作者是作者运用文本的叙述要素，借助读者对各种叙述者隐含意图的分析和理解建构而成的。纳博科夫在多部长篇小说中均设置了不可靠的叙述者，并以直接或间接的方式在小说中进行评论，引导读者在阅读小说的过程中寻找隐含作者的线索。

（一）《洛丽塔》的不可靠的叙述者

不可靠的叙述者这一概念由布斯率先提出，根据叙述者与隐含作者的关

① 徐岱著.小说叙事学［M］.北京：商务印书馆，2010：72.
② W·C.布斯著，华明等译.小说修辞学［M］.北京：北京大学出版社，1987：82.
③ 里蒙-凯南著.叙事虚构作品［M］.北京：生活·读书·新知三联书店，1989：157.

系，小说的叙述者可以分为可靠的叙述者和不可靠的叙述者。"当叙述者为作品的思想规范（亦即隐含作者的思想规范）辩护或接近这一准则行动时，我把这样的叙述者称之为可靠的，反之，我称之为不可靠的。"[①]可靠的叙述者是指叙述者的讲述或行动与隐含作者的思想规范相符，叙述者体现的价值观与隐含作者的价值观相同。不可靠的叙述者则指叙述者视角所显现的意识形态和道德立场与隐含作者不一致，偏离隐含作者的标准，叙述者体现的价值观与隐含作者的价值观不同。不可靠的叙述是指叙述者对事实的报告与隐含作者的报告的叙述不符，或叙述者对事件和人物的判断与隐含作者的判断的叙述不符。不可靠的叙述不仅指叙述者故意对事件和人物进行歪曲描述，更重要的是叙述者的视角对于所描述的人物和事件带有某些意识形态的"偏见"。由于不可靠的叙述者与隐含作者的道德价值规范相背离，不可靠的叙述者对作品所做的描述或评论往往引起读者怀疑。尤其在第一人称小说中，叙述者同时又是作品中的人物，更容易出现不可靠的叙述。由于同故事叙述者的视点是受到限制的，所以当读者判断作品中叙述者是否可靠时，需要经过推断，即根据作品的叙事话语或更大的叙事语境所表现的证据来确定叙述者的可靠性。如果一个同故事叙述者是不可靠的，那么他关于事件、人、思想、事物或叙事世界里其他事情的叙述都很可能值得怀疑。这种不可靠性可能源自道德意识上的差异，也可能源自智力上的差异，或者源自年龄和性别的差异。作者希望读者辨别叙述者的不可靠性，推断作者的假设、认识或价值观，读者可以怀疑甚至拒绝接受不可靠的叙述者的假设、认识或价值观。

《洛丽塔》是纳博科夫最具争议的小说，曾一度被列为禁书。从叙事层面来看，《洛丽塔》具有明显的后现代主义特征，其中不可靠的叙述者是典型特征之一。《洛丽塔》又名《一个白人鳏夫的自白》，是亨伯特在狱中等待宣判的日子里写下的自白书，其中主要叙述亨伯特对洛丽塔近乎病态的迷恋。全书由引子、正文和后记三个部分组成，三个部分分别由三个叙述者来完成叙述。引子部分的叙述者是小约翰·雷博士，在正文部分，叙述者由雷博士转换为亨伯特本人，以自述的方式向读者讲述他与洛丽塔之间发生的故事。在后记部分，纳博科夫亲自登场，成为后记部分的叙述者。在小说的三个叙述者中，雷博士和亨伯特是不可靠的叙述者，纳博科夫是可靠的叙述者。

1. 不可靠的叙述者雷博士

在引子部分，叙述者小约翰·雷博士声称自己是一名编辑，毫无缘由地收到作者名为亨伯特·亨伯特的文稿。当他收到文稿时，亨伯特已经在狱中病

---

① W.C. 布斯著. 华明等译. 小说修辞学 [M]. 北京：北京大学出版社，1987：178.

逝，其律师应亨伯特的要求请雷博士为亨伯特编辑这份在狱中完成的手稿。雷博士的叙述内容相互矛盾，逻辑混乱，其叙述显然是不可靠的。

首先，雷博士无法准确说明故事的来源。在引子部分，雷博士有意向读者介绍故事的来历以及故事中人物的原型，然而雷博士却没有交代准确的细节。为了证明叙述的真实性，雷博士建议读者去查阅报纸。奇怪的是，雷博士仅指引读者去查阅1952年9月的报纸，此后再没有下文。雷博士既不告诉读者是1952年9月哪天的报纸，也不告诉读者是当时出版的哪份报纸。由于缺乏这些必要的信息，读者关于雷博士所讲述的故事的来源根本无从查起，使读者认为其叙述是不可靠的。此外，雷博士为了证明其叙述的可靠性还列举出一些证人的名字用以佐证，不过他很快又说明这几位证人不想暴露自己的身份。不想暴露身份，却又列出名字，显然这些名字可能是化名，或者是一些雷博士随手编造出来的名字，这些人的证明自然也变得不可靠。至此，读者可以清楚地认识到，雷博士所讲述的故事来源和人物原型并不是真实可信的，雷博士所提供的所谓证据也是捏造的证据，这种毫无根据的叙述自然会引起读者的怀疑。

其次，雷博士对亨伯特的评价自相矛盾。在引子中，雷博士在亨伯特的自述还未开始前率先对亨伯特下定论。雷博士毫不留情地斥责亨伯特是一个不折不扣的"变态者"，他声称亨伯特是一个"可怕的"杀人犯，认为亨伯特对洛丽塔所做的一切都是"卑鄙的"，他还指出亨伯特的人性是堕落的，道德是败坏的。尽管如此，雷博士仍然认为亨伯特的自白书充分体现了亨伯特的"绝望的诚实"，认为亨伯特在自白书中毫无保留地剖白了自己。雷博士甚至认为亨伯特的自白书中充满了对洛丽塔的关心和爱慕，使读者认为不应该单纯憎恨亨伯特的行径。

再次，雷博士对于小说的意义缺乏确实的评价。一方面，雷博士将小说《洛丽塔》视为精神病领域的经典病例，又提出布兰奇·施瓦茨曼博士的所谓的保守计算作为佐证，然而布兰奇·施瓦茨曼博士的计算恰恰是对雷博士的颠覆，这个子虚乌有的名字以及不知以何为根据的计算方法使雷博士对《洛丽塔》的艺术的评论蒙上了浓重的主观色彩，使读者对其评论产生怀疑。另一方面，雷博士认为《洛丽塔》不仅是一份经典的病例，更重要的是一部颇具文学价值的艺术作品。此外，雷博士还特别强调《洛丽塔》的伦理意义，更是以教育家的口吻教化人们应该对下一代承担起教育责任和道德培育责任。由此可见，雷博士在引子中既想突出《洛丽塔》的艺术价值，又想突出其伟大的社会意义，雷博士在两者之间的游移不定使两个方面都没有得到确立。由此可见，小说通过雷博士的不可靠的叙述讽刺了以雷博士为代表的传统文人对小说的"道德性"和"社会意义"的保守看法，突出了隐含作者对小说本质的态度。

2. 不可靠的叙述者亨伯特

《洛丽塔》的正文部分是杀人犯亨伯特的自白，在自白书中，亨伯特以华丽的辞藻、温柔的语调、细腻的描写，将读者渐渐引入他的陷阱，使读者开始同情他失去恋人的痛苦，赞赏他对洛丽塔的痴情，原谅他的丑恶，认同他的价值观和道德标准，淡化对他的憎恨。尽管如此，亨伯特的自我辩解却十分贫乏无力。当亨伯特开始叙述他如何贿赂和威胁洛丽塔，并使洛丽塔与自己发生性关系时，读者便开始憎恶亨伯特。当亨伯特讲述自己与长大的洛丽塔再度重逢的经历时，宁芙已经一去不复返，这段不伦的感情终于露出了罪恶的本色，此时，读者完全看清了亨伯特的真面目，同情与认同完全消解。在这份自白书中，亨伯特俨然是一个不可靠的叙述者。首先，这是杀人犯的自白，其中叙述的内容必然带有亨伯特为自己辩护的成分，比如他极力将洛丽塔描述成一个早熟且有些堕落的女孩，并且对继父亨伯特实施勾引，以及描述洛丽塔与同学之间的越界的亲密行为，这一切都是亨伯特在为自己的罪行开脱。其次，亨伯特患有精神病，并且曾多次因此而入院治疗，证明亨伯特的叙述并非在正常的思维状态下完成，而是附带了非正常的、强烈的情感，这一点我们可以从整个叙事过程中的过于强烈的情感基调中可见一斑。从上述两个方面可以看出，亨伯特的叙述并不是客观和真实的。为了辩白自己，亨伯特会捏造一些证明自身清白的证据，将自己对洛丽塔的感情高尚化、纯洁化，对洛丽塔做出不公正的评价。出于精神障碍的原因，亨伯特会不自觉地使其叙述带上主观臆想的色彩，因此亨伯特是不可靠的叙述者。

虽然同为不可靠的叙述者，亨伯特与作者的距离和雷博士与作者的距离却存在差异。与雷博士相比，亨伯特更加贴近纳博科夫。亨伯特与纳博科夫的经历存在许多相似之处，他们都是流亡到美国的欧洲移民，对流亡生活感同身受，移民美国后在大学里任教。尽管亨伯特与纳博科夫具有如此高的相似度，然而我们并不能就此将《洛丽塔》视为纳博科夫的自传，因为纳博科夫从未患过精神病，也从未经历过如此畸形的恋情。由此可见，亨伯特并不是纳博科夫的化身，他是纳博科夫在小说中创造的人物，也是小说中的不可靠的叙述者，只是在亨伯特的身上留有一些纳博科夫的影子而已。

3. 可靠的叙述者纳博科夫

如果说引子部分雷博士的叙述和正文部分亨伯特的叙述只是引起读者的不信任和怀疑，那么在后记部分纳博科夫的出场则完全颠覆了雷博士和亨伯特的叙述，使二者完全成为不可靠的叙述者。在后记部分，纳博科夫对于小说的写作动机，小说的真实性以及小说的人物设计做出了客观真实的评价，成为小说的可靠的叙述者。

关于小说的写作动机，纳博科夫明确指出小说的创作并不存在明确的目的性，而是灵感催化的结果，这也是对传统小说的写作目的论的有效讽刺。关于小说的真实性，纳博科夫首先否认《洛丽塔》的故事在现实生活中存在故事原型。纳博科夫明确表示小说的创作源头是他在报纸上读到的一篇关于猿的报道，并由此而产生创作灵感，完成小说初步的构思，因此现实中并不存在亨伯特和洛丽塔的人物原型，整部小说在猿的故事的基础上几经修改才最终完成。其间有几次纳博科夫想将手稿付之一炬，幸好薇拉及时挽救手稿，这本旷世奇作才得以最终完成。小说的名字源于纳博科夫和妻子捕捉到的一种蝴蝶的名字，而非现实中某位小女孩的名字。至于编辑雷博士也是子虚乌有，《洛丽塔》的出版并不是由亨伯特转交给雷博士代为出版的自白书，而是纳博科夫自己多方投稿，经历几番周折后才得以出版。当纳博科夫将手稿送到出版社后，几家出版社都以该书为色情文学为由拒绝出版。当时美国法律规定，严禁出版色情文学。无奈之下，纳博科夫只能将手稿送到法国一家专门出版色情文学的奥林匹亚出版社，该出版社欣然接受为他出版这本小说。因此，纳博科夫在后记中关于虚构的说明也是对传统小说一定要反映现实的观点的否定。

总之，纳博科夫作为可靠的叙述者在后记中的出场，并不是简单地对不可靠的叙述者雷博士和亨伯特的颠覆，而是对自身文学观的明确阐释。

4. 隐含作者的建构

布斯最先提出"隐含作者"的概念，用于指作者在作品中的隐含替身，即作者的第二自我。隐含作者是叙事主体，负责设计虚构世界里的叙事人，决定叙事人的可靠程度、介入范围、声音强弱、叙述口气等特性，确定细节编排、人物行动、人物言语和思维的表述方式等叙事行程，选择受述者的时代历史、群体范围、文化程度、智力水平等。隐含作者主宰叙事文本的意识形态和价值标准，策划叙事文本的总体效果。隐含作者和叙述者之间为控制与被控制的关系，包括顺同和背离两种情况。叙述者对隐含作者的"顺同"和"背离"蕴藏着叙述者和隐含作者关系之间的张力。"顺同"是指叙述者成为隐含作者忠实的"传声筒"，二者保持高度一致，表明二者"声音"和谐。可靠的叙述者与隐含作者的关系属于"顺同"关系，叙述者和隐含作者距离极近甚至完全重合，隐含作者完全控制叙述者，二者的关系比较明晰。"背离"是指叙述者与隐含作者的"声音"相悖，表现为讽刺的态度，即对人物或事件报以冷嘲热讽，表明二者"看法"不一致。不可靠的叙述者与隐含作者的关系属于"背离"关系，二者距离无限远，价值观相悖，即隐含作者有意对叙述者完全失控，二者关系错综复杂，具有反讽的叙述效果。

《洛丽塔》的隐含作者与叙述者显然处于"背离"关系，小说中包含双重声音，表层声音是叙述者亨伯特的声音，底层声音是隐含作者的声音，两种声音通过反讽相互矛盾。反讽经常用于对叙事的介入和对读者的引导，利用暗含的带有嘲讽和否定意味的修辞策略，使字面陈述与实际意思相悖，从而实现修辞效果。由于反讽是一种回避直接陈述或防止意义直露的用词造句的程式，因此运用反讽的作者在叙事中不能直接介入，必须保持一定的沉默。反讽使作者与文本中的对象保持一定距离，力求一种不带个人色彩的纯客观效果，但是作者完全"引退"或将道德判断悬置起来，不承担任何社会道义是难以实现的。通过仔细分辨，读者便可以在叙述话语背后感觉到隐含作者的声音。作为小说的创造者，作者可以掩藏自己，但是作者必定在行文中留下自己的痕迹，无法在文本中完全沉默或与文本完全隔绝；作者能够选择掩饰和隐蔽自己，但无法取消自己；作者的声音势必出现在小说中，不可能游离于小说世界之外。

纳博科夫的小说经常背离常理，《洛丽塔》正是一个特例。在《洛丽塔》中，纳博科夫间接而含蓄地介入文本，隐蔽在作品的人物、事件和话语形式背后，渗透在作品的字里行间，并且借助故事整体的设置与其他所有的声音和手段来指导读者。由此可见，虽然隐含作者不同于叙述者，在小说中没有声音，也没有直接交流的手段，其意图也无法直接诉诸文字，但是隐含作者控制反讽叙事，能够运用技巧和手段构建情感和判断，并将价值观和意识形态渗透于叙事文本之中。在反讽所体现的作者的自我意识里，其背后也必然隐藏了隐含作者自我的声音和价值体系，正如《洛丽塔》通过隐含作者的反讽声音来表达纳博科夫的立场。在《洛丽塔》中，纳博科夫始终采取反讽的态度，以调侃的姿态叙述沉痛的故事，造成故事的内容本身和作品讲述声音之间的不协调，即叙事内容与叙事方式态度相悖，以此传递出反讽意味，对亨伯特的行为进行批判、否定、嘲弄和挖苦。纳博科夫运用反讽制造了隐含作者的反讽声音，嘲讽叙述者，从而揭露亨伯特是一位不可靠的叙述者。纳博科夫通过仔细阅读和聆听隐含作者真正的"声音"，进入隐含作者的位置，认同隐含作者的价值意识，与隐含作者的意识形态达到认同和默契，在反思之后发现故事的深层含义，领会文本的反讽意味，明确自己在价值领域中的位置。作者通过这种方式将自己的态度或事实的真相暗含在含混的陈述中，使读者透过表象反思，自己领会和接受其真正的含义，这样会比通过直接的陈述、简单化的说教和武断的判断把作者的态度和观点强加给读者收到更好的效果。

纳博科夫在《洛丽塔》中设置双重叙述者的同时还设置了双重受述者。法国叙事学家杰拉尔德·普林斯最先在其著作《受述者研究简介》中提出"受述者"的术语，普林斯提出该术语的目的在于提示人们注意以前人们所忽视的叙事交流链中的一个环节，并表明受述者的研究价值。普林斯指出，受述者是叙述者说话的对象，以此区别作者、隐含作者和叙述者的逻辑，也适用于区别读者（或接受者）、隐含读者（或说话对象）和受述者（或表述对象）。作者对实际读者（接受者）说话，隐含作者对隐含读者（说话对象）说话，叙述者对受述者（表述对象）说话。拉比诺维茨在《虚构的真实》中也指出受述者是读者所看到的"就在那里"的一个人，是充当叙述者与读者中介的第三者。受述者是小说虚构世界的构成元素，叙述者与受述者对话，受述者是叙述者的发话对象，是叙述者信息传递的接收者，是叙述者说话行为指向的目标。受述者可能是文本暗示的人物，也可能是小说中的故事人物，一个拥有明确身份的人物。叙述者的话语往往能够证明受述者的身份，即便在不明确对受述者说话的叙事中也是如此。受述者为了帮助达到叙述者和作者的修辞目的可以被赋予某些特点。受述者能够在叙述者与读者之间建立一个驿站，帮助确立叙事框架、描写叙述者、强调主题、促进情节发展。因此，受述者也是作者为了达到某些叙事目的而采取的一种叙述策略。

在《洛丽塔》中设置双重受述者是纳博科夫制造同情的一种叙事策略。当小说以第一人称讲述故事时，纳博科夫就会为该叙述者提供动机、方法、时间和听众。亨伯特有两个假想的听众，也即受叙者，一个是陪审团和法官，另一个是文本潜在的读者。文本中的亨伯特有时对陪审团和法官说话，而有时又对读者说话。这两个不同的说话情境是共存的，并在两个情境之间不断地自由转换。"有时读者看到的是亨伯特在法庭上的辩护，他作为自己的辩护律师对陪审团和法官讲话，我们把这个称为受述者1；有时亨伯特又是在监狱里写作的囚犯，是对读者讲话的书的作者，隐含读者是受述者，我们把这称为受述者2。"[①]受述者1（陪审团和法官）可以影响受述者2（隐含读者）对亨伯特的态度，使亨伯特的自我辩护更加有效。亨伯特对受述者1（陪审团和法官）的声音和态度是带有批评口吻的、愤世嫉俗的、论辩性的，他试图向陪审团证明自己实际上是无罪的，但是他的语气并不是在恳求陪审团和法官，而是以讽刺甚至质问的口吻，暗指陪审团和法官无权对他进行审判，因为他们的价值观传统而且保守，他们无法理解艺术家的行为。在读者听来，亨伯特在为自己辩护时的声音似乎不是只针对真实的陪审团和法官，而更像是针对一个无形的更高的权威。亨伯特意欲取悦读者，也尝试通过讽刺受述者1（陪审团和法官）来取悦受述者2（隐含读者），以此博得读者的宽恕和谅解。亨伯特对受述者2（隐含读者）说话时的声音和对受述者1（陪审团和法官）说话时的声音是不同的，他

---

① Phillis A. Roth. *Critical Essays on Vladimir Nabokov* [M]. Bosten Mass：G.K. Hall，1984：169.

对读者说话的声音就像对平等的、熟悉的朋友，他的声音变得温和而友善，从他对读者的称呼如"我的读者"可见一斑。为了使读者从他的角度而不是从洛丽塔的角度考虑问题，亨伯特试图给受述者2（隐含读者）建立一个良好的印象，用声音把自己和受述者2（隐含读者）的距离拉近，以便达到运用叙述声音操纵受述者2（隐含读者）的感受和态度的目的。

（二）《普宁》的不可靠的叙述者

《普宁》主要描述俄国人普宁流亡到美国后的现实遭遇和情感生活，纳博科夫在小说中精心塑造了小人物普宁的形象。普宁的个性使他很难融入美国的生活，他越是努力地融入这个社会，就越发现自己与其他人格格不入，最后使自己完全沦落为一个受人嘲笑、失意且沮丧的流亡者。普宁在小说中并没有话语权，他只是一个受述者，小说的叙述者在小说中若隐若现，模糊不清，其叙述的可靠性也值得怀疑。

1. 叙述者的身份

根据热奈特的叙事学理论，小说的聚焦模式分为内聚焦模式、外聚焦模式和零聚焦模式。在不同的聚焦模式下，叙述者与人物将形成不同的关系。在传统小说中，叙述者与人物的关系是一成不变的，而现代小说已经超越了这个界限。《普宁》恰恰就是这样一部作品，小说中叙述者的身份若隐若现，与主要人物普宁的关系模糊不清，从而引起读者对其叙述可靠性的怀疑。

在第一章中，叙述者以外聚焦模式叙述普宁乘火车去做演讲，因此叙述者能够准确说出普宁的皮夹中所放的物品，然而普宁皮夹中的一张剪报竟然是叙述者协助普宁完成的一封信，这表明叙述者也是故事中的人物，他对于普宁的叙述只能从有限的视角展开。既然如此，叙述者应该无法知晓普宁的皮夹中所放的物品，这显然是相互矛盾的。在接下来的几章中，叙述者都以评注者的身份出现，没有过多地介入小说文本。在第五章中，叙述者多次以故事中人物的身份出现，包括表示对苏珊因手术而不能怀孕的情况大吃一惊，以及表示某个人对布罗托夫及其学术研究不感兴趣，但对布罗托夫的妻子却印象不错。在第六章中，虽然叙述者曾多次出场，但在出场方式上与第五章相比发生巨大变化。在第六章中，叙述者并不是自己主动现身，而是借助其他故事人物之口提及叙述者，比如小说中提及将会有一位"英俄混血的作家"①来到温代尔学院执教。直到第七章，叙述者才完全揭露自己的身份，介绍自己的情况。叙述者的姓名是弗拉基米尔·弗拉基米洛维奇·N.，他与普宁的相识仅仅是因为他在12

---

① 纳博科夫著，梅绍武译. 普宁［M］. 长春：时代文艺出版社，1998：161.

岁那年去普宁的父亲那里看眼科，他与普宁也并非如他所述的朋友关系，而是情敌。在叙述者到达美国后，几次想与普宁见面都被普宁拒绝，最后普宁还因为叙述者介入的缘故而毅然离开温代尔学院。

叙述者身份的不断变化使其叙述的可靠性大大降低。虽然在某些章节叙述者的叙述是可靠的，但是从总体上说，叙述者的价值判断和思维仍然偏离隐含作者的规范，因此《普宁》的叙述者是一位不可靠的叙述者。

2. 叙述者的不可靠性

费伦认为，《普宁》中的叙述者擅于运用辞令为自己辩护和开脱，即便如此也无法改变其不可靠的叙述者的事实。即使叙述者精巧地伪装，仍然会在小说内容的前后映衬中露出破绽。虽然小说的叙述者可以通过各种途径获得与普宁相关的信息，也可以凭借自己丰富的想象力去猜测普宁的思维活动和内心世界的感受，但是叙述者毕竟是小说故事中的人物，这些人物也要受到与现实世界中的人物相似的限制。既然叙述者与普宁处于相同的故事层面，叙述者便无法知晓普宁在私人空间中的经历和遭遇，也不可能确切掌握普宁的梦境。在《普宁》中，叙述者多次提供错误的和不充分的信息，这些不可靠的叙述会产生两种效果。

第一类不可靠的叙述并不是单纯以欺骗为目的，而是为了拉近叙述者与读者之间的距离，从而使小说描写的场面更加鲜活、生动。比如，在第七章中普宁在候诊室看见一位军官与一位夫人低语并亲吻夫人的手之后就离开了，叙述者故意装出年少无知的样子，假装不清楚军官是来解相思之苦的，而不是来看病的；此外，叙述者还在书中多次邀请读者共同嘲笑丑态百出的普宁。虽然这些都是不可靠的叙述，但是它使叙述者和读者达成了共谋，使读者产生身临其境的叙事体验，有效地渲染小说的氛围。

第二类不可靠的叙述则恰好相反，这类叙述以欺骗为目的，有意向读者提供错误的报道和不充分的报道。首先，叙述者掩饰自己与普宁的真实关系。叙述者一直以普宁的好朋友自居，认为自己曾为普宁提供多方面的帮助，包括协助普宁来到美国，邀请普宁与他一起工作，以及极力挽留普宁留在温代尔学院任教。事实上，叙述者对于自己与普宁的关系提供的是错误的报道和不充分的报道。其次，叙述者掩饰自己的邪恶本性。在第二章中，叙述者在描述普宁的妻子丽莎自杀的原因时指出丽莎爱上了一个文人，而叙述者直到第七章才说明那个文人其实就是自己，并且暗指丽莎的自杀是她自己滥用感情的结果，与他人无关。显然，叙述者的叙述并不可靠，叙述者提供的是错误的报道以及不充分的报道，他总是在掩饰自己的过错，试图将责任和错误推卸给别人。事实上，叙述者是一个伪君子，当年叙述者勾引丽莎，却并没有善待丽莎。叙述者对丽莎的冷酷使他在面对丽莎的悲剧时可以轻描淡写地一笔带过，甚至还在嘲笑丽莎的愚蠢。叙述者不仅勾引丽莎，而且觊觎多位女性的美色，即便他极力运用狡黠的辩解掩饰自己肮脏的灵魂和卑劣的行径，他也无法掩饰叙述的不可靠性。再次，叙述者掩饰自己作为故事人物的身份。由于叙述者极力掩饰自己的身份，因此叙述者对于自己的身份也存在错误的报道和不充分的报道。在小说中，叙述者往往不主动现身，而是借助其他故事人物之口提及自己，比如在第六章中，小说提及即将会有一位"英俄混血的作家"[1]来温代尔学院任教。直到第七章，叙述者才完全揭露自己的身份，介绍自己的情况。当然叙述者也会不经意地在小说中现身，比如在第一章中，叙述者能够准确说出普宁的皮夹中所放的物品，然而普宁皮夹中的一张剪报竟然是叙述者协助普宁完成的一封信，这表明叙述者与普宁处于相同的故事层面。此外，在第五章中，叙述者在与布罗托夫及其妻子会面后，明确表示自己对布罗托夫的学术成就不感兴趣，却露骨地表示了自己对其妻子的觊觎。

叙述者对身份的刻意掩饰使其叙述的可信性大大降低，文本中信息的前后矛盾，以及叙述者在不经意间露出的破绽都使其叙述值得怀疑，使其成为不可靠的叙述者。尽管如此，叙述者的叙述并不是完全不可靠。叙述者的叙述通常比较完满，只有在极力维护自身的名誉时才会露出破绽，而且这种破绽并不是无意的疏漏，而是具有深刻的含义。叙述者讲述普宁的悲剧故事，其目的并不在于讥笑普宁，而在于揭示现实中人们冷漠高傲、自以为是的本性。叙述者的叙述成功实现了对道德的追求，使人们意识到每个人都是值得尊敬的个体，每个人的存在都不能被忽视，每个人的悲剧都应该被同情。因此，纳博科夫通过叙述者的讲述，使读者能够感同身受地体会普宁的痛苦，并在这种体会中净化自身的道德，抛弃邪恶的本性和各种欲念，真正成为一个纯洁、善良的人。

（三）《微暗的火》的不可靠的叙述者

《微暗的火》是一部颇具特色的小说，全书由前言、诗歌、评注和索引四个部分组成，其中诗歌是全书的核心部分，是美国诗人约翰·谢德所创作的与小说同名的长诗《微暗的火》，前言、注释和索引则由查尔斯·金波特撰写。在《微暗的火》中，金波特声称自己是诗人谢德的朋友，着力在谢德去世后将其诗作编辑并出版。由于金波特认为谢德的诗作是为其而作，因此他尝试在出版之前为长诗编写评注和索引，以期寻找自身与诗歌中所描述的自己存在的相似之处。因此，小说《微暗的火》在形式上是一部由诗歌和散文组成的小说。由于

---

[1] 纳博科夫著，梅绍武译. 普宁 [M]. 长春：时代文艺出版社，1998：161.

小说的特殊性，小说一经出版便引起评论界的热烈讨论，有些评论家认为《微暗的火》更像是一部学术专著而不是一本小说，过于复杂的叙述层次为读者的阅读设置了巨大的障碍。由此可见，评论界争论的焦点主要在于叙述者以及叙述者的可靠性问题。

根据布斯的观点，当叙述者在价值、判断、思维等方面与隐含作者不一致时，该叙述者为不可靠的叙述者。费伦在借鉴布斯观点的基础上，进一步发展布斯的观点，将不可靠的叙述分为三类，即事实/事件轴上的"误报"和"欠报"，价值/判断轴上的"误判"和"欠判"，以及知识/感知轴上的"误读"和"欠读"。根据费伦的观点，可以从上述三个角度分析金波特叙述的不可靠性。

首先，金波特在事实/事件轴上的"误报"和"欠报"。金波特在"前言"中指出自己与谢德同为某法官家的租客，两人逐渐由和睦的邻居关系发展成为感情深厚的朋友关系。在金波特的自述中，读者会发现金波特并不是一个好相处的人，金波特与同事和朋友的关系并不和睦，而且金波特的同事都把他视为有偷窥癖的同性恋者，认为其言语和行为都有些疯癫，因此金波特的同事和朋友很少与他有亲密的交往。谢德自然也不例外。谢德对金波特实际上非常疏远，并不像金波特所叙述的那样亲密，因此金波特的叙述是不可靠的。此外，金波特还仔细分析了谢德完成诗歌的三个必要元素，但是金波特叙述的三个元素都是金波特提供给读者的错误信息，比如杀人犯刺杀前赞巴拉国王的故事，事实上是一名罪犯打算谋杀给自己判罪的法官，却误杀了谢德。此外，金波特标榜自己为谢德的诗歌创作做出了巨大贡献，实际上情况恰恰相反，金波特并没有参与谢德的诗歌创作，也没有向谢德提供任何援助。由此可见，金波特在小说中的叙述有意向读者提供不充分的，甚至是错误的信息，显然金波特是一位不可靠的叙述者。

其次，金波特在价值/判断轴上的"误判"和"欠判"。在小说中，谢德和金波特分别讲述了一个故事。谢德在诗歌中讲述自己的生活经历，描述自己与妻子坚贞的爱情，讲述自己和妻子的女儿从出生到死亡的过程，同时也表达了自己和妻子失去女儿的痛苦，寄托了自己和妻子对女儿的哀思。金波特在"评注"中讲述的是赞巴拉国王的故事，故事中描述一个名叫查尔斯·扎威尔的赞巴拉国王，这位国王是赞巴拉王国的末代国王，由于国内政治局势的变故，扎威尔国王被废黜，因此流亡到美国，在大学里任教，并且改名为查尔斯·金波特。这位流亡的国王非常钦佩谢德的文学才华，因此希望诗人谢德能够为自己创作一首叙事长诗，描述自己不平凡的生活经历。

根据文本中的信息不难发现，谢德的故事是真实的故事，是谢德根据自身的经历以诗作的形式写成的故事，因此谢德是小说中可靠的叙述者。金波特的故事是不真实的，他一再强调谢德诗歌的创作素材来源于赞巴拉国王的流亡故事，强调自己不仅参与了谢德的创作，而且成为谢德诗歌创作中必不可少的元素。在谢德被误杀后，金波特立刻获得了谢德创作的诗歌手稿，结果却发现谢德的诗歌中根本没有涉及自己所讲述的赞巴拉国王的故事，完全违背了自己的初衷。为了引导读者按照自己的意愿去理解诗作，金波特将自己的意志强加于谢德的诗歌之上，擅自曲解诗歌的原意，为诗歌添加与原意背道而驰的评注。由于金波特不断暗示读者自己为谢德的诗歌提供了大量素材，他甚至欺骗自己去相信赞巴拉国王的故事已经融入了谢德的诗，因此他恣意通过添加注释将谢德的诗曲解成赞巴拉国王的故事。尽管金波特为谢德的诗所撰写的评注带有浓厚的主观色彩，但最终他不得不承认自己并没有为谢德的诗作提供素材，谢德的诗只是一首自传体叙事诗。金波特是前言和评注两个部分的叙述者，然而这两个部分中金波特提供的信息与叙述过程中流露出来的信息前后矛盾，充分说明了金波特是一位不可靠的叙述者。

再次，金波特在知识/感知轴上的"误读"和"欠读"。通常情况下，叙述者的"误读"或"欠读"往往发生在叙述者没有意识到的情况下，金波特的情况恰巧如此。金波特在讲述赞巴拉国王的故事时提到，赞巴拉国王流亡到美国后将自己化名为查尔斯·金波特，而且在一所大学里教书，这与金波特的流亡经历如出一辙，说明金波特已将自己幻想成为赞巴拉国王。此外，金波特在叙述格拉杜斯行刺的情节时也出现了幻想，他将自己幻想成格拉杜斯的刺杀对象，从而导致谢德被误杀。金波特异乎寻常的幻想说明他已经产生了精神障碍，使其成为一位不可靠的叙述者。

此外，小说的聚焦模式也可以印证金波特是一位不可靠的叙述者。根据热奈特的理论，小说的聚焦模式分为内聚焦模式、外聚焦模式和零聚焦模式，其中内聚焦模式是指叙述者提供的信息不能超出人物的认知能力和思维范围。在《微暗的火》中，金波特是小说的叙述者，同时也是小说中的人物，这表明金波特的叙事视角是有限的内聚焦叙事模式。在内聚焦叙事模式下，叙述者仅了解自己经历过的事件，只能够表达自己的内心感受和想法，无法呈现他人的内心世界。尽管如此，金波特并没有遵循内聚焦模式，经常以全知全能的视角窥探其他人物的内心世界，替其他人物发声，比如金波特经常在小说中叙述谢德夫妇内心的想法，甚至在叙述谢德活动的同时，叙述格拉杜斯在另一个国度的活动。这种叙述已经远远超过金波特作为小说中人物的叙述能力，显然金波特的叙述是不可靠的。

由此可见，金波特故意以曲解的方式向读者提供错误的、不充分的信息，使所有的叙述蒙上浓厚的主观色彩，他的叙述显然是不可靠的。叙述的不可靠性主要归结为以下两个方面的原因，一方面在于金波特的不诚实，另一方面在于金波特的精神障碍。无论出于何种原因，金波特都是一位不可靠的叙述者。

（四）不可靠的叙述者的共性

不可靠的叙述者是纳博科夫小说中经常出现的叙述手法。与传统的文学作品不同，纳博科夫小说中的叙述者的界限比较模糊，不易界定，因为这些叙述者不仅是故事的"讲述者"，而且是故事的"写作者"，此类叙述者在向读者讲述故事的同时，往往还会实现自我塑造，使其原有的单纯的讲述行为发展成为艺术创造行为。

纵观纳博科夫小说中不可靠的叙述者，虽然每位不可靠的叙述者在小说中发挥的作用不尽相同，但是他们在故事中的表现以及造成其叙述不可靠的原因大致相同，因此不难归纳纳博科夫小说中不可靠的叙述者所具有的共性。在叙事层面，纳博科夫小说中不可靠的叙述者不仅承担了"讲述者"的角色，而且承担了"写作者"的角色，此类叙述者在向读者讲述故事的同时，实现自我塑造，使其原有的单纯的讲述行为发展成为艺术创造行为；在心智层面，他们并不存在智力障碍，而是智力超群、才华横溢、目光犀利，他们用词华丽、思维缜密，善用欺骗性的言语蒙蔽读者，甚至邀请读者成为其共谋，共同进行艺术创造；在道德层面，他们虽然在道德上存在缺陷，但并不是道德败坏者，他们虽然行为不端，但是他们的道德并没有完全堕落，只是在道德上存在污点，基本能够符合公众对道德水平的基本要求。比如，《洛丽塔》的叙述者亨伯特，《微暗的火》的叙述者金波特和《普宁》的叙述者N都是不可靠的叙述者，他们不仅不存在智力障碍，反而每个人都是善用辞令的文学家，他们用词华丽、思维缜密，用欺骗性的言语蒙蔽读者，甚至邀请读者成为其共谋，共同进行艺术创造。此外，上述叙述者均不是十恶不赦的罪犯，他们虽然行为不端，比如亨伯特诱骗洛丽塔，叙述者"我"勾引丽莎，但是他们的道德并没有完全堕落，只是在道德上存在污点，使其成为不可靠的叙述者。

纳博科夫笔下不可靠的叙述者的成因具有共性。既然纳博科夫笔下的叙述者的智力和道德处于正常状态，甚至超越正常水平，那么导致其叙述不可靠的真正原因在于其与众不同的认知方式，即以自我为中心的唯我主义观点。比如，亨伯特始终相信洛丽塔一直在自己的掌控之中，而对于洛丽塔的背叛和奎尔蒂的存在毫无察觉；金波特认定误杀谢德的人就是刺杀赞巴拉国王的格拉杜斯；以及叙述者"我"一再推卸责任，认为丽莎的人生悲剧完全是其咎由自取的结果。由于上述叙述者采取唯我主义的认知方式，经常被世人冠以"疯子"或"傻子"的称号，然而他们并不疯，也不傻，心智完全正常，只是独特的认知方式使他们对现实的理解和认知不同于常人，从而带来具有强烈控制欲的艺术创作，比如金波特牵强附会地为谢德的叙事长诗撰写注释和评注，亨伯特用自己的意志取代洛丽塔的意志，以及"我"完全剥夺普宁的话语权。

总之，不可靠的叙述者是纳博科夫最常用的后现代叙事手法。纳博科夫小说中的不可靠的叙述者打破文学模仿现实的框架，摒弃叙述者的绝对权威，在混乱无序的状态下使读者首先相信叙述者的叙述，再随着故事情节的发展向读者逐渐揭示真相，使读者通过辨认细节发现文本中的前后矛盾，进而怀疑叙述者的叙述的可靠性。此外，纳博科夫笔下的不可靠的叙述者在讲述故事的同时，成功实现自身塑造的文学功能，为读者和作者搭建一个协作平台，为读者带来身临其境的喜悦，帮助作者进行艺术创作。

（五）叙述者与故事的距离

叙事通常以直接或间接的方式向读者展现细节，因此叙事总是看起来与被叙述的内容保持一定距离。研究叙事语式首先需要了解叙述者和故事的距离，以便确定叙事的精确程度及其传达信息的准确性。

《叙事理论百科全书》认为距离是指叙述交流中任何两个媒介之间的异同，媒介主要指作者、叙述者、人物和观众，观众主要指被叙述者、叙事观众、隐含作者以及实际观众。在此基础上，人物的言语分为叙述话语、转换话语、转述话语。在三种话语中，叙述话语距离最远，转换话语距离居中，转述话语距离最近。在叙述话语中，话语被视为一个事件，人物的话语被视为一种行为，对话被削减为对行为的叙述，叙述者与故事的距离很远。转换话语能够完整地转述原话要表达的含义，显然经过叙述者的加工，通过由叙述者来转述人物的话语，人物的话语将体现叙述者的修饰，展现叙述者的风格。转述话语用人物的话语直接表达人物的情感、态度和行为。纳博科夫经常在小说中使用转述话语，尤其在描述对故事进展十分关键的事件时经常使用转述话语进行叙述。

《洛丽塔》描述亨伯特与12岁少女洛丽塔之间畸形的爱情故事，以及因此而引发的奎尔蒂的谋杀案，最终导致亨伯特的死亡。亨伯特是小说正文部分的叙述者，他以自白的形式讲述他与洛丽塔之间发生的故事，因此小说以第一人称展开叙述。当亨伯特叙述整个故事的时候，他已经因谋杀奎尔蒂而被关进监狱，他的整个叙述就是他在狱中所写的自白书。由此可见，亨伯特叙述整个故事的时间与整个故事发生的时间已经相隔数年，即叙述者亨伯特已经与故事中的洛丽塔拉开了一定距离。由于第一人称叙述犹如叙述者在读者面前讲述故事，因此第一人称叙述者比较容易拉近与读者的距离，使读者被叙述者的情感所牵动，同时也使读者跟随他完成叙述。尽管第一人称叙述可以拉近叙述者与读者之间的距离，但是叙述者的叙述也具有不可靠性。亨伯特以第一人称叙述必然受到第一人称的限制，因此他只能讲述自己知道的事情，具有主观性，其内容并不完全可靠。在小说中作为被叙述者的洛丽塔完全被剥夺了话语权，使整个叙述更加成为亨伯特的一面之词，具有不可靠性。

《绝望》的整体叙事是叙述者赫尔曼讲述自己如何杀害流浪汉菲利克斯的过程。为了骗取保险金，赫尔曼残忍地杀害他认为与自己长相十分相似的流浪汉菲利克斯，意图使菲利克斯成为另一个自己，然而阴谋并未得逞，刻有菲利克斯名字的手杖明确地显示着死者的真实身份，赫尔曼被捕入狱。在小说中，作者不断运用内心话语提示赫尔曼是一个才华横溢的艺术家，表明他并没有活在现实世界中，而是活在现实与想象之间的世界，暗示他的叙述具有一定欺骗性。一方面，赫尔曼因生活的不如意而感到悲观与绝望；另一方面，赫尔曼又充满信心地相信自己的谋杀计划万无一失，但是警察很快查明真相，赫尔曼的谋杀行为也很快败露。由此可见，赫尔曼的叙述也具有不可靠性。

《微暗的火》中叙述者与读者的距离较近，但是叙述者与读者之间的近距离并没有增加叙述的可信性。金波特故意使叙述缺乏逻辑性，他不仅对于自己的身份有许多不切实际的臆想，而且凭借自己的主观意志随意地篡改现实，他故意为诗人谢德的诗添加歪曲原意的注释，又声称自己曾为谢德的诗作做出巨大贡献，而实际上这些贡献都是子虚乌有。

（六）叙述的多层次性

当"写作者"以被叙述者的身份出现时，纳博科夫称"写作者"为成长中的"写作者"或"理想作家"。在纳博科夫的小说中，身为被叙述者的"写作者"通常会注释、引用或评论自己的作品，使小说文本呈现多重的叙述层次。当"写作者"以叙述者身份出现时，纳博科夫称"写作者"为"疯人艺术家"或"残酷的塞万提斯"。在纳博科夫的小说中，身为叙述者的"写作者"的叙述成为以自我塑造为目的的艺术创作，他们沉迷于"艺术现实"的不可靠叙述与文本中潜在的"凡俗的现实"之间，使小说呈现多层面的现实，这也成为纳博科夫小说的显著特征。纳博科夫小说的叙述层次十分繁复，既包括平行并列的次级文本，又包括并存的多层面的"现实"。纳博科夫打乱文本层次的顺序，打破"真实"与"虚构"、次叙述与主叙述层的界限，使文本的解读呈现多元化。

在《洛丽塔》的文本形式中，小说由引子和正文组成。正文部分的叙述者是亨伯特，该部分是亨伯特在狱中所写的自白书，是小说的第一个次级文本；引子部分的叙述者是小约翰·雷博士，该部分是雷博士对小说以及自己对小说感想的介绍，是小说的第二个次级文本。在正文部分，亨伯特的忏悔只是意图脱罪而不断辩解，丝毫没有忏悔之心，可见他的叙述分为"艺术的现实"与"凡俗的现实"。在雷博士叙述的引子中，雷博士指出亨伯特与洛丽塔均为假名，而且《洛丽塔》一书是在两人去世后由自己编辑出版的。雷博士自称是病态与性反常行为方面的专业研究人员，然而他呼吁人们不要将《洛丽塔》归入色情文学的行列，而要将其作为精神病学的经典病例来对待。纳博科夫反对从道德层面解读作品，而雷博士的观点恰好与纳博科夫的观点背道而驰，可见雷博士也是不可靠的叙述者。虽然雷博士是不可靠的叙述者，他对小说的编辑也可能违背原作的意图，但是雷博士的文本与亨伯特的文本始终处于相互对立的关系，消解彼此的真实性，使各层次文本之间的关系更加复杂。读者只能了解到亨伯特的叙述是以塑造为目的的艺术创造，在"艺术的现实"中找到安身之所。

《微暗的火》的文本形式采用诗歌笺注的形式，由序言、长诗、注释、索引四个部分组成。诗歌部分由谢德创作，详细地叙述谢德及其家人的人生经历，从而构成小说的第一个次级文本，小说的其余部分由金波特撰写，为谢德的诗歌添加注释，构成小说的第二个次级文本。在两个次级文本中，写作者均以"自传者"的身份出现，写作者选取诸多自我碎片，通过拼接将其在现实生活中创新构成新的"自我"。可见，写作者写作的目的在于自我塑造和自我虚构。尽管谢德与金波特在工作环境、生活环境等各个方面均具有明显的相似性，但是在其各自的自传式写作中，其生活仍然呈现出截然不同的景象。金波特追求的是"艺术的现实"，金波特是一位不可靠的叙述者，读者必须在小说的字里行间反复研读才可以洞悉他的真实身份，才能够看透他所虚构的过去。金波特完全生活在"艺术的现实"中。

《斩首之邀》的文本形式由主人公的次叙述、叙述者的主叙述、隐含作者的超叙述三个文本层次，以及"客观现实"（或"平均现实"）与"艺术现实"（或"主人公的现实"）两个现实构成。从文本层次角度来看，小说主要描写辛辛纳特斯在监狱中等待行刑的十九天，以及他如何凭借记忆和想象在意识中超越现实世界。虽然他仍然难逃死亡的命运，但是他的精神在死后得以解脱。从两个现实角度来看，小说描写辛辛纳特斯生活在一个充满虚假的世界里，在这个世界中，只有辛辛纳特斯是真实存在的，其他一切都是虚幻的。在这个虚幻的世界中，他并没有自主权，而是受到叙述者的控制。为了摆脱这种令人窒息的控制，他通过回忆构筑一个美好的世界，激发自己的创作灵感。在生命的最后十九天里，他不断与"虚构"的创造者抗争。当辛辛纳特斯最终被处死的时候，死去的只是"虚构的"辛辛纳特斯，"真实的"辛辛纳特斯自由地向"真实的"世界进发，一个他一直向往的由艺术和自由构成的世界。

俄罗斯学者列捷尼奥夫指出："在纳博科夫的世界里，不存在'一般的'现实，而只有现实的许多主观形象，这些形象受制于与接受客体的距离，受制于使这种接受专门化的不同措施。……艺术的现实永远都是幻想；艺术不可能不是假定的。但是，这种假定性无论怎样都不是艺术的软弱，而是艺术的力量。这就是纳博科夫从来不能忍受将生活和艺术等同起来的原因。"①纳博科夫比较认同列捷尼奥夫所提出的观点。纳博科夫将"真实"与"现实"均归类为具有主观性的事物，并将其界定为知识和积累。纳博科夫认为，"真实"或"现实"与观察者的知识结构和观察视角密切相关，每个人的"真实"均存在差异，在小说中寻找所谓的"现实生活"将会误入歧途。事实的虚构与虚构的事实无法协调，因为小说是虚构的神话故事，它会使世界更加脱离现实。"现实生活"以具有普遍性特点的系统为基础，"现实生活"的"事实"以普遍性特点的形式为表现，与虚构作品相关联。虚构作品的细节描写越逼真，越贴近现实，与"现实生活"的距离越大。每个人的"现实"都存在差异，"真实的世界"就是现实的通约结果，尽管纳博科夫对此并不完全认同。在小说中，纳博科夫赋予其笔下的"写作者"一种"共同现实"之外的艺术现实，这种"现实"或"真实"在他的创作中始终享有优先权。在"凡俗的真实"的意义上，亨伯特是杀人犯，洛丽塔是身份缺失的受害者，金波特是恶意曲解别人的妄想狂，辛辛纳特斯是在监狱中等待行刑的囚犯。众所周知，纳博科夫的小说追求"细节"，力求"逼真"，然而"逼真"有别于"真实"。在"诗性真实"的层面上，所谓"真实"被取消，所有构筑"凡俗真实"的细节都在暗示"真实的不可能"。于是洛丽塔是亨伯特的幻想，金波特是纳博科夫运用"镜中像""镜中字"等方法对平庸现实的重组与再造，写作者的文本是作者头脑中幻想的展现。尽管他们在道德上仍然不完美，但这种以现实为基础的虚构行为可以使作者实现自我解放。

"真实"继承于西方文化的形而上的传统，是形而上欲望的"客体"。在《浪漫的谎言与小说的真实》中，基拉尔绘制出"形而上欲望"的三角图形，即欲望主体、介体、客体。堂吉诃德以阿马迪斯为欲望介体，便"不再选择自己的欲望客体，而由阿马迪斯替他选择"②。堂吉诃德凭借自我的欲望介体寻找自我的欲望客体，为此他必须放弃自我，放弃自我后的堂吉诃德不再具有真实性身份而只具有想象性身份。一些评论家认为纳博科夫小说中的人物与堂吉诃德具有相同的个性特征，他们过着颠沛流离的生活，心中充满对天堂的幻想。与堂吉诃德相比，纳博科夫小说中的人物缺乏向外抗争的能力，这使他们在幻灭

① 符·维·阿格诺索夫著，刘文飞、陈弓译.俄罗斯侨民文学史 [M]. 北京：人民文学出版社，2004：440.
② 勒内·基拉尔著，罗芃译. 浪漫的谎言与小说的真实 [M]. 北京：生活·读书·新知三联书店，1998：2.

之后逃遁到私人的精神空间。纳博科夫笔下的主人公实际是附带艺术家气质的"边缘人"，他们既偏离主流文化价值观和传统，又渴望在回忆、幻想等交织的虚构世界中寻找安身之所。

纳博科夫的"现实观/真实观"与卡夫卡的观点一脉相承。卡夫卡认为，"现实"生活并不"真实"；"真实"只是一种"幻象"。显然，卡夫卡使"真实"与"幻象"相混淆，只有通过写作才能走进个体的"存在"的故事，在维护自身的同时保持世界的"真实"。尽管纳博科夫与卡夫卡都十分重视"真实"，并且赋予小说创作以永恒的价值，但是二者在表达真实观过程中采用不同的表达方式。卡夫卡为笔下人物画出一个走不出的怪圈，而纳博科夫则使笔下人物在荒诞的现实中实现自我释放，通过艺术创作消解"真实"与"虚幻"之间的差异，在文学创作中实现永恒与自由。

纳博科夫使笔下的"写作者"经常模仿"欲望的双重介体"，比如赫尔曼既模仿罪犯的犯案手法又描写罪犯犯案；亨伯特将自己对洛丽塔的爱比作诗歌大师对爱人的爱，并企望达到大师的水平；金波特将自己与谢德的关系比作华生与福尔摩斯的关系，将自己想象成为经历离奇的文学人物，完成鲍斯威尔的文学功绩。纳博科夫重大的"写作者"兼有创造者与创造物的职责，兼有画家与模特的身份。从存在的层面来看，人类生存的有限性是对世界的无限性的独特隐喻。

总之，纳博科夫通过运用"写作者"的写作行为赋予小说文本层次的多重化和多层面"现实"；在"现实观/真实观"的指引下，纳博科夫有意打乱次级文本中的"真实"与"虚构"以及次叙述与主叙述层的界限，为读者开辟更为宽广的空间，为多层次探索和多角度阐释提供途径。

二、叙述视角

韦恩·布斯在《小说修辞学》中指出，叙述者与人物之间均存在一定距离，这种距离往往体现在叙述视角上。叙述视角在小说叙事中具有非常重要的作用，决定小说的叙事结构。视角是叙事中的一个点，叙述者从这个视觉点上观察小说中的人物和事件。"小说家在涉及叙述角度时，必然总是讨论个别作品：其中某个人物将讲述这个故事，或这个故事的某一部分，其讲述的可信性、非限制性和议论的自由性是在何种精确程度上，等等。"[①]一般一部小说只有一个固定的叙述视角，但有些小说则采取多个叙述视角。固定的叙述视角在

---

① W.C. 布斯著. 华明等译. 小说修辞学 [M]. 北京：北京大学出版社，1987：184.

叙事中有一个统一的聚焦，而多个叙述视角则具有不同的视点，使叙事在不同的聚焦之间切换。在小说中，叙事的视角通常体现在叙述人称上，分别为第一人称叙述视角、第二人称叙述视角和第三人称叙述视角。在第一人称叙述视角中，叙述者也是故事中的人物，叙述时以"我"或者"我们"的人称形式出现，无论是作为故事的参与者还是旁观者，这种叙述视角都具有很强的主观性。在第三人称叙述视角中，叙述者如同上帝一般具有全知视角，可以完全了解所有人物的心理世界。第一人称是与作者关系最近的叙述人称，同第一人称叙述视角相比，第三人称叙述视角没有视角上的限制，具有很强的权威性和较大的自由度；而第二人称叙述视角则介于两种人称叙述视角之间，叙述者直接以"你"为人称与人物或者读者进行交流，这种叙述视角兼具作者性和对话性。

热奈特引入聚焦分析视角，与布鲁克斯和沃伦提出的"叙述的焦点"十分契合。根据叙述者提供的信息量，视角可以分为零聚焦、内聚焦、外聚焦。零聚焦模式下，叙述者是全知全能的，叙述者能够知晓小说中所有人物的所有情况，包括他们的行为、情感和思想。内聚焦模式下，叙述者并不是全知全能的，而是从小说中某个人物的视角出发叙述故事，叙述者只能叙述自己在小说中所经历的事件，其余没有经历的事件以及小说人物的内心感受需由小说中其他人物以某种方式将信息传递给叙述者。叙述者与聚焦人物的信息量一样多，而且叙述者无法了解其他人的想法，读者从叙述者那里得到的信息往往是经过叙述者过滤的。外聚焦模式下，叙述者了解的信息较少，甚至少于读者，叙述者无法了解人物的思想和情感，只是单纯地如镜头般地记录人物的行为。

（一）第一人称叙述视角

纳博科夫在多部小说中均采用第一人称叙述视角。在《洛丽塔》《绝望》和《普宁》中，纳博科夫主要采用第一人称"我"进行叙述；在《梦锁危情》中，纳博科夫则运用群体第一人称"我们"进行叙述。通过运用第一人称叙述视角，叙述者直接将读者带入自己的内心世界，拉近叙述者与读者之间的距离。内心观察与叙述视角和叙述声音密切相关，内心观察是选择和运用叙述视角和叙述声音的主要方式。

在《洛丽塔》中，纳博科夫将叙述视角和叙述声音融为一体。研究叙事视角就是研究聚焦问题，聚焦是视觉，即观察的人和被看对象之间的联系。聚焦的主体即聚焦者，是观察的视点，这一视点可以寓于一个人物之中或者置身其外。如果聚焦者与人物重合，那么这个人物将具有超越其他人物的技术上的优势。如果读者以该人物的视角去阅读，那么读者将会倾向于接受由该人物所提供的视觉信息。在《洛丽塔》中，纳博科夫引导读者通过亨伯特的视角去阅读，将亨伯特的内心世界向读者敞开，拉近读者与叙述者的距离，从而使读者借助亨伯特的视角观察世界，思考问题。由于第一人称叙述视角的运用使读者能够深入亨伯特的内心世界，感受他的思想和情感，于是洛丽塔便成为聚焦对象，导致洛丽塔的内心世界无法被读者所接受，读者只能通过文本中留下的蛛丝马迹进行猜想。

《洛丽塔》采用第一人称叙述视角，运用同故事叙述，叙述者兼具故事的讲述者和故事中人物的角色。亨伯特既是叙述者又是故事中的人物，他以自白的形式发出自己的叙述声音，向读者讲述他和洛丽塔之间的故事，同时向读者吐露自己的内心感受和情绪，这种方式不仅能够使亨伯特最直接最灵活地表达感情，而且为他的自我辩解提供了广阔的空间，同时决定了小说的叙事效果。在第一人称叙述视角下，亨伯特将自己的感受无限放大，完全置洛丽塔的感受于不顾。在整部小说中，亨伯特引领读者感受他的各种情绪，使读者完全忽略洛丽塔的故事。亨伯特是小说的叙述者，他用自己的叙述声音讲述他与洛丽塔的故事，因此他兼具说者和被说者的身份。在小说中，亨伯特拥有全部的话语权，拥有绝对的叙述权力，导致他的叙述夹杂了过多个人主观意识，具有相当大的主观性，完全抛开了可靠的人证和物证。在这种叙述方式下，虽然读者有理由怀疑亨伯特叙述的真实性，但是也只能任由亨伯特摆布，选择相信他的叙述的真实性。除了引子中雷博士的寥寥数语和洛丽塔的只言片语之外，没有其他佐证可以证明亨伯特的欺骗性，全文都是亨伯特的自我辩白的叙述，读者也难以确定这位诡辩高手的叙述真实与否。在自白书中，亨伯特故意将自己以受无望的爱情折磨的受害者的面目示人，以此博得读者的同情和怜悯。为了博得更多的同情，他还假意谴责自己与洛丽塔的不道德的行为和不正常的恋情，讥讽和挖苦自己的沉沦，表达自己内心的责备、内疚和悔恨，然而他不断历数自己的卑鄙行为的真正目的在于强调自己的行为的合理性。小说的全部叙述均由亨伯特的叙述声音来完成，亨伯特掌握了绝对的话语权，洛丽塔处于完全失语的状态。亨伯特是唯一的讲述人，整个故事完全由他来讲述。小说中所有人物和事件都在亨伯特的声音控制之下，都是被亨伯特诉说的对象。第一人称叙述带有很强的主观性，读者别无选择，只能服从叙述者的视角，接受叙述者的立场，体会叙述者的内心变化，认同叙述者的思想和行为。由于亨伯特掌握了绝对的话语权，因此其他人物的话语只能嵌套在他的话语之中，从而导致亨伯特使叙事完全向有利于自己的方向发展，在客观陈述事实的过程中加入自己的主观意识，借助内心独白的方式充分表达自己的思想和感受。

由于小说采用日记和回忆录的形式展开叙述，这种形式使叙述者可以采用第一人称叙述视角，最大限度地拉近叙述者讲述故事的场景和描述的事件之间的距离。作者按照时间顺序展开事件，讲述故事，并把自己局限于过去的视角，这样叙述者的经验可以更加直接地传达出来，因为人物刚刚经历了一些事件，这样可以把自己和读者的大多数时间都局限于他过去的所感所知。从小说原名《一个白人鳏夫的自白》不难看出，该小说具有回忆录性质，小说以"我"的口吻叙述主人公亨伯特与洛丽塔的不伦之恋。亨伯特既是小说的叙述者又是小说故事中的人物，而且小说所讲的故事是在事情发生几年之后由亨伯特在狱中回忆完成的，具有回忆录性质，因此叙述者必然具有双重性。纳博科夫也正是通过这种方法"在基本遵循事件发生顺序的同时，展现出事件是能够被现在的和以后的生活所修改的这种情况的"[①]。自传或回忆录的第一人称叙述者通常具有双重性，即叙述自我和经验自我。前者是指当时经历事件发生的我，而后者则指此时叙述故事的我，换言之，前者所指的是小说中的人物，而后者所指的则是小说的叙述者。在《洛丽塔》中，亨伯特既是小说中的人物，又是小说的叙述者，因此亨伯特是具有双重性的叙述者。

首先，亨伯特的经验自我。亨伯特是小说中的人物，他在叙述以往的经历时不断进入经验自我的意识，引领读者进入当时经历的事件，感受亨伯特在经历事件过程中的真情实感，比如亨伯特描述自己第一次与洛丽塔在汽车旅馆中住宿的激动心情，以及洛丽塔与奎尔蒂逃走后自己失落而且绝望的心情。通过向读者展现自己的内心世界，亨伯特旨在最大限度地博得读者的同情，同情他对洛丽塔的深沉的爱，以及失去洛丽塔之后的内心痛苦。虽然亨伯特从经验自我的角度将自己伪装成痛苦的失去爱人的男人，但是只要读者反复阅读，就会认清亨伯特的邪恶本质。

其次，亨伯特的叙述自我。叙述自我是指在狱中书写自白书的亨伯特。虽然亨伯特尽量引领读者回到他充满美好回忆的过去，以便博得读者的同情，但是他仍然无法掩饰自己叙述自我的一面。在亨伯特的自白书中，读者随处可见"当我记起""回过头看""今天"等表达，充分显示了亨伯特的叙述自我的身份。在自白书中，亨伯特声称自己对洛丽塔是纯洁的爱，然而这只是他为自己辩白的一种托词。即使已经在狱中，亨伯特仍然没有反省自己的罪行，他只在乎能否占有洛丽塔的身体，而不在乎洛丽塔的感受。

在小说的引子中，雷博士已经指出整部小说是亨伯特在狱中所写的自白书，这表明叙事者亨伯特在开始写自白书之前就已经知道故事的全部内容，了解事件的真相，因为他作为"叙述的我"所了解的信息已经远远超过了"经验

---

① Julian W. Connolly. *The Cambridge Companion to Nabokov* [M]. Cambridge：New York，N. Y. Cambridge University Press，2005：34.

的我"。在自白书中，亨伯特将过去戏剧化，通过细节描写再现当时故事发生的情景，拉近读者与故事的距离，同时也为自己辩解，为自己的行为找到合理化的借口，以此博得读者的同情。在叙述中，亨伯特的叙述意图在于兼顾现实经验的需要与自己的情感需要。由于亨伯特既是叙事者，又是故事中的主要人物，因此他可以任意改变叙述视角来使自己的行为合理化，可以拥有足够的自由和机会以"叙述的我"的身份干预叙事。当过去的"经验的我"在经历某个事件时，现在的"叙述的我"便可以以适当的角度切入，做出合理的解释，因为"叙述的我"比"经验的我"了解的信息更多，这便为亨伯特提供了自我解释的绝佳机会。在经历过去的事件时，亨伯特可以直接干预叙事，也可以直接发表观点。比如，当亨伯特侵占洛丽塔的身体以满足自己的欲望时，他通常采取"叙述的我"的视角，揭露自己对洛丽塔实施的罪恶行径，同时又向读者表达自己内心的痛苦，极力为自己的种种行为做出辩解，着力获得读者的理解和同情。由于第一人称叙述者兼具叙述者与故事中人物的功能，因此第一人称叙述者可以利用充分的机会干预叙事，并使叙事朝着有利于自身的方向发展。亨伯特巧妙地运用这一技巧，不断讲述自己经历的情感折磨，昭示自己内心的痛苦与悔恨，以弱者的姿态争取读者的同情，为自己的罪行辩护，证明自己的清白。

在第一人称叙述视角下，《洛丽塔》的叙述者与故事人物构成一种控制与被控制的关系。虽然小说以洛丽塔来命名，但是洛丽塔只是小说中的故事人物，而不是叙述者，只能处于被叙述者控制的位置。通过第一人称叙述视角的运用，亨伯特成功地控制了小说中其他人物的话语权。在亨伯特的控制下，洛丽塔在小说中处于失语状态，任由亨伯特将其贬低成粗俗、堕落的早熟女孩而无力辩解。在小说中，亨伯特将洛丽塔描写成一个迷惑人心的"小妖女"，他们之间令人不齿的乱伦关系的开始源于洛丽塔对亨伯特的勾引，而不是亨伯特将魔爪伸向洛丽塔。亨伯特将自己描述成因难以逃脱洛丽塔的魔力而无法自拔的痴情男子，并且因此而处于痛苦的挣扎之中。由于洛丽塔失去话语权，读者所了解的叙述仅限于亨伯特所呈现给读者的部分，因此读者很自然地认为亨伯特对洛丽塔的感情是真挚的，亨伯特并不是一名应该遭受惩罚的罪犯，而是一个应该值得同情的内心充满痛苦的男人。亨伯特由此成功地为自己辩白，同时将洛丽塔置于遭人鄙夷的境地。显而易见，亨伯特利用第一人称叙述视角的便利，控制了小说中人物的话语权，并且通过篡改事实而误导读者的评判。亨伯特甚至将自己的价值判断强加给读者，使读者在不明真相的情况下误以为亨伯特的主观判断就是自己要做出的客观判断。

在小说中，洛丽塔完全失去了自我存在的意义和自我声音，沦为阿娜贝尔的替代品，被亨伯特视为肉欲的审美符号和回忆中的肉体。亨伯特完全掌握话语权，极力为自己开脱罪名。反观洛丽塔只有寥寥数语，甚至没有机会直接描述她的感受和情绪。小说正文部分只有亨伯特的叙述声音，而洛丽塔则处于失语状态，其内心世界也被故意忽略，只是一个受控制的受述者。此外，亨伯特巧妙地运用各种修辞策略来控制洛丽塔的话语权，比如剪辑甚至省略洛丽塔的反抗之声，将洛丽塔的痛苦一笔带过，以此刻意掩盖洛丽塔的反抗。在亨伯特的叙事策略下，洛丽塔在文本中显得异常安静，无声无息。洛丽塔的声音在小说中极其微弱，只有一次提到她每夜都在哭泣，这样揭露性的描述少得可怜。洛丽塔控诉的声音完全被忽略，即使叙述者描述洛丽塔的声音，也主要是喜剧式的，反而使读者怀疑洛丽塔的叙述。

为了增加亨伯特的叙述的可靠性，纳博科夫为亨伯特预先设计了天衣无缝的借口，这些借口全部经过仔细设计，极具欺骗性。首先，亨伯特大肆渲染自己儿时所经历的心理创伤。亨伯特认为自己之所以迷恋洛丽塔，其原因在于儿时失去阿娜贝尔而造成的心灵创伤。由于童年对阿娜贝尔的爱随着阿娜贝尔的逝去变成永久的遗憾，爱的缺失使亨伯特对少女产生了不正常的迷恋。此外，亨伯特还特别指出自己患有精神病，并且曾经因患病而两次入院治疗，因此他出现不正常的行为也情有可原，更重要的是，精神病患者不需要对自己的行为负责，这是对自己罪恶行为的最佳解释，也是为自己脱罪的最好理由。其次，亨伯特极力质疑社会的道德规范和禁忌。他用大量例子去证明道德规范和禁忌只是社会相对的价值标准，这些价值观不是永恒不变的，不是可以自我证明为永远正确的，而是可以随着时间和空间的变化而变化的。亨伯特想去证明自己实际上既不是精神病或变态者，也不是罪犯，而是在武断的社会传统价值观和陈规下深爱着这个女孩的不幸的受害者。再次，亨伯特声称自己受到洛丽塔的引诱。亨伯特为读者历数洛丽塔以往的不检点行为，指出她有过性经验，说明她是一个堕落的、粗俗的、不知羞耻的小女孩，而自己却是一个天真的、单纯的中年男人，在性爱过程中思想混乱且心情紧张。亨伯特以洛丽塔在少年时的性游戏中失去童贞为借口，肆意占有洛丽塔，此外亨伯特还故意将洛丽塔描写成展示丰富的性象征而且极易挑起对方性欲望的女孩，这种描写有力地证明在两人关系中洛丽塔的主动性和亨伯特的被动性，有效转移读者对亨伯特所犯罪行的注意力。最后，亨伯特将一切罪恶归罪于洛丽塔。亨伯特把洛丽塔认定为一个"小妖女"，认为她不是一个普通的孩子，也不是一个真正的现实生活中的人，而是一个伪装成小孩模样的魔鬼。亨伯特详细地描述了洛丽塔这个"小妖女"吸引异性的魔力，那些描述洛丽塔身体形象的句子让读者似乎真切地感受到，危险的人不是亨伯特而是洛丽塔。

纳博科夫在《普宁》中也运用了第一人称叙述视角。《普宁》中的"我"是阿拉莫维奇，他小时候和普宁相识，多年后又与普宁见面。在小说中，"我"客观地讲述了自己所了解的与普宁相关的所见所闻。相对于亨伯特的第一人称叙述视角而言，"我"采取比较客观的视角，没有刻意拉近读者与故事人物的距离。矛盾的是，阿拉莫维奇不仅观察普宁的生活，而且介入普宁的生活，最终他的介入使普宁再次踏上了流亡之路。此外，阿拉莫维奇在运用第一人称叙述视角的同时，还短暂地运用了第三人称叙述视角，直至其自身真正以小说人物的身份在小说中登场之后，读者才意识到小说采用的是第一人称叙述视角。此外，《普宁》也采用同故事叙述。在同故事叙述模式下，作者通常在作品中保持沉默，秘密地借助叙事视角，运用双声话语将自己的价值判断传达给读者。在叙事文本中，作者和叙述者分别拥有自己的语气和声音，但是作者的声音未必由其直接陈述来标记，而是由叙述者通过语言表达出来，使读者意识到作者与叙述者在价值观或判断上的背离关系。

　　在《普宁》中，纳博科夫借助叙述视角的转换将自己的声音展现于小说之中。首先，小说中包含多个观察者。热奈特认为，叙述者区别于观察者，叙述者具有唯一性，而观察者，即视角，具有多元性。在《普宁》的前六章中，纳博科夫设置了多个观察者评述普宁及其行为，包括熟悉普宁的同事、妻子等。在每一个观察者眼中，都会呈现出一个不同的普宁。故事中的人物在被评论对象以及叙事者均未在场的情况下对故事中的其他人物进行评论，这种手法可以使读者从更加客观的视角看待故事中的人物。多角度的叙述声音大大拓展了读者的判断空间，当叙述者以原有的语调描述故事人物时，语言转换为双声模式，作者的声音变成了对叙述者声音的嘲讽，导致叙述者的地位被弱化。

　　更为复杂的情况出现在《微暗的火》中，这部小说非常奇特，讽刺模仿文学批评的格式。小说由四部分构成：第一部分是金波特的序，第二部分是谢德的诗，第三部分是金波特的注解，第四部分是索引。前三个部分均采用第一人称叙述视角，第四部分采用无人称叙事。虽然这三个部分均采用第一人称叙述视角，但是三个部分的叙述者各不相同。第一部分和第三部分的第一人称叙述者是金波特，而第二部分的第一人称叙述者是谢德，这也是纳博科夫为数不多的在一部小说中直接采取多个叙述视角的叙事技巧。事实上，在《洛丽塔》中也存在两个第一人称叙述者，除了亨伯特之外，还有一个序言中的雷博士，尽管这两个不同的第一人称叙述者之间的视角相互冲撞，但因为雷博士的话语篇幅较小以至于几乎被忽略，亨伯特仍然是主要的叙述者。

（二）第三人称叙述视角

从总体上说，第一人称叙述视角具有明显的主体性，叙述空间比较宽广，作者可以自由地引领读者进入第一人称所能及的视角中。此外，第一人称叙述视角可以直接将读者带入人物"我"的内心世界，能够直观地了解人物的思绪和情感。同时，第一人称叙述视角也给读者造成了一定限制，读者只能通过第一人称叙述视角看到"我"的内心世界，而对于其他人物的内心世界则无法直接观察，只能借助观察和描述其他人物的语言和行为来揣度其内心世界。第三人称叙述视角可以有效地克服这一弱点，因此纳博科夫比较偏爱第三人称叙述视角。

第三人称叙述视角具有全景式视角的特性，可以对人物进行全景式的描写，不仅可以全面描写小说人物的外貌、行为、语言和心理，而且可以任意自由地在上述因素之间切换，其权威性丝毫不逊于作者本人。纳博科夫的第三人称叙述视角具有聚焦重点，主要集中于或者限制在主要人物身上。在《黑暗中的笑声》和《防守》中，虽然第三人称叙述视角展示了全知视角，向读者展现了人物世界的全部外貌，但是叙述视角主要聚焦在主要人物身上，让读者感受到叙述视角似乎从主要人物出发。在《庶出的标志》中，读者可以看到主人公克鲁克痛苦地压抑内心世界的复杂情感：丧妻的悲痛之情、对儿子的珍爱之心、对学校官僚行政的厌倦、对专政的不满。第三人称叙述视角只描述主人公以外人物的外部特征，而且是通过克鲁克的视角进行描述，具有全知视角的叙述者似乎躲在人物内部，具有人物的主体性视角，我们可以将其称为人物的代理叙述者。在《黑暗中的笑声》中，纳博科夫运用第三人称叙述视角取代各种人物的视角，使第三人称叙述视角具有很强的瞬间第一人称叙事性，比如欧比纳斯的女儿伊尔玛死前正是采取伊尔玛的叙述视角："伊尔玛圆睁着眼睛躺在床上。忽然她听见街上有人吹起了她所熟悉的口哨。"①

第三人称全知视角的优势在于能够轻松突破第一人称叙述视角的限制，在更加广阔的空间下自由地叙述故事情节，描述人物心理，从而产生一种客观化的戏剧效果。遗憾的是，由于具有这种视角的叙述者往往是超脱的旁观者，因此在叙事中往往隐藏自己的情感，同人物或者读者拉开距离，艺术渲染力较差。纳博科夫巧妙地将原本超然的全知叙述视角与人物的视角靠近，拉近叙述者与人物的距离，同时也使读者容易对人物产生同情。

---

① 纳博科夫著，龚文库等译. 黑暗中的笑声 [M]. 长春：时代文艺出版社，1998：127.

（三）第二人称叙述视角

在第一人称叙述视角中，"我"扮演叙述者的角色，在第三人称叙述视角中，"他"扮演被叙述的人物的角色，那么在第二人称叙述视角中，"你"扮演"主要人物同被叙述者，或者同真实的读者"[①]。与第一人称叙述视角以及第三人称叙述视角相比，第二人称叙述视角通常与其他两个人称叙述视角结合使用，一般不单独运用。在纳博科夫的小说中，纳博科夫将这种叙述视角巧妙地糅进了其他叙述视角之中。

首先，第二人称叙述视角在第一人称叙述视角中的运用。既然《洛丽塔》是一个罪犯的忏悔和自白，自然有相应的听众，亨伯特的"我"应该对应"你"或者"你们"。"陪审团的女士们！容忍我吧！让我只占用一点点你们宝贵的时间！"[②]显而易见，第一人称叙述视角与第二人称叙述视角相结合，这个"你们"是指《洛丽塔》的读者以及陪审团的成员。这种指向读者的第二人称叙述视角经常在纳博科夫的小说中出现，"为此我要做一次认真的忏悔。你会笑的——不知怎么实际上我真的从不明白合法究竟是什么样"[③]。"作为一个感觉敏锐，但无完整、系统记忆的杀人犯，女士们先生们，我不能告诉你们，究竟是哪一天我第一次确定那辆红色敞篷车正在尾随我们。"[④]在第一人称叙述视角中，作者的存在感比较强；在第二人称叙述视角中，"你"经常扮演听众或者读者等叙述接受者的角色，但偶尔也会有特例。在小说的最后一段，纳博科夫大量运用第二人称叙述视角："忠实于你的狄克。不要让别的男人碰你。不要与陌生人搭讪。我希望你会爱你的孩子。我希望他是个男孩儿。你的那个丈夫，我希望，会永远待你好……这便是你与我能共享的唯一的永恒，我的洛丽塔。"[⑤]显然省略号之前的"你"指的是"洛丽塔"，而省略号之后的"你"则指读者。通过第二人称叙述视角，纳博科夫直接使第一人称与另外一个人物进行对话，这种用法在《梦锁危情》中也较为普遍。这个无所不在的"我们"不时与休直接对话："你想从你的故地之行中得到什么呢，波森？"[⑥]在第一人称叙述视角中融入第二人称叙述视角，能够使叙述者和人物或者读者之间形成对话，从而拉近人物与读者的距离。

其次，第二人称叙述视角在第三人称叙述视角中的运用。在《玛丽》中，

① Suzanne Keen. *Narrative Form* [M]. New York: Palgrave Macmillan, 2003: 46.
② 纳博科夫著，于晓丹译. 洛丽塔 [M]. 南京：译林出版社，2000: 122.
③ 纳博科夫著，于晓丹译. 洛丽塔 [M]. 南京：译林出版社，2000: 172.
④ 纳博科夫著，于晓丹译. 洛丽塔 [M]. 南京：译林出版社，2000: 219.
⑤ 纳博科夫著，于晓丹译. 洛丽塔 [M]. 南京：译林出版社，2000: 319.
⑥ 纳博科夫著，梅绍武等译. 梦锁危情 [M]. 长春：时代文艺出版社，1997: 338.

加宁与女友柳德米拉分手，突然从第三人称叙述视角切换到第二人称叙述视角："现在柳德米拉已经离去，他可以自自由由地听了。9年前。1915年的夏天，一所乡间别墅，斑疹伤寒。斑疹伤寒后养病愉快得令人惊奇。你好像躺在起伏的空气之上；确实，你的脾脏偶尔还痛，……"①在这里，"你"自然指9年前的加宁。第三人称叙述者原本藏在加宁之内，此刻似乎突然站在加宁的对面同他娓娓而谈，回忆小时候的情景。在这段回忆的中间，第二人称叙述视角突然消失："就是在加宁16岁时养病的这个房间里孕育了那幸福，那个他一个月后在现实生活中相遇的姑娘的形象。"②叙述者同人物的对话消失后，又回到第三人称叙述视角。

第二人称叙述视角的运用在叙述者与人物、叙述者与读者或者人物与人物之间形成一种直接对话，这种对话关系有助于拉近二者之间的距离。第一人称叙述视角与第二人称叙述视角的结合将使叙述者"我"同读者之间形成对话；第二人称叙述视角与第三人称叙述视角的结合将使叙述者同人物之间形成对话。这种对话性在传统的小说叙事中并不多见，堪称小说叙事的一个变革性的转折点，因此第二人称叙述视角是一种具有现代意义的叙事策略。

（四）多重叙述视角

纳博科夫在小说中充分运用三种叙述视角，取长补短地融合三种人称叙述视角的优点，使第一人称叙述视角具有第三人称叙述视角的全知性视角，第三人称叙述视角具有第一人称叙述视角的内在主体性，同时又巧妙地加入第二人称叙述视角的对话性。《梦锁危情》的叙述者是第一人称的"我们"，具体来说正是以R先生为代表的鬼魂为叙述者。R先生的特殊身份使他具备第三人称全知叙事的特点，可以进入人物的内心，但是这种全知视角又受到R先生的价值观的限制。与《梦锁危情》中第一人称叙述视角的使用类似，纳博科夫在《斩首之邀》中也运用不同寻常的第三人称叙述视角。在小说开篇，叙述者写道："我们的故事似乎快结束了。"③从表面上看，这是第一人称叙述视角，但是叙述者没有以人格化的人物面目出现在小说中，而是以第三人称全知视角的叙述者身份时时进入主人公辛辛纳特斯的心理世界。随着叙事的展开，叙述者又突然叫道："我可怜的小辛辛纳特斯。"④如果《梦锁危情》中是第一人称叙述视角与第三人称叙述视角的融合，那么在《斩首之邀》中，第三人称叙述视角则兼备

① 纳博科夫著. 王家湘译. 玛丽 [M]. 长春：时代文艺出版社，1998：32.
② 纳博科夫著. 王家湘译. 玛丽 [M]. 长春：时代文艺出版社，1998：34.
③ 纳博科夫著，陈安全译. 斩首之邀 [M]. 上海：上海译文出版社，2006：2.
④ 纳博科夫著，陈安全译. 斩首之邀 [M]. 上海：上海译文出版社，2006：48.

第一人称叙述视角的部分特征，比如"整个天空中有白色云朵忽动忽停地飘过——我看反复飘过的都是同样的那几朵云，我看只有三种，我看那都是舞台布景，带有令人生疑的绿色调……"①紧跟着破折号后面出现的"我"究竟是第三人称叙述者"我"还是这个叙述者代替辛辛纳特斯发出的声音？似乎两种解释都有合理之处。三种人称叙述视角的综合运用使纳博科夫的小说兼具三种叙述视角的特点：主体性、对话性和全知性。纳博科夫如同魔法师一般巧妙控制叙事视角的运用，三种叙述视角之间的切换巧妙隐蔽，最终构建了一种奇特的叙事结构。

叙事结构是小说的框架，由叙述者和人物构成，通过叙述视角完成。如果叙述者是全知全能的，了解故事的过去、现在、未来，叙述视角即为全知视角，"叙述者既在人物之内又在人物之外，知道他们身上发生的一切但又从不与其中的任何一个人物认同"②，这就是一种全聚焦叙事结构。与全聚焦叙事结构相对应的是内聚焦叙事结构与外聚焦叙事结构。在内聚焦叙事结构下，叙事者聚焦于故事中的某个人物，既在这个人物之内，又在这个人物之外，采用该人物的叙述视角描述整个事件，讲述整个故事。在外聚焦叙事结构下，叙述者在人物之外，叙述者无法以故事人物的视角观察和叙述整个故事，而只能以旁观者或局外人的视角叙述故事，描述人物的行为和语言，叙述者比较依赖戏剧化叙事模式。在三种叙事结构中，全聚焦叙事结构中的叙述者最为全面，叙事权威最大，叙事具有全景式特点；内聚焦叙事结构的叙述者最为深入，叙事情感投入最大，叙事具有主观倾向性；外聚焦叙事结构的叙述者最受限制，叙事停留在观察层面，叙事具有最大的客观性。

全聚焦叙事结构中的叙述者具有全知视角的特点，这种视角的范围比小说中任何人物的范围都要宽广，可以纵观全局，也可以分别聚焦于每一个人物的内部和外部世界。在《黑暗中的笑声》中，叙述者通过几个人的视角描述整个故事的进程：欧比纳斯遇见玛戈，一见钟情；欧比纳斯的妻弟尝试挽回姐姐和姐夫的婚姻；欧比纳斯的女人在黑夜中想念受冻生病的父亲；玛戈重遇旧时情人，想到悲惨童年；欧比纳斯发现玛戈背叛他，愤怒中不幸在车祸中失明，幸得玛戈四处求医；玛戈的情人戏弄欧比纳斯；欧比纳斯的妻弟发现姐夫的不幸，怆然赶来拯救姐夫；欧比纳斯知道真相后愤怒伤心，带枪去杀玛戈，却被玛戈或者玛戈的情人杀死。整个叙事因为情节发展的需要而采用不同的视角，按照时间顺序井井有条地展开。值得注意的是，纳博科夫的全聚焦叙事结构侧重于内

① 纳博科夫著，陈安全译. 斩首之邀 [M]. 上海：上海译文出版社，2006：2.
② 徐岱著. 小说叙事学 [M]. 北京：商务印书馆，1992：188.

聚焦叙事结构。在《黑暗中的笑声》中，故事集中在欧比纳斯身上，叙述者尽可能用他的视角来叙述整个故事的发展，具有人物视角的内聚焦叙事结构特色。

内聚焦叙事结构是纳博科夫经常运用的叙事结构，这种人物视角叙事结构又被称为"内视点"叙事，最适用于人物的刻画。《斩首之邀》讲述死刑犯辛辛纳特斯行刑前的监狱生活，几乎没有情节上的跌宕起伏，故事中唯一情节的起伏是辛辛纳特斯听到监狱里有人在挖地道，这使他充满希望，仿佛看到外面的自由世界。随着墙壁的倒塌，监狱长和刽子手出现在辛辛纳特斯面前，原来这条密道并不是通往监狱的外面，而是通往另一间囚室，挖地道的人也并非狱友，而是监狱长和刽子手。监狱长与刽子手只想给辛辛纳特斯一个惊喜，让他承认自己的罪行，并且安心地在监狱里等待行刑。最后，辛辛纳特斯仍然难逃罪责，在监狱中煎熬数日后行刑。整篇小说运用内聚焦叙事结构描述辛辛纳特斯，时而从外部描写他的行为，时而直接描写他的内心，以及他眼中的监狱管理人员、狱友、狱长的女儿。

在《梦锁危情》中，作为幽灵的叙述者将波森作为叙事焦点，以他的视角描写瑞士，描写他的父亲、妻子、情人和朋友，这些内聚焦叙事结构均包含于全聚焦叙事结构之中。如前所述，全聚焦叙事结构中叙述者的视角大于人物的视角，《斩首之邀》中的叙述者对于故事中的人物而言，如辛辛纳特斯的妻子、混入狱中的死刑执行者、监狱长等，所掌握的信息比辛辛纳特斯要多，尤其小说最后一段对辛辛纳特斯问斩的全景式描写，显然是一种全聚焦叙事结构。在《梦锁危情》中，叙述者还经常发出一些评论和感慨，比如，在波森跳楼之后，叙述者对他坠楼之后的情形进行了一番描写与评论，从而使叙事从内聚焦叙事结构悄悄回到全聚焦叙事结构。

在《洛丽塔》中，由于小说的叙述者是故事中的人物亨伯特，因此他只能通过自己的视角进行叙述，采取内聚焦叙事结构。亨伯特身兼叙述者和聚焦者双重身份，小说以亨伯特的视角展开叙述，回忆他的童年生活和恋爱经历。亨伯特坦白地表露自己对少女的畸形恋情，他带着对洛丽塔的痴迷细致地描写洛丽塔的生活经历。亨伯特的叙述一直从个人角度出发，整个叙述带有明显的主观色彩。

在《绝望》中，叙述者赫尔曼既是叙述者，又是聚焦者，显然小说也采用内聚焦叙事结构。叙述者赫尔曼是一位巧克力商人，在一次去布拉格洽谈生意的旅程中，赫尔曼偶遇与自己长相十分相似的流浪汉菲利克斯。为了骗取保险金，赫尔曼设计杀害菲利克斯来替代自己。事实上，在旁人看来，赫尔曼与菲利克斯的长相并不相似，而且菲利克斯刻有自己名字的手杖使警方很快查明了真相。赫尔曼是小说唯一的叙述者，菲利克斯的声音被完全湮没，赫尔曼描述自己的所见所闻，在叙述的过程中完全没有受到其他人的干涉。

《微暗的火》采用双重内聚焦叙事结构以及内聚焦叙事结构与外聚焦叙事结构结合的方式。叙述者金波特的故事均为支离破碎的片段,金波特零散地叙述自己出版谢德诗歌的权利,自己与谢德的情谊、自己与同事的矛盾,以及自己赞巴拉国王的身份。评论原本是对诗歌的阐释,事实上却变成了对金波特的生活片段的描述以及谢德的真正死因的追溯。所有叙述都以金波特为视角,金波特个人的想法在叙述中充分体现。在谢德的诗中,谢德描述自己的生活,表达自己内心的痛苦,谢德是叙事长诗的内聚焦人物。由此可见,《微暗的火》包含两个叙述者,即谢德与金波特,小说自然具有两个叙述视角。小说形式包含两个叙事结构,即金波特的内聚焦叙事结构和谢德的内聚焦叙事结构,这两个互相独立又相互关联的叙事结构中又分别嵌套了外聚焦叙事结构。谢德的诗和金波特的序采用的是内聚焦叙事结构,即分别采用谢德和金波特的视点。同时,谢德的诗和金波特的序采用的叙事结构并非单一结构,谢德的诗对于中间的人物,如自己的妻子和女儿,采用外聚焦叙事结构,而金波特在序和注解中将谢德和从赞巴拉逃的国王也同样置于外聚焦叙事结构中。

　　《普宁》的叙事结构为兼具叙述者和故事人物的阿拉莫威奇的内聚焦叙事结构。在小说中,次要人物均处于内聚焦叙事结构中,而主要人物则处于外聚焦叙事结构中,这样故事的叙述视角无法进入人物的内心,叙述者与人物拉开了距离。正如亨伯特并不了解洛丽塔对于自己的遭遇有什么想法,只知道"她在我怀里抽泣;——这一年里,每一阵脾气过后表示致歉的眼泪风暴在她已是那么频繁,要不然那一年会是多么令人惊羡"[①]。《普宁》中的叙述者也无法了解普宁的感受,他只能将他所见所闻的碎片进行拼凑,拼接成亦真亦假的普宁的生活图景。于是,普宁便处于外聚焦叙事结构中。《防守》则是另外一种外聚焦叙事结构,卢仁是故事的中心,他的童年、成长、成年是叙事的轴线。小说中只有几处将叙事转向老卢仁和卢仁夫人,其余的部分均聚焦于卢仁。虽然小说的叙述者尽力保持和卢仁一样的视角去看待周围的人物和世界,但是叙述者很少进入卢仁的内心世界,只是如实描写卢仁的行动,将其留给读者自己解读。

　　《玛丽》的叙事结构比较复杂。《玛丽》本身采用一种全聚焦结构,作者对加宁所居住的膳宿公寓中的每一个人都有一定的描写刻画,这种视角显然在加宁之上。同时,全聚焦的结构又偏向于将叙事焦点集中在加宁身上,除了一些空间描写和偶尔对其他人物的短暂聚焦之外,聚焦结构仍然尽力采用加宁的视点,这样加宁的故事便处在一种内聚焦叙事结构之中。主人公玛丽并没有真正在现实中出现,而是在加宁的回忆之中,完全用加宁的内聚焦叙事结构去描写

---

　　① 纳博科夫著,于晓丹译. 洛丽塔 [M]. 南京:译林出版社,2000:169.

他对于玛丽的记忆，玛丽从来没有正面出现在小说之中。虽然加宁所收藏的玛丽的信件可以透露一些她的内心世界，但从总体上来说，玛丽是加宁视角中的玛丽，加宁的视角决定玛丽只能处在外聚焦叙事结构中。

由此可见，纳博科夫在小说中大量采用内聚焦叙事结构。无论是无所不在的全知叙述者，还是第一人称的"我"，叙事都集中在人物的身上，观察人物，出入人物的内心世界，以这个人物的意识和视角为主。纳博科夫采用的内聚焦叙事结构不是纯粹的内聚焦叙事结构，而是将内聚焦叙事结构嵌套在外聚焦叙事结构之中，或者本身又包含一层内聚焦叙事结构，甚至在一部小说中同时具有三种叙事结构，成为一种结构套结构的叙事套盒。

三、叙事时间

"文学是一种在时间中展开和完成的艺术。"[①]文学作品的创作需要时间，而且文学作品中的事件在时间中发生，一个事件发生的时间与这个事件被叙述的时间是否具有共时性将产生不同的叙事效果。纳博科夫小说中的严肃性和沉重性已经对读者的阅读构成负担，了解时间以及时间的变化对读者理解这些作品至关重要。

时间是纳博科夫的真正主题，这不仅是纳博科夫文学创作内容上的特色，也是形式上的特色。在文学创作的道路上，能够仅凭借天赋进行文学创作的作家为数不多，而纳博科夫就是其中之一。在文学创作的过程中，纳博科夫不仅是一位作家，更是一位优秀的文体家。在20世纪的文学创作中，文学创作的内容与形式还没有达到完美契合，而纳博科夫率先将各种文学技艺巧妙地融入小说的形式，使小说的形式有效地表达作家创作所追求的目标，使文学创作的形式与内容完美融合，增强文学创作的效果。在纳博科夫的叙事手法中，读者可以看到他对"时间"的理解和探讨。纳博科夫并不是在小说中借用这一独特的时间叙事策略体现或蕴含一种理念，而是这种叙事形式本身就是理念的呈现，因为小说的叙事形式本身就是纳博科夫对于时间的独特体验。

尽管人们时刻生存于时间之中，却很少有人能够参透时间的本质。从古至今，各个学科的学者分别从不同角度探讨时间的含义，追溯时间的本质。哲学家从哲学角度探讨时间是客观之物还是主观之物，文学家则从文学角度在作品中显现时间，虚构时间的本质。从哲学角度来讲，对于时间的认识主要分为两大派别，即客观时间和主观时间。客观时间观念的代表是亚里士多德，他认为

---

① 罗钢著. 叙事学导论［M］. 昆明：云南人民出版社，1994：131.

时间是客观的，从客观现实的物体的运动角度理解、界定、描述时间，使时间成为公共交际的、约定的、普遍有效的标准。主观时间观念的代表是奥古斯丁，他主张从个人主观感受方面理解时间，他认为过去、现在、将来并不存在本质上的差异，只是以不同的表现方式呈现时间。显然，奥古斯丁主张通过主观的反省来理解时间，把时间当作心灵的特性。胡塞尔也是主观时间观念的代表，他提出"内在时间意识"的观点，即时间在于意识，意识在意识之流中逐一呈现，用以辨别某两个意识现象的先后顺序，从而形成不受时间限制的时间，即内在意识的时间。

主观时间观将时间从客观物质中解放出来，赋予时间更加纯粹的本性。主观时间观认为，既然可以把时间看作心灵的特性，看作内在于意识的、主观的事物，那么每个人都可以自由地感受自己的时间，同时每个人的不同经历也会影响他对于时间的体验。纳博科夫认为："自省意识的开端必定是与时间感的显露同时到来的。"①显然，纳博科夫也是主观时间观的支持者。在主观时间观的指引下，纳博科夫认为时间存在于个体的意识之中，个体从自己的生活中体验时间，个体的生活经历对于其时间意识的形成具有深刻的影响。从本质上说，纳博科夫的创作就是对其时间体验的描述，他对于时间的探讨通过其叙事手法来实现虚构时间的塑形。在纳博科夫的小说中，虚构的时间区别于对现实时间的体验。"纯粹的时间，感知的时间，有形的时间，没有内容和上下联系的时间——这便是我的人物在我的赞同下描述的时间。"②纳博科夫的小说就是其"虚构的叙事时间"的展示，是虚构时间的审美塑形。所谓的"虚构的叙事时间"与虚构的故事时间或叙事时间无关，是指虚构叙事作品里的叙事时间与故事时间的结构关系，即虚构的叙事学时间。"虚构的叙事时间"是作者的时间体验在虚构叙事作品中的体现，是一种具有整体性质的时间观念。

纳博科夫认为，时间是一座"圆形的监狱"。他在《说吧，记忆》中这样描述这个"圆形的监狱"："我曾在思想中返回——我返回时思想毫无希望地越来越窄——到遥远的地带，在那里摸索某个秘密的出口，最终仅仅发现时间的监狱是环形的并且没有出路。"③人们被禁锢于"时间之狱"中，无法逃脱时间的禁锢。"时间之狱"是圆形的，如果人们在首尾相接的圆形时间中一直行走，一定会再次到达时间的起点；而与此同时，每一个点都拥有作为起点的权利。纳博科夫认为，时间具有无数个首尾衔接点，现在与过去可以重合，现在与将来可以重合，过去与将来同样可以重合。圆形的循环往复是纳博科夫对于时间的体

① 纳博科夫著，陈东飙译. 说吧，记忆 [M]. 长春：时代文艺出版社，1998：3.
② 纳博科夫著，潘小松译. 固执己见 [M]. 长春：时代文艺出版社，1998：180.
③ 纳博科夫著，陈东飙译. 说吧，记忆 [M]. 长春：时代文艺出版社，1998：2.

验，这种圆形首尾相接，往复运动，以至无穷，达到一种永恒。纳博科夫感受到的时间具有往复运动的"永恒"性。圆形时间观是一种现在与过去和未来相互交错的结构，打破故事时间与叙事时间的平衡，通过"追叙"与"预叙"的手法，在一个短暂的时间中插入"过去"与"未来"，使它们与"此刻"并存，从而在不同的时间之间找到一个衔接点，正如小说开始时所说的那样，"因为他内心深处那个代表他、却又超然于他的某个人已经吸收了这一切，并且将其记录归档①。"此刻"既包含着"过去"，也连接着"未来"，颠覆了传统叙事中的线性时间发展。

纳博科夫认为，逝去的时间并不是一串连续的事件，而是一堆碎片。纳博科夫的生活以流亡生活的开始为分界点，可以分为两个截然不同的阶段，他的时间观也随着人生经历的改变而改变。与这两个生活阶段相对应，可以将纳博科夫的内在时间意识分为"田园时间"和"道路时间"。"田园时间"与"道路时间"的分裂以及"道路时间"的不连续性使"断裂"成为纳博科夫对于时间的感受，这种感受表现在小说叙事中正是不断插入"第一叙事"中对于往事的"追叙"。纳博科夫在小说中运用的"追叙"手法是他断裂的时间体验的真实表现。

（一）叙事顺序

时间如同一条河流，从过去经由现在到达未来。叙事时间主要指作者如何去安排小说中的情节。叙事时间和小说情节的节奏、长短、顺序有关，通过对时间的控制，在读者的心中产生一种心理时间，最终构建小说的故事时间。在整个叙事过程中，作者通过重复一些细节内容，概述或者直接省略其他内容，暂时停止叙述或者直接留白调整叙事时间。热奈特将时间分为两种，即故事时间和话语时间。故事时间是指在文本故事中假定发生的时间，话语时间是指用来叙述的文字长度。故事时间往往和事件发生的时间不同，故事时间是对小说中的事件根据主次进行叙事的分配，用更多的话语去集中叙述主要的事件，少量的话语去叙述无关紧要的事件，而不考虑事件本身假定的时间。

"所谓故事时间，是指故事发生的自然时间状态，而所谓叙事时间，则是它们在叙事文本中具体呈现出来的时间状态。前者只能由我们在阅读过程中根据日常生活的逻辑将它重建起来，后者才是作者经过对故事的加工改造提供给我们的现实的文本秩序。"②故事时间是事件的时间顺序，通过比较事件发生的时间可以画出事件时间表，以便为读者提供准确的故事时间；而叙述时间

---

① 纳博科夫著，朱建迅、王骏译. 天赋［M］. 南京：译林出版社，2004：2.

② 罗钢著. 叙事学导论［M］. 昆明：云南人民出版社，1994：132.

是事件在作品中被叙述的时间，可能与时间顺序不一致，通过重新组织可以达到某种效果，因此这两种时间截然不同。热奈特认为："研究叙事的时间顺序，就是对照事件或时间段在叙述话语中的排列顺序和这些事件或时间段在故事中的接续顺序，因为叙事的时序已由叙事本身明确指出，或者可以从某个简介标志中推论出来。"①故事的时间顺序具有固定性，而叙事的时间顺序则具有变更性。"故事越复杂，对自然的时间次序的变动也就越大，为了交代头绪纷繁的故事线索，作者不得不时而回溯往事，时而预示未来。"②由此可见，叙事时间的优劣与时间变化的多少直接相关。"法国叙事学家热奈特将故事时间与叙事时间的不一致称为'时间倒错'。"③热奈特认为，两种不同的时序只能倒错而不会同步，故事时序与叙事时序截然不同，二者根本无法实现完全同步，二者的不协调与叙述时间倒错无法避免。

"所谓时距，是指故事时间与叙事时间长短的比较。"④热奈特认为应该以时间和空间为标准衡量时距，他主张以时间和空间为标准分析叙述的不等时性，认为零度时距并不存在。时距是叙事中故事所占的时间长度。一部作品可以叙述某人的一生，也可以叙述某人的一个人生阶段，只是叙述的详细程度存在差异。时距分为四种情况：第一，概要。"所谓概要是指在文本中把一段特定的故事时间压缩为表现其主要特征的较短的句子，故事的实际时间长于叙事时间。"⑤概要是对故事中某一时间段内的事件进行总结，一般不会详细记录，只是一笔带过。概要比较简短，主要发挥过渡性作用，在故事中居次要地位。第二，停顿或描述性停顿。停顿是对风景、环境的描写或者对人、事物或者场景的描述。它们不是故事中的事件，而是事件发生的环境、前景以及对某人的印象和观感；对即将发生的事件起铺垫作用。在停顿中，对事件、环境或背景的描述被极大延长，故事时间暂时停止。故事停滞时，叙事聚焦于某些因素。停顿并不干扰故事，而是推进故事的发展，透露叙述者对事件或者人的态度或情感。第三，省略。省略是指与故事时间相比较，叙述时间为零，叙述过程中在某个时间段内发生的事件往往因缺乏重要性而被省略。第四，场景。即叙述的实际情景。故事时间大致等于叙述时间。场景是对叙事中人物谈话的细致描写或对人物采取行动的直接描述。场景直观揭示人物的思想、情感和态度，帮助读者更好地理解故事。场景是叙述对戏剧规则的全面运用，它的基本组成部分

① 热拉尔·热奈特著，王文融译. 叙事话语 新叙事话语 [M]. 北京：中国社会科学出版社，1990：14.
② 罗钢著. 叙事学导论 [M]. 昆明：云南人民出版社，1994：133.
③ 罗钢著. 叙事学导论 [M]. 昆明：云南人民出版社，1994：132.
④ 罗钢著. 叙事学导论 [M]. 昆明：云南人民出版社，1994：145.
⑤ 罗钢著. 叙事学导论 [M]. 昆明：云南人民出版社，1994：148.

是对话和简单外部行为的描写。

频率是指叙述中某事件被叙述的次数。事件的频率与事件的重要性正相关。事件被叙述的频率越高，该事件越重要。频率有四种类型：第一，讲述一次发生过一次的事。这是最常见的频率，事件在叙事陈述和叙事事件中都只出现一次。第二，讲述n次发生过n次的事。从本质上来说，这只是单一叙事的重复，这是指事件发生多少次就叙述多少次。第三，讲述n次发生过一次的事。在一部作品中一个事件只发生一次却被叙述多次，表明该事件为重要事件，此类事件不仅直接关系到故事的进展，而且能够对人物的思想进程和情感变化产生重大影响。第四，讲述一次发生过n次的事。事件多次发生，却只被叙述一次，草草带过，表明该事件为不重要的事件。由于该事件并不重要，因此没有必要在每次事件发生时都进行叙述，而只在该事件多次发生后统一进行归纳总结即可。

所有故事的讲述都要按照一定顺序进行，这个顺序就是叙事顺序。叙事顺序分为顺叙、倒叙、插叙三种。顺叙是最常用的叙事顺序，能够创造出与故事时间最为接近的话语时间效果。倒叙和插叙是对故事时间的改变。插叙是在顺叙中突然插进一段叙事，该段叙事或者在时间上或者在空间上或者在叙事内容上与顺叙没有连贯性，而倒叙则是颠倒故事发生的顺序，最先叙述故事的结局，再去叙述导致这一结果的过程。纳博科夫在其小说中大量运用插叙和倒叙的叙事顺序。《玛丽》的叙事顺序为顺叙与插叙的交替使用。第一章至第五章以顺叙的叙事顺序讲述加宁现在的生活状况，第六章突然插叙加宁年轻时与玛丽的初恋往事，第七章和第八章前半部分又回到顺叙，第八章后半部分再次插叙，叙述加宁和玛丽的恋情和离别的痛苦，第十章之后又回到顺叙，直至第十三章又插叙以往玛丽写给加宁的信。《玛丽》的故事开始于加宁发现邻居的妻子竟然是自己的初恋情人玛丽，而且玛丽还有六天就要到达这里，故事结束于玛丽到达火车站的那天早晨，加宁恍然大悟，黯然离开。整个故事的时间跨度仅有六天时间，但是纳博科夫通过运用插叙，有效打破顺叙对时间的限制，将时间跨度由短短的六天扩展到加宁的一生，大大丰富小说的内容。《普宁》的叙事顺序也同样采用顺叙和插叙的结合，小说分为两个部分，第一部分是关于普宁的部分，这部分采用顺叙的手法叙述普宁的故事；第二部分中"我"突然登场，打乱故事本来的顺叙叙事顺序，在第二部分中读者才真正理解第一部分中普宁的故事。《斩首之邀》的叙事顺序同样主要以顺叙为主，同时插叙辛辛纳特斯关于自己在十二岁、十三岁、十四岁、一九岁、二十岁的回忆。《防守》也是一部叙事顺序以顺叙为主的小说，中间插入卢仁的妻子回忆卢仁的叙述。《梦锁危情》的叙事顺序也在顺叙中多次夹杂插叙，在描述波森前往瑞士的几次经历时，前三次均采用插叙的叙事顺序。《洛丽塔》的叙事顺序则以倒叙为主，小说的故事开始于亨伯特因谋杀奎尔蒂而锒铛入狱，整部小说是亨伯特的自白书和忏悔录，是亨伯特对自己一生的回忆。从亨伯特入狱到行刑仅有五十六天的时间，通过倒叙手法的运用，纳博科夫将短短的五十六天拓展到亨伯特的一生。甚至《微暗的火》也可以被视为使用倒叙的叙事顺序，因为金波特是在现有九百九十九行诗的情况下，再借为诗歌加注释的机会叙述以往的故事。

由此可见，纳博科夫在小说中充分运用倒叙和插叙的叙事手段来冲破线性时间的束缚，使叙事自由出入于故事现实与历史之间，使过去时间和现在时间交叉重叠，使故事时间逐渐被人物的主观时间所代替。倒叙和插叙的作用在于引出过去的时间，并将过去同现在并置，成为超越时间限制的永恒存在。事实上，任何故事都发生在过去，对于故事的叙述都要援引记忆，这一点足以证明倒叙和插叙的重要性。顺叙是指在叙述中叙事应尽量复制模仿时间的原来顺序，否则便是插叙或倒叙。纳博科夫指出，他试图在写作中检查时间的本质，而不是时间的流逝，这里的本质即指记忆。记忆源自过去的时间流，去除时间维度，以形象和细节重构过去，成为一种空间存在。如果没有线性时间的顺序排列，记忆将成为一种不受时间限制的堆叠，使过去与现在的界限模糊。关于时间和记忆，纳博科夫提出许多自己的观点，在《说吧，记忆》和《固执己见》以及多部小说中均有体现。纳博科夫认为，记忆是一种美化过的纯粹时间，完全破坏现实时间。正是在对过去时光回忆的基础上，纳博科夫重新构造了一个新世界，这个世界无法摆脱过去的影像，也无法摆脱缅怀过去岁月的忧愁。在《阿达》中，其中有一章"时间的质地"，集中讨论时间问题。在《绝望》中，叙述者也一再讨论传统的时间顺序和模仿现实的理念，一个记忆空间中各种不同时间维度的各种形象互相重叠，构成纳博科夫时间的"魔毯"。纳博科夫小说通过运用倒叙和插叙等叙事手段，将人物置于过去与现在之间徘徊，时间的模糊使空间成为故事的载体。时间流动缓慢，小说现实成为过去时间的影子，在稳定的空间架构中进行。

（二）倒错的叙事时间

《天赋》中的费奥多尔既是叙述者又是行为者，当叙述者费奥多尔与行为者费奥多尔分离时，小说叙述的是费奥多尔的经历；当叙述者费奥多尔与行为者费奥多尔合一时，小说叙述的则是费奥多尔的回忆。纳博科夫运用"错时"的手法描述叙述者费奥多尔和行为者费奥多尔的分分合合，在小说中建造时间迷宫，使小说的时间交织错乱。"错时"是叙事学中的一个概念，往往通过作者有意识地调整叙事时序与故事时序之间的关系来实现。叙事学理论认为，叙事作品往往涉及两种时间，即故事时间和叙事时间。故事时间是指故事发生的自然时间状态；而叙事时间则指在叙事文本中具体呈现出来的时间状态。热奈特曾指出："研究叙事的时间顺序，就是对照事件或时间段在叙述话语中的排列顺序和这些事件或时间段在故事中的接续顺序。"①热奈特所指的"事件或时间段在叙述话语中的排列顺序"即指叙事时序，"事件或时间段在故事中的连接顺序"即指故事时序。《天赋》的故事时间是发生在行为者费奥多尔身上的一系列事件的自然时间顺序，而叙事时间则是叙述者实现这一故事的讲述时间。故事时序与叙事时序在理论中可以实现平行发展，但这只是一种理想中的理论形式。在现实情况下，即使是一部情节简单、线索单一的作品，严格来讲，也无法实现二者的完全同步。所有的作者在展示叙事策略的过程中都会有意识地驾驭叙事时间，这里"有意识的驾驭"是指叙述者在文本中通过不同的手段，打破故事时序与叙事时序时间之间的平衡，使小说的叙事时序更加曲折多变，且富有文学性。叙述者可以通过对小说素材的"处理"，达到"操纵"读者的目的，这种对素材的"处理"表现在纳博科夫的小说《天赋》中即是"错时"手法的运用。

　　虽然《天赋》的故事情节较为简单，读者却无法轻易读懂。大部分研究者认为，《天赋》描述的是费奥多尔流亡柏林的生活经历和心理变化，其实这不仅是小说中由叙述者费奥多尔讲述的一个关于行为者费奥多尔的故事，也是整部小说的框架。在阅读的过程中，读者将会随着不同聚焦者在相互交错的时间层面穿梭，小说的时间结构纷繁交错。无论小说的时间结构怎样复杂，小说的叙事层次中总会存在一个参照物，即"第一叙事"，它是叙事话语中按顺序排列的时间层次。在《天赋》中，对行为者费奥多尔在柏林近三年半生活的描写构成小说的"第一叙事"，具体表现为叙述者费奥多尔的聚焦对象，即行为者费奥多尔的"被回忆"。与"第一叙事"相对的是"第二叙事"，"第二叙事"是一种时间倒错，这种时间倒错与插入其中、嫁接其上的叙事相对应，构成"第二叙事"。在叙事的过程中，叙事时序与故事时序之间的不协调使"第一叙事"的故事时间不断被不同的叙事间隔，不同的时间层面在文中交替出现，时间在小说文本中开始进行不断往复的运动，这种叙事时序与故事时序之间的不协调即构成时序"倒错"，或称之为"顺序偏离"或"错时"。在叙事性文学作品中，"错时"并不罕见，几乎在纳博科夫所有的小说中都可以发现"错时"，"错时"的程度随小说结构复杂程度的提升而提升。通过运用错时，纳博科夫使小说焕发出意想不到的光彩。比如在《天赋》中，纳博科夫通过"错时"表现出他对于现实时间的一种反抗，以及自身对时间的独特体验。

---

① 罗钢著. 叙事学导论 [M]. 昆明：云南人民出版社，1994：133.

《天赋》的故事开始于行为者费奥多尔搬进位于柏林西区塔伦伯格大街7号的新居，小说中有这样的描述，"他本人今天刚搬进来，处于对当地居民尚未适应的状态，现在是头一回奔出去买几样东西"①。"今天"即是故事时间的起点，是行为者费奥多尔存在的时间层面。在这个时间层面的故事框架之中，不断有打破"第一叙事"时间的自然发展而插入进来的叙事，它们构成小说的"第二叙事"，如童年的费奥多尔的故事、故事开始时已经死去的雅沙的故事、费奥多尔回忆中父亲的故事以及费奥多尔创作的《车尔尼雪夫斯基传》中车尔尼雪夫斯基的故事。"第二叙事"在《天赋》中主要表现为人物费奥多尔的回忆。

在《天赋》中，各种断裂的、跳跃的时间与"第一叙事"中的"现在""此刻"共存，交织成一张错综复杂的时间之网，混乱的时间成为小说的节奏。小说开始描述搬进新居的费奥多尔，当读者还来不及熟悉这个人物时，画面已经切换到费奥多尔的童年，开始讲述童年费奥多尔的经历。当儿时的费奥多尔插入到故事中来，小说的时间开始离开由"今天"构成起点的时间层面，向后倒退到十几年之前，构成发生在人物费奥多尔的过去的时间之中的故事，即人物费奥多尔的一段记忆；在"第一叙事"中，叙述行为者费奥多尔参加"今天晚上"的聚会时，叙事时间再次脱离故事时间"今天"，回到一段并不确定的已经逝去的时间之中，讲述已经死去的雅沙的故事；"现在"是"第一叙事"中费奥多尔开始着手写一部关于自己父亲的书的时间，但接着在这里的"他"已转而成为费奥多尔的父亲，时间也已经不是"现在"。作为父亲的"他"出现在叙述者费奥多尔构成的文本世界中时，同时，"他"又是人物费奥多尔的聚焦对象，是人物费奥多尔记忆中的人物。

在《天赋》中，作为叙述者的费奥多尔的聚焦对象构成小说的框架和故事时间层面，将小说的五章内容贯穿起来，同时也构成叙述者在介入人物意识时的那个根本的时间构架，因此确定主要时间跨度可以在故事时间的基础上进行划分。尽管《天赋》的时间顺序比较错乱，但是仍然可以找到时间分界点，对文本进行深入分析。根据小说的内容，可以将费奥多尔的搬家作为时间分界点，将全书划分为两个主要的时间跨度。在第二次搬家之后，行为者费奥多尔的生活重心和文学创作重心都明显发生了变化。在搬家之前，行为者费奥多尔主要创作关于自己父亲的书；搬家之后，行为者费奥多尔开始创作车尔尼雪夫斯基的传记，这一转变表明费奥多尔的聚焦对象已经发生了转变。尽管聚焦对象发生转变，这两个时间跨度在故事时间上仍然前后承接。

在这一时间跨度内，行为者费奥多尔作为叙述者费奥多尔的聚焦对象出现

---

① 纳博科夫著，朱建迅等译. 天赋［M］. 南京：译林出版社，2004：2.

128

在故事中，同时，人物费奥多尔也进入故事。叙述者费奥多尔讲述的故事主要是行为者费奥多尔两次参加流亡者文学沙龙聚会的场景，这两次文学沙龙聚会是"第一叙事"中的"现在"，也是行为者费奥多尔出现的时间层面。关于这一时间跨度内的叙事，叙述者按照静述—概述—静述的叙事节奏展开，在讲述行为者费奥多尔的故事的同时，人物费奥多尔也从容进入文本。在叙事作品中，因为叙事时间和故事时间的不协调，小说叙事时速也会在故事时速的基础上产生变化，分为等述、概述、扩述、略述和静述。等述是指叙事时间与故事时间基本相等；概述是指叙事时间短于故事时间；扩述是指叙事时间长于故事时间；略述是指叙事时间为零，故事时间无穷大；静述（场景描写）是指叙事时间无穷大，故事时间为零。不同的叙事节奏在小说中产生不同的叙事效果，作者为了在叙述中突出自己希望读者看到的部分而采用不同的时速展开故事，比如静述可以突出表明叙述者的重点，而略述则通过对非重点内容的一笔带过，反向突出叙事重点。通过不同时速的叙事，小说可以明确地表明叙述者想要突出的重点内容。

《洛丽塔》曾被美国著名作家安·伯吉斯指责在故事强度的安排上思虑不周。伯吉斯指出，由于《洛丽塔》的故事没有有效引导读者，使作品的讽刺效果受到减损，反而因其性行为引起读者阅读的兴趣，使读者忽略小说中唯美和复杂的细节。在《天赋》中，纳博科夫有意避免在《洛丽塔》中故事安排的缺陷，在情节的强度安排上充分显示自己精湛的写作技艺。在《天赋》中，纳博科夫通过有意识地安排叙事节奏，用静述的手法叙述过去之事，以便加强其叙事强度，而"现在"则通过概述的手法直接交代结果。米克·巴尔主张概述适合于描述日常生活中惯常出现的事情，概述的叙事节奏能够有效反映人的精神空虚与生活枯燥。静述使插入的"过去"转而成为故事的主要部分，"过去"的时光在"此刻"重现，记忆得到凸显。通过对文本中静述与概述的分析，可以看出"在过去这一技巧上次要的地位与它改变现在的力量这一无法解决的冲突所产生的重要作用"[①]。这种冲突充分体现了纳博科夫对"囚禁"他的现实时间的反抗，这种冲突既是小说结构上的冲突，同时也是对现实时间自身性质的挑战，即现实时间维度的单一性被打破。文本中的时间与现实时间之间产生的冲突正是纳博科夫内在时间意识的表现。在纳博科夫的意识中，现实的时间可以随意被打乱，过去的时间可以在"现在"重现。如果把时间比作一座监狱，那么"错时"的叙事手法就是纳博科夫想要寻找的逃离监狱的工具，文本通过

---

① 米克·巴尔著，谭君强译. 叙述学：叙事理论导论 [M]. 北京：中国社会科学出版社，2003：104.

"错时"手法表现出来的时间的错位正是现实中记忆对现实的参与。

热奈特将叙事时序与故事时序之间的倒错分为"追叙"与"预叙"。"追叙"是"对故事发展到现阶段之前的事件的一切事后追述"①。在热奈特的叙事理论中，根据"追叙"与"第一叙事"在跨度和幅度上的差异，热奈特将"追叙"分为"外在追叙""内在追叙"和"混合追叙"。"外在追叙"是指追叙完全发生在主要时间跨度之外，"内在追叙"是指追叙发生在主要时间跨度之内，"混合追叙"是指从主要时间跨度的内部开始，而在它之外结束。其起点在"第一叙事"的起点之前，而终点已在其后，即"追叙"的事件发生在"第一叙事"开端之前，却延续到这一开端之后。在一部情节复杂的小说中，"外在追叙""内在追叙"以及"混合追叙"时常混杂出现，形成不同的叙事风格。尽管"内在追叙"与"外在追叙"对应，但二者在诸多方面存在差异。首先，"内在追叙"的内容仍然发生在"第一叙事"的时间层面上，只是在出现的先后顺序上稍作调整。其次，"内在追叙"与"外在追叙"在文本中发挥的作用不尽相同。"内在追叙"只是一种技巧上的"错时"，通过"错时"的手法扰乱读者按部就班的阅读"惰性"，以达到一种"陌生化"效果，增强读者对小说中时间顺序上的"混乱"的感受力度，并延长这一感受时间。再次，与"内在追叙"相比，"外在追叙"作为形式上的技巧是作者真实感受的表达本身。"内在追叙"多与故事内容相连，表现为一种连续性，而"外在追叙"则大多不与故事内容在时间顺序上衔接，表现为一种断裂，这些断裂的"外在追叙"均为一个个记忆的碎片，碎片正是记忆的表现形式。

在《天赋》中，"追叙"手法的运用极为普遍，构成小说情节三分之二的内容都是由人物的聚焦对象的回忆形成的追叙，即发生在"第一叙事"的时间"现在"之前的故事。在《天赋》中，纳博科夫分别使用"外在追叙""内在追叙"与"部分追叙"的叙事策略。"外在追叙"所具有的解释功能表明叙事学的这些方面在政治上具有重要性。文中关于童年的"追叙"描述童年时代的家乡、玩具和爱情，这些"追叙"奠定全文伤感的感情基调。小说中关于父亲的"追叙"描述出一个热爱生活、为人正直、反对专制、醉心于蝴蝶研究的父亲，最终却遗憾地与父亲失去联系。人物费奥多尔的个人回忆将国家与个人，历史与现在互渗，作为"追叙"出现的人物费奥多尔对父亲的回忆是作者纳博科夫对于这种颠沛流离的命运的思考。

父亲的故事是"第一叙事"中行为者费奥多尔的创作素材，同时也是人物

---

① 热拉尔·热奈特著，王文融译. 叙事话语　新叙事话语［M］. 北京：中国社会科学出版社，1990：17.

费奥多尔的记忆的展开，是人物费奥多尔的聚焦对象。"第二叙事"与行为者费奥多尔的创作在同一叙事时间层面交替出现，"起初普希金时代的节奏与他父亲的生活节奏混合在一起"①。"混合在一起"的不仅是"普希金时代"与"父亲的生活节奏"，还包括叙述者的聚焦对象——正在创作关于父亲的书的行为者费奥多尔，与人物费奥多尔的聚焦对象——回忆的混合。当行为者费奥多尔走下电车，走在返回公寓的路上时，行为者费奥多尔仍然在不断思考如何创作关于父亲的书，因此他无法忍受慢腾腾的电车浪费他的时间，决定中途返回，继续自己的创作。叙述者在讲述行为者费奥多尔"此刻"朝着自己的创作走去的情景之时，却是人物费奥多尔的记忆的主动显现。记忆中的这个片段完全发生在"第一叙事"的时间层面之外，属于一种"外在追叙"。通常"外在追叙"不与"第一叙事"的故事相衔接，因此一般情况下"追叙"都由记忆构成，而记忆是一种情感的触发，是在特定条件下实现的，需要有记忆产生的前提才可以引起记忆中的事件的显现。在纳博科夫的小说中，记忆处于随时待命的状态，文本中的每一句言语都是催生记忆的田野。小说《天赋》的创作基础正是记忆，"外在追叙"的手法是对小说的创作基础的照应，并将小说的创作基础外在展现出来。

此外，"外在追叙"也可以以一种非常巧妙的形式作为补充。"外在追叙"以创新的创造形式打破传统小说中"信息补充"的形式，造成一种"陌生化"效果。《天赋》中的"外在追叙"更倾向于一种情感上的"追叙"，是作者感情的延伸。第二时间跨度内占据全书第三章到第五章的内容，主要是费奥多尔创作《车尔尼雪夫斯基传》的经过及传记的出版。第四章的内容以车尔尼雪夫斯基为主人公的故事展开，直接将《天赋》中的行为者费奥多尔在小说中创作的作品呈现出来。尽管这一章与全书的内容看似互不相干，与"第一叙事"间隔的时间跨度很大，但是这一章的内容实则与全文紧密相关。

第二个时间跨度内的事件围绕行为者费奥多尔创作《车尔尼雪夫斯基传》展开。"第一叙事"时间开始于费奥多尔搬入新公寓的一段时间后，纳博科夫在叙述过程中插入的关于行为者费奥多尔与女友济纳的初次相识过程是《天赋》中为数不多的"内在追叙"之一。在"第一叙事"的时间层面中，描写行为者费奥多尔一段时期的生活，一直写到偶然的某一天，费奥多尔准备与济纳见面时，开始追叙行为者费奥多尔与济纳初次见面以及相爱的过程。这段"追叙"的起点在"第一叙事"之内，终点与"第一叙事"相接。这种"内在追叙"是对于"第一叙事"情节发展的补充，通常"内在追叙"所弥补的故事的空白是一种时间顺序上的空白。

---

① 纳博科夫著，朱建迅、王骏译. 天赋 [M]. 南京：译林出版社，2004：104.

根据"追叙"在幅度上的差异，热奈特将追叙分为"部分追叙"与"完整追叙"。"部分追叙"回溯往事中孤立的片段，它以省略作为结束，不与"第一叙事"相接续，旨在为读者提供一个孤立的，但又不可或缺的信息。"完整追叙"则指"追叙"的事件与"第一叙事"的起点直接连接，它将第一叙事之前的事件补充完整。"部分追叙"与"完整追叙"时常混杂出现，形成不同的叙事风格。费奥多尔对"童年"的追叙即为"部分追叙"，具体表现为在时间上互不相连的故事片段的接连出现。此外，在小说中还出现多处"部分追叙"。在小说开篇，行为者费奥多尔接到车尔尼雪夫斯基打来的电话，亚历山大在电话中告诉费奥多尔有人在报纸上发表关于他新近出版的《诗集》的评论，并同时邀请费奥多尔参加今晚在自己家举行的文学沙龙聚会，这一消息使费奥多尔兴奋不已。叙述者费奥多尔描述接到电话之后欣喜的行为者费奥多尔，让他如此欣喜的是自己新出版的作品《诗集》，"我们面前放着一本薄薄的题为《诗集》的小册子……"①此处使用人称代词"我们"，邀请读者一起进入故事之中，使故事中情景的发生具有一种现场感。行为者费奥多尔的故事同时也是叙述者费奥多尔的回忆，代词"我们"的使用不仅突出现场感，而且使藏在脑海中的过去的记忆在当下更加清晰与明朗，从而有效地突出主题记忆。

在记忆的显现中，叙述者费奥多尔与行为者费奥多尔合二为一，表现为人物费奥多尔。此处人物费奥多尔使用人称代词"我"直接讲述自己的记忆，进而将"记忆"直接置入"此刻"，这些如碎片般的童年故事可以在任何时间出现，如同永恒一般。虽然这些碎片与"第一叙事"中的故事情节没有时间上的衔接点，但是仍然可以丰富出现在"第一叙事"中的《诗集》，使《诗集》延续作者的情感。至此，行为者费奥多尔的欣喜不再是作为叙述者费奥多尔的聚焦对象被动地出现，而是化为人物费奥多尔的"记忆"自动显现出来，再次突出记忆的重要性。

除了在叙述童年故事时使用"部分追叙"之外，小说多处均运用"部分追叙"的手法，叙事的"此刻"是行为者费奥多尔来到街上的情形，"他睁着训练有素的眼睛，在街上到处寻觅某个每天令他心生隐痛、每天令他触目伤怀的物体，然而眼前却似乎没有任何类似的迹象"②。紧接着的一段是，"亚历山德拉·雅可芙列芙娜，例如，曾对我坦言，每当她在熟悉的商店购物，便恍若置身于一个异样的天地"③。在叙述者费奥多尔的讲述中，前后相连的两段内容分别属于不同的聚焦者，第一段中的"他"是行为者费奥多尔，第二段中的"我"是

---

① 纳博科夫著，朱建迅、王骏译. 天赋［M］. 南京：译林出版社，2004：6.
② 纳博科夫著，朱建迅、王骏译. 天赋［M］. 南京：译林出版社，2004：2.
③ 纳博科夫著，朱建迅、王骏译. 天赋［M］. 南京：译林出版社，2004：3.

人物费奥多尔。聚焦者的不同不仅呈现出不同的聚焦对象，而且改变小说文本中的时间层面。"他"属于"第一叙事"时间的"此刻"，"我"则属于一个比较久远的过去。在《天赋》中，不同的聚焦者与不同的时间层面相关联，尽管聚焦者均为费奥多尔，却又将不同的时间层面统一在一起。

为了区分"内在追叙"与"外在追叙"，米克·巴尔提出"点状追叙"与"持续追叙"的概念。"'点状时间'用来表明只有一个过去或未来的瞬间被展示；'持续时间'则意味着涉及一个较长的时间，即随后的痊愈的那些日子。"[①]纳博科夫偏爱这种对于"瞬间"的记忆。一位研究记忆的心理学家曾生动地将记忆比作拼出恐龙化石的"碎片"，这种出现在瞬间的记忆就是记忆的碎片形态。同时，这种"点状追叙"的时间非常短，"一个点状时间的错时唤起一个简短而重要的事件。尽管只有一个短暂的跨度，它的重要性证明了错时的价值"[②]。虽然这些记忆是琐碎且短暂的，但是它们都曾在时间中存在，那么它们就会永远留在时间中，这就是"错时"的价值。纳博科夫认为，故事如同"点状错时"的碎片拼贴而成的整体。纳博科夫的时间中充满被随时想起的记忆，被随时插入到"现在"这个时刻中来的"追叙"，从而使过去的时间与"此刻"再次重逢，出现在同一时间层面之中。显然，纳博科夫的时间不是现实的客观的时间。在纳博科夫看来，时间犹如因折叠而图案重合的"魔毯"，可以相互重叠。

"预叙"是指对未来事件的暗示或预期，热奈特认为"预叙"是指"事先讲述或提及以后事件的一切叙述活动"[③]，"追叙"指向过去，"预叙"指向未来。由于多年经历漂泊的生活，纳博科夫对未来充满怀疑，因此纳博科夫很少在小说中运用"预叙"的手法。在创作《天赋》之后，纳博科夫的创作语言发生了根本性转变。为了维持生计，扩大自己的读者群，纳博科夫停止用俄语创作小说，转为用英语创作小说，《天赋》也因成为纳博科夫的最后一部俄语长篇小说而具有特殊意义。在小说中，纳博科夫大量运用"追叙"手法追忆往事，其中蕴含着纳博科夫对往事的眷恋，纳博科夫毫不掩饰地表达他对故国的思乡之苦。既然无法在现实中追回，只好在回忆中追忆。尽管纳博科夫在小说中大量"追叙"往事，然而，在小说开头还是运用"预叙"的手法，在整个故事还未开始的时候，指向小说已经完成的状态。"他内心深处那个代表他、却又超然于他

① 米克·巴尔著，谭君强译. 叙述学：叙事理论导论［M］. 北京：中国社会科学出版社，2003：110.

② 米克·巴尔著，谭君强译. 叙述学：叙事理论导论［M］. 北京：中国社会科学出版社，2003：110.

③ 热拉尔·热奈特著，王文融译. 叙事话语　新叙事话语［M］. 北京：中国社会科学出版社，1990：17.

的某个人已经吸收了这一切，并且将其记录归档。"①在小说文本还未展开之时，其实叙述者已经将一切全都"记录归档"，表现出宿命的意识，表明结束是另一种形式的开始。这里"预叙"将整个文本的"开始"与"结束"并置，预示纳博科夫的小说在时间上形成一个"圆形结构"。纳博科夫小说中的"预叙"并不是纯粹地指向未来，而是用"过去"与"此刻"来包容并不确定的"未来"，这种对"未来"的指向恰恰指向"此刻"和"过去"。

（三）虚构的叙事时间

在纳博科夫的文学观中，想象和记忆可以弥补断裂的时间，想象与记忆也是实现虚构时间塑形的手段，纳博科夫擅长运用想象和记忆实现自己对虚构叙事时间的塑形。纳博科夫认为，作家有非凡与平庸之分，缺乏想象力的作家只能成为平庸的作家，只有充满想象力的作家才是优秀的作家，只有充满想象力的作家才具有创造力。基于上述观点，纳博科夫的小说是想象力的创造。想象能够超越生命而永恒存在，时间的永恒性是想象赋予纳博科夫的天赋。在纳博科夫的小说中，他用自己的想象力充分向读者展示这种时间的永恒性。纳博科夫的小说十分关注故事的讲述方式，而小说的形式恰恰是想象力创造性的表现，他从来不屑炮制小说的老程式，而是在小说中进行自己身为"天赋者"的创造。

《天赋》在形式上形成两个圆。第一个圆是行为者费奥多尔的被回忆，这一部分是小说的"第一叙事"，即叙述者费奥多尔以外在式聚焦讲述发生在行为者费奥多尔身上的故事。小说中的叙述者费奥多尔与行为者费奥多尔原本是同一个人，但是在"第一叙事"中他们的文本功能相互分裂，叙述者费奥多尔站在故事的空间之外，以第三人称"他"讲述行为者费奥多尔，即费奥多尔在自己过去发生的故事。故事中"他"想要"用此情此景为开头，创作一部厚厚的、出色的老派小说"②的"情景"是叙述者在文本中描述的人物费奥多尔的"此刻"，而这一念头被"吸收、记录归档"则是叙述者费奥多尔的过去。因此，小说中费奥多尔的成长历程以及主要情节都已经成为叙述者费奥多尔"记录归档"的过去，行为者费奥多尔的故事表现出来即是一种"被回忆"，这种"被回忆"构成小说的主干，并因为叙述者费奥多尔在开头处的"记录归档"而使全文自动形成一个首尾相接的圆。这个圆的起点是叙述者走进小说中的故事，结尾是叙述者走出小说中的故事。在小说开始和结束时，叙述者都站在故事之

① 纳博科夫著，朱建迅、王骏译. 天赋［M］. 南京：译林出版社，2004：2.
② 纳博科夫著，朱建迅、王骏译. 天赋［M］. 南京：译林出版社，2004：1.

外，小说从开始到结束的过程就是叙述者走进故事又走出故事的过程，而走进故事时的叙述者费奥多尔和走出故事时的叙述者费奥多尔是同一时间的同一个人，即叙述者费奥多尔，从而使小说的叙事构成一个首尾相接的圆。

第二个圆是人物费奥多尔的回忆。这一部分是小说中与"第一叙事"的主要时间跨度错位的时间，即"追叙"。在"追叙"中，叙述者费奥多尔与行为者费奥多尔合体，人物费奥多尔以第一人称"我"进行聚焦，聚焦对象是"我"的回忆。与第一个圆中的行为者费奥多尔"被回忆"相比，这部分是人物费奥多尔真正意义上的回忆。此部分内容以"内在追叙""部分追叙""预叙"方式插入"第一叙事"的时间中，散见于小说的各个部分。虽然小说中多处"追叙"的内容比较复杂，但是它们并没有偏离第一个圆，而是在第一个圆的基础上形成一个更大的圆。

在《天赋》中，纳博科夫在开篇使用"预叙"手法的同时呈现故事的开始与结尾，使小说的时间构成首尾相接的"圆"，随后纳博科夫又运用"追叙"的手法使小说的时间构成从"现在"到"过去"再到"现在"的圆，时间在这个圆上的运动即成为故事的基本节奏。由此可见，"预叙"与"追叙"共同构成小说时间的"圆形结构"。《天赋》中的圆形结构与纳博科夫提出的时间的"圆形监狱"恰好契合，既反映纳博科夫的时间体验，又反映纳博科夫对小说结构的创新性发挥。

在《天赋》中，记忆也是实现虚构时间塑形的重要手段。纳博科夫在小说中多处使用"追叙"手法，说明记忆是整部小说叙事的构成基础和基本特征。"记忆"的存在是《天赋》叙事时间的基本特征。在文本中，记忆以"追叙"方式呈现出来，与小说的主要情节（"第一叙事"）形成时间错位，插入叙事过程中的"此刻"。由此可见，"追叙"是小说主题的所在。"追叙"的聚焦者是叙述者费奥多尔与行为者费奥多尔合体的人物费奥多尔，这种聚焦者能够引导读者的阅读。因此，《天赋》的叙事结构归根结底是由"被回忆"与"回忆"构成的两个圆。

奥古斯丁指出，记忆是时间在人的意识中的显现方式之一，记忆不区分时间的先后，作为过去的记忆与现在的和将来的记忆并不存在本质区别，都是人们把握时间的方式之一。纳博科夫最常用的把握时间的方式就是记忆。鉴于纳博科夫特殊的流亡经历，他认为已经逝去的时间并不会消失，而是被保存在记忆之中，记忆是把握时间的最佳方式。如果时间是一种永恒，那么这种永恒需要记忆来把握，因此记忆是纳博科夫对于时间的永恒性认知的一种把握。

此外，在《天赋》中，纳博科夫通过叙事时间与故事时间的"倒错"，构成叙事时间与故事时间之间的矛盾。保尔·利科认为这种"矛盾是想讲述当时亲历之事和想讲述事后忆起之事的矛盾"①，这种矛盾正是纳博科夫对于时间"断裂"的感受在小说叙事中的体现。在小说中，叙事时间与故事时间之间的矛盾具体表现为"第一叙事"中"追叙"的插入，插入的"追叙"主要指小说中的片段性回忆，这些"追叙"随意地进入作为"现在"的"瞬间"中，在阻碍"现在"时间发展的同时，持续充实文本中"现在"的内容，达到一种"过去"可以与"现在"并置的叙事效果。这种断裂与并置之间的矛盾既是纳博科夫对于时间的体验，又是纳博科夫对于现实的"时间之狱"的反抗，同时也是纳博科夫关于虚构的时间经验的核心理念。

在小说的叙事结构之外，记忆构成"追叙"的主要内容，并且占据小说三分之二的篇幅。由于纳博科夫始终怀有浓浓的故国情结，因此他在叙述形式上较为偏重于"追叙"，这也充分说明记忆在纳博科夫内在时间意识之中的重要性，只有记忆才能够帮助纳博科夫再次回到过去的时光之中，享受故国时光的快乐。在纳博科夫的时间观中，只要个体拥有对往事的记忆，一定可以重构逝去的时间。

四、叙事空间

小说的叙事框架由时间和空间构成，故事必须在限定的时间和空间内展开。约瑟夫·弗兰克指出："时间和空间是限定文学……的两个极点。"②巴赫金用变时性来描述文学作品中时间和空间的关系。时间与空间是形式的两个坐标，任何形式都在一定的时空内存在，然而时间与空间又是一对此消彼长的孪生兄弟。当叙事加强空间意识时，时间意识就会被淡化，反之亦然。莱辛以绘画、雕塑等作品为例，指出在大多数情况下这些造型艺术都是通过一个空间形象或者以一种空间形式在瞬间传达给观众感官上的审美愉悦。在这一过程中，时间因素被弱化，而空间因素则大大加强。徐岱也指出："在扫描中时间因素十分活跃；它直接体现在岁月的流逝上，或者存在于空间的迁移中。"③相比而言，小说更加复杂。从小说本身来说，小说是空间的作品，是文字符号的堆积，但是这种堆积并不是任意的，而是按照内在逻辑有顺序的排列。小说叙事传达的是一个故事，而故事本身就有开始、发生、发展，因此小说的形式也必

---

① 保尔·利科著，王文融译. 虚构叙事中时间的塑形［M］. 北京：生活·读书·新知三联书店，2003：152.

② Joseph Frank. *The Idea of Spatial Form*［M］. New Brunswick: Rutgers University Press, 1991：10.

③ 徐岱著. 小说叙事学［M］. 北京：中国社会科学出版社，1992：169.

须要有叙事的顺序，即时间上的先后。从读者接受的角度来说，读者阅读小说的过程也不同于观众观看造型艺术作品的过程，他需要逐字阅读文字符号，这本身就是一个时间的过程。审美过程的最终完成还是依靠读者将文字转化为空间的存在，才能使叙事具有最终的意义。对于叙事时空的关注是纳博科夫文学创作中关注的焦点，纳博科夫小说的时空意识经常被评论家认为是普鲁斯特式的，纳博科夫也承认自己喜欢在小说中对时间和空间大动干戈，最终形成具有纳博科夫特色的时空机制。

作者在小说中对时空进行试验和探索是小说自身发展的必然需要。就小说自身而言，在经历漫长的发展历程之后，小说有限的主题和母题已经限制了小说内容的改革和创新，因此现代小说更加倾向于对自身的形式（时间和空间）进行改革和创新。弗兰克认为，在艺术中（小说艺术当然包括在内）时间和空间的运用恰恰体现艺术家的一种"不安全感，不稳定性，对于生活的意义和目的失去了控制"[①]。当人类和周围环境处于一种和谐状态时，艺术在时空上就会追求一种近乎自然的逼真效果；反之，当周围环境脱离人类的控制时，艺术在时空上就会追求非自然的效果，企图通过艺术创造另外一种时空。从现实生活来看，自19世纪末以来，两次世界大战的爆发，世界政治格局的风云变化以及科技的飞速发展，这一切使生活在这个时代的人们对自己的生存环境越来越无能为力。不安全感、不稳定性、终极意义的模糊成为这一时代的主题。时代的变迁对于纳博科夫的影响尤为深切，政局的变化使他流亡欧洲，二战的爆发又使他流亡法国及美国，生活中充满不稳定性和不确定性。从小说的发展历程来看，现代小说和后现代小说正处于发展和成熟阶段，叙事时空已经不仅是小说的叙事技巧，甚至成为小说内容本身，从《尤利西斯》到《追忆似水年华》均表现出对于时空的关注和革新。纳博科夫对于时间的改革使时间弱化，从而加强空间作为故事载体的重要性。当时间流动变慢或者中止时，时间顺序即变成空间上的共存或者叠加，叙事就会向空间发展，或者说，叙事就会空间化。

从文学的角度来讲，空间主要体现在故事叙述层面，徐岱将文学空间分为"大空间"和"小空间"两类。大空间是故事发生的时代和社会背景，小空间则是情节发展变化的具体场所和环境。纳博科夫小说中的大空间大多数是俄国革命之后的世界，因此纳博科夫的大空间总是具有一定政治形态意义，尽管他一再强调自己的小说并不带有任何政治色彩，自己也不隶属于任何群体或团体。在叙事艺术中，小说的大空间的界限并不十分分明，而是具有相似性，其特征

---

① Joseph Frank. *The Idea of Spatial Form* [M]. New Brunswick: Rutgers University Press, 1991：58.

不显著，比如纳博科夫的多部小说均具有相同的大空间。反观小空间的意义则比较复杂，它通常具有象征意义，不仅能够反映小说的主题，而且能够体现小说人物的精神空间。《庶出的标志》是运用空间性叙事的典型作品，小说的第一段描写的小水坑从形状上描写一个空间的存在，是典型的空间性叙事；第二段之后逐渐从小水坑描写到树木和房屋，呈现出一种散乱的空间点；直到第五段，突然出现这样一句话："手术并不成功，我妻子就要死了。"①随后小说又转回空间描写，此时读者才明白这一段其实是主人公克鲁克的内心独白。在这一章中，纳博科夫故意淡化时间概念，使读者无法追寻时间的痕迹，全章中仅有一次提到时间，也只是"11月"这样非具体的时间。纳博科夫通过这种叙事方式，自然地、不着痕迹地使线性时间的流动暂时中止，将读者的注意力转移到一个非时间的空间存在。这个空间是故事发生的时空，也为小说营造出一种绝望压抑的奇异氛围。在第二章中，小说又回到线性的时间叙述，人物按照时间的顺序开始运动。在《庶出的标志》的序中，纳博科夫特别指出这部小说是以一小块明亮的雨水积成的小水坑开始的。这个长方形的小水坑形状上像一个要分裂的细胞，在小说中反复出现，在第五章中是一块墨水迹，在第八章中是一个脚印，在第十一章中是泼出来的牛奶，而在小说结尾则是灵魂的印记。小水坑原本只是小说空间上的一个小细节，却被纳博科夫有意识地拿来作为象征。纳博科夫在小说中大量运用小空间的象征意义，反复的指向和自我指向不仅使纳博科夫的小说具有一种神秘色彩，而且使小说对细节运用的依赖程度更高。

空间小说大致可以分为两种类型，一种是具有多个叙事层，通过有内在联系反复出现的主题联系在一起的小说；另一种是通过将叙述与记忆连接起来使记忆与现在有机融合的小说。根据空间小说类型的划分，纳博科夫的大部分小说应属于第一种类型的空间小说。比如《微暗的火》包含两个叙事层，分别是谢德的诗歌和金波特对诗歌的注释。尽管这两个叙事层是相互独立的，由于金波特将自己的叙事话语强加于谢德的叙事话语之上，这两个叙事层又存在一定内在联系。由此可见，《微暗的火》是一部典型的第一种类型的空间小说。此外，《普宁》也属于第一种类型的空间小说。在《普宁》中，同样也存在两个叙事层，一个是对普宁的叙事，另一个是对叙述者的叙事。两个叙事层存在紧密的内在联系，叙述者与普宁相识，虽然接触不多，但是见过几次面，而且叙述者所讲述的关于普宁的故事也是源自叙述者听普宁的朋友所讲述的故事，最终形成普宁的故事，因此《普宁》的两个叙事层是环环相扣的。虽然纳博科夫的大部分小说属于第一种类型的空间小说，但是也有少数小说属于第二种类型的

---

① Vladimir Nabokov. *Bend Sinister* [M]. New York: McGraw-Hill, 1974: 14.

空间小说。比如《玛丽》是一部典型的第二种类型的空间小说。在《玛丽》中，玛丽是小说的核心人物，然而玛丽却一直没有在小说中出现，只是以记忆的形式存在于加宁的回忆之中，因此回忆的场景成为整部小说的中心。加宁目前的生活状态在回忆的场景之外，而且时间非常短暂，仅仅是从发现邻居的妻子是自己的初恋情人玛丽到玛丽到达火车站的短短六天时间。纵观纳博科夫的空间小说，小说的叙事并不是按部就班地将情节向前推进，小说具体情节的发展已经不是纳博科夫首先考虑的因素。

叙事空间主要分为两种形式，即人物的刻画和社会场景的刻画。人物和社会场景的刻画不涉及时间的流动，时间流一旦停止，叙事便向空间化发展。

人物的刻画分为外在层面和内在层面，外在层面是指对人物外貌、语言、动作等的描写；内在层面则指对人物心理及人物回忆的描写。纳博科夫有多部小说以故事人物的名字命名，包括《玛丽》《王，后，杰克》《塞·奈特的真实生活》《洛丽塔》《阿达》等，这些人物既是小说的主要人物，又是小说的主题，一切叙事以该小说人物为中心。当叙述聚焦于人物描写的时候，情节的时间性将减弱，叙事的空间性将加强。对人物心理的描写是对人物的性格和主观世界进行探索；对人物回忆的描写则是对过去历史的探索。无论心理还是回忆，都存在于人物的主观世界之中，构成人物的主观空间。主观空间不受故事时间的限制和束缚，与主要故事的发展空间并列存在。《玛丽》的故事空间在德国，而她经常回忆起在俄国的时光，因此她的回忆和心理的空间与故事的空间是相互独立的。尽管如此，两种空间之间仍然存在某种联系，比如在德国的阿尔费奥洛夫的未婚妻是俄国的玛丽，加宁与玛丽在俄国读到的一首诗歌是由德国的波特亚金所写。无论存在怎样的联系，德国和俄国两个空间仍然存在本质上的差异，德国这一空间是现实存在的，俄国这一空间则仅存在于加宁的主观世界之中，是通过对他的心理和回忆的描写而构建起来的主观空间。

社会场景的刻画不仅具有构建环境空间、营造故事发生的背景这些简单的作用，而且还承载着重要的叙事功能。《斩首之邀》中社会场景的刻画比较典型，环境空间是辛辛纳特斯被囚禁的那间囚室，小说几乎没有故事情节，仅有的情节即为监狱中有人在努力打通密道。起初，辛辛纳特斯认为这是狱友在打通通向监狱外面的密道，于是他的心中燃起希望。讽刺的是，随着墙壁的倒塌，辛辛纳特斯发现密道并不是从囚室通向监狱外面，而是从一间囚室通向另一间囚室，这就意味着这个隧道只是从一个空间通向另一个空间，而封闭的整体监狱空间并没有发生变化，仍然是封闭的、与外界隔开的。与《斩首之邀》不同，《洛丽塔》的环境空间非常富于变化，社会场景的描写十分丰富多彩。在《洛丽塔》中，亨伯特首先从欧洲大陆来到美国，随后又与洛丽塔横穿美国，游历各处，企图将洛丽塔据为己有。在小说的第二章和第三章，纳博科夫仔细描绘美国的汽车旅馆和餐馆，指明许多空间标志，包括世界上最大的石笋洞穴，科罗拉多州的小流冰湖等。又如《微暗的火》中的赞巴拉国，杀手从赞巴拉国来刺杀谢德，对于这个杀手的描述主要集中在空间的变化上。上述小说中空间的变化不仅使小说的空间感加强，而且使空间成为时间的参数。在《斩首之邀》中，随着密道不断打通，辛辛纳特斯行刑前的时间也在不断流逝。由于在囚室中没有钟表，辛辛纳特斯完全不知道时间，甚至不知道自己行刑的具体时间，只有从空间中寻找时间的痕迹。在《洛丽塔》中，也没有具体明确的时间指向，只有穿越美国的空间变化，从空间的变化中感知时间的流逝。在《微暗的火》中，同样没有明确指出时间的终结，时间完全以谢德被杀害当天杀手的空间变化为标准来衡量。由此可见，纳博科夫在运用叙事空间的同时，也在有意识地变革叙事时间。

环境空间本身可以构成故事发展状态（静态）的一部分，比如《玛丽》的最后一章，加宁突然改变主意决定离开，故事就此结束，整章都是对环境的描写。加宁的改变没有任何情节上的准备或前奏，完全是在一个空间中突然觉醒。在纳博科夫的小说中，社会环境的描述不再限定于烘托情节场景，空间已经成为故事的一部分，因而具有重大意义。正如《洛丽塔》的结尾也出现类似的描写，当亨伯特站在山坡上、置身于周围的环境时，他终于明白洛丽塔已不再属于他。在纳博科夫的小说中，空间的作用远不止故事背景如此简单，比如《洛丽塔》的故事结尾停滞于某个空间之中，该空间不仅作为故事结尾的背景，而且成为故事人物内心体验和心理活动的外化。从这个角度来讲，纳博科夫小说中的空间具有超时间的意象象征意义。具有象征意义的意象是指某细节在同一空间中使空间扩张开来，则该细节称为具有象征意义的意象。由于小说叙事具有较强的线性时间性，因此意象很少应用于小说之中，而主要应用于诗歌之中。与一般小说不同，纳博科夫经常将意象应用于小说创作之中。纳博科夫曾声称，自己在文学创作中用意象思考。纳博科夫经常在小说中运用大量比喻、喻指等文学修辞手段，使空间成为超时间的意象特征。

小说叙事必须在一定的叙事时间和叙事空间中进行，传统的小说叙事尽力模仿现实时间与空间，而现代主义和后现代主义作家则对时间和空间进行大胆创新，打破线性时间的束缚，拉长故事时间，模糊甚至试图消除时间的标记，使小说的时间和空间得到空前的解放。时间因素的减弱使空间成为小说的主要载体，叙事时空是现代作家在小说叙事中的变革和创新。纳博科夫是一位勇于创新的后现代主义作家，他大胆尝试时空叙事上的种种游戏和实验，着眼于作为个体的人的探求，深入刻画人物与场景，构建出复杂的时空机制，充分彰显独特的叙事风格。

　　尽管纳博科夫在《文学讲稿》中指出："我很反对将内容与形式区分对待，把传统的情节结构同主题倾向混为一体。"①但是从总体上说，纳博科夫的小说更加倾向于"散体文"，在叙事中通过精心构思的结构和巧妙的设计，将主体与情节紧密结合。纳博科夫在情节中采取的叙事手法使故事具有谜一般的神秘色彩，在神秘氛围的笼罩下，总有一些场景和主题反复出现。这些场景和主题不仅从某种角度再现纳博科夫自己的生活，而且一再重新对生活中的某些重复进行解读。纳博科夫认为，小说是独立的、不受真实标准束缚的独立世界，小说的终极目标是审美愉悦而不是追求真实，因此纳博科夫小说的叙述者大多数为不可靠的叙述者。在纳博科夫的笔下，他的主人公既是天才也是疯子，既是被异质文化排斥的边缘人也是被社会排斥的躲在角落里的人，他们性格中带有偏执以及难解的，甚至是变态的情结，因此纳博科夫笔下的人物往往以一种陌生化的视角探索、透视和追溯人类生活进程，思考人生的体验。陌生化文学工作者和流亡者是纳博科夫笔下大多数主要人物都具有的社会身份标记，这种标记使人物具有一种歇斯底里的特性，围绕这样的人物展开的故事也同样具有一种时空交错混淆的流动和没有归宿的波动性，从整体上使纳博科夫的小说充满一种流浪和绝望的氛围。纳博科夫笔下的人物所具有的流浪和绝望气质正是源于纳博科夫本人的人文气质和身份标记。萨特指出，纳博科夫笔下的人物与其本人具有许多相似性，他们都由于社会的动荡和政局的变化而被迫离开故国，过着颠沛流离的流亡生活。纳博科夫关注人物命运状态而非过程，通过追忆的方式强加给生活一种叙事结构，从而使原本混乱无序的生活似乎具有一种顺序和秩序。由于纳博科夫小说中的人物身份在某种程度上得到预先确立，从情节到人物的故事自然具有相当的局限，是一个"自我指向、迂回的而非线性的世界，一个自给自足的世界"②。相对于单一的情节定式而言，封闭独立的叙事空间和多种类型的不可靠的叙事者建构成近于游戏的严肃文本世界。

　　① 纳博科夫著，申辉辉等译. 文学讲稿 [M]. 上海：上海三联书店，2005：6.
　　② Peter Quennell. *Vladimir Nabokov—His Life*, *His Work*, *His World* [M]. New York：William Morrow and Co. 1980：63.

第四章　纳博科夫小说叙事的东方元素

纳博科夫是一位跨越语言与文化的作家，早在俄国时期，他的文学创作主要沿袭俄国象征派的创作风格；随着辗转流亡的人生大幕徐徐拉开，他的创作风格逐渐由象征主义转向后现代主义，跃居美国后现代主义先驱之位。在改用英语创作后，纳博科夫先后创作了《洛丽塔》《普宁》《微暗的火》等多部小说，堪称后现代主义小说的经典作品，充分彰显了后现代主义的叙事风格。虽然纳博科夫是一位典型的后现代主义作家，但是通过仔细研读不难发现，纳博科夫小说的叙事中蕴含了丰富的东方元素，在叙事风格方面与中国传统小说具有契合之处。这里以纳博科夫的经典作品《洛丽塔》为例，通过对比《洛丽塔》与中国传统小说的经典之作《红楼梦》的叙事风格，归纳分析纳博科夫小说在叙述者、叙述视角、叙事时间、叙事空间等方面蕴含的东方元素。

一、亦真亦假的叙述

小说的叙述需由叙述者来承担，叙述者既不是小说的写作主体，也不是小说的受述者，而是向受述者讲述的叙述主体。布斯是不可靠的叙述者的理论的奠基人，他率先根据叙述者的讲述和行动与隐含作者的规范和准则是否一致来区分可靠的叙述者与不可靠的叙述者。在布斯观点的基础上，费伦将不可靠的叙述者的研究进一步深化。通过三个轴将不可靠的叙述划分为六种类型，即事实/事件轴上的"误报"和"欠报"，价值/判断轴上的"误判"和"欠判"，知识/感知轴上的"误读"和"欠读"。费伦的理论并没有局限于某一种叙事风格，具有相当的普适性。

中国经典名著《红楼梦》中存在大量不可靠的叙述，而且可以依据费伦理论的三个轴的观点进行划分。首先，事实/事件轴上的"误报"和"欠报"。《红楼梦》中存在诸多"误报"。在小说的第一回叙述者便指出撰写此书的目的并不在于谈情，而在于记录事实，这与隐含作者的观点大相径庭，显然是"误报"。又如，在秦可卿去世后，她的丈夫和婆婆丝毫没有表现出悲痛之意，反而是她的公公贾珍伤心欲绝，并且要倾尽自己的所有来厚葬儿媳妇，家人的态度存在诸多不合理之处，这显然是叙述者的"误报"。此外，小说中还存在诸多"欠报"。比如，秦可卿的死因便是"欠报"。秦可卿死前已经久卧病榻，按照常理来看，秦可卿的死并无可疑，只是病魔缠身。然而，秦可卿的死却引来家人的怀疑猜测，而后丫鬟瑞珠自尽，宝珠又主动成为贾珍的义女，令贾珍喜不自胜，这不禁更让人怀疑，贾珍究竟喜从何来，书中并未言明。秦可卿卧病期间，太医几次诊治未查明病因，丈夫对她的病也并不担心，而她自己却认定命将休矣。书中的每处描写虽未直接点破秦可卿的死因，却让读者通过上述事件的关联勾画出秦可卿之死的真相，属于典型的"欠报"。

其次，价值/判断轴上的"误判"和"欠判"。《红楼梦》中对王夫人、薛宝钗和贾宝玉均存在"误判"。叙述者称王夫人为宽厚仁慈之人，"王夫人固然是个宽厚仁慈的人，从来不曾打过丫头们一下子，今忽见金钏儿行此无耻之事，这是平生最恨的，所以气急不过，打了一下子……"①宝玉趁王夫人午睡之际，到王夫人房中与丫鬟金钏儿调情，王夫人发现后起身就打金钏儿，并将金钏儿逐出大观园。尽管金钏儿与宝玉行此无耻之事触怒了王夫人，王夫人也不该将一切罪责归咎于金钏儿。知子莫如母，王夫人应该比任何人都清楚宝玉的风流，更何况王夫人并没有熟睡，一定听到了宝玉与金钏儿之间的对话，然而她却仍然将一切归咎于金钏儿，可见王夫人并不像叙述者所描述的那样宽厚仁慈，而是自私无情。小说的隐含作者对金钏儿表示同情，对王夫人的为人嗤之以鼻，显然叙述者的价值观与隐含作者的价值观相悖，叙述者的叙述为不可靠的叙述。从某种意义上说，这段叙述直接揭示了被掩盖的信息，更加揭露了王夫人的自私和无情。叙述者对薛宝钗的叙述也是"误判"，书中描述薛宝钗少言寡语，安分守己，事实上薛宝钗并非如此，她不仅巧舌如簧，左右逢源，擅于讨得众人欢心，而且懂得明哲保身，让自己在这个充满矛盾的大家族中置身事外。关于对宝玉的评价，叙述者与隐含作者的价值观也存在不一致之处。隐含作者意在褒扬宝玉，而叙述者却说道："原来宝玉生成来的有一种下流痴病……"②意指宝

① 曹雪芹著. 红楼梦［M］. 长沙：岳麓书社，2007：203.
② 曹雪芹著. 红楼梦［M］. 长沙：岳麓书社，2007：197.

玉整日与女子厮混在一起，不求功名，不思进取，不走仕途。事实上，宝玉与女子厮混正是情感的一种自然流露，宝玉不去追求功名表明他已经看破名利，不想像自己的祖祖辈辈一样一生为名利所累。在当时的社会价值观下，宝玉的思想显然有些离经叛道。叙述者与隐含作者的判断相悖，形成了不可靠的叙述。此外，书中对宝玉漫游太虚幻境之后与袭人关系的变化则是"欠判"。宝玉游太虚幻境后和袭人说起自己的梦境，宝玉遂与袭人亲热起来，从此宝玉对袭人则另眼相看，而袭人则更加尽心尽力地服侍宝玉，而至于宝玉怎样另眼相看袭人，袭人又如何尽心尽力地服侍宝玉则没有下文了，属于"欠判"。

再次，知识/感知轴上的不可靠叙述。宝玉对妙玉的认知属于"误读"。宝玉始终认为妙玉是清修之人，与凡夫俗子不同，而妙玉并不同于普通皈依佛门之人，她依然怀有一颗女儿心。比如，每次宝玉到来，她都要用自己平日里常用的玉斝为宝玉斟茶，对宝玉的生辰也格外关心，还特意在宝玉生辰之际送帖子相贺；在中秋佳节，妙玉与大观园的姐妹们一同赏月、作诗，并未将自己视为佛门中人，也不会绝对避世清修，反而视自己为黛玉、湘云一般的大家闺秀，过着人间烟火的生活。显然，宝玉对妙玉的判断完全基于自己所看到的表面，并没有了解妙玉的内心。此外，对宝玉发现秦钟与智能儿的暧昧之事则是"欠读"。宝玉发现他们二人的奸情并未打算告发，只是说要找秦钟算账，而究竟算什么账，怎样算账则没有表明，显然是"欠读"。

纳博科夫在《洛丽塔》中也运用了大量不可靠的叙述，并且同样在三个轴上分为六种类型的不可靠的叙述。首先，事实/事件轴上的"误报"和"欠报"。《洛丽塔》中存在多处信息的"误报"，而且"误报"背后皆隐藏亨伯特的不可告人的意图。《洛丽塔》中提到："我一提到这个马萨诸塞州布兰克顿市布兰克布兰克公司的美妙产品，仿佛它就在眼前。"事实上，这完全是错误的报道，马萨诸塞州并不存在布兰克顿市，而且所谓的布兰克布兰克公司也是子虚乌有，表明这一切均为叙述者亨伯特的臆想。此外，小说对法律条文也进行了"误报"，小说中提到《青少年法案》将"少女"规定为8岁至14岁的女童，而事实上该法案仅将14岁以下的儿童定为少年，并未区分性别，也没有具体的年龄区间，这种"误报"充分体现了叙述者亨伯特对少女的癖好。这种非常明显的误报正是对亨伯特狡辩与诡辩的反映，亨伯特臆想的美妙产品，是在故意制造他很宠溺洛丽塔的假象，使读者相信他竭尽全力满足洛丽塔的各种需要，同时他也在竭力地突出洛丽塔是一个不知满足、奢侈无度的坏女孩，甚至使读者认为洛丽塔主动勾引他这个无辜的中年男人就是为了满足自己对物质的无限欲望。亨伯特的这种误报甚至把自己摆在一个可怜人的位置，认为自己为了满足洛丽塔的需要而付出了自己的所有，而洛丽塔却完全无视他这份纯良的父爱。

亨伯特对法律的篡改也更加暴露其对洛丽塔的觊觎以及他自身无法克制的癖好，一方面体现了亨伯特自身的病态，另一方面也体现了他的邪恶本质。亨伯特对法律的有意篡改使他将自己置于合法的范围内，标榜自己的行为完全依照法律而行，一个充满罪恶行径的人竟然意图让自己的行为合法化，这也是亨伯特在自白书中的一种诡辩，意欲通过这种方式为自己脱罪，为自己营造一个老实的、守法的公民形象。此外，小说中也存在诸多"欠报"。在引子中，雷博士在讲述故事来源及背景时提到，"关于'亨·亨'的犯罪情况，好奇者可以参考1952年9月的报纸"。显然，雷博士的叙述缺乏确切的信息，报纸的来源既无报纸名称，也无具体日期，使人无从查起。为了证明信息来源的可靠性，雷博士列举出了证人的名字，但是随即他又指出这些证人不想将自己的身份公之于众，从而使这些证人的可靠性明显削弱，读者甚至怀疑这些证人是否真的存在。此外，亨伯特对于拐走洛丽塔的人也存在"欠报"，亨伯特并未指明拐骗之人的名字，直到两年后再次见到洛丽塔，由洛丽塔喊出这个名字，谜底才最终揭晓。当然亨伯特对于奎尔蒂的名字也有暗示，暗指拐走洛丽塔的人就是奎尔蒂，比如亨伯特曾经在监狱读到的一本书中提到一位剧作家名为奎尔蒂。

其次，价值/判断轴上的不可靠叙述。在引子部分，叙述者雷博士声称《洛丽塔》是由自己编辑出版的亨伯特的手稿，而自己出版这本手稿的原因恰恰在于受亨伯特所托。尽管如此，雷博士的叙述却自相矛盾，漏洞百出。一方面，雷博士对亨伯特的评价自相矛盾；另一方面，雷博士对小说也缺乏客观认知。在引子部分，雷博士称亨伯特为畸形的变态者和残忍的杀人犯，认为他不仅道德沦丧，而且冷酷残忍，无情地摧毁了洛丽塔的一生；与此同时，雷博士又赞颂亨伯特在自白书中所体现的"绝望的诚实"①，认为亨伯特不仅爱慕洛丽塔，而且赋予洛丽塔浓浓的父爱。前后截然相反的评价使雷博士的叙述具有相当的不可靠性。此外，雷博士也缺乏对《洛丽塔》的客观认识，他既认为《洛丽塔》是精神病患者亨伯特所书写的日记，小说中所描述的亨伯特在心理和行为方面的变化过程能够对类似精神病例的治疗提供借鉴价值；同时，他又认为《洛丽塔》具有颇高的伦理价值，能够提升下一代的道德素质。显然，雷博士无论对亨伯特的本性还是对小说的本质都存在错误的判断。此外，《洛丽塔》描述了中年男人亨伯特与未成年少女洛丽塔之间的不伦之恋。尽管亨伯特一再强调洛丽塔的早熟与堕落，以及洛丽塔对他的勾引，强调自己幼年失去初恋情人的痛苦和创伤，以及自己对洛丽塔无法自拔的爱，以此掩饰自身的丑恶面目和邪

---

① 纳博科夫著．于晓丹译．洛丽塔［M］．南京：译林出版社，2000：3．

恶本性，争取读者对其价值观和道德观的认同，淡化读者对他的厌恶和憎恨，但从亨伯特威逼利诱洛丽塔与他发生不伦关系的那一刻开始，读者就已经认识到了亨伯特的邪恶本质。随着洛丽塔完全长大成人，为人妻为人母，亨伯特开始厌恶不再是宁芙的洛丽塔，至此他的丑恶嘴脸完全浮出水面，他的伪善面目完全被拆穿，他再也无法博得读者的同情和认可，显然形成价值/判断轴上的不充分判断。

再次，知识/感知轴上的不可靠的叙述。亨伯特对自身的认知存在"误读"。亨伯特认为自己外表英俊，内心温柔，是少女洛丽塔的心仪对象，他甚至认为自己的外貌酷似洛丽塔喜爱的某位明星，自己迷人的外表已经完全深深地迷住了洛丽塔；而事实上，洛丽塔只是利用亨伯特来弥补其人生中缺少父爱的缺憾。在形成逃走的念头后，洛丽塔更是以赚取金钱为目的整日虚情假意地委身于亨伯特，表面上十分顺从亨伯特，其实非常隐秘地在积蓄力量，静待逃跑的时机。如果论及吸引力，剧作家奎尔蒂对洛丽塔的吸引力要远胜于亨伯特，一方面，奎尔蒂自身带有艺术家的气质，这一点是亨伯特完全不具备的，另一方面，奎尔蒂承诺为洛丽塔提供上台表演的机会，这种机会对于崇尚消费文化的洛丽塔而言具有十足的吸引力。每个女孩都有一个明星梦，奎尔蒂恰好满足了洛丽塔作为少女的美好遐想和物质愿望。在洛丽塔被迫委身于亨伯特的日子里，她认为一切都是肮脏的，她恨透了亨伯特，然而亨伯特却错误地认定自己的魅力完全能够控制住洛丽塔，幻想着一切美好。此外，亨伯特对于自身的性格存在"欠读"。亨伯特认为自己学识渊博，才华横溢，事实上这完全是他对自身不充分的解读。亨伯特曾经闪过谋杀妻子的念头，并且打算霸占前妻的妹妹，但并未成功。在与洛丽塔的母亲结婚后，亨伯特又伺机占有洛丽塔，并最终因洛丽塔的母亲夏洛特由于车祸身亡而得逞。可见，亨伯特的头脑中充满各种卑劣龌龊的想法，与其自己妄言的知识分子形象相去甚远，显然是一种不充分解读。

纵观《红楼梦》与《洛丽塔》中的不可靠的叙述，二者虽然都在费伦的三个轴上划分出六种不可靠叙述的类型，然而二者的不可靠叙述仍然在叙事目的和叙事效果方面存在一些差异。《洛丽塔》的不可靠叙述主要针对叙述者与隐含作者的关系展开，而《红楼梦》中的叙述则在此基础上还包含另一层含义，即小说人物之间的评价以及小说人物对事件的评价。两部作品中的不可靠叙述产生差异的原因在于二者不可靠叙述的叙述目的存在差异。《红楼梦》中的不可靠叙述不仅旨在塑造人物、揭示主题，而且旨在揭露小说创作的社会背景和文化背景。曹雪芹生活在封建王朝的"康乾盛世"，家道殷实之际也曾经锦衣玉食，呼风唤雨，然而家道中落的人生经历使其看尽了世态炎凉、人情冷暖，由此对当时的封建制度和封建思想深恶痛绝。正是在曹雪芹对封建制度和封建思想冷静思考和客观认识的前提下，才成就了这部传世名著《红楼梦》，对封建制度和封建思想进行了大力抨击。尽管曹雪芹由于自身境遇已经对封建制度和封建思想深恶痛绝，但是毕竟其自身也是封建制度下的产物，也曾经被封建思想教化多年，因此身处封建社会的曹雪芹不可能完全摆脱封建束缚，也不可能完全摒弃根深蒂固的封建思想，他在小说中仍然粉饰封建思想的代表人物。虽然曹雪芹也时常抨击土建制度和土建思想，驳斥封建思想禁锢下的思维方式。但是曹雪芹并不是站在封建制度和封建思想对立面完全斥责或大力抨击，而是采用不可靠的叙述作为回避与封建制度和封建思想正面交锋的一种婉约的屏障。反观《洛丽塔》则是另外一种情形，虽然纳博科夫身为俄裔美国作家，但是他并没有受到根深蒂固的封建思想的束缚和影响，来到美国之后，他的创作意图完全是有感而发的，他在小说中对主题和人物的设计完全结合自身的倾向性和喜好，他对人物和事件的评价也完全依据自己内心的想法，与曹雪芹在《红楼梦》中追求的含蓄婉约的叙事目的完全不同。由此可见，虽然不可靠的叙述者是20世纪兴起的后现代西方叙述理论，在《红楼梦》创作的时代也没有形成系统的理论观点，而且不可靠的叙述在不同时代、不同时空中的叙事目的和叙事效果均存在差异，但是中国古代经典小说《红楼梦》早已将其运用于小说创作之中，因此纳博科夫小说中亦真亦假的叙述者显然蕴含了东方元素。

二、转换的叙述视角

纳博科夫十分擅长在小说中运用各种后现代叙事技巧，其中转换的叙述视角便是其中之一。纳博科夫在小说中将第一人称叙述视角、第二人称叙述视角与第三人称叙述视角杂糅，并且在多个叙述视角之间相互转换，给读者带来巨大的阅读感受和审美体验。虽然纳博科夫是美国文坛的后现代主义大师，但是他运用的转换的叙述视角与中国古典小说的手法十分契合，蕴含着丰富的东方元素。

（一）限知视角

曹雪芹巧妙地在全知全能的视角上加以限制，形成全知全能叙述者视角下的限知叙述视角。《红楼梦》的叙述者是石头，石头原本是一个全知全能的叙述者，但是石头在文中并没有一味地运用全知视角，而是巧妙地限制了自身的全知全能的权威，转而限制了自身的视点，遵循小说人物的感知和意识进行叙述，通过人物的眼睛去看，通过人物的耳朵去听，转述人物能够知晓的信息及其相应的心理变化。事实上，石头并不是一无所知，而是故意限制自身的视角，放弃全知全能的权威。比如，在十九回，宝钗偷听到了小红和坠儿的谈话，眼看要被人发现，她佯装追赶黛玉，巧妙地为自己摆脱了嫌疑。书中的叙述言尽于此，至于宝钗此举究竟是有意为之，只为嫁祸黛玉，还是无心之举，只为驱害避险，叙述者并没有仔细交代，全凭读者自己的分析和理解。在《红楼梦》中，叙述者尽量隐居幕后，使小说人物成为议论和评说的承担者，叙述者石头则发挥了隐含作者的功能。隐含作者并不等同于小说的真正作者，隐含作者只是代替作者向读者叙述小说的情节。在《红楼梦》中，叙述者石头充分扮演了隐含作者的角色，最大限度地突出小说人物的语言与行为。比如，在贾政和宝玉相互争执时，贾政丝毫不念及父子亲情，王夫人对此十分惊讶，她深知儿子是自己在家中地位的保障，于是她不禁念叨起夭折的儿子贾珠，王夫人这一举动也勾起了李纨心里的痛处。这段场景的描写并不是叙述者的声音，而是人物自身通过言语和行为向读者敞开心扉。即使叙述者没有附加任何评论和说明，读者也能够充分感知人物的内心世界所蕴藏的巨大情感力量，这也是全知视角所达不到的叙事效果。

此外，《红楼梦》的叙述者石头经常运用与读者和作者判断相悖的"泛化"。比如，虽然宝玉是作者意欲在书中颂扬的人物，而叙述者石头却多用"疯""傻""痴""狂"等词来形容宝玉；虽然王夫人、薛宝钗等人是作者意欲批判斥责的人，而叙述者却用宽厚仁慈、少言寡语等词形容作者所要批判的封建制度的代表王夫人、薛宝钗等类似人物。事实上，虽然叙述者用"疯""傻""痴""狂"等词来形容宝玉，但是宝玉的本性并非如此，他只是不会像其他秉持封建思想的人一样，运用封建礼教和大男子主义去束缚女子，而是毫无顾忌地打破封建制度下的主仆界限，与女子平等相待，对女子珍爱有加，这种行为显然与封建制度下的传统价值观背道而驰。宝玉的思想和行为显然与封建制度下男人们的价值判断相背离，宝玉极其厌恶封建男人之间的阴险毒辣，对他们的尔虞我诈嗤之以鼻，更不愿与这些势利的男人为伍，只愿意与如清流般的女子心灵相依，相互慰藉。相反，叙述者石头称王夫人宽厚仁慈，宝钗少言寡语，也并非实情。王夫人貌似一位宽厚仁慈的善心人，实则自私自利，心狠手辣。王夫人明明清楚宝玉与金钏儿事情的原委，却故意掩盖实情，因宝玉与金钏儿调情便不分青红皂白地打了金钏儿，将勾引宝玉的罪名加在金钏儿头上，并将她逐出大观园，导致金钏儿命丧黄泉；宝钗也是在温顺贤淑的脸孔下隐藏着另一副人性，内在与外表截然相反。宝钗虽然表面上和气待人，又很少说话，可是宝钗的话却绵里藏针，心机极其深重，表面上平静如水，内心里却暗流涌动，盘算极深，步步为营。

《红楼梦》所运用的限知视角具有流动性、复合性、特定性的特点。流动性是指小说的叙述视角并不局限于第一人称，而是在不同人物之间相互转换，比如黛玉初进贾府的场景，小说通过黛玉的视角来描述贾府，相应地又通过府内各色人等的视角来描述黛玉，叙述视角在不同人物之间频繁地转换，不仅写出了大观园的别样风景，同时也写出了大观园里不同人物各自的内心想法。视角的流动性避免了单一视角造成的单调与重复，既促进了情节的发展，又丰富了人物形象，在大观园这一固定的场景中折射出不同人物的心境。复合性是指作者通过多位人物的视角来推进情节，也使叙述者具有复合性，多位叙述者视角的重叠与交叉使叙述者之间形成一种呼应和对照。特定性是指作者将人物的特定视角作为情节的隐线，比如刘姥姥三进大观园，通过她的特定视角，小说完整地展现了四大家族由盛至衰的整个过程。此外，作者还通过刘姥姥的特定视角来刻画贾府的上上下下、男男女女，巧妙地通过特定视角展现小说场景及人物的全部风貌。

纳博科夫在《洛丽塔》中采用多种叙述视角，并在第一人称限知视角和第二人称限知视角之间巧妙地转换，使读者多角度地领略小说的风貌。

小说的正文部分是亨伯特在狱中所写的自白书，由于这部分主要运用第一人称限知视角，因此亨伯特既是小说的叙述者，又是小说中的人物。由于自白书具有回忆录性质，因此作为叙述者的亨伯特具有叙述自我和经验自我的双重性。首先，亨伯特的经验自我。亨伯特的经验自我是指亨伯特的角色为小说中的人物，在叙述以往的经历时不断进入经验自我的意识，引领读者进入当时经历的事件，带领读者感受亨伯特在经历事件过程中的真情实感。通过向读者敞开内心世界，亨伯特旨在最大限度地博得读者的同情，伪装出自己对洛丽塔深沉的爱，以及失去洛丽塔之后的内心痛苦。其次，亨伯特的叙述自我。亨伯特的叙述自我是指在狱中书写自白书的亨伯特。虽然亨伯特尽量引领读者回到他充满美好回忆的过去，以便博得读者的同情，但是他仍然无法掩饰叙述自我的身份，因此文中随处可见"当我记起""回过头看""今天"等表达，充分显示了亨伯特的叙述自我的身份。亨伯特通过第一人称叙述视角使读者深入他的内心世界，与其感受产生共鸣，从而使读者更容易掉入他所设计的陷阱。只有读者重读细节，才会发现自己被亨伯特误导，对亨伯特重新做出客观的判断，形成一种顿悟般的阅读体验。

在《洛丽塔》中，纳博科夫还运用了较少运用的第二人称限知视角。第二人称限知视角是常用于忏悔录的叙事方式，忏悔录是一种涉及忏悔者和忏悔对象的文体，双方叙述的明确指向性使第二人称叙述视角成为忏悔录最适宜采用的叙述视角。第二人称限知视角的使用使小说的叙述视角独具特色，不仅使小说中的人物形象更加丰富，而且使人物形象的内涵更加深刻。亨伯特使用"你"和"你们"作为第二人称叙述视角的指代词。但是无论是"你"还是"你们"，都是泛指的概念，没有固定的指称意义。亨伯特用"你们"来指称陪审团，此外，还时常用"你们"来指称读者，所指代的人总是在不断变化。在小说的结尾，当亨伯特终于找到与奎尔蒂出逃的洛丽塔时，动情地说了一番话，均采用第二人称的"你"，"忠实于你的狄克。不要让别的男人碰你。不要与陌生人搭讪。我希望你会爱你的孩子。我希望他是个男孩儿。你的那个丈夫，我希望，会永远待你好……"①通常第二人称限知视角中的"你"主要用于指代受述者或隐含作者，然而《洛丽塔》中的"你"不仅指受述者或隐含作者，而且具有广泛且丰富的含义。文中"你"的指称完全迎合叙事语境变化的需要，没有固定的指称对象，而是随着情节的变换而更换所指，其含义具有更大的包容性。此外，第二人称叙述视角具有较强的对话性，能够在叙述者与小说或读者之间架起一座沟通的桥梁。尽管如此，《洛丽塔》的第二人称叙述视角具有明显的特殊性，《洛丽塔》的第二人称"你"在叙述者与读者或人物之间架起的桥梁具有一定虚假性。由于《洛丽塔》的叙述者亨伯特同时也是小说中的人物，因此亨伯特的叙述只是一个人的独白，在整个叙述的过程中都没有与他人交流，只是通过第二人称"你"的运用使读者产生了一种亨伯特在与人交流的错觉。第一人称叙述视角与第三人称叙述视角通常可以在小说中独立使用，而第二人称叙述视角则很少在小说中独立使用，通常需要与第一人称叙述视角和第三人称叙述视角配合使用。《洛丽塔》是一部以第一人称叙述视角为主的小说，第二人称叙述视角的巧妙插入以及转换更加突出了亨伯特对话语的控制权，充分体现了纳博科夫叙事方式的精妙之处。

纳博科夫在《洛丽塔》中对限知视角的运用蕴含着丰富的东方元素，这一点在中国古典小说中完全有迹可循，中国古典小说的经典之作《红楼梦》的叙述者也曾经运用此类限知视角在文中展开叙述。

（二）全知视角

《红楼梦》也采用了第三人称叙述视角。《红楼梦》的叙述者既是限知视角的承担者，又是全知视角的承担者。虽然叙述者石头承担了全知叙述者的角色，但是石头时常在小说中隐去自己的身份。全知视角表明叙述者是全知全能的，叙述者可以从任何角度任何位置观察和叙述世界，换言之，叙述者既可以统揽故事中的群体，也可以深入某一个人物的内心世界，挖掘其思想意识和情

---

① 纳博科夫著，于晓丹译. 洛丽塔［M］. 南京：译林出版社，2000：319.

感变化。鉴于全知视角下叙述者全知全能的特点，全知全能的叙述者时常被认为具有上帝般的权威，形成一种俯瞰小说全貌的态势。由于《红楼梦》的叙述者时而隐去自己的身份，时而又显现自己全知叙述者的身份，二者相互转换，相互交织。比如，叙述者石头先以宝钗的视角描述通灵宝玉的形象，进而又解释通灵的来历，此时叙述者石头充分显示其全知全能的视角，其全知叙述者的身份暴露无遗。此外，全知叙述者可以完全洞悉小说人物的内心情感和心理状态，探索其他人物的限知和未知。比如，宝玉和黛玉虽然对彼此暗生情愫，但是由于封建礼教的束缚，双方都无法将自己的内心世界袒露给彼此，这种隐晦的状态不仅妨碍了彼此的情感交流，而且使双方无法猜透彼此的心思，就在这种小心翼翼的掩饰和迟滞的沟通中导致双方产生了许多猜忌和嫌隙，最终导致了两个人的爱情悲剧。尽管如此，作为全知全能的叙述者的石头完全能够洞悉宝玉和黛玉的心理世界，将二者的心理状态和思想变化剖析得丝丝入扣，并且对二者的心理世界评论得鞭辟入里，使读者了解得明明白白，唯有置身于其中的两个人难以拿捏其中的滋味，无法把握自己的命运。

更重要的是，《红楼梦》的全知视角以一种独特的方式呈现给大家，即小说中出现了说书人的声音。"且说""话说"等词语是说书人常用的转换场景和前后衔接的词语，叙述者以说书人的口吻多次运用上述词语转换场景。比如，小说中在进行贾府内与贾府外场景转换时时常出现说书人的声音，说书人的声音适用于全知视角，那么全知全能叙述者的身份便显露无遗了。说书人的声音是中国古代章回体小说的典型叙述方式，作为后现代主义作家的纳博科夫不会在小说中安置说书人的声音，但是纳博科夫所运用的全知视角与限知视角的结合与传统章回体小说中的说书人声音十分契合，由此可见，纳博科夫小说的叙述视角着实体现了鲜明的东方元素。

除了第一人称叙述视角和第二人称叙述视角之外，纳博科夫还在《洛丽塔》中采用了第三人称叙述视角。《洛丽塔》中所采用的第三人称叙述视角并不是真正意义上的第三人称叙述视角，而是第一人称叙述视角的变体，即以第三人称的口吻来进行第一人称叙述视角的叙述。比如，亨伯特在第三章中这样介绍阿娜贝尔，"阿娜贝尔，跟作者一样，也是个混血儿：不过她的情形是一半英国，一半荷兰"①。亨伯特不用"我"来指称自己，反而使用第三人称的"作者"来指称自己，而且在叙述中也突然由第一人称的"我"转为使用第三人称的"亨伯特"指称自己，这种人称的变化使读者与文本之间拉开距离，使读者在倾听亨伯特叙述的同时，突然有另一个声音跳到读者面前开始叙述，这种

---

① 纳博科夫著，于晓丹译. 洛丽塔 [M]. 南京：译林出版社，2000：6.

视角的变化使读者产生新鲜的阅读体验。

福斯特认为，小说可以通过转换叙述视角来扩大或缩小读者的视野，同时有效加深读者对小说文本的理解和认识。《洛丽塔》是亨伯特在狱中写下的自白书，具有回忆录的性质，因此小说应采用第一人称叙述视角，而亨伯特却在叙述中频频插入第三人称叙述视角，用"作者""亨伯特""亨伯特先生"等称呼指称自己。叙述视角的转换使亨伯特将自己视为局外人，运用第三人称叙述视角为自己辩白，这比第一人称叙述视角更具有可信性。此外，叙述视角的转换也充分体现了亨伯特的极度自恋和精神障碍。

在小说中，亨伯特不断强调自己英俊潇洒的外貌，试图通过外貌来博取读者的好感，使读者相信自己的辩解，同时也充分体现亨伯特明显的自恋倾向。此外，亨伯特在第一人称叙述视角和第三人称叙述视角之间的转换也充分体现了亨伯特的精神障碍。在小说中，亨伯特曾多次因精神分裂而入院治疗。作为一名精神分裂症患者，亨伯特的人格是分裂的。分裂的人格使他缺乏正确的自我意识，不清楚应该用"我"还是第三人称代词来指代自己，他时而觉得自己是亨伯特，时而又觉得自己是亨伯特以外的某个人，于是他在"我"和"他"之间游移不定。亨伯特在人格分裂的状态下形成了独特的自我意识，在叙述中时常出现时空倒错等现象。虽然这只是亨伯特人格分裂的表现，但却恰好与后现代主义的叙事技巧不谋而合。后现代主义小说经常运用多重转换的叙述视角和倒错的时空叙事向读者展现小说的情节，给读者以独特的阅读体验。

三、并置的叙事时空

小说的叙事时间与叙事空间相互依存，叙事时间是叙事空间的前提，空间叙事的完成必须依靠时间叙事的支撑。[①]在纳博科夫的后现代主义小说中，叙事时间与叙事空间完美融合，与中国古典小说中并置的叙事时空形成一种隔空的契合，叙事时间与叙事空间中包含明显的东方元素。

（一）叙事时间

叙事时间是小说叙事的重要组成部分，对于小说叙事具有非常重要的价值，任何成功的小说都必须依托对叙事时间的利用。艺术源于现实，却高于现实，即使小说的虚构世界无法等同于现实的世界，清晰的叙事时间也会引领读者进入小说的故事世界，感受小说故事情节的发展和故事人物的人生悲喜。为

---

① 王丹. 纳博科夫后现代空间叙事 [J]. 解放军外国语学院学报，2013（4）：105-109.

了达到上述叙事效果，小说必须在叙事时序、叙事时距、叙事频率三个方面恰到好处，才能使读者与叙事保持恰当的距离和位置，从恰当的角度领略小说的叙事艺术。

1. 叙事时序

热奈特认为，叙事时间具有双重性，包含叙事时间和故事时间，并且二者时常在小说中表现为时序错误，比如，许多小说的叙事都将过去与现在并置，并且同时出现顺叙、倒叙和预叙的叙事手法。

在《红楼梦》中，过去、现在与未来呈现出一种非线性分布，三者并置交错，共同交织成小说的叙事时间。《红楼梦》的故事始于"现在"，而后以回忆的性质指向"过去"，并且在指向过去的过程中夹杂着"未来"。换言之，从总体的叙事框架来看，《红楼梦》是由"现在"指向"过去"的倒叙，但并不是单纯的倒叙，而是在倒叙的过程中以倒叙为主，同时将顺叙与预叙叠加使用。

在叙事时序方面，《红楼梦》在某种程度上沿用中国古典小说的叙事时序，运用顺序叙述贾、王、史、薛四大家族的兴衰与荣辱。尽管曹雪芹采用顺叙叙述四大家族的兴衰史，却主要运用倒叙来构筑整部小说的叙事结构。《红楼梦》中的倒叙也同样不是单一层次的倒叙，而是具有多层次性的倒叙。首先，作者对小说的创作采用倒叙。作者借石头境地隐喻自身境地，将石头补天失利寓为自己的仕途碌碌无为而且郁郁不得志，空有一身才华却无人欣赏，只好避世著书，远离官场的纷争。此外，作者又称《石头记》的写作初衷在于记梦，这也充分突出小说的叙事时序为倒序。在倒序的时序下，石头境地、作者境地、梦幻境地三者合一，最终指向的仍然是作者境地。其次，石头境地也采用倒叙。此层面的倒叙由女娲补天的故事发端，由石头境地进入人世境地，描写贾府的实情实景。小说叙事以创作小说的源头发端，进而倒推进入故事情节，显然是倒叙的手法。再次，人物梦境的倒叙。梦境的倒叙并不是完全的倒叙，其中还穿插顺叙和预叙。由于次层面的倒叙是由人世境地进入梦幻境地实现的，并不是单纯的回忆的展开，因此梦境层面的倒叙又独具特色。

中国古典小说的预叙主要采取多种形式，即算命、占卜、偈语等，梦境，诗词，故事性的概括，判词、灯谜、酒令等。《红楼梦》巧妙地将上述多种形式运用于小说的预叙手法之中，经过缜密安排，巧妙构思，不仅搭建了故事的框架，而且制造了情节的悬念，使小说散发出迷人的魅力。《红楼梦》在小说开篇便设置了预叙，以顽石和绛珠仙草的故事预设小说情节。此外，《红楼梦》中还多次通过算命占卦来预测人物的命运，以及通过托梦来预告小说人物的旦夕祸福以及小说情节的走向。

《洛丽塔》的叙事时序与《红楼梦》十分契合，《洛丽塔》也将过去与现在并置，在倒叙的大框架下，将顺叙与预叙叠加使用。《洛丽塔》是一部以回忆为主的小说，故事由亨伯特被关入监狱的"现在"开始，指向亨伯特与洛丽塔的"过去"，构成倒叙的叙事结构，同时在亨伯特回忆的过程中，又将顺叙与预叙叠加使用。在小说中，过去、现在与未来之间构成了一个闭合的环形，亨伯特沉湎于过去无法自拔。过去与现在的并置不仅有效地推动了情节的发展和深入，而且无形中延伸了亨伯特的回忆。

《洛丽塔》的正文部分是亨伯特在狱中所写的自白书，亨伯特在自白书中细数着自己与洛丽塔之间的故事。整个叙事以追忆为基调，倒叙亨伯特从幼年到成年的人生轨迹，即纳博科夫在倒叙的结构下，主要以顺叙叙述亨伯特的人生经历，与此同时，还在小说中将预叙与倒叙结合使用。首先，小说开篇，纳博科夫就将洛丽塔与阿娜贝尔进行对比，预叙此后亨伯特与洛丽塔相识的经历。在亨伯特与洛丽塔相遇后，亨伯特对洛丽塔的描述寓意洛丽塔就是阿娜贝尔，构成了叙事的环形，将亨伯特困顿于对少女的痴恋之中。其次，亨伯特对奎尔蒂的描写也是典型的预叙手法，亨伯特一直模糊了奎尔蒂的身份，文中有几次提到，却未明确指出，直至最终找到洛丽塔，奎尔蒂才结束若隐若现的状态，明确身份并成为亨伯特枪杀的对象。再次，纳博科夫在描述夏洛蒂时也采用了预叙，在夏洛蒂在车祸中丧生之前，亨伯特曾预叙了即将到来的不幸。预叙与倒叙的结合不仅使叙事时序更加有效地衬托故事情节，而且突出了亨伯特对过去的沉迷、痴恋与无法自拔。

2. 叙事时距

热奈特认为，叙事时距是指故事时长与文本长度之间的关系。[①] 根据叙事时间与故事时间之间的关系，热奈特将叙事时距分为停顿、场景、概要、省略四种。《红楼梦》的叙事时距主要由前三种组成，省略的运用较少。停顿是指故事时间停止，而叙事时间继续延伸[②]，主要用于描写某个定点观察的对象，以及叙事者对文本的干预。这里所指的干预是指叙述者发表评论或题外话，并不是真正意义上的叙述。准确地说，这种干预是指叙述者从自身的限知视角出发解释、评论或者与读者互动。在叙述者的干预下，故事时间停顿，故事并不向下发展，而只有叙述者持续描述或评论的声音。在《红楼梦》中，叙述者在每位人物出场时所做的描述都是典型的停顿，从神态到言语，从发饰到衣着，叙述

---

① 热拉尔·热奈特著，王文融译. 叙事话语　新叙事话语 [M]. 北京：中国社会科学出版社，1990：7.

② 热拉尔·热奈特著，王文融译. 叙事话语　新叙事话语 [M]. 北京：中国社会科学出版社，1990：26.

154

者对每个人物的描写可谓入木三分。《洛丽塔》中也运用了相同的手法，在洛丽塔出场时，亨伯特对她的描述可谓十分细致，不仅仔细描述了相貌和穿着，甚至包括十分细微的细节也观察得十分细致，比如"她光着脚，脚指甲还残留着一点儿鲜红的指甲油。大脚趾上横粘着一小条胶带"①。此时，故事时间停顿，取而代之的是亨伯特的臆想。此外，亨伯特在书写自白书的过程中也时常将叙事时间停顿，加入自己的评论，以便为自己更好地辩护。

场景是指故事时间与叙事时间具有相同的时长，一般用于描写对话或者短时间内的动作。②场景是以舞台剧的方式将人物对话呈现给读者，经常用于描写高潮迭起的情节。《红楼梦》中的场景实录主要体现在诸多人物对话以及人物的吟诗戏语之中，小说通过场景实录，使故事时间与叙述时间匀速延展，并驾齐驱，使故事情节自然地呈现在读者面前。《洛丽塔》的场景实录主要指亨伯特与洛丽塔相处的场景，比如"主角：亨伯特，哼歌者。时间：6月的星期天早上。地点：阳光明亮的客厅。道具：糖果条纹的旧书桌……"③这种类似于舞台喜剧的描写清楚地交代了场景的各个要素，更加突出亨伯特对洛丽塔的记忆十分深刻，他甚至可以准确地说出时间、地点、道具等。

概要是指叙事时间短于故事时间，用简短的句子概括某一时间段内发生的故事。④概要的作用在于为情节的铺展提供背景，并且为场景与场景的转换提供过渡。概要比较适合倒叙的手法，可以仅用只言片语便可以回顾某个人物在过去几天、几个月，甚至几年的时间内所发生的故事。比如，《红楼梦》与《洛丽塔》中都曾用较小的篇幅描写人物在较大时间跨度内的生活经历。

较比概要更为简洁的是省略，省略是指叙事时间为零而故事时间无限放大，从而使文本中的某些信息完全隐去。省略分为明省和暗省两种，前者往往指明省略的时间，而暗省则无明确指出的时间，只有通过读者在倒叙中整理出线索才能确定。在实际运用中，概要与省略的界限比较灵活。在《红楼梦》中有多处明省，比如，"三年之后""过了五年"，也有暗省，比如，王夫人因金钏儿与宝玉调情而将其逐出大观园，却对金钏儿出府之后的生活省略不提，留给读者充分的想象空间。其实金钏儿的境遇不难想象，在当时的封建社会中，一个被主子逐出府的丫头有何颜面见人，更无活路可言，最终只能走上绝路。《洛丽塔》中也在多处运用省略的手法，依据"这种情况从1935年一直持续到1939

---

① 纳博科夫，于晓丹译. 洛丽塔 [M]. 南京：译林出版社，2000：7.

② 热拉尔·热奈特著，王文融译. 叙事话语　新叙事话语 [M]. 北京：中国社会科学出版社，1990：26.

③ 纳博科夫著，于晓丹译. 洛丽塔 [M]. 南京：译林出版社，2000：88.

④ 热拉尔·热奈特著，王文融译. 叙事话语　新叙事话语 [M]. 北京：中国社会科学出版社，1990：61.

年"① 就概括了亨伯特与前妻瓦莱丽亚从结婚到离婚的过程以及原因，这种省略加快了叙事节奏，迅速为亨伯特与洛丽塔的相遇做好铺垫，等待故事真正的主人公出场。这种省略不仅没有叙述的紧张感，反而使故事情节显得更加紧凑。

3. 叙事频率

热奈特认为，叙事频率分为单一叙述、概括叙述以及重复叙述，单一叙述是指叙述一次发生一次的事件，概括叙述是指叙述一次发生多次的事件，重复叙述是指叙述多次发生一次的事件以及叙述多次发生多次的事件。② 在《红楼梦》中，曹雪芹将叙事频率控制得恰到好处，该浓墨重彩的绝不吝惜笔墨，该轻描淡写的则惜墨如金。比如，《红楼梦》中人物的生日宴、葬礼等活动多半采取单一叙事，更为重要的是，要根据人物的身份和地位来决定叙述的详略。又如，刘姥姥进大观园也是单一叙事，作者对刘姥姥每次进大观园都进行了详细的描写，只是由于后四十回有散佚，究竟刘姥姥是否还有多次进大观园，是否每一次都进行了细致描写，也无从可考。此外，红玉多次讲述自己丢帕的事件则是重复叙事频率，这与故事情节配合得十分巧妙。《红楼梦》中还存在一种重复叙述的变体，即叙述者多次叙述多次发生的事件，而叙事次数小于发生次数，比如《红楼梦》前八十回重复叙述黛玉的几次哭，黛玉的哭贯穿小说始终，显然黛玉的哭绝非仅叙述的几次而已，只是在叙述中省略了，这种省略不仅没有减损黛玉的忧伤，反而通过描述少数的这几次哭，进一步突出了黛玉的忧伤。

在《洛丽塔》中，纳博科夫将场景和停顿用于亨伯特的记忆与遐想，将概述和省略用于亨伯特的人生经历，将这种叙事时间与故事时间的反差在叙事频率的辅助下直达亨伯特病态心理的主旨。比如，描写亨伯特在公园长椅上观看女童嬉戏的场景，显然这样的事情已经多次在亨伯特身上发生，作者只是叙述一次一笔带过，却已经暗指此类事件的多次发生；又如，在亨伯特的自白书中大量出现重复叙述，用以强调自己对洛丽塔的爱，他极力为自己辩护，洗脱自己的罪名。

（二）叙事空间

《红楼梦》的叙事空间分为三个层次，即实体空间、虚化空间、梦幻空间。小说的实体空间主要指贾府，贾府实则为一个建筑群，各形各色的人物在其中各有居所，从而使人物的经历与情感与建筑群落息息相关。在大观园的诸多建筑中，怡红院、潇湘馆、馒头庵等都为读者所熟知，每一处建筑都具有特定的

---

① 纳博科夫著，于晓丹译. 洛丽塔 [M]. 南京：译林出版社，2000：12.
② 热拉尔·热奈特著，王文融译. 叙事话语　新叙事话语 [M]. 北京：中国社会科学出版社，1990：74.

空间意义。这些建筑不仅是情节发展的背景，同时也是塑造人物的坐标，以及烘托情节的空间形象。在小说中，作者放弃全知视角，转而以限知视角描写空间形象，将人物形象与空间形象有机融合，这种叙事手法与后现代空间理论十分契合。后现代空间理论认为，空间不是孤立的客观事物，而是能够被人所感知的、与人相关联的空间。比如，第三回作者通过黛玉的视角展现贾府的全貌，第六回又通过刘姥姥的视角展现贾府的全貌。由于黛玉与刘姥姥在出身、见识等方面均存在巨大差异，因此二者对贾府的描述大相径庭，这充分说明了人物与空间的关联性。此外，小说的实体空间中还包含大量场景，比如葬礼、祝寿、节日庆典、对诗等场景均展现于大观园不同的建筑之中，这也充分说明了人物与空间功能性的相互关联。

《红楼梦》的虚化空间与实体空间相对应，是以嗅觉和听觉意象构建起来的虚化空间。在虚化空间中，作者留给读者充分的想象空间，使读者通过嗅觉和听觉来补充视觉没有完成的叙述。在《红楼梦》中，作者安排了许多与香气有关的人名、地名以及情节，使整部小说的叙事空间中弥漫着鲜花、事物、香料的香气。香气成为一种意象，这种意象可以代表一种场景，反映一种心理，也可以构建一种空间，比如，秦可卿的房间中充满俗气的脂粉香，暗指秦氏奢华靡费的生活和低俗的地位；王熙凤的房间中则是高贵的香气，暗指王熙凤在府中的地位尊贵；宝玉的怡红院则是暖香，暗指宝玉温暖体贴；黛玉的潇湘馆则是奇香，暗指黛玉格格不入的个性。每一种香气代表一个场景，反映一个人物性格，交织构成小说的叙述空间。此外，作者还通过声音意象来构筑虚化空间，比如王熙凤总是人未至，声先到，她的声音在贾府这个等级森严的空间中具有绝对的权威性，同时也充分说明了声音意象对虚化空间的构建作用。

《红楼梦》的梦幻空间是指人的梦境所构成的太虚幻境。宝玉梦游太虚幻境，将小说的梦幻空间与实体空间关联起来，同时也颠覆了实体空间。小说的第一回甄士隐入梦看见标有太虚幻境的石牌坊，以及牌坊上的对联"假作真时真亦假，无为有处有还无"。随后第五回宝玉入梦也看见甄士隐在梦境中所见到的一切，两个完全不同的人在不同的时间和不同的地点进入相同的梦幻空间，意在表明梦幻空间是现实空间的影射，虽然具有相当的主观性，却是现实空间的真实写照。

《洛丽塔》的叙事空间也分为三个层次，而且与《红楼梦》的叙事空间的三个层次相对应，即现实空间、记忆空间和彼岸世界。现实空间与《红楼梦》中的实体空间相对应，是指亨伯特和洛丽塔生活的现实空间。亨伯特为了掩饰自己与洛丽塔的不伦关系，带着洛丽塔穿越美国各州，亨伯特与洛丽塔的旅行只有起点，却没有终点，事实上这场逃亡般的旅行根本不会有终点。如果一定要为这场旅行设计一个终点的话，那么这个终点便会是死亡。在两年多的旅行中，亨伯特与洛丽塔穿行于美国各大公路之间，住在多个汽车旅馆之中，亨伯特试图通过这种不断逃离的方式隔绝洛丽塔与外界的所有联系，将洛丽塔占为己有，然而他始终无法摆脱奎尔蒂的追踪，直至洛丽塔成功逃脱与奎尔蒂私奔，亨伯特才发现自己永远地失去了洛丽塔。与《红楼梦》一样，《洛丽塔》中的空间也并非单纯的客观事物，而是与人物的活动息息相关，作者通过人物的视角来观察不同的空间，比如，家长眼中的营地活动与孩子眼中的营地活动完全不同，家长认为营地的环境可以给孩子提供很好的锻炼机会，而孩子们却将其视为远离家长的束缚，独自去玩耍的最佳场所。此外，作者还通过描写亨伯特与洛丽塔在不同汽车旅馆场景之间的转换来表明流亡生活的特点，以及在流亡生活状态下流亡者与生存空间的相互关联。

《洛丽塔》的记忆空间是指亨伯特的回忆世界，与《红楼梦》中的虚幻空间相对应。《红楼梦》中的虚幻世界以嗅觉和听觉为意象构建而成，而亨伯特的回忆世界则以阿娜贝尔和洛丽塔的意象搭建而成。纳博科夫认为，时间是一座环形监狱，人们无法回到过去，也无法通向未来，只能困在当下，然而亨伯特却困顿于自己的回忆之中无法自拔。阿娜贝尔因早年夭折而停留在时间岛屿上，而亨伯特的时间岛屿并未停滞，可是他完全没有意识到这个时间规律，物理时间丝毫没有停滞，停滞的只是亨伯特的心理时间，因此亨伯特依然可悲地执着于少年时的阿娜贝尔，阿娜贝尔也成为构筑亨伯特回忆世界的主要意象。为了维护自己的回忆世界，亨伯特妄图以洛丽塔取代阿娜贝尔，然而这只是他的妄想，回忆中的人物和事件永远无法取代，无法弥补。当亨伯特再次见到已经不再是宁芙的洛丽塔时，亨伯特终于明白洛丽塔再也无法弥补他失去阿娜贝尔的缺憾。他把这一切归罪于奎尔蒂，并将其谋杀。在狱中，亨伯特写下自白书，尽管他极力为自己辩白，但他仍然深陷于对洛丽塔的痴迷之中，仍然深陷于自己虚幻的回忆空间中无法自拔。

《洛丽塔》的彼岸世界是指超越人的意识和人类时空的空间世界。彼岸世界以一种永恒的状态存在，无论人们付出怎样的努力，也无法在现实中到达彼岸世界，人们只有通过梦境、命运，甚至死亡等手段摆脱"此岸世界"后，才能真正到达彼岸世界，梦境与命运虚无缥缈，死亡又无法尝试，因此人们在现实世界中永远无法到达彼岸世界，亨伯特所追求的与阿娜贝尔共同度过的童年的美好时光，以及阿娜贝尔所停留的那个永恒的时间岛屿即为亨伯特的彼岸世界。这个彼岸世界永远地停留在那里，尽管亨伯特极度渴望，却永远不可能到达，只有在他的现实生命终止之后，他才可以摆脱此岸世界的束缚，奔向他一直渴望的、阿娜贝尔所生活的彼岸世界。《洛丽塔》的彼岸世界与《红楼梦》中的梦幻空间相对应，《红楼梦》中的实体空间是现实的、具体的，为"此岸世界"，虚化空间与梦幻空间超越现实，是虚化的梦幻空间，即为"彼岸世界"。在小说中，实境与虚境相结合，共同构筑小说的叙事空间。《洛丽塔》的叙事空间也是"此岸世界"与"彼岸世界"的相互融合，现实空间为实境，为"此岸世界"，亨伯特的回忆空间与彼岸世界则为虚化的空间，为"彼岸世界"。

四、暗中行走的伏线

《红楼梦》堪称中国古典小说的经典，曹雪芹在小说中采用了灵活多样的叙事手法，包括全知视角与限知视角的相互转换，可靠的叙述者与不可靠的叙述者的交替变换，倒叙、顺叙与预叙的交替使用，因交错使用而产生的时间错位，以及由实体空间、虚幻空间和梦幻空间构成的多重叙事空间。尽管上述叙事手法成功地推进了情节的铺展，有效地烘托了大观园中形形色色的人物形象，然而《红楼梦》的叙事手法堪称巅峰的是小说中伏笔的运用。曹雪芹通过伏笔的运用，将小说中的情节与人物有机地关联起来，使小说的叙事浑然一体。《洛丽塔》是纳博科夫的经典作品之一，虽然它是一部典型的后现代主义小说，但是纳博科夫在《洛丽塔》的叙事中运用了大量中国古典小说所采用的伏笔手法，这些伏笔的运用充分凸显了纳博科夫小说叙事中蕴含的东方元素。

（一）草蛇灰线

"草蛇灰线"是中国古典小说常用的叙事手法，这种叙事手法使作品前后的情节发展相互映射，使主题更加突出。"草蛇灰线"犹如行文中一条若隐若现的痕迹，在暗中勾连不同的情节，推进情节的发展，此外"草蛇灰线"还具有寓言性质，还时常在情节进展中留一丝蛛丝马迹，赋予小说深远的意义。

梁归智先生认为，"草蛇灰线"涉及"草蛇"和"灰线"两个比喻，以此为名其一是指蛇因无脚而不会在草地上留下脚印，只会在草地上留下模糊的身体滑过草地的痕迹；其二是指缝衣服的线因其自身又细又轻，只会在滑过炉灰时留下难以明辨的痕迹。由上述两个比喻可知，"草蛇灰线"是指小说前文中为后文留置的伏笔，故又称"草蛇灰线，伏脉千里"，意指小说叙事的前后照应。"草蛇灰线"表面上看似无心之笔，实则若隐若现，前后接续，使整部小说前后暗合，节奏紧凑，引人入胜。根据学者的权威划分，"草蛇灰线"主要以五种形式呈现出来，分别是谐音法、谶语法、影射法、引文法、典故法。在上述五种形式中，谶语法和影射法在《红楼梦》中的运用最为丰富。值得一提的是，这五种形式在《洛丽塔》的叙事中也分别有迹可循。

1. 谐音法

谐音法是指通过谐音来制造伏笔的叙事效果，通常运用小说人物的姓名、地名等来达到谐音的效果。汉字的特点是单音字节，此特点使汉字中存在许多同音不同字的单字或词语，这为谐音法的运用提供了相当的便利条件。在《红楼梦》中，谐音法主要体现在人物的姓名中。第一回中出场的两个人物贾雨村和甄士隐的名字均为谐音，"甄"谐音"真"，"贾"谐音"假"，暗示尽管小说的叙述亦真亦假，但从总体上而言，小说仍然以曹雪芹的家族故事的人生经历为素材，具有真实性。贾府的四位小姐的名字分别为元春、迎春、惜春、探春，四位小姐的名字的谐音在脂批中已有定论，即谐音"原应叹息"，暗示四位小姐最终的悲剧结局。此外，甄府的丫头娇杏的名字谐音"侥幸"，因娇杏偶然两次回头与贾雨村目光相接，贾雨村便认为娇杏对自己怀有情意，于是在自己飞黄腾达后立刻将娇杏娶进门，碰巧贾雨村的正室夫人过世，娇杏便稳坐了知府夫人的位置。一个丫头只因两次无意间的回眸竟然摇身一变做了知府夫人，这才是真正侥幸。

《洛丽塔》中也在多处运用了谐音法。《洛丽塔》中有许多人名和地名都运用了谐音法。在小说中，主人公亨伯特和洛丽塔都具有多个名字，亨伯特还为自己设计了几个绰号。亨伯特为自己设计的笔名之一是"亨·亨"，这个名字明显在谐音病人的呻吟声，显然在暗示亨伯特是一名曾多次入院治疗的精神病患者。洛丽塔的名字也具有明显的暗示作用，"早晨，她是洛，平凡的洛；……她是穿着宽松裤子的洛拉。在学校里她是多莉。正式签名时，她是多洛蕾丝。"[①]无论周围的人怎样称呼她，洛丽塔的真正姓名为多洛蕾丝·黑兹，多洛蕾丝的英文为dolores，该词的拉丁语词源为dolor，意为"悲伤，忧伤"，洛丽塔的姓黑兹英文为haze，意为迷雾，洛丽塔的名字暗示洛丽塔的人生注定是忧伤而且迷茫的，在母亲因车祸去世后，洛丽塔失去了唯一的生活来源和依靠，此时亨伯特借此机会，狡猾地取得洛丽塔的抚养权。洛丽塔孤立无援，别无选择，只能委身于亨伯特这个实则不合法的继父。尽管洛丽塔对这种肮脏的不伦关系感到厌恶与痛苦，却不知道自己如果离开亨伯特应该如何维持自己的生活，洛丽塔的人生痛苦而且迷茫。同时，洛丽塔名字的谐音也在暗示亨伯特人生的痛苦和迷茫，他用尽各种手段占有洛丽塔的肉体，限制洛丽塔的自由，却无法得到洛丽塔的心，还要时刻躲避法律的制裁和一个不知名的影子的追踪。此外，奎尔蒂的名字也是谐音。奎尔蒂的名字英文是Quilty，与英语中"罪恶"（guilty）一词仅相差一个字母的大小写；而且读音相同。guilty在英语中意为有罪的，暗

---

① 纳博科夫著，于晓丹译. 洛丽塔［M］. 南京：译林出版社，2000：3.

指奎尔蒂是罪恶的人。对于亨伯特而言，奎尔蒂专门编写色情剧本，拐走洛丽塔，简直是一个十恶不赦的人，因此奎尔蒂的名字十分符合其人物形象。除人物姓名之外，纳博科夫还在小说中杜撰了一些地名，比如布兰克镇英文为blank，意为空白的，暗指亨伯特意识空白。

2. 谶语法

谶语原指事后应验的预言，谶语的存在是中国古代神秘文化在语言运用中的一种反映。在神秘文化的大环境下，谶语已经不单纯是一种语言现象，而是一种社会现象。虽然谶语在得到应验之前看似毫无根据，纯属妄言，却在有意无意间预示着事态未来的走向。曹雪芹将谶语运用于《红楼梦》之中，用于前后情节的勾连。在《红楼梦》中，曹雪芹分别运用了诗谶、谜谶、戏谶、语谶四种形式。

（1）诗谶

在《红楼梦》的第五回中，贾宝玉梦游太虚幻境，他看到图册判词正册、副册十四首，十四首判词分别隐喻了金陵十二钗的命运。这些诗句带有明显的预言色彩，预示着大观园中的诸位小姐最终将难逃悲剧的命运结局。从另一个角度也恰好反映了曹雪芹的宿命论，即《红楼梦》中各位人物的命运早有定数，非人力所能改变。比如"玉带林中挂，金钗雪里藏"暗指最终黛玉早亡，宝钗则过着清冷的婚姻生活，在宝玉、黛玉、宝钗的爱情中，没有人得到幸福。"湘江水逝楚云飞"则暗示史湘云的生活只闪现短暂的幸福，一切便灰飞烟灭了。"江边涕泣"则暗示探春即便聪慧过人，也无奈家道中落，世态炎凉，最终只能远嫁他乡，就此终老。"金闺花柳质"则暗示迎春误嫁他人，受尽侮辱欺凌，最终命丧黄泉，迎春的图谶画着恶狼扑向美女，也预示了迎春的悲惨结局。"终陷泥淖中"则暗示妙玉虽然气质清高，整日以青灯佛影为伴，却最终难逃贾府败落带来的厄运，颠沛流离。"堪破三春景"则暗示惜春在家道中落后看破红尘，潜心向佛。"机关算尽太聪明，反误了卿卿性命"则暗示王熙凤算计了一辈子最后不仅自己要搭上性命，最后自己的女儿还要依靠自己曾经周济过的穷苦的刘姥姥来搭救，最终嫁给刘姥姥的孙子板儿，远离富贵，做一个平凡的农妇。金陵十二钗正册、副册、又副册以及《红楼梦》曲十四首道尽了金陵十二钗的悲惨命运，成为推动金陵十二钗命运的命运之手，同时也为小说的情节深深地埋下伏笔。

此外，作者还多次运用诗词来预示小说中人物的命运。比如，"玉碗金盆贮以狗矢（屎）"①是暗示香菱错配给薛蟠做妾，遭到正室夏金桂的嫉妒，受尽夏金

---

① 一粟编. 古典文学研究资料汇编　红楼梦卷［M］. 北京：中华书局，1985：67.

桂的百般凌辱，最终含恨而死。与香菱的悲剧命运相比，甄家的丫鬟娇杏则是"命运两济"，从丫鬟一跃成为贾雨村知府的正室夫人。《好了歌》中的"忽荣忽枯、忽丽忽朽"则是对荣府和宁府由盛及衰的暗示。"霁月难逢，彩云易散"则暗示袭人嫁给蒋玉菡的不幸婚姻以及悲剧结局。

小说中人物也经常吟诗作赋来喻指自己的命运，最典型的即为黛玉的《葬花吟》。虽然这首《葬花吟》是黛玉对眼前处境的触景生情，但却在冥冥之中暗示了自己的悲剧结局。由于病魔缠身，身体羸弱，纵然与宝玉儿女情长，也无法与宝玉结为夫妻，只能整日郁郁寡欢，英年早逝。"一朝春尽红颜老，花落人亡两不知"既是黛玉在悼念落花，也是黛玉在悼念自己，花的命运与人的命运融为一体，道出了荣华富贵的生活下，黛玉的孤苦无依。《红楼梦》中的诗词已经成为小说叙事不可或缺的部分，它不仅勾画出人物的命运，而且使小说的情节更加紧凑。

（2）谜谶

谜谶是指小说中人物在其所做的谜语中暗示自身的命运。在《红楼梦》第二十二回中，众人皆作灯谜以助节日兴致，灯谜的谜底皆为谶语，元春的灯谜是"一声震得人方恐，回首相看已化灰"，灯谜的谜底是爆竹，爆竹暗示元春虽然现在身居高位，但是伴君如伴虎，稍有不慎便会失去眼前的权威和实力，像爆竹一般灰飞烟灭。迎春的谜语是"天运人功理不穷，有运无功也难逢。因何镇日乱纷纷，只为阴阳数不同"，谜语的谜底是算盘。这里的"天运"是指人的命运与命数，纵然贾赦认为自己将女儿嫁得划算，可是万万没想到的是引狼入室，最后让迎春命丧黄泉。探春的谜底是风筝，暗指探春最终的结局是远嫁他乡，像断了线的风筝，飞向远处便再也无法归来。惜春谜语的谜底则是佛前海灯，暗指惜春最终削发为尼，孤灯佛影为伴，了此残生。

（3）戏谶

戏谶是指通过人物所点的戏码来暗指人物的命运。《红楼梦》第十七回，元春省亲，共点了四出戏，分别是《一捧雪》《长生殿》《邯郸梦》《牡丹亭》。根据脂批，这四出戏皆有所指，《一捧雪》暗指贾家大厦终将倾覆，《长生殿》暗指元妃之死，《邯郸梦》暗指甄宝玉送玉，《牡丹亭》则暗指黛玉的早亡。从表面上，这四出戏只是元春随手点来给大家助兴的戏，却在暗中推动情节的发展。第二十九回，贾母前往清虚观祭神，贾珍拈了三出戏，分别是《白蛇记》《满床笏》《南柯梦》，三出戏皆暗示贾府纵然一时得势，却不会永远富贵荣华，终有一天要由盛转衰，家道败落。

（4）语谶

语谶是指通过小说中人物的对话来预示人物的命运。《红楼梦》第二十八回，薛蟠的酒令是"女儿悲，嫁了个男人是乌龟"，结果夏金桂嫁给薛蟠后，真让薛蟠成了乌龟。第三十回，金钏儿说"金簪子掉在井里头——有你的只是有你的"，虽然这只是一句玩笑话，但是金钏儿在被王夫人赶出大观园后不堪凌辱，真的投井自尽了，应验了自己之前的玩笑话。第六十三回，众人夜宴抽签，探春所抽之签为"瑶池仙品"，签注指明抽得此签之人必会嫁得显贵，当时众人不以为意，只是笑探春也有当王妃之心，岂料探春最终确是远嫁为外藩的王妃。黛玉所抽之签为"莫怨东风当自嗟"，暗指黛玉来到人间是为了还泪，为宝玉落泪，为自己落泪，泪干则命尽，以泪报答。袭人所抽之签为"桃红又是一年春"，暗指袭人在贾家衰败之后逃出贾府，嫁了好人家，此后过上安稳日子。《红楼梦》中的语谶大多数为小说人物的无心之语，却暗中预示着人物的命运。

《洛丽塔》也运用了谶语法，只是《洛丽塔》为后现代主义作品，运用谶语的方式与《红楼梦》存在一些差异，比如在《洛丽塔》中不会具体地出现诗谶、戏谶和谜谶，而是以另一种形式表达谶语的含义。在《洛丽塔》中，纳博科夫安排诸多数字构成谶语，第一组巧合的数字是两组车牌号，第一组是"WS1564和SH1616"，第二组是"Q32888和CQ88322"，第一组车牌的WS暗示William Shakespeare姓名的首字母，SH则暗示Shakespeare开头的两个字母，1564为莎士比亚出生的年份，而1616则是莎士比亚逝世的年份。第二组车牌的Q暗示Quilty的首字母，更为巧合的是，第二组中两个车牌的十个数字相加之和为52，52既暗示亨伯特与洛丽塔在美国各州旅行52周的时间，又暗示前言中叙述者雷博士所指出的亨伯特、洛丽塔以及奎尔蒂均死于1952年。这组数字的设计十分精巧，纳博科夫通过车牌号暗示亨伯特与洛丽塔将要旅行的时间，同时也暗示出两人最终的命运结局，一个小小的车牌号预示出小说人物的人生大命运，这是典型的谶语。另一个具有谶语作用的数字是342。342是洛丽塔位于草坪街的家的门牌号，同时也是亨伯特与洛丽塔旅行中居住的"着魔的猎人"旅馆的房间号，也是亨伯特与洛丽塔在旅行中落脚的各种旅馆的总数。当342这个数字最初出现在洛丽塔家的门牌号上的时候，读者不会留意这个看似平常的数字，但是这个数字中却暗藏玄机，它甚至预示着未来亨伯特和洛丽塔命运的走向，纳博科夫不留痕迹地使一个数字成为谶语。从表面上看，这些数字只是一种巧合，事实上，这些数字的巧合暗示着亨伯特根本无法摆脱命运的安排，无论他怎样躲避，奎尔蒂都可以根据线索找到他和洛丽塔，然后伺机帮助洛丽塔逃离亨伯特的魔爪。无论亨伯特怎样努力，他永远无法真正得到洛丽塔，洛丽塔也无法永远保持为他心中的宁芙，更无法满足亨伯特的臆想，替代他心中永恒的阿娜贝尔。

3. 影射法

影射法主要分为两种形式，即人物之间的相互影射以及以物影射人的象征性影射。人物之间的影射是指两个人物命运相同，经历相似，互为影射；以物影射人是指具有象征性的意象对人物的影射。

（1）人物之间的影射

在《红楼梦》中有几对人物具有相互影射的关系，比如秦可卿与鸳鸯，司棋与尤三姐，藕官与宝玉，晴雯与黛玉。秦可卿与鸳鸯存在人物影射对应的关系。秦可卿之死因书中并未明确找出，只是叙述秦可卿之死令公公贾珍痛心疾首，并未指明贾珍与儿媳妇之间的不伦关系，至于贾珍的淫乱也并未直接指出，而是在十二回中用贾瑞的淫乱影射贾珍的淫乱。结合鸳鸯之死，鸳鸯为上吊自缢，根据民间说法，上吊之人必是受到鬼魂的勾引才上吊自缢。鸳鸯之所以自缢是由于受到贾赦的逼迫，这恰好影射秦可卿之死是由于受到贾珍的逼迫，二者之死在情节上互为影射。

司棋与尤三姐也构成了一对影射关系。尤三姐与柳湘莲相爱，一心等待柳湘莲来娶，纵然贾珍、贾琏使尽手段，尤三姐依然不为所动，发誓等柳湘莲来娶，可是柳湘莲偏偏听信了谗言，误认为尤三姐是水性杨花之人，尤三姐万念俱灰，拔剑自刎，此时柳湘莲方才醒悟，无奈为时已晚，只能从此了却尘缘，一心向佛。尤三姐是一位性格刚烈的女子，为了爱情坚贞不屈。第七十一回同样描写了一位刚烈的女子丫鬟司棋。因司棋写给潘又安表达爱意的信物在抄检时被搜出，司棋被赶出了大观园。后来，潘又安故意衣衫褴褛地来到司棋家里提亲，以作试探，遭到司棋母亲嫌弃，司棋情急中撞死当场，潘又安又悔又恨，拿出银两装殓了司棋，又为自己备好了棺材，自杀殉情。尤三姐与柳湘莲的爱情和司棋与潘又安的爱情相互影射，两位都是敢爱敢恨的奇女子，都执着于自己的爱情，却无法挣脱封建礼教的束缚，以殉情告终。

宝玉和藕官也是相互影射的关系。宝玉散步时偶遇藕官在树下烧纸钱，细问才知道藕官是为菂官烧纸钱，两人相亲相爱，而菂官却撒手人寰，现在藕官与蕊官倒也相亲相爱，觉得自己不忘以前对菂官的情也算对得起菂官。这一情节恰好与宝玉与黛玉的感情互为影射，黛玉死后，宝玉伤心欲绝，大病一场，病中的宝玉见宝钗温柔体贴，又想起藕官的话，也就接受了宝钗。晴雯与黛玉也互为影射，晴雯与黛玉的长相有几分相似，性格也十分相似，她们都自恃甚高，不愿与庸俗之人为伍，晴雯之死也暗示了黛玉的结局，尤其在宝玉为晴雯所写的判词中更是暗示黛玉的命运。

（2）以物影射人

在《红楼梦》中，花、风、风筝等物品皆可以象征人物及其命运，比如桃花象征黛玉，用桃花喻指黛玉在诸多方面都十分契合。其一，桃花对生命以及时节的反应都十分敏锐，黛玉一直病魔缠身，对生命的意识尤其强烈，而且其病症受节气影响，因此黛玉也具有较强的时节意识；其二，桃花在文人墨客的笔下一直是才情的象征，这与黛玉饱读诗书的才华十分契合；其三，桃花的颜色为桃红色，这恰恰是病中的林黛玉的气色；其四，桃花的特质与黛玉的人生经历十分契合，桃花虽然盛开时灿烂美艳，但是花期短，容易凋谢，桃花的这一特质正是喻指黛玉屡弱的身体，犹如桃花随时有可能凋零，这也是黛玉葬花时不禁悲从心中来的原因之一；其五，桃花喻指黛玉与宝玉的爱情，桃花见证了两人的爱情，桃花盛开时，两人充满柔情蜜意，当桃花开始飘落，两人的爱情也即将走向坟墓，当宝玉决定迎娶宝钗时，黛玉彻底心碎，将桃花和爱情同时埋进坟墓。

梨花则象征宝钗，用梨花喻指宝钗及其命运十分契合。其一，宝钗进入大观园后便住在梨香院，从此与梨花结下缘分。其二，梨花清淡丰腴，与宝钗之美十分契合。与黛玉不同，宝钗之美美在淡雅、丰腴，与梨花十分相配。宝钗平日里不喜欢过分打扮，甚至很少佩戴花饰或者涂脂抹粉，衣着也朴素得体，屋内摆设也毫不奢华，完全没有富家小姐的奢靡与骄横。其三，梨花纯净温和，与宝钗的温和的品性十分契合。宝钗平日里喜欢做女红，是一位温柔贤惠的女子，宝钗虽也是饱读诗书，却不像黛玉整日手不释卷，清高孤傲，给人一种难以接近的感觉。虽然宝钗性格中也有世故的一面，但是她并不是心机深重之人，只是在偌大的大观园中明哲保身，与众人打成一片，宝钗温柔贤惠的性格也是她能够最终得到长辈认可，与宝玉结为夫妇的原因。

风原本是一种自然现象，但是曹雪芹在《红楼梦》中巧妙地将风与情节相结合，影射故事人物，渲染人物心境，喻指最终的归宿。秦可卿卧病在床时，风便如约而至，见风起时，王熙凤随口说了句"天有不测风云"①，秦可卿便真的一病不起，撒手人寰了。王熙凤游园时突然感到"西风乍紧"②，给人一种突如其来的紧张感，"园内花招绣带，柳拂香风"③又表示阴霾散尽，雨过天晴，贾府依然繁盛。七十五回中秋赏月时，王夫人向贾母回话："都已经预备下了，不知老太太拣哪里好，只是园子空，夜晚风冷。"④此处"风冷"影射贾府中人已经隐隐感受到自己的地位岌岌可危，冷风象征着贾府濒临破败的现状。七十六回中王夫人和鸳鸯再次提到风冷，更加凸显贾府破败之前的凄凉。王熙凤本不会

① 曹雪芹、高鹗著. 红楼梦［M］. 北京：人民文学出版社，1996：151.
② 曹雪芹、高鹗著. 红楼梦［M］. 北京：人民文学出版社，1996：155.
③ 曹雪芹、高鹗著. 红楼梦［M］. 北京：人民文学出版社，1996：1043.
④ 曹雪芹、高鹗著. 红楼梦［M］. 北京：人民文学出版社，1996：151.

吟诗，却吟出"一夜北风紧"①，直让人觉得寒气透骨，"北风"本已寒冷至极，再加上"北风紧"，更是摧杀万物，象征着贾府即将倾覆。

风筝也是《红楼梦》中主要的意象，全书共有十七处提及风筝，每一处风筝意象都在影射人物的性格。古人放风筝意指放走晦气，林黛玉加入放风筝的行列就是想让自己也消消晦气，让缠绕自己已久的病痛能够消除，这也是当时封建文化的一种反映，总是诉诸于一种力量来解释无法解释的现象。宝钗所放风筝为七只大雁相连而成的风筝，大雁意指婚姻，七为单数，七只大雁意指宝钗在与宝玉结婚后的婚姻生活并不幸福，孤苦伶仃，十分凄苦。探春的风筝则断了线，意指探春随后远嫁他乡，像一只断了线的风筝漂泊异乡，再也无法回到故土与亲人团聚。

《洛丽塔》中也运用了大量的影射法。与《红楼梦》的用法相同，《洛丽塔》中的影射法也分为人物对人物的影射以及物对人物的影射。《洛丽塔》中人物的相互影射主要指阿娜贝尔与洛丽塔，以及亨伯特与奎尔蒂的相互影射。首先，阿娜贝尔与洛丽塔相互影射。阿娜贝尔是亨伯特记忆中的宁芙，而洛丽塔是亨伯特现实生活中的宁芙，二者都是亨伯特追求的宁芙，只是一个永远停留在时间岛屿上，而另一个则牢牢控制在亨伯特的手中。尽管亨伯特极力寻找阿娜贝尔和洛丽塔，但是最终都没有得到，阿娜贝尔的夭折使其永远地活在亨伯特的回忆里，而洛丽塔也在奎尔蒂的帮助下挣脱了亨伯特的束缚。其次，亨伯特和奎尔蒂也为互为影射的关系，亨伯特与奎尔蒂都是洛丽塔的追逐者，而且他们都不是真心爱洛丽塔，亨伯特只想让洛丽塔成为阿娜贝尔的替代品，而奎尔蒂只想让洛丽塔拍摄色情片为自己赚钱。在长达52周的旅行中，奎尔蒂始终如影子般跟随着他们，伺机带走洛丽塔，最终奎尔蒂也抛弃了洛丽塔，使洛丽塔沦落为嫁给一个穷小子的家庭妇女，因难产而死去，同时奎尔蒂也被亨伯特枪杀。亨伯特与奎尔蒂具有许多相似之处，他们具有相似的心理，阴暗、自私、冷酷无情，这一点不仅反映在他们对待洛丽塔的态度上，而且反映在他们对待彼此的态度上。在最后亨伯特枪杀奎尔蒂的场面中，两人扭打在一起，无法分辨彼此。亨伯特希望通过杀死奎尔蒂来使自己得到解脱，然而在奎尔蒂死后，亨伯特发现自己仍然充满罪恶感，因此他留在原地等待警察的到来，陷入痛苦和无助之中。

《洛丽塔》中存在多处事物对人物命运的影射，包括狗、镜子、蝴蝶、剧院、监狱、死亡等。狗是小说中重要的意象，小说中第一次出现狗的意象是在洛丽塔的家门口，亨伯特差点撞到一条乡下狗；第二次出现狗的意象是在亨伯

---

① 曹雪芹、高鹗著. 红楼梦 [M]. 北京：人民文学出版社，1996：667.

特发现夏洛蒂在翻看他的日记时，一条狗正准备袭击亨伯特，暗指将要有大事发生；狗的意象第三次出场是在夏洛蒂发生车祸时，司机正是为了躲闪一条狗才导致撞上了夏洛蒂。由此可见，狗的意象影射夏洛蒂的死亡是注定的，只有她的死亡才可以使亨伯特占有洛丽塔的情节成为可能。狗的英文单词dog颠倒过来便是god，即上帝的意思，喻指狗的出现是上帝的安排。

镜子也是小说中十分重要的意象。在亨伯特与洛丽塔来到"着魔的猎人"旅馆时，到处都挂着一面镜子，甚至包括浴室门上和壁橱门上也分别挂着一面镜子，而且每面镜子都会映照出一张双人床。镜子所映照出的双人床暗示亨伯特与洛丽塔之间的乱伦关系，此外，镜子本身的明亮更加映衬出亨伯特内心的阴暗，暗示亨伯特与洛丽塔的关系没有出路，最终只会陷入泥淖，越陷越深，同时也暗示亨伯特对洛丽塔的残忍，使其堕落成折翼的天使，对其造成巨大的心灵和肉体上的伤害。

剧院也是《洛丽塔》中的重要意象。在消费文化下，洛丽塔为明星光鲜的生活所征服，幻想自己有一天能够登上舞台表演，这也是奎尔蒂对洛丽塔具有十足吸引力的原因。在小说中，剧院既暗示洛丽塔的梦想和追求，又成为亨伯特和奎尔蒂迷惑洛丽塔的手段。为了博得洛丽塔的开心，亨伯特表面上放手让洛丽塔去参演剧目，实际上目的在于牢牢地掌握洛丽塔。相反，奎尔蒂对洛丽塔的吸引力更大，奎尔蒂是一位剧作家，而且承诺让洛丽塔在新剧中出演角色，显然奎尔蒂满足了洛丽塔对表演的所有幻想，也暗示最终洛丽塔将被奎尔蒂解救出来。由于洛丽塔拒绝拍摄色情电影，奎尔蒂狠心地抛弃了洛丽塔，洛丽塔只能孤苦伶仃地生活，也暗示洛丽塔沦落为被男人利用的工具。

监狱也是《洛丽塔》中重要的意象。这里的监狱包含两层含义：现实的监狱和心灵的监狱。现实的监狱是指亨伯特因谋杀奎尔蒂而被关入的监狱，自由受到限制，等待行刑；心灵的监狱是指亨伯特始终沉迷于停留在时间岛屿上的阿娜贝尔。他对阿娜贝尔的痴恋使其将这种情感转移到洛丽塔身上，尽管亨伯特意识到自己与洛丽塔的关系不为法律所容许，也不为社会伦理所接受，但是他仍然无法摆脱对"性感少女"的痴迷，亨伯特的心灵犹如束缚在监狱中的囚徒，没有自由，也找不到解脱。

死亡也是《洛丽塔》中的重要意象。《洛丽塔》中到处为死亡的氛围所笼罩，阿娜贝尔的死，夏洛蒂的死，洛丽塔的死，奎尔蒂的死，以及亨伯特自身的死。虽然他们死亡的原因各有不同，但是死亡暗指小说中人物对生命和精神的追求。他们努力追求生活中的美好，却总在前往美好的路上被死亡打断，正如阿娜贝尔的死亡使亨伯特美好的爱情永远定格在那个时刻，成为亨伯特一生的遗憾；夏洛蒂的死亡又为亨伯特占有洛丽塔提供了便利，使洛丽塔从此陷入魔爪；洛丽塔的死亡则使亨伯特的愿望永远破灭，使亨伯特陷入极度的绝望之中，最终在狱中写下自白书后病逝。

4. 引文法

引文法是指《红楼梦》前八十回中的某个情节能够引出此后的情节，比如，在刘姥姥第二次走进大观园时，她带着外孙板儿，偶然遇见王熙凤的女儿大姐儿，大姐儿见到板儿手中拿着一个佛手，于是非要用自己手中的柚子换板儿手中的佛手，于是两个孩子手中玩耍的物件便互换了，这一情节与后四十回中的情节遥相呼应。后四十回中，贾府败落，王熙凤十分落魄，甚至连自己的女儿也无法保护，幸好得到刘姥姥相助，拼尽全力救出巧姐儿，随后巧姐儿真的与板儿成亲，安心做一名乡下农妇。可见，四十一回中巧姐儿和板儿交换手中玩物乃暗指交换信物，喻指日后二人将结为夫妻。刘姥姥是全文的引子，通过刘姥姥三进大观园，见证了大观园由盛转衰的过程。刘姥姥每次走进大观园，故事情节便会发生重大转折，刘姥姥也因此成为推进情节的关节点。

《红楼梦》中的一僧一道也在小说中编制了一条隐线。小说开篇便指出一僧一道来到人世间，从此一僧一道在小说中时隐时现，暗中推动小说情节的发展。第一回，一僧一道托梦甄士隐讲述绛珠仙草的神话，跛足道人又用《好了歌》度化走投无路的甄士隐；第三回，林黛玉回忆自己儿时曾有一位癞头和尚为自己治病；第七回，薛宝钗则是回忆自己儿时曾有一位秃头和尚为自己看病；第八回，莺儿道出一位和尚赠予薛宝钗吉谶，并令其刻于金器之上，且与宝玉组成"金玉良缘"；第十二回，跛足道人在贾瑞将死之时为其治病，怎奈贾瑞荒淫无度，终究还是一命呜呼；第二十五回，一僧一道解除了宝玉和王熙凤误中的邪术；第二十八回，宝钗向王夫人道出自己的金锁的来历，只待寻到合适的玉与金锁相配，才是美满姻缘；第六十六回，柳湘莲在尤三姐死后万念俱灰，不再贪恋凡尘，随道人离开凡尘俗地；第一百二十回，一僧一道最后一次出现，点醒宝玉远离尘缘。一僧一道在小说中若隐若现，忽明忽暗，既与小说人物的命运息息相关，又以隐蔽的方式推动情节的发展，在情节的起伏中发挥节点的作用，承上启下，前后勾连。

《洛丽塔》中也运用了引文法，使小说情节前后勾连，相互映衬，在情节上存在诸多巧合，前面的情节能够引出后面的情节。一方面，书信在《洛丽塔》的情节发展中发挥了十分重要的作用。洛丽塔的母亲夏洛蒂通过书信向亨伯特表达爱意，在她无意中发现亨伯特的日记后，欲写信揭发亨伯特的恶劣行径，却在寄信的途中在车祸中丧生；莫娜在写给洛丽塔的信中包含了奎尔蒂身份的线索，洛丽塔也在信件中留下线索使亨伯特最终找到自己。另一方面，名称的运用也在《洛丽塔》中推动情节的发展。亨伯特与洛丽塔同居的旅馆名称为

"着魔的猎人"，而亨伯特却总是误说成"被猎的魔术师"，这与亨伯特、洛丽塔与奎尔蒂最终的命运十分巧合。虽然亨伯特认为自己犹如一名着魔的猎人追逐和控制着洛丽塔，事实上洛丽塔却并不是完全被动地受控于亨伯特，她假意委身于亨伯特以获得信任和金钱，暗地里在奎尔蒂的帮助下积蓄力量，伺机逃跑。从这个意义上看，亨伯特并不是猎人，洛丽塔也不是被动的野兽，洛丽塔通过自己与奎尔蒂的密谋，欺骗着猎人的眼睛。此外，奎尔蒂如影随形地跟踪亨伯特与洛丽塔，暗中操纵着一切，因此亨伯特并不是"着魔的猎人"，而是"被猎的魔术师"。同时，"被猎的魔术师"也在暗示奎尔蒂最终将被亨伯特这个猎人所猎杀，奎尔蒂暗中布局，如同一个魔术师一般悄悄控制着一切，尽管如此，最终还是难逃被亨伯特报复谋杀的命运。由此可见，纳博科夫在小说中涉及的巧合具有明显的宿命意识，他认为一切的巧合都是命运的安排，而且在冥冥中早有暗示，人们没有办法推动上帝之手，只有默默接受命运的安排。

5. 典故法

典故法是指将中国传统文化中的文化习俗、人情、风貌融入小说的情节之中，用以推动情节发展。《红楼梦》的第三十七回，探春说，当日娥皇女英洒泪在竹上成斑，故今斑竹又名潇湘竹。由于黛玉住在潇湘馆，又时常落泪，故称黛玉为"潇湘妃子"。如果将黛玉比作娥皇，那么史湘云便是女英，史湘云的"湘"与"潇湘妃子"的"湘"同音同字，而且史湘云的判词中也写了"湘江水逝楚云飞"，《乐中悲》曲子中的"云散高唐，水涸湘江"也充分暗示了这一点，可见黛玉为娥皇，史湘云则为女英，那么帝舜便是宝玉，此典故是在暗示此后宝玉与湘云之间的情感瓜葛。

《洛丽塔》中也运用了典故法。在小说中，亨伯特借用爱伦·坡的诗《安娜贝尔·李》来咏颂自己童年时的恋人阿娜贝尔。《安娜贝尔·李》是爱伦·坡咏颂自己英年早逝的妻子的诗歌，为了表达自己对妻子的无限思念，爱伦·坡创作了这首诗歌。亨伯特凭借阿娜贝尔与安娜贝尔名字的相似性，借爱伦·坡的诗歌表达对自己已故的恋人阿娜贝尔的思念。此外，亨伯特还借用爱伦·坡与妻子的年龄差距来使自己与洛丽塔的乱伦合理化，对于该典故的运用显然是为了满足对应性的需要。由于亨伯特与洛丽塔的不正当关系，亨伯特的这种对应无形中颠覆和深化了《安娜贝尔·李》的主题。一方面，将爱伦·坡与妻子安娜贝尔的关系与亨伯特和洛丽塔的不伦关系相对应本身就是对原诗作主题的颠覆；另一方面，亨伯特对阿娜贝尔和洛丽塔的执着追求又深化了原诗作追忆甜蜜往昔的主题。小说中还引用了另外一部作品《威廉·威尔逊》，该小说主要描述了威廉·威尔逊人格分裂的故事。由于人格分裂，威廉一直认为存在两个自己，于是他下决心杀死另外一个自己，结果竟将自己杀死，因为根本不存在另外一个自己。当威廉在滔滔不绝地表达自己的情绪时，他的所谓的另一个自我便会一言不发。纳博科夫巧妙地用威廉的两个自我来喻指亨伯特和奎尔蒂，亨伯特与奎尔蒂如影随形，正如威廉的两个自我一样，甚至二者的命运结局也与《威廉·威尔逊》的结局十分相似。在小说结尾，亨伯特与奎尔蒂扭打在一起，与《威廉·威尔逊》故事结尾的两个自我的情况十分相似。

（二）一声两歌

戚蓼生在《石头记》序中有一段描述："吾闻绛树两歌，一声在喉，一声在鼻；黄华二牍，左腕能楷，右腕能草。神乎技矣？吾未之见也。今则两歌而不分乎喉息，二牍而无区乎左右，一声也而两歌，一手也而两牍……"[①]《红楼梦》中大量运用了一声两歌的写法，小说的语言具有双重所指，同时传达两面信息，使读者看着一个方向，同时又听着另外一个方向。在《红楼梦》中，许多人物以及人物的言语、行为、思维都具有隐含之意，而且在情节的安排上也具有浮雕式的安排。值得注意的是，一声两歌并不等同于草蛇灰线，草蛇灰线是指作者在文中留下一些虽然痕迹模糊却依然有迹可循的线索，而一声两歌是指作者所写之文字，所安排之情节在具有本意的同时，还具有衍生意义，耐人寻味。从这个意义上说，草蛇灰线可与现代文学中的伏笔相对应，而一声两歌则与现代文学中的双关相对应，即指语句表面一层含义，实则含蓄地表达了另外一层含义，意义或深远含蓄，或幽默风趣，给人以无限的审美享受。

《红楼梦》中许多人名、地名均为一声两歌的用法。首先，地名具有一声两歌的叙事效果。《红楼梦》又名《石头记》，书中称石头生于大荒之地，这里的"荒"谐音"谎"，暗指石头上所记的故事一切皆为无稽之谈，书中所叙述的故事皆为虚构，在现实生活中并不存在人物原型，读者也不必归寻其真实性，只将此书当作无稽之言，从中体味作者的思绪与心境便读懂了作者的写作意图。其次，人物姓名具有一声两歌的叙事效果。从表面上看，贾雨村与甄士隐两个名字只是谐音"假语存"与"真事隐"，事实上，这两个名字的含义远不止于此。虽然贾雨村与甄士隐不是小说的主要人物，却牵动了整部小说情节的进展以及其他人物的命运。在曹雪芹生活的封建制度统治下的社会，真正有才华的有识之士难以在社会中得势，反而是趋炎附势、攀附权贵的小人十分得势，在官场中自如行走，而那些有识之士则退世或隐世，往往穷困潦倒，郁郁而终。显然甄士隐与贾雨村意指"真事隐"与"假儒存"，充分反映了当时封建统治的浮华堕落，甄士隐这样的有识之士被视为草芥，而贾雨村这样的假儒则十分得

---

① 一粟编. 古典文学研究资料汇编 红楼梦卷［M］. 北京：中华书局，1985：27.

势，占尽风光。在《红楼梦》中，甄士隐并不是代表一个人，而是代表一个群体，比如贾宝玉、黛玉、探春、妙玉等皆为甄士隐的同道中人，他们性格清高，满腹经纶，却与当时的社会格格不入；反观贾政则是道貌岸然的假儒，他黑白不分，却满口仁义道德，在官场中呼风唤雨。由此可见，甄士隐与贾雨村两个名字虽然表面上是在喻指书中叙述的真实性，实则隐晦地抨击当时黑暗的社会现实，表达作者对现实的不满以及对社会不公的愤怒。再次，书中器物名称也具有一声两歌的叙事效果。比如，太虚幻境中的茶名为"千红一窟"，酒名为"万艳同杯"，这里的"窟"与"杯"分别指"哭"与"悲"，喻指大观园中的女子最终的悲剧结局。一声两歌的写法十分符合当时的创作背景，由于当时清朝统治大兴文字狱，曹雪芹无法以直白的方式抨击封建统治者，只能以一声两歌的手法隐晦地表达全书写作的真实目的，将自己的一腔愤懑化于隐复的文字之中。

《红楼梦》中正文和余文的使用也是一声两歌用法的体现。余文是指正文以外所要传达的意义和情感，在《红楼梦》中，正文和余文相互呼应，相互融合，寓意深远。第二十五回，贾政的小妾赵姨娘利用马道婆以巫术导致宝玉和王熙凤失去心智，癫狂发作。从表面上看，这只是贾府内部的钩心斗角，事实上，作者通过揭示宝玉与王熙凤发病的真正原因在于欲望与利益，深刻地揭露和批判封建社会的腐朽，严重地质疑封建社会物质文明和精神文明存在的价值。

关于宝玉的婚事，小说中也运用了一声两歌的手法。贾家长辈最终选定宝钗与宝玉成婚，从表面上看，其中的原因在于黛玉体弱多病，而且性格孤傲，与其他人格格不入，宝钗则性格温婉，与大家相处得十分融洽。事实上，对于这桩婚姻的选择恰恰体现了贾府众人对封建制度的维护，黛玉的行事风格使其成为封建制度的对立面，她的存在搅扰了贾府的安宁，比如她一进府宝玉便发狂发痴，还摔了自己的护命宝玉；决定定下亲事时，宝玉又开始发狂，这其实不是宝玉在发狂，而是封建统治者对黛玉这样站在封建制度对立面的人的发狂。反观宝钗则是封建制度的维护者，她符合封建统治者需要臣民所具备的一切优点和素质，贾府长辈最终选择宝钗而放弃黛玉不仅代表了封建家庭对婚姻的选择，更准确地说，代表了封建统治者对入世者的选择。显然，这种选择与贾雨村和甄士隐的命运相呼应，在封建制度的统治下，无论是婚姻还是官场，能够登堂入室的只有趋炎附势的势利小人，真儒士只能受到排挤，退世、隐世，正如黛玉在这场婚姻的较量中节节败退，最终英年早逝，而宝钗则在婚姻的较量中步步为营，最终得偿所愿。

《洛丽塔》中纳博科夫运用了多处一声两歌的手法，比如洛丽塔的母亲死后，亨伯特通过向美国当局编造自己与洛丽塔的母亲的爱情故事，引导当局误认为洛丽塔是他的私生女，于是便轻而易举地获得了洛丽塔的抚养权。从表面上看，纳博科夫是在揭露亨伯特的奸诈面目，而事实上纳博科夫是在批判美国法律制度的漏洞以及当局的不负责任，仅凭一段编造出来的爱情故事，便让一个与洛丽塔毫无血缘关系的男人获得了她的抚养权，从此将魔爪伸向无辜而且无助的少女洛丽塔。

《洛丽塔》中多次提及洛丽塔及其同学的营地活动，描绘了洛丽塔及其同学借营地活动的机会，相互之间淫乱无度。洛丽塔在看到同学淫乱的行为之后，自己也和同学将小船划向小河深处，在隐蔽处行苟且之事。从表面上看，纳博科夫是在描写洛丽塔的堕落，事实上，纳博科夫是在批判美国教育的堕落。许多家长都像洛丽塔的母亲一样认为营地活动是一个很好的锻炼机会，对孩子的成长十分有利，于是积极鼓励孩子参加营地活动，但是营地活动的组织机构并没有对孩子们负责，在整个营地活动过程中组织涣散，对孩子们的活动缺乏组织和监管，使孩子们有机可乘，从而使营地活动成为孩子们远离父母约束的机会。这也从另一个侧面反映20世纪五六十年代，美国消费文化下人们的浮躁与利欲熏心，金钱至上，应有的高尚的社会价值观被废弃，人们处于一种迷茫的状态。从某种意义上说，洛丽塔正是作为消费文化的牺牲品的青少年一代的典型代表，洛丽塔经常被形形色色的商品所吸引，为了满足自己的消费需要，她宁愿委身于亨伯特，这不仅是洛丽塔个人的悲剧，同时也是当时美国社会青少年一代的群体性悲剧，也充分说明了二战后美国社会价值观的崩塌。

由此可见，一声两歌叙事手法的使用大大丰富了作品的意蕴，使作品的意义同时出击两个角度，使情节及人物意义深远。一声两歌的叙事手法扩大了作品的内涵，在平淡的表面下涌动着深刻的含义。同时，一声两歌的运用的叙事目的并不仅限于此，一声两歌还具有掩饰的作用，正如曹雪芹为了避免封建制度下的迫害，故意以粉饰太平的表面在小说中行文，实则表达对封建制度和封建思想的怒斥。

综上所述，尽管《洛丽塔》是一部后现代主义作品，但是在叙事手法上多处体现了中国古典小说的东方元素，包括真假结合的叙述者、全知与限知视角相互转换的叙述视角、交错并置的时间和空间，以及行文中所埋下的伏笔和隐线。《洛丽塔》是美国文学史上后现代主义作品的典范，《红楼梦》则代表中国古典小说的高峰。纳博科夫将这些东方元素得心应手地运用于小说叙事之中，悄无声息地将这些传统的叙事手法自然地融合到后现代小说叙事之中，堪称后现代主义叙事大师。

第五章　纳博科夫与卡佛小说叙事的同构性

纳博科夫堪称后现代主义大师，在小说中运用各种精妙的后现代主义叙事策略。尽管如此，在纳博科夫小说叙事中也蕴含着丰富的现代主义元素，其中较为突出的是极简主义风格，这与美国著名短篇小说家卡佛的叙事风格十分契合。卡佛是美国著名的短篇小说家，评论界对卡佛大多数的关注点聚焦于卡佛的极简主义写作风格及其现实主义写作风格，事实上，卡佛小说的叙事中也蕴含了丰富的后现代主义元素。卡佛进行文学创作的时代恰好是现实主义盛行的时代，他独特的生活经历赋予其小说独特的素材，因此卡佛在小说中以尖锐的笔触直击社会下层人物最深切的苦难，从现实主义的角度揭露社会现实。尽管如此，卡佛小说的叙事策略蕴含丰富的现代主义和后现代主义元素，在卡佛一贯推崇的极简主义风格下，充分彰显了后现代主义的叙事特征。纳博科夫是俄裔美国作家，两次流亡的人生经历赋予其从象征主义向后现代主义转变的创作风格，小说叙事以后现代主义风格见长。纳博科夫小说的后现代主义叙事特色鲜明，小说的叙述者、叙述视角、叙事时间与叙事空间均充分彰显了后现代主义特色。纳博科夫运用特色鲜明的后现代主义叙事手法关注社会底层小人物的疾苦，尤其是流亡者在颠沛流离的生活中所面临的远离故国的苦楚以及在异质文化下的疏离。纳博科夫以独特的叙事手法反映残酷的社会现实，描写流亡中的人物。虽然卡佛与纳博科夫隶属于不同的创作风格，但是二者的小说叙事具有同构性，不仅后现代主义叙事策略均贯穿于二者的小说叙事之中，更重要的是，二者的小说中均运用了不可靠的叙述者，服务于叙事话语的叙述视角，与叙事节奏相配合的叙事时间以及与人物交流相结合的叙事空间。

一、真假难辨的叙述者

叙述者是小说的组织者，也是作者在小说中的代言人。略萨认为，叙述者并不是现实存在的个体，而是通过叙述行为操纵叙事话语并最终形成叙事文本的实体，叙述者能够影响读者的阅读判断，牵制读者的阅读认知。小说理论家布斯认为，小说的叙述者分为可靠的叙述者和不可靠的叙述者，依据叙述者与隐含作者之间的关系进行划分。不可靠的叙述者是指价值观念和行为准则与隐含作者不一致的叙述者，隐含作者为小说作者在小说中的代言人，但是并不会显现于小说的行文之中。叙述者与隐含作者之间的联系十分紧密，叙述者由隐含作者制造，反之叙述者又引导读者理解隐含作者。不可靠的叙述者是对现实主义作品中可靠的叙述者的突破，小说不再是单纯对现实的模仿，而是借助不可靠的叙述者通过亦真亦假的叙述引领读者理清小说的线索，并且在小说中寻找小说隐含作者的痕迹，同时也引发读者的思考，辨别小说中叙述的真伪。

纳博科夫多部小说中的叙述者均为不可靠的叙述者，而且与隐含作者之间的联系也较为紧密。《洛丽塔》是纳博科夫最具争议的小说，该小说由引子、正文和后记三个部分组成，引子部分的叙述者雷博士和正文部分的叙述者亨伯特均为不可靠的叙述者。雷博士声称自己为一名编辑，毫无缘由地应亨伯特的要求为其编辑在狱中所写的手稿，但是雷博士既无法准确说明故事的来源，又无法对亨伯特做出正确的评价，叙述的内容自相矛盾，毫无逻辑，显然其叙述完全不可靠。正文部分是亨伯特的自白书，叙述者亨伯特在自己的自白书中极力为自己辩解，以便洗脱自己的罪名，将自己美化成为一个受到宁芙诱惑的伤心的中年男人。此外，亨伯特曾两次因精神病入院治疗，这表明亨伯特在病态下的叙述完全失去事物的本来面目，因此有意的辩解和无意的病态，使亨伯特完全成为不可靠的叙述者，引起读者的怀疑，使读者不信任叙述者的叙述。直到在后记部分，纳博科夫以可靠的叙述者的身份亲自登场，清楚地陈述创作小说的动机，揭示小说所讲述的故事的真实面目，并且客观、正确地评价小说中的人物，揭开小说叙述中包裹的所有谜团，读者才真正了解故事的来龙去脉和本来面目。纳博科夫在后记部分运用反讽制造隐含作者的反讽声音，嘲讽叙述者有意掩盖客观事实的行为，从而揭露雷博士和亨伯特是不可靠的叙述者。

《普宁》的叙述者也是一位不可靠的叙述者。《普宁》的主人公普宁只是受述者，没有话语权，小说的叙述者另有其人。叙述者在小说中若隐若现，与普宁的关系若即若离，始终没有一个确定的身份，因此叙述者的叙述具有明显的不可靠性。为了掩饰自身的不可靠性，《普宁》的叙述者在小说中精心伪装，通过各种手段为自己的行为辩护，努力找到各种借口和所谓的合理的解释。尽管如此，小说中仍有诸多前后矛盾之处，终究无法掩盖叙述者的不可靠性。《普宁》的叙述者与主人公普宁处于相同的故事层面，因此叙述者无法知悉普宁在叙述者视线范围之外的经历和遭遇，也无法知悉小说人物的心理变化和情感经历，当然更无法知晓主人公的梦境。在《普宁》中，不可靠的叙述者在叙述过程中表达了过多的主观成分，凭借主观臆断提供错误的信息和不充分的信息。通过传递错误的信息，叙述者既掩饰了自己与普宁并非朋友的真实关系，又掩饰了自己作为故事人物的身份，进而掩饰自己的种种恶行。在第二章中，叙述者描写普宁的妻子丽莎自杀的原因在于丽莎爱上了一个文人，直到第七章才表明自己就是那个文人。叙述者刻意掩饰身份使叙述引起读者怀疑，叙述的内容前后矛盾，使整个叙述漏洞百出，显然叙述者是不可靠的叙述者。

《微暗的火》的叙述者金波特也是一位不可靠的叙述者。首先，金波特向读者提供了不完整的甚至是错误的信息，不仅将自己美化成为一个好相处的人，而且错误地分析谢德完成诗歌的三个要素，失实地夸大自己对谢德诗歌创作所做出的贡献。其次，金波特做出了错误的价值判断。在小说中，诗人谢德讲述了自己真实的故事，是一位可靠的叙述者，金波特在小说中也讲述了一个故事，然而金波特的故事完全扭曲事实，仅从个人判断的角度出发，去解释谢德的真实的故事。为了使读者相信自己的故事，金波特有意引导读者摒弃真实的故事，相信自己为谢德的诗歌创作提供了大量素材，然而事实上谢德的诗歌单纯是一首讲述个人经历的自传体叙事诗，并没有其他不相关人物的介入，也不涉及与金波特相关联的内容。因此，面对谢德诗歌的内容，金波特在评注中不得不承认自己与谢德的诗歌创作并不相关的这一事实。金波特在前言和评注部分叙述的自相矛盾，恰恰说明了他是不可靠的叙述者。再次，金波特的感知存在误读。金波特的误读并不是有意识的歪曲或扭曲，而是一种无意识情况下的幻觉。由于金波特出现精神障碍，因此他时常产生幻觉，将自己幻想成流亡到美国的赞巴拉国王，并将自己的流亡经历融入赞巴拉国王的流亡经历。不仅如此，金波特还将自己幻想成为格拉杜斯的刺杀对象，认为自己随时处于被刺杀的危险之中，结果他自己并没有危险却导致谢德被刺杀。显然，金波特无论在事实讲述，价值判断还是感知方面均显示其叙述的不可靠性，是一位典型的不可靠的叙述者。

虽然纳博科夫小说中的不可靠的叙述者所具有的表现及其成因各不相同，但是多部小说中的不可靠的叙述者均为小说叙事发挥了十分重要的叙事作用，充分彰显纳博科夫小说后现代主义的叙事风格，一方面更加突出叙述者在小说中发挥的作用，另一方面更加明确小说的叙述者与隐含作者之间的关系。

虽然卡佛以现实主义风格见长，但是卡佛在多篇小说中均运用了不可靠的叙述者，使小说文本具有相当的不确定性。在《粗斜棉布》中，叙述者詹姆士的叙述具有明显的不可靠性。詹姆士夫妇来到社区中心参加游戏比赛，却发现原本属于自己和妻子的位置被其他人抢占，更加恶劣的是，抢占詹姆士夫妇位置的那对夫妇还在没付过钱的卡片上放了一颗豆子，将卡片据为己为。詹姆士运气不佳，输掉游戏，于是詹姆士迅速断定那对夫妇在比赛中作弊，而且詹姆士认为那对夫妇的作弊行为不仅导致自己无法赢得游戏，而且还导致自己的坏运气，造成一切都不顺利。事实上，詹姆士的判断并没有事实依据可以支撑，那对夫妇最终也没有赢得游戏，但是詹姆士并没有叙述那对夫妇没有赢得游戏的原因，也没有叙述那对夫妇与自己输掉游戏的事实关联，读者无法从詹姆士的叙述中获得任何线索。詹姆士的叙述不仅缺乏可信性，而且缺乏逻辑性，混乱无序的叙述使读者无法追寻叙述的线索，只能在混乱的状态下怀疑叙述者的叙述是否可信，但却无法证实。

《你在旧金山干了什么》的叙述者亨利·罗宾逊也是一位不可靠的叙述者。亨利是一名邮递员，职业的便利使他经常可以利用工作的机会观察生活在小镇上的人们。在观察小镇上人们的过程中，亨利带有明显的主观色彩，完全以自己的主观色彩覆盖小镇上人们的客观真实的生活，从而使其生活完全失真。客观事实已经丧失客观科学的评判标准，一切以亨利的主观评判标准为标准。亨利的思维方式传统而且保守，并且严格遵循着小镇上的传统生活方式，因此，在亨利的眼中，一切违背传统的生活方式都是错误的，一切不同于小镇上传统的生活方式都是不合理的。亨利在叙述小说中那对年轻夫妇的生活时夹杂了过多个人色彩，完全用自己认为正确的价值观套用那对年轻夫妇的生活方式。在亨利的叙述中，传统与现代的碰撞、城市与乡村的矛盾体现得淋漓尽致，一切都蒙上了亨利的主观色彩，从而使他的叙述丧失了有据可查的客观依据，其叙述的可信性大大降低。

在《家门口就有这么多水》中，叙述者"我"也是不可靠的叙述者。克莱尔是小说中的"我"，她的丈夫与朋友去河边钓鱼，却无意中在河中发现一具女尸，令人不解的是，他们并没有急于报警，而是正常钓鱼享乐，与女尸共处于同一个并不宽广的空间环境之中，直至在返回途中才报警发现女尸，于是妻子克莱尔认为丈夫就是杀害这个女人的凶手。尽管后来真正的杀人凶手落入法网，克莱尔依然怀疑自己的丈夫就是杀人凶手，夫妻二人也因此产生了诸多矛盾。克莱尔将自己的丈夫假想成杀人凶手，但是克莱尔并没有事实依据，只是凭空猜想，认为她的丈夫就是杀人凶手，显然克莱尔的叙述并不可靠。此外，克莱尔还出现了精神恍惚的现象，这种情况的出现使其叙述的可信度进一步下降，导致其叙述的内容已经难辨真伪。当克莱尔叙述卡车司机对自己图谋不轨时，读者已经不再相信克莱尔的叙述，甚至认为克莱尔的判断及其随后采取的行动都是错误的。

卡佛与纳博科夫笔下的不可靠的叙述者具有同构性。在叙事层面，二者小说中不可靠的叙述者既是小说的"讲述者"，又是小说的"写作者"，在向读者讲述故事情节的同时，实现自我塑造，使单纯的讲述行为成为艺术创造行为；在道德层面，二者小说中不可靠的叙述者虽然在道德上存在缺陷，但是他们并不是道德败坏者，基本能够达到社会对基本道德水平的要求；在认知层面，二者小说中不可靠的叙述者往往具有异乎寻常的认知方式，他们一切从自我出发，完全从主观的角度审视客观存在的人和事，在混乱无序的状态下为读者讲述故事情节，通过前后矛盾的细节引发读者对叙述可靠性的怀疑。只是纳博科夫小说中的不可靠的叙述者更加侧重欺骗和掩饰，而卡佛小说中的不可靠的叙述者则更多是由偏见而导致的不可靠的叙述。无论原因如何，二者小说中不可靠的叙述者在读者与作者之间架起一座沟通的桥梁，使作者享受创作的快乐，使读者享受追踪故事的喜悦。

二、简洁紧凑的叙述视角

叙述视角体现了叙述者与小说人物之间的距离，并且决定小说的叙事结构。一部小说可以采用某一个固定的叙述视角，也可以采用多个叙述视角，并在不同的叙述视角之间进行转换。在第一人称叙述视角下，小说的叙述者同时也是小说中的人物，其身份可以是小说故事的参与者，也可以是小说故事的旁观者，无论以哪种身份出现在小说中，叙述者的叙述都具有相当的限制性和较强的主观性。根据热奈特的聚焦分析理论，第一人称叙述视角下的叙述者为内聚焦叙述模式，叙述者从小说中某个人物的视角出发，讲述自己所见所闻的事件，其余叙述者没有经历或者没有参与的事件则不能由叙述者直接叙述，而是需要由其他人物向叙述者转述之后才能由叙述者从其视角出发讲述事件的过程，表达人物的思想，抒发人物的情感。

纳博科夫十分擅长使用第一人称叙述视角，在多部小说中均采用第一人称叙述视角，其中比较典型的小说包括《洛丽塔》《普宁》《微暗的火》。在《洛丽塔》中，纳博科夫将叙述视角与叙述声音融为一体，叙述者亨伯特是聚焦的主体，从而使聚焦者亨伯特与小说人物亨伯特合二为一，聚焦者亨伯特具有明显的叙述优势。纳博科夫引导读者从亨伯特的视角出发阅读小说，使读者更加易于接受亨伯特所提供的视觉信息，同时也为亨伯特向读者敞开内心世界提供了机会。由于小说采用第一人称叙述视角，读者不仅采用亨伯特的视角观察问题，思考问题，而且能够深入亨伯特的内心世界，明显拉近了读者与作为叙述者的亨伯特之间的距离，了解亨伯特的思想和感受。在读者拉近与亨伯特距离的同时，自然拉开了与洛丽塔的距离。当聚焦者掌握了完全话语权，聚焦对象并失支了话语权，因此洛丽塔完全丧失表达的机会，既无法向读者讲述自己真实的故事，也无法向读者表述自己的内心感受，只能任由不可靠的叙述者亨伯特凭空捏造，任由被不可靠的叙述误导读者的主观臆想。

通过运用第一人称叙述视角，亨伯特完全控制了话语权，完全以个人意识控制叙述声音，形成了完全倾向于亨伯特的叙事效果。在自白书中，亨伯特采用自白和回忆录的形式，直接将自己的情感表述出来，使自己的叙事空间无限放大，将自己的自白和内心感受充满整个叙事空间，使读者在叙事空间里完全为他的叙述所左右，即使对他的叙述半信半疑，也会对他的内心世界感同身受。第一人称叙述视角不仅拉近了叙述者与读者之间的距离，而且为叙述者干预叙述提供了便利，使其他小说人物处于叙述的弱势，只能任由叙述者摆布，导致话语权被剥夺，导致故事被扭曲。

《普宁》也采用第一人称叙述视角。《普宁》的叙述者阿拉莫维奇较比亨伯特增加了许多客观色彩，他与普宁相识多年，在叙述过程中客观地讲述普宁的人生经历，并没有抒发过多的个人感受，但是阿拉莫维奇与一般意义上的叙述者不同，他既是小说的叙述者，又是小说的观察者，与作者一起从多元角度观察普宁，同时又通过语言将保持沉默的作者的话语和价值判断传达给读者。虽然叙述者阿拉莫维奇也在观察普宁的生活，但是阿拉莫维奇在叙述普宁时，采取双声模式，更重要的是，这种双声模式并不是并行的，当作者的声音与叙述者的声音同时出现时，叙述者的地位明显被作者弱化。纳博科夫在小说中设置了多个观察者，从不同角度观察普宁，多角度观察普宁使观察者对普宁的评论更加客观，读者价值判断的来源也不仅仅局限于叙述者。

《微暗的火》采用的是较为复杂的第一人称叙述视角。小说由四个部分组成，依次为金波特的序、谢德的序、金波特的注解以及索引，其中只有前三个部分运用第一人称叙述视角。尽管叙述视角相同，这三个部分的叙述者却不尽相同。第一部分的叙述者为金波特，第二部分的叙述者为谢德，第三部分的叙述者又回到金波特，第四部分为无人称叙事。叙述者的两次转化降低了叙述者拉近自己与读者距离的可能性，也使其叙述的可信性大大降低。金波特所叙述的自己的身份，以及他为谢德的诗创作所做的贡献，在谢德的可靠的叙述中均不攻自破，使金波特成为不可靠的叙述者。谢德的叙述完全挤压了金波特的叙述空间，也体现了金波特与读者在价值认知和判断上的差异。

卡佛在多部小说中均采用了第一人称叙述视角，其中最为典型的为《我打电话的地方》。小说的叙述者同时也是小说的主人公，小说的故事开始于叙述者与彭尼在戒酒中心的相遇，二人之间只有寥寥数语，随后拉开故事的序幕。虽然叙述者也是故事中的人物，但是叙述者却并不急于讲述自己的故事，而是首先讲述彭尼的故事，由彭尼的故事引出自己的故事。在小说中，叙述者同时也是观察者，完全从唯一的视角出发，客观地观察社会现实，原原本本地讲述小说中人物的故事，不掺杂任何主观色彩。叙述者客观地观察在戒酒中心发生的各种事件，真实地反映人物过去的经历，同时坦言自己的内心感受。尽管如此，叙述者既不会对人物的经历做出任何评论，也不会以个人角度抒发情感，这种叙述方式拉近了读者与人物的距离，使读者对小说中人物的经历感同身受。

为了突出第一人称叙事视角的同步性叙事效果，卡佛在小说中采用了现在时时态，使读者与小说人物的经历与感受更加同步，形成即时性叙事时态。即时性叙事时态是对小说中的人物和事件的实时记录，使读者犹如身临其境，亲身耳闻目睹小说中发生的一切。通过同步叙述的方式，小说呈现出一种现场报道的真实感，使叙述者与被叙述者以及被叙述事件之间的距离大大缩短，使小说整体呈现出一种真实感。值得注意的是，卡佛在叙述进程中也插入了彭尼的回溯性叙述，回溯性叙述的部分采用过去时。回溯性叙述有效地在叙述者与被叙述者之间建立某种必然联系，既在叙述者身上反映出卡佛本人的某些经历，又有效地控制了叙述者与隐含作者之间的距离。

《大教堂》也运用了第一人称叙述视角。叙述者"我"既讲述小说人物的故事，也表述自己的内心独白。与一般意义上的叙述者不同，《大教堂》中的叙述者同时采用直接引语和间接引语。通过这种方式，叙述者可以对小说中的情节进行筛选，筛选的标准完全依据个人的价值判断，将叙述者不希望展现的情节直接隐去，即便是呈现出来的情节，也明显带有叙述者的主观色彩，许多人物的行为与内心感受均需要读者猜测。相反，叙述者自身的经历和内心感受则采用直接引语的方式，直接呈现在读者面前，这种由叙述者操控的叙述方式使叙述者自身的线索更加清晰，使小说其他人物的线索更加模糊。同时，叙述者的主观色彩将其不合理的偏见和毫无根据的揣测融入叙述，不仅拉开了读者与人物的距离，而且使叙述具有不可靠性。

《纸袋》也是一部运用第一人称叙述视角的小说。叙述者"我"讲述了自己去年与父亲在机场会面的经历，"我"以自己的视角讲述了父亲的出轨经历，无论父亲怎样解释，"我"始终无法理解父亲的行为，导致父子二人的交谈数次中断，无法进行，儿子无法理解父亲的行为，父亲也无法理解儿子的不理解。荒唐的是，儿子在成年后也重复着父亲的人生轨迹，自己最终也陷入了婚姻危机之中。《纸袋》的第一人称叙述视角真实地反映了现实中人们的生存困境，深陷其中的人们对他人充满着不理解，而自己却也可悲地重复着他人的命运。小说以"我"的视角客观地反映了当下社会中人们的生存困境，即使对父亲出轨的行为表示不理解，但是仍然可以以客观的视角叙述父亲的现实经历，不加扭曲，不带偏见，不夹杂主观色彩，真正将读者带入人物的故事，拉近小说人物与读者之间的距离。

卡佛与纳博科夫均是第一人称叙述视角的叙事高手，二者均从叙述者的视角出发，叙述聚焦对象的经历和感受，拉近读者与叙述者、叙述者与隐含作者之间的距离，搭建叙事结构，构成叙述话语。在第一人称叙述视角下，叙述者关注小说人物的生活，将故事娓娓道来，使读者犹如走入小说的故事情境，与小说中的人物共情，这种使人感同身受的叙述跨越了表达的障碍，使小说的故事更加生动，小说的人物更加丰满。然而，卡佛与纳博科夫对第一人称叙述视角的运用略有差别，卡佛更加强调以客观视角叙述故事，往往不夹杂叙述者个人的评论和感受，在有些小说中甚至严格到只叙述小说人物的行为，而不涉及小说人物的内心感受，对人物的叙述产生一定程度的留白，供读者思考或猜测。反之，纳博科夫的叙述者在叙述中往往融入主观色彩，在叙述中融入个人感受或者加入个人的价值判断和主观认知。尽管卡佛小说与纳博科夫小说的第一人称叙事视角略有差异，但是二者的叙事目的和叙事效果从根本上是一致的，二者具有同构性。

三、张弛有度的叙事时间

"文学是一种在时间中展开和完成的艺术。"[①]小说的故事在时间中发生，故事时间和叙事时间往往不具有共时性，因此故事时间与叙事时间的差异会在小说中产生不同的叙事效果。故事时间呈现出来的是事件发生的自然时间状态，而叙事时间是事件在小说中呈现的事件状态，故事时间相对固定，而叙事时间则具有较大的变动性。叙事时间决定小说情节发展的顺序与节奏，鉴于叙事时间的复杂性，叙事时间与故事时间发展不一致的现象十分普遍。热奈特认为，故事时序与叙事时序截然不同，一方面体现在二者的时序方面，另一方面体现在二者的节奏方面。叙事时间与故事时间极少具有完全同步性，如果二者具有不协调性，小说的叙事时间便会呈现时间倒错。如果故事时间与叙事时间的事件长度不同，自然会产生不同的时距，二者便会因时距不同而呈现不同的叙事节奏。

---

① 罗钢著. 叙事学导论 [M]. 昆明：云南人民出版社，1994：131.

（一）叙事顺序

卡佛与纳博科夫小说的叙事时间均呈现多样性，不仅采用顺叙、预叙、插叙等复杂多变的叙事时序，而且采用概述、场景、省略、停顿等亦张亦弛的叙事节奏，通过控制小说的叙事时间以达到控制读者心理时间的目的。卡佛力求在小说中还原真实的社会生活，主要以顺叙时序将片段式的叙述串联起来，同时也运用倒叙、补叙等制造故事的悬念，丰富小说的叙事结构。

纳博科夫的小说也以顺叙居多，尽量创造出与故事时间最为接近的话语时间效果，但是纳博科夫运用的顺叙多与插叙混合使用，有意改变连贯的叙事时间，将一段叙事突然插入正在进行的叙事中，使小说的叙事时间产生某种时间倒错，《玛丽》《普宁》《斩首之邀》等多部小说均采用顺叙与插叙的结合运用。《玛丽》的叙事顺序以顺叙为主，小说的第一章到第五章采用顺叙的叙事顺序讲述加宁的生活现状，第六章突然插入多年前加宁与玛丽初恋时的情形，这种插叙不同于倒叙，插叙只是短暂的追叙，之后又回到顺叙的叙事顺序，小说的第七章和第八章又回到顺叙，第八章的后半部又回到插叙，叙述玛丽与加宁分手的情形以及加宁心中无尽的痛苦，随后第十章又回到加宁的现实生活，以顺叙方式展开，在第十三章再次插叙玛丽写给加宁的信。小说以顺叙为主叙述加宁的现实生活，中间多次穿插加宁对玛丽的回忆，充分说明加宁并没有走出失去玛丽的阴影，思绪会不由自主地与玛丽相关联。小说的顺叙仅限于加宁从发现邻居即将到达的妻子是自己多年前的恋人玛丽到玛丽到达的六天，通过插叙将故事的时间跨度扩大到加宁的一生，顺叙中的插叙不仅拓宽了小说的时间跨度，而且丰富了小说的内容。

《普宁》也是一部顺叙与插叙结合使用的典型小说。《普宁》由两个部分组成，第一部分为顺叙，叙述普宁的流亡生活，普宁在流亡生活中迷失自我，只能埋头于自己讲授的俄国文学与文化。在别人眼中，普宁是一个蹩脚的老教授，根本无法交往。直至第二部分，通过插叙普宁流亡前的生活，读者才了解真正的普宁并非如流亡中的普宁那般不堪。与《洛丽塔》相同，《普宁》中的插叙也增加了时间和空间的跨度，不仅展现了过去的普宁，而且将空间扩大到普宁的故国，事实上，插叙的作用更多的是还原真实，将真正的普宁展现在读者面前，这与卡佛在叙事中追求的真实异曲同工。虽然纳博科夫在顺叙中结合使用插叙，但是插叙是顺叙的补充，运用插叙的目的在于突出顺叙的叙事效果，即更加真实地反映现实生活，从这个层面来看，纳博科夫与卡佛的小说叙事具有同构性。

纳博科夫也经常在小说中运用倒叙，最典型的小说是《洛丽塔》。《洛丽塔》是亨伯特的自白，小说以亨伯特在狱中忏悔开篇，随后便陷入亨伯特对自己与洛丽塔相处的回忆之中，小说全篇以倒叙的叙事顺序展开，讲述亨伯特从与洛丽塔相识，到洛丽塔的母亲在车祸中丧生，进而使亨伯特轻易获得洛丽塔的抚养权，再到亨伯特带着洛丽塔逃亡一般地在美国各地旅行，直到洛丽塔在奎尔蒂的帮助下顺利逃跑，摆脱了亨伯特的魔爪。当亨伯特再次见到洛丽塔时，洛丽塔再也不是当年的宁芙，如今的洛丽塔已经成为他人的妻子，而且怀有身孕，贫穷的生活已经使洛丽塔完全失去了当年宁芙的模样，亨伯特原本美好的幻想完全被打破。回到现实中的亨伯特无法接受残酷的现实，终于因杀死拐走并抛弃洛丽塔的奎尔蒂而锒铛入狱。亨伯特在狱中自白，回忆他与洛丽塔的一切。当然，亨伯特的叙述是不可靠的，他极力将自己塑造成受害者的角色，将洛丽塔塑造成堕落的勾引他的坏女孩，希望通过诡辩为自己脱罪。纳博科夫将小说的开头与结尾设定为现实场景，其中皆为倒叙，这种倒叙的叙事顺序不仅符合亨伯特自述的情节，而且预示着小说人物的命运，无论如何幻想、如何偏离正轨，最终都难以逃脱面临惩罚的命运，亨伯特最终要面临刑罚，洛丽塔也在错信亨伯特和奎尔蒂后在难产中死去，赔上了自己的性命。

与纳博科夫的小说相似，卡佛的多部小说也以顺叙展开。在《保鲜》中，小说以丈夫失业开篇，描写丈夫积极寻找工作却四处碰壁的窘境，丈夫反复求职却屡遭淘汰，在一次次的挫败中逐渐丧失信心和斗志，直到完全放弃自己，整天无所事事。在本来就很拮据的生活里，冰箱突然出现故障，不仅浪费了冰箱里的所有食物，而且需要更换冰箱。为了节省开支，夫妻二人决定去拍卖会上购买二手冰箱。故事完全依照小说人物的生活顺序进行，既没有倒叙丈夫失业的过程，也没有将故事跳跃式地向前发展，原原本本地体现了夫妻二人生活的本来面目，以及他们在残酷的社会现实中所面临的生活中的各种窘迫，丈夫如同因腐败而被扔掉的食物，又如同因故障而被迫淘汰的冰箱，他便是被社会淘汰的个体。

《没人说一句话》也以顺叙方式叙述了一个小孩一天的活动，以第一人称叙述视角讲述"我"没有上学，独自在家，怀着窃喜的心情去翻动父母平时用过的物品，小心翼翼地寻找父母日常的生活轨迹。从表面看来，这些情节是在描写小孩无聊的行为以及自身的叛逆，实则在反映孩子与父母之间的情感疏离。卡佛以顺叙方式记录孩子一天的生活轨迹，不加任何干涉，其目的在于真实地反映孩子的生活，再现小孩真实的生活以及美国底层社会家庭中父母所承受的生活压力，以及在社会压力现状下所折射出来的生活中父母与孩子之间的冷漠与疏离。虽然孩子的性格中有叛逆，但是小说也凸显了父母对孩子的不理解。卡佛在《羽毛》《邻居》《一件好小事》等多部小说中均以顺叙方式叙述故事，突出了卡佛的现实主义风格，同时也凸显了卡佛在极简主义风格下对真实刻画人物的执着追求。

尽管卡佛力求以顺叙方式还原生活的真实，但他也曾在多部小说中运用倒叙。在《距离》中，卡佛运用倒叙方式讲述在女孩小时候她的父母之间发生的故事。在女孩的小时候，她的父亲在女孩生病的时候不听妻子的劝阻，执意去见相约打猎的朋友，女孩的父亲见到朋友后，解释了自己需要照顾孩子，必须取消打猎，随后即刻返回家中照顾妻子和孩子，夫妻二人也相互原谅。尽管如此，种种迹象表明，最后夫妻二人还是分开了，读者也可以从中判断，女孩和父亲失散多年，再次重逢，小说中的距离不仅是夫妻之间的距离，同时也是父女之间的距离，这种距离不单纯是空间上的距离，更是心理上的距离。卡佛以倒叙的方式回溯小女孩的生活经历并没有损耗顺叙方式下的真实，反而形成了一种含蓄的真实，使读者通过回溯以往的经历推断当前人物的状态。

《三件毁了我父亲的事》也采用倒叙方式，叙述者"我"先在开篇点出毁了父亲的三件事，再以倒叙的方式追忆三件事逐步使父亲遭遇不幸，毁灭父亲的过程。父亲并不懂养鱼，却让同样不懂养鱼的哑巴经营鱼塘，结果一场洪水毁掉了哑巴的鱼塘，哑巴陷入绝望。更为糟糕的是，生活中的打击又突如其来，哑巴发现自己的妻子与墨西哥人鬼混，哑巴盛怒之下杀死了墨西哥人，走投无路的哑巴只好选择自杀。发生在哑巴身上的三件事对父亲造成了极大的影响，父亲的认识从此出现巨大的转折。卡佛以倒叙的方式在小说开篇设置悬念，又在倒叙中采用顺叙的方式叙述哑巴的遭遇，两种叙述方式的穿插运用使作者有效控制了读者的阅读心理，将读者的思路引入读者构筑的框架之中，对应着作者提供的线索，充满好奇心地去探索小说人物跌宕起伏的经历。

除了顺叙和倒叙之外，卡佛还在小说中运用插叙的手法。在《咖啡先生与修理先生》中，卡佛主要描写一个中年男子的经历，中年男子既是小说人物也是叙述者。为了突出中年男子语无伦次的语言特征，卡佛采取插叙的方式叙述中年男子的经历，男子时而讲述自己眼前正在发生的一切，时而跳跃到三年前妻子出轨的经历以及自己与妻子相识的经历，时而又追溯八年前其父因醉酒而死去。卡佛将整体时间分隔成若干碎片，在整个小说情节的进程中插入时间间隔。这种不定时出现的时间间隔将过去与现在交织在一起，使每一个碎片化的情节在整体情节中发挥不同的作用。虽然无序的故事时序打破了自然事件顺序的连续性，但是这种混乱恰好符合叙述者即中年男子在人生低谷中的混乱的思维状态和无所适从的迷茫的心境，在混乱中更加凸显了现实生活的真实。

（二）叙事节奏

故事时间与叙事时间的距离决定小说的叙事节奏。故事时间与叙事时间大致相同为场景叙事；故事时间大于叙事时间则为概述；叙述时间为零，叙述时间无穷大为省略，反之则为停顿。

纳博科夫经常在小说中有意识地安排叙事节奏的变化。在《天赋》中，纳博科夫将等述与概述相结合，在叙事时间与故事时间的倒错中使小说形成快慢结合的叙事节奏。在对过去进行叙述时，纳博科夫采用等述进行叙述，以加强叙述效果，而在叙述现在时，则采用概述。米克·巴尔认为，在描述生活中的日常性事件时，比较适合运用概述，概述的叙事节奏能够有效反映人的精神空虚和生活枯燥；此外，对现在的概述能够更加突出过去，过去往往是倒叙会插叙的部分，恰恰是小说想要突出的部分，运用等述能够进一步突出叙述的重要性，使过去的事件在现在重现，将记忆凸显出来。在《玛丽》中，纳博科夫也采用了等述与概述的结合，不断在现在时间中插入加宁的回忆，等述加宁回忆中与玛丽的生活点滴，更加突出了加宁对玛丽的念念不忘。纳博科夫对叙事时间的运用与其事件密切相关。纳博科夫认为人活在"时间之狱"中，无法回到过去，也无法走向未来，只能困在当下。纳博科夫对过去的等述，以及对现在的概述充分体现纳博科夫希望打破现实时间的单一维度，将现实时间任意打乱，将过去的时间在现在重现，完全改变平铺直叙的索然无味，通过叙事节奏的变化试图逃离"时间之狱"的桎梏，充分体现记忆对现实的参与以及人们逃离现实的欲望。纳博科夫与卡佛均通过等述、概述与省略的结合使用，有效改变叙事节奏，使小说整体叙事富于变化，张弛有度，给读者一种投入的阅读体验。

卡佛极力追求简约的叙述风格，力求简约的真实，因此卡佛在小说中较多运用等述、省略和概述。在《咖啡先生与修理先生》中，叙述者运用概述介绍母亲、妻子和情人，叙述者在现实生活中经历了两段婚姻，但是叙述者并没有喋喋不休地讲述自己的婚姻经历，而是采取概述的方式将两段婚姻一笔带过，大大加快了叙事的速度，将更多的笔墨专注于细节的描写。当卡佛在描写叙述者回到家中在厨房抚摸酒瓶的情节时，刻意放慢了叙述速度，运用场景叙事，详细地描写每个细节。叙事节奏变化的原因在于酒瓶在小说中具有深远的象征意义，暗指叙述者在人生中遭遇的迷茫，叙述者没有其他选择，只能借助酒精的作用来麻痹自己，安抚自己内心世界的焦虑与无奈、彷徨与迷茫，可悲地在酒精的麻醉后获得片刻的喘息。场景叙事与概述、省略的结合使小说的叙事时间张弛有度，既不会使读者感到拖沓，也不会使读者产生急促感。

《家门口就有这么多水》的叙事时间将等述、概述、省略结合使用。在小说开篇，克莱尔的丈夫在吃早餐，卡佛运用一系列动词仔细描述了丈夫在吃早餐时从眼神到身体的每一个动作，真实地再现了当时的场景。早餐后，卡佛仍然运用等述的方式，运用一系列动词描述丈夫在早餐后离开餐桌到院子里读报纸的过程，精确地记录了丈夫的每一个动作。之后，叙述者开始回顾上周去露营而且遭遇女尸的经历，克莱尔以概述的方式讲述整个过程，一方面原因在于克莱尔并未亲身经历发生的所有事情，如果采用等述的方式，反而违背了卡佛一向追求的叙述的真实，另一方面原因在于有些叙述不具有等述的必要性，运用概述一笔带过即可，这种手法不仅可以更加突出重要的细节，而且可以加快叙事节奏，更加有效地控制读者的心理时间，增强故事对读者的吸引力，进一步增加叙述的感染力。通过概述的方式，叙述者进一步突出丈夫及其同伴对人的冷漠与无情，能够在发现女尸的情况下依然内心平静地完成露营。采用概述也体现克莱尔自己对这段经历不想多谈，极力回避这段不堪回首的经历的心理状态，表明她无法理解也无法接受丈夫这种做法的心理和行为。在克莱尔与丈夫因女尸一事争吵之后，二人开车兜风，丈夫讲述着事件的整个过程，随后事件直接跳跃到第二天清晨，显然这是在叙事时间等述之后出现了省略。由于此前已经对女尸事件进行叙述，此处没有必要再将细节回溯一遍，因此采用省略最为合理。多种叙事时间的结合使用使小说的进程更加灵活，不会给读者拖沓的感觉。

由此可见，纳博科夫与卡佛在小说中运用的叙事时间具有同构性。一方面，二者均在小说运用顺叙为主的叙事顺序，并在顺序中巧妙地融入插叙，打破时间的限制；另一方面，二者均将等述、概述、省略等结合使用，游刃有余地把握小说的叙事节奏。虽然纳博科夫与卡佛时叙事时间在不同小说中的运用略有差别，但是总体上具有明显的一致性。

四、疏离隔膜的叙事空间

巴赫金认为，时间与空间是形式的两个坐标，小说既要有故事发展的时间意识，又要有故事发展的空间意识。当叙事加强空间意识时，时间意识就会被淡化，反之亦然。根据徐岱对文学空间的划分，文学空间可以分为大空间和小空间，前者指故事发生的时代背景和社会环境，后者则指故事发生的具体场景和环境，小空间不仅反映小说的主题，而且体现小说人物的精神空间。在叙事空间中，通常有人物刻画和社会场景刻画两种形式，其中人物刻画又分为人物外貌、语言、动作等外在层次描写，以及人物心理、回忆等内在层面描写。对人物心理和回忆的描写构成人物的主观空间，如果人物封闭于自己的主观空间中，就会形成与他人沟通与交流的障碍，造成与他人或社会的疏离。

纳博科夫小说中的人物都生活在一定的固定空间中，而且这个空间对人物与空间内的其他个体的沟通，以及某空间中的人物与其他空间中的人物的沟通造成了某种无法消解的障碍。纳博科夫小说中的人物有意或无意地将自己封闭于自己的生存空间中，这种桎梏既是客观现实的，又是心理意识的，他们无法跨越现实空间的藩篱，只能借助回忆扩展自己的生存空间以及个人的心理空间。与卡佛的家庭空间相同，纳博科夫小说中人物的空间也是与自己实际生存的环境最为贴近的亲密空间，在空间内包含若干个体空间，个体空间之间无法消解沟通障碍，空间之间也无法消解沟通障碍。一旦尝试性的沟通失败，生存于空间中的个体将会防御性地使个体空间陷入一种更深层次的封闭状态。

在《斩首之邀》中，小说的小空间是囚禁辛辛纳特斯的囚室。辛辛纳特斯是一名因被判处死刑而单独关押的死刑犯，无论在物理空间还是心理空间中，他都无法与人交流，他在个人空间中唯一交流的对象便是狱友。事实上，每一间囚室都是一个独立的封闭空间，其他狱友也都生活于一个封闭的空间中，他们之间的沟通并不是真正意义上的沟通，他们之间仍然存在显而易见的沟通障碍。在监狱中，每个囚犯都想突破空间的限制，于是他们开始偷挖密道。在他们看来，这条密道一定能够通往监狱的外面，然而事实并非如此，在墙壁倒塌的那一刻，所有囚犯彻底放弃希望，又回到自己的封闭空间中，因为密道只是通向另一间囚室，他们终于明白个体空间的转换对于他们而言毫无意义，他们根本无法摆脱监狱这个空间的束缚。

在《洛丽塔》中，虽然小说中的空间范围较大，而且小说人物不断变换空间，首先是亨伯特从欧洲来到美国，之后亨伯特又带着洛丽塔环游美国，空间不断变换，但是这并不是亨伯特和洛丽塔真正生活的空间，他们的生存空间是他们无论游历到哪里都要居住的汽车旅馆。在汽车旅馆里，亨伯特将洛丽塔禁锢于房间内，禁止她与外界沟通与接触，导致洛丽塔形成了严重的交流障碍，这是一种被动状态下的失语。由于洛丽塔被迫切断与其他空间内的交流，导致洛丽塔不仅封闭于自己的个体空间内，而且与其生存空间内的另一个个体亨伯特也存在沟通障碍。在亨伯特的强制下，洛丽塔与亨伯特的沟通并不是简单的不沟通，而是形成了一种畸形的沟通，即欺骗式的沟通。为了摆脱亨伯特的禁锢，洛丽塔偷偷积蓄力量，伺机逃跑，因此洛丽塔表面上假意服从亨伯特，暗地里逐渐以各种理由向亨伯特索要钱财，为尽早和奎尔蒂远走高飞做准备。与此同时，为了达到控制洛丽塔的目的，亨伯特也采取欺骗这种畸形的沟通方式，哄骗洛丽塔服从自己。互相欺骗的沟通方式不仅无法打开两个人的个体空间，反而会使双方将自己的个人空间封闭得更加严实，沟通的可能性更加渺茫，个体更加禁锢于自己的封闭空间之中。

与纳博科夫小说的小空间不同，卡佛小说中的小空间多为家庭空间以及家庭空间中的个人空间，无论在家庭空间中还是在个人空间中，小说人物都存在沟通障碍，不仅不同家庭成员之间存在社交障碍，无法正常沟通与交流，在家庭空间内部，家庭成员之间也存在沟通障碍。每个人物封闭于自己的个人空间内，同时每个家庭也封闭于自己的家庭空间内。

在《羽毛》中，"我"和妻子要去参加同事巴德在家中举办的聚会，这意味着"我"和妻子要走出自己的家庭空间并进入另一个家庭空间。在参加聚会之前，妻子十分焦虑，不断向"我"提问，极力去了解巴德的家庭状况。虽然"我"极力安抚妻子的焦虑情绪，但是似乎没有发挥作用。当他们到达巴德家时，妻子因巴德家门外的孔雀而受到惊吓，充分表明妻子的焦虑情绪不仅没有得到缓解，反而因达到另一个家庭空间而加重了，这种无法缓解的焦虑恰好说明"我"和妻子的家庭空间处于一种封闭状态，极少与其他家庭空间沟通。此外，小说中的家庭成员也封闭于自我空间中，当妻子受到孔雀惊吓时，作为丈夫的"我"并没有安慰妻子，只会对孔雀不停地咒骂，显然丈夫封闭于个人空间中，并没有进入妻子的个人空间，了解妻子的感受以及妻子在情感上的需要；同时，个人空间的封闭也进一步印证了丈夫无法缓解妻子的焦虑情绪，也许因为"我"并没有真正了解妻子焦虑的原因。在进入巴德的家中后，"我"和妻子正式进入另一个家庭空间，妻子极力控制自己焦虑的情绪，开始主动打破家庭空间的封闭状态，努力向另一个家庭空间开放，于是妻子开始称赞巴德的房子以缓解自己的尴尬。"我"和妻子都在努力进入另一个家庭空间，因此开始寻找话题，与巴德一起评论社会节目，然而很快他们之间便无话可说，只能安静地看电视，以此逃避交流的责任，由此可见，电视既是人物之间交流的工具，又是将他们束缚于个人空间的借口。这种交流障碍不仅仅是"我"和妻子的问题，同时也是巴德夫妇的问题，小说开篇便表明巴德对这次家庭聚会并没有太多热情，更像是例行公事。尽管两个家庭分别遵循着做客和待客的礼仪，有时也可以谈笑风生，但是他们之间并不是真正意义上的交流，他们之间的交流更像是一种试探，他们都在试探性地打开自己封闭的家庭空间，试图进入另一个家庭空间，但是当他们无法顺利进入另一个家庭空间或者因自己的家庭空间被他人闯入而感到不舒适时，他们会立刻退回自己的家庭空间，并将自己的家庭空间封闭得更加严格。

在《马笼头》中，"我"与丈夫经营的旅馆中搬来了另一个家庭，新家庭的妻子不断向我倾诉生活中的不如意以及丈夫的种种冷漠，"我"以一种窥视他人隐私的心理倾听着她的讲述。最终这个家庭破碎了，使"我"和丈夫重新审视自己的婚姻，引发了更深层次的思考，对自己的家庭空间和个人空间进行重新的认识。

由此可见，纳博科夫与卡佛在小说中运用的叙事空间具有同构性。虽然二者小说的大空间由于小说所处时代和社会环境的不同而有差异，但是二者小说中的小空间具有较为明确的同构性，只是纳博科夫小说中的叙事空间涵盖任何固定性的空间，而卡佛则在小说中更加局限于固定空间中的家庭空间。

综上所述，卡佛与纳博科夫在叙事方面具有有据可查的同构性：首先二者在小说中均运用不可靠的叙述者，而且叙述者不可靠的方式也大致相同，显然叙述者具有同构性；其次，二者在小说中均运用第一人称叙述视角来还原现实生活的本来面目，力求最大化地显示社会的真实和客观，叙述视角具有同构性；再次，二者在小说中均运用顺叙、倒叙与插叙相结合的叙事顺序，以及等述、概述、省略相结合的叙事节奏，而且二者追求相同的叙事效果，叙事时间具有同构性；最后，二者在小说的叙事空间中均将小空间划分为人物实际生存的空间以及生存于其中的人们的个体空间，而且二者的重点不在于空间本身，而在于空间隔膜造成的人物沟通的障碍以及由此产生的人与人之间的疏离，叙事空间具有同构性。由此可见，虽然卡佛与纳博科夫生活于不同的时代，成长于不同的人生经历，而且其小说也处于不同的社会背景，二者创作风格存在差异，但是二者的叙事具有充分的同构性，无论在运用方式还是在叙事效果方面均具有同构性。

参考文献

英文部分

［1］ Allan, Nina. *Madness, Death and Disease in the Fiction of Vladimir Nabokov* ［M］. Birmingham: University of Birmingham, 1994.

［2］ Amy C. Singleton. *No Place Like Home: the Literary Artist and Russia's Search for Cultural Identity* ［M］. New York: State University of New York, 1997

［3］ Andrews, Field. *Nabokov: His Life in Art* ［M］. New York: Viking, 1977

［4］ Barbara Wyllie. *Nabokov at the Movies: Film Perspectives in Fiction* ［M］. Jefferson, N. C.: McFarland & Company, 2003.

［5］ Barton Johnson. *Worlds in Regression: Some Novels of Vladimir Nabokov* ［M］. Ann Arbor: Ardis Publishers, 1985.

［6］ Brain Boyd. *Nabokov's Ada: the Place of Consciousness, Christchurch* ［M］. New Zealand: Cybereditions, 2001.

［7］ Brain Boyd. *Vladimir Nabokov: the Russian Years* ［M］. New Jersey: Princeton University Press, 1990.

［8］ Brain Boyd. *Vladimir Nabokov: the American Years* ［M］. New Jersey: Princeton University Press, 1991.

［9］ Brain Boyd. *Nabokov's Pale Fire: the Magic of Artistic Discovery* ［M］. Princeton: Princeton University Press.

[10] Charles E. Larmore. *The Romantic Legacy* [M]. New York: Columbia University Press, 1996.

[11] Christine Clegg. ed. *Vladimir Nabokov: Lolita* [M]. Cambridge: Icon Books, 2000.

[12] Christopher Ely. *This Meager Nature: Landscape and National Identity in Imperial Russia* [M]. Dekalb: Northern Illinois University Press, 2002.

[13] Dabney Stuart. *Nabokov: the Dimensions of Parody* [M]. Baton Rouge: Louisiana State University Press, 1978.

[14] David Andrews. *Aestheticism, Nabokov, and Lolita* [M]. Lampeter: the Edwin Mellen Press, Ltd., 1999.

[15] David Larmour. ed. *Discourse and Ideology in Nabokov's Prose* [M]. London & New York: Routledge, 2002.

[16] David Packman. *Vladimir Nabokov: the Structure of Literary Desire* [M]. Columbia & London: University of Missouri Press, 1982.

[17] David Rampton. *Vladimir Nabokov* [M]. Basingstoke: Macmillan Press Ltd, 1993.

[18] David Rampton. *Vladimir Nabokov: a Critical Study of the Novels* [M]. Cambridge: Cambridge University Press, 1984.

[19] Donald E. Morton. *Vladimir Nabokov* [M]. New York: F. Ungar Pub. Co., 1974.

[20] Ellen Pifer. *Nabokov and the Novel* [M]. Cambridge, Massachusetts: Harvard University Press, 1980.

[21] Emory Elliott. ed. *The Columbia History of the American Novel* [M]. Beijing: Foreign Language Teaching and Research Press and Columbia University Press, 2005.

[22] Foster, John Burt, Jr.. *Nabokov's Art of Memory and European Modernism* [M]. Princeton: Princeton University Press, 1993.

[23] Gavriel Shapiro. ed. *Nabokov at Cornell* [M]. Ithaca & London: Cornell University Press, 2003.

[24] Gavriel Shapiro. *The Sublime Artist's Studio: Nabokov and Painting* [M]. Evanston: Northwestern University Press, 2009.

[25] Genette,Gerard. *Narrative Discourse*, trans. Lewin, Jane E [M]. New York: Cornell University Press, 1980.

[26] Gennady Barabtarlo. *Aerial View: Essays on Nabokov's Art and Meta-*

physics [M]. New York: Peter Lang Publishing, 1993.

[27] Geoffrey Green. *Freud and Nabokov* [M]. Lincoln and London: University of Nebraska Press. 1988.

[28] Harold Bloom. ed. *Vladimir Nabokov (Modern Critical Views)* [M]. New York: Chelsea Publishers, 1987.

[29] Hassan. *The Postmodern Turn: Essays in Postmoderm Theory and Culture* [M]. Columbus: Ohio State University Press, 1987.

[30] Jack Zipes. *Breaking the Magic Spell: Radical Theories of Folk & Fairy Tales* [M]. New York: Routledge,1992 (Reprinted) .

[31] James Phelan and Peter J. Rabinowitz. *A Companion to Narrative Theory* [M]. Malden, Ma: Blackwell Pub., 2005.

[32] Jane Grayson, et al. ed. *Nabokov's World: the Shape of Nabokov's World* [M]. Houndmills: Palgrave, 2002.

[33] Joann Karges. *Nabokov's Lepidoptera: Genres and Genera* [M]. Ann Arbor: Ardis, 1985.

[34] John O.Stark. *The Literature of Exhaustion* [M]. Durham, N. C: Duke University Press, 1974.

[35] Joseph Frank. *The Idea of Spatial Form* [M]. New Brunswick: Rutgers University Press, 1991.

[36] Julia Bader. *Crystal Land: Artifice in Nabokov's English Novels* [M]. Berkeley, California: University of California Press, 1972.

[37] Julian Moynahan. *Vladimir Nabokov* [M]. Minneapolis: University of Minnesota Press, 1971.

[38] Julian W. Connolly. *Nabokov's Early Fiction: Patterns of Self and Other* [M]. Cambridge: Cambridge University Press, 1993.

[39] Julian W. Connolly. *Nabokov and His Fiction: New Perspectives* [M]. Cambridge: Cambridge University Press, 1999.

[40] Julian W. Connolly. *The Cambridge Companion to Nabokov* [M]. Cambridge: Cambridge University Press, 2005.

[41] Julian W.Connolly. *A Reader's Guide to Nabokov's "Lolita"* [M]. Boston: Academic Studies Press, 2009.

[42] Laurie Clancy. *The Novels of Vladimir Nabokov* [M]. London: Macmillan Press, 1984.

[43] Laurie Clancy. *The Novels of Vladimir Nabokov* [M]. London: Mac-

millan Press, 1984.

[44] Leslie A. Fiedler. *Love and Death in the American Novel* (revised edition) [M]. New York: Dell Publishing Co., 1966.

[45] Lisa, Sunshine, ed. *Nabokov at the Limits: Redrawing Critical Boundaries* [M]. New York & London: Garland Publishing, Inc., 1999.

[46] Lucy Maddox. *Nabokov's Novels in English* [M]. London: Croom Helm, 1983.

[47] Maxim Shrayer. *The World of Nabokov's Stories* [M]. Austin: University of Texas Press, 1999.

[48] Michael Wood. *The Magician's Doubts: Nabokov and the Risks of Fiction* [M]. Princeton, N. J: Princeton University Press, 1995.

[49] Neil Cornwell. *Vladimir Nabokov* [M]. Plymouth: North-cote House, 1999.

[50] Nina L. Khrushcheva. *Imagining Nabokov* [M]. New Haven & London: Yale University Press, 2007.

[51] Norman Page. ed. *Nabokov: the Critical Heritage* [M]. London: Routledge & Kegan Paul, 1982.

[52] Paul D. Morris. *Vladimir Nabokov: Poetry and the Lyric Voice* [M]. Toronto, Buffalo, London: University of Toronto Press, 2010.

[53] Paul J. Thibault. *Social Semiotics as Praxis: Text, Social Meaning Making,and Nabokov's Ada* [M]. Minneapolis: University of Minnesota Press, 1991.

[54] Pekka Tammi. *Problems of Nabokov's Poetics: a Narratological Analysis* [M]. Helsinki: Suomalaisen Tiedeakatemia, 1985.

[55] Peter Quennel. ed. *Vladimir Nabokov: a Tribute* [M]. New York William Morrow and Company, Inc., 1980.

[56] Peter Quennell. *Vladimir Nabokov—His Life, His Work, His World* [M]. New York: William Morrow and Co. 1980.

[57] Phillis A. Roth. *Critical Essays on Vladimir Nabokov* [M]. Bosten Mass: G.K. Hall, 1984.

[58] Pifer. ed. *Vladimir Nabokov's Lolita: a Casebook* [M]. Oxford: Oxford University Press, 2003.

[59] Priscilla Meyer. *Find What the Sailor Has Hidden. Vladimir Nabokov's "Pale Fire", Middletown* [M]. CT: Weseyan University Press, 1988.

[60] R.Bernard Périsse. *Solitude and the Quest for Happiness in Vladimir Nabokov's American Works and Tahar Ben Jelloun's Novels* [M]. New York: Peter Lang, 2003.

[61] Rhyllis A.Roth. ed. *Critical Essays on Vladimir Nabokov* [M]. Boston: G. K. Hall & Co., 1984.

[62] Samuel Schuman. *Vladimir Nabokov: a Reference Guide* [M]. Boston: G.K. Hall & Co.,1979.

[63] Schlomith Rimmon–Kenan. *Narrative Fiction: Contemporary Poetics* [M]. London and New York: Methune, 1983

[64] *Stacy Schiff Vera (Mrs. Vladimir Nabokov)* [M]. New York: Random House, Inc., 1999.

[65] Stephen H. Blackwell. *The Quill and the Scalpel: Nabokov's Art and the Worlds of Science* [M]. Columbus: The Ohio Stare University Press, 2009.

[66] Stephen Jan Parker. *Understanding Vladimir Nabokov* [M]. Columbia: University of South Carolina Press, 1987.

[67] Suzanne Keen. *Narrative Form* [M]. New York: PALGRAVE Macmillan, 2003.

[68] Vladimir E. Alexandrov. *Nabokov's Otherworld* [M]. New Jersey: Princeton University Press, 1991.

[69] Vladimir E. Alexandrov. ed. *The Garland Companion to Vladimir Nabokov* [M]. New York: Landon Garland, 1995.

[70] Vladimir Nabokov. *Bend Sinister* [M]. New York: McGraw–Hill, 1974.

[71] Vladimir Nabokov. *King, Queen, Knave* [M]. New York: Vintage, 1989.

[72] Vladimir Nabokov. *Nikolai Gogol* [M]. New York: New Directions, 1961.

[73] Vladimir Nabokov. *Speak, Memory* [M]. London: Victor Gollancz Ltd., 1951.

[74] Vladimir Nabokov. *Speak Memory: an Autobiography Revisited* [M]. New York: Vintage International, 1967.

[75] Vladimir Nabokov. *Strong Opinions* [M]. New York: Vintage International, 1990.

[76] Vladimir Nabokov. *Despair* [M]. New York: G.P. Putnam's Sons,

1979.

[77] Vladimir Nabokov. *Invitation to a Beheading* [M]. Middlesex：Penguin Books, 1983.

[78] Vladimir Nabokov. *Lolita* [M]. London：Penguin Books, 1980.

[7] Vadimir Nabokov. *Look at the Harlequins!* [M]. Middlesex：Penguin Books, 1980.

[80] Vladimir Nabokov. *Mary* [M]. Middlesex：Penguin Books, 1983.

[81] Vladimir Nabokov. *Pale Fire* [M]. New York：Vintage International, 1989.

[82] Vladimir Nabokov. *Pnin* [M]. New York：Avon Books, 1969.

[83] Vladimir Nabokov. *The Enchanter* [M]. New York：G. P. Putnam's Sons, 1986.

[84] Vladimir Nabokov. *The Gift* [M]. New York：G. P. Putnam's Sons, 1979.

[85] Vladimir Nabokov. *The Glory* [M]. Middlesex：Penguin Books, 1974.

[86] Vladimir Nabokov. *The Real Life of Sebastian Knight* [M]. Middlesex：Penguin Books, 1982.

[87] Vladimir Nabokov. *Transparent Things* [M]. Middlesex：Penguin Books, 1981.

[88] William Rowe. *Woodin, Nabokov's Spectral Dimension* [M]. Ann Arbor, MI：Ardis, 1981.

[89] William Rowe, *Woodin. Nabokov's Deceptive World* [M]. New York：New York University Press, 1971.

中文部分

[1] 阿多诺，王柯平译. 美学理论 [M]. 成都：四川人民出版社，1998.

[2] 艾柯等，柯里尼编，王宇根译. 诠释与过度诠释 [M]. 北京：生活·读书·新知三联书店，1997.

[3] 埃里希·弗罗姆，陈学明译. 寻找自我 [M]. 北京：工人出版社，1988.

[4] 保尔·利科，王文融译. 虚构叙事中时间的塑形 [M]. 北京：生活·读书·新知三联书店，2003.

[5] 彼得·柯文尼、罗杰·海菲尔德，江涛、向守平译. 时间之箭 [M]. 长沙：湖南科学技术出版社，1995.

[6] 别尔嘉耶夫，徐黎明译. 人的奴役与自由——人格主义哲学的体认 [M]. 贵阳：贵州人民出版社，1994.

[7] 别尔嘉耶夫，雷永生、邱守娟译. 俄罗斯思想 [M]. 北京：生活·读书·新知三联书店，1995.

[8] 别尔嘉耶夫，汪剑钊译. 自我认知 [M]. 上海：上海人民出版社，2007.

[9] 柏格森，吴士栋译. 时间与自由意志 [M]. 北京：商务印书馆，2010.

[10] 布赖恩·博伊德，刘佳林译. 纳博科夫传：俄罗斯时期（上）[M]. 桂林：广西师范大学出版社，2009.

[11] 布赖恩·博伊德，刘佳林译. 纳博科夫传：俄罗斯时期（下）[M]. 桂林：广西师范大学出版社，2009.

[12] 布赖恩·博伊德，刘佳林译. 纳博科夫传：美国时期（上）[M]. 桂林：广西师范大学出版社，2011.

[13] 布赖恩·博伊德，刘佳林译. 纳博科夫传：美国时期（下）[M]. 桂林：广西师范大学出版社，2011.

[14] 陈卫平，施志伟. 生命的冲动 [M]. 上海：上海三联书店，1988.

[15] 程锡麟，王晓路. 当代美国小说理论 [M]. 北京：外语教学与研究出版社，2001.

[16] 戴卫·赫尔曼，马海良译. 新叙事学 [M]. 北京：北京大学出版社，2002.

[17] 戴维·洛奇，王峻岩等译. 小说的艺术 [M]. 北京：作家出版社，1998.

[18] 丹尼尔·霍夫曼，王逢振等译. 美国当代文学 [M]. 北京：中国文联出版公司，1984.

[19] 董小英. 再登巴比伦塔：巴赫金与对话理论 [M]. 北京：生活·读书·新知三联书店，1994.

[20] 佛克马、伯顿斯编，王宁等译. 走向后现代主义 [M]. 北京：北京大学出版社，1991.

[21] 符·维·阿格诺索夫，凌建侯等译. 20世纪俄罗斯文学 [M]. 北京：中国人民大学出版社，2001.

[22] 符·维·阿格诺索夫，刘文飞、陈方译. 俄罗斯侨民文学史 [M]. 北京：人民文学出版社，2004.

[23] 哈罗德·布鲁姆，徐文博译. 影响的焦虑 [M]. 北京：生活·读书·新知三联书店，1989.

［24］海德格尔，陈嘉映、王庆节译. 存在与时间［M］. 北京：生活·读书·新知三联书店，2012.

［25］金亚娜. 期盼索菲亚——俄罗斯文学中的"永恒女性"崇拜哲学与文化探源［M］. 北京：人民文学出版社，2009.

［26］卡·波普尔，何林等译. 历史主义的贫困［M］. 北京：社会科学文献出版社，1987.

［27］康德，邓晓芒译. 纯粹理性批判［M］. 北京：人民出版社，2004.

［28］拉康，褚孝泉译. 拉康选集［M］. 上海：上海三联书店，2001.

［29］拉曼·塞尔登编，刘象愚等译. 文学批评理论——从柏拉图到现在［M］. 北京：北京大学出版社，2003.

［30］乐峰. 东正教史［M］. 北京：中国社会科学出版社，1999.

［31］勒内·基拉尔，罗芃译. 浪漫的谎言与小说的真实［M］. 北京：生活·读书·新知三联书店，1998.

［32］理查德·罗蒂，徐文瑞译. 偶然、反讽与团结［M］. 北京：商务印书馆，2003.

［33］里蒙-凯南. 叙事虚构作品［M］. 北京：生活·读书·新知三联书店，1989.

［34］李维屏. 乔伊斯的美学思想和小说艺术［M］. 上海：上海外语教育出版社，2000.

［35］李小均. 纳博科夫研究——那双眼睛，那个微笑［D］. 上海：复旦大学博士学位论文，2005.

［36］李小均. 自由与反讽——纳博科夫的思想与创作［M］. 南昌：百花洲文艺出版社，2007.

［37］列维·布留尔，丁由译. 原始思维［M］. 北京：商务印书馆，1981.

［38］列·谢·维戈茨基，周新译. 艺术心理学［M］. 上海：上海文艺出版社，1985.

［39］林慧. 詹姆逊乌托邦思想研究［M］. 北京：中国人民大学出版社，2007.

［40］刘宁主编. 俄国文学批评史［M］. 上海：上海译文出版社，1999.

［41］陆建德主编. 现代主义之后：写实与实验［M］. 北京：中国社会科学出版社，1997.

［42］罗钢. 叙事学导论［M］. 昆明：云南人民出版社，1994.

［43］罗钢. 浪漫主义文艺思想研究［M］. 西安：陕西人民出版社，1986.

［44］罗兰·巴特，许蔷蔷、许绮玲译. 神话——大众文化诠释［M］. 上

海：上海人民出版社，1999.

　　[45] 马尔库塞等，绿原译. 现代美学析疑 [M]. 北京：文化艺术出版社，1987.

　　[46] 米克·巴尔，谭君强译. 叙述学：叙事理论导论 [M]. 北京：中国社会科学出版社，2003.

　　[47] 米兰·昆德拉，董强译. 小说的艺术 [M]. 上海：上海译文出版社，2004.

　　[48] 纳博科夫，陈安全译. 斩首之邀 [M]. 上海：上海译文出版社，2006.

　　[49] 纳博科夫，陈东飙译. 说吧，记忆 [M]. 长春：时代文艺出版社，1998.

　　[50] 纳博科夫，逢珍译. 防守 [M]. 上海：上海译文出版社，2013.

　　[51] 纳博科夫，龚文庠译. 黑暗中的笑声 [M]. 长春：时代文艺出版社，1998.

　　[52] 纳博科夫，梅绍武译. 微暗的火 [M]. 上海：上海译文出版社，2011.

　　[53] 纳博科夫，梅绍武译. 普宁 [M]. 长春：时代文艺出版社，1998.

　　[54] 纳博科夫，梅绍武等译. 梦锁危情 [M]. 长春：时代文艺出版社，1997.

　　[55] 纳博科夫，潘小松译. 固执己见 [M]. 长春：时代文艺出版社，1998.

　　[56] 纳博科夫，潘小松译. 贵人　女人　小人 [M]. 长春：时代文艺出版社，1997.

　　[57] 纳博科夫，申慧辉等译. 文学讲稿 [M]. 上海：上海三联书店，2005.

　　[58] 纳博科夫，王家湘译. 玛丽 [M]. 长春：时代文艺出版社，1998.

　　[59] 纳博科夫，席亚兵译. 塞·奈特的真实生活 [M]. 长春：时代文艺出版社，1998.

　　[60] 纳博科夫，于晓丹译. 洛丽塔 [M]. 南京：译林出版社，2000.

　　[61] 纳博科夫，朱建迅、王骏译. 天赋 [M]. 南京：译林出版社，2004.

　　[62] 纳博科夫，朱世达译. 绝望 [M]. 上海：上海译文出版社，2006.

　　[63] 乔·奥·赫茨勒，张兆麟等译. 乌托邦思想史 [M]. 北京：商务印书馆，1990.

　　[64] 让-弗·利奥塔等，赵一凡等译. 后现代主义 [M]. 北京：社会科学

文献出版社，1999.

　　［65］热拉尔·热奈特，王文融译.叙事话语 新叙事话语［M］.北京：中国社会科学出版社，1990.

　　［66］任一鸣.后殖民：批评理论与文学［M］.北京：外语教学与研究出版社，2008.

　　［67］尚新建.重新发现直觉主义：柏格森哲学新探［M］.北京：北京大学出版社，2000.

　　［68］申丹，韩加明，王丽亚.英美小说叙事理论研究［M］.北京：北京大学出版社，2005.

　　［69］叔本华，石冲白译.作为意志和表象的世界［M］.北京：商务印书馆，1982.

　　［70］苏珊·朗格，刘大基等译.情感与形式［M］.北京：中国社会科学出版社，1986.

　　［71］谭君强.叙事理论与审美文化［M］.北京：中国社会科学出版社，2002.

　　［72］谭少茹.纳博科夫文学思想研究［M］.武汉：湖北人民出版社，2009.

　　［73］特里·伊格尔顿，刘峰译.文学原理引论［M］.北京：文化艺术出版社，1987.

　　［74］图尔科夫，郑体武译.勃洛克传［M］.北京：东方出版中心，1996.

　　［75］瓦迪斯瓦夫·塔塔尔凯维奇，刘文潭译.西方六大美学观念史［M］.上海：上海译文出版社，2013.

　　［76］瓦尔特·比梅尔，孙周兴、李媛译.当代艺术的哲学分析［M］.北京：商务印书馆，1999.

　　［77］王晓华.个体哲学［M］.上海：上海三联书店，2002.

　　［78］汪小玲.纳博科夫小说艺术研究［M］.上海：上海外语教育出版社，2008.

　　［79］W.C.布斯，华明等译.小说修辞学［M］.北京：北京大学出版社，1987.

　　［80］维柯，朱光潜译.新科学［M］.北京：人民文学出版社，1986.

　　［81］韦勒克、沃伦，刘象愚等译.文学理论［M］.北京：生活·读书·新知三联书店，1984.

　　［82］维特根斯坦，汤潮、范光棣译.哲学研究［M］.北京：生活·读书·新知三联书店，1992.

［83］王泰来等编译. 叙事美学［M］. 重庆：重庆出版社，1987.

［84］伍蠡甫等编. 现代西方文论选［M］. 上海：上海译文出版社，1983.

［85］西蒙娜·德·波伏娃，陶铁柱译. 第二性［M］. 北京：中国书籍出版社，1998.

［86］休谟，关文运译. 人性论［M］. 北京：商务印书馆，1980.

［87］徐岱. 小说叙事学［M］. 北京：商务印书馆，2010.

［88］雅克·马利坦，刘有元等译. 艺术与诗中的创造性直觉［M］. 北京：生活·读书·新知三联书店，1991.

［89］叶·莫·梅列金斯基，魏庆征译. 神话的诗学［M］. 北京：商务印书馆，1990.

［90］伊恩·P.瓦特，高原、董红钧译. 小说的兴起［M］. 北京：生活·读书·新知三联书店，1992.

［91］殷国明. 艺术家与死［M］. 广州：花城出版社。1990.

［92］詹姆斯·费伦，陈永国译. 作为修辞的叙事［M］. 北京：北京大学出版社，2002.

［93］张首映. 西方二十世纪文论史［M］. 北京：北京大学出版社，1999.

［94］张祥龙. 海德格尔思想与中国天道［M］. 北京：生活·读者·新知三联书店，1996.

后　记

当我为书稿划上最后一个句号，终于宣告我的心血之作圆满完成。此书系2017年度教育部人文社会科学研究项目"纳博科夫小说叙事的东方元素研究"（项目编号17YJC752025）、2020年度辽宁省教育厅科学研究青年科研人才"育苗"项目"卡佛小说叙事与纳博科夫小说叙事同构性研究"（项目编号LQN202025）、2017年度辽宁省社会科学规划基金项目"后殖民女性主义视阈下美国华裔女性小说研究"（项目编号L17BWW004）的研究成果，该书从筹备到完稿期间所经历的困难与挑战，至今仍历历在目。

信手翻开排列有序的参考资料和堆积如山的修改稿，眼前不禁浮现十余载对纳博科夫研究的漫漫来时路。最初开始从事纳博科夫研究始于二十年前，当时有幸读到英文原版的《洛丽塔》。仔细读来，我立刻被起伏的故事情节、多变的叙事手法以及绚烂的叙事语言所深深吸引，于是便开始关注纳博科夫及其作品，进而对纳博科夫及其作品展开研究。如今驻足回首，光阴荏苒，我对纳博科夫及其作品的研究已经由浅入深，由片至全，由简到繁，不断丰富研究内容，不断拓宽研究范围，不断创新研究视角，不断提高研究水平。在研究之初，我的研究范围仅限于《洛丽塔》的主题、人物、叙事策略以及语言艺术等；随着研究的不断深入和推进，研究体裁也日益广泛，小说、诗歌、译作均在我的研究对象之列。在对纳博科夫诸多体裁作品的研究中，我的研究焦点逐渐汇聚于纳博科夫的小说，许多研究均在纳博科夫小说的领域内展开。在经历多年的研究之后，我一直想为自己的研究总结梳理，著书立传，于是开始着手为本书的撰写收集资料，整理思路，虚心与专家交流听取建议，经过数月苦心撰写与悉心修改，最终成稿，甚感欣慰。

在本书即将付印之际，我衷心感谢在本书撰写过程中给予我支持和帮助的师长、亲人和朋友。相处之道在于心灵相通，在于相互扶持，感谢在我前行的道路上一路陪伴我、扶持我、于我非常重要的人。感激之情，永驻我心。此书的部分章节曾在《社会科学辑刊》《当代作家评论》《东北大学学报（哲学社会科学版）》《学术交流》等刊物上发表，在此特向帮助、支持过我的编辑老师表示衷心的感谢。

近年来，纳博科夫及其作品的研究不断深入，研究成果繁荣发展，本人经过对纳博科夫的潜心研究，努力汲取精华，不断融合和创新，力求攀登新的高度。鉴于本人水平有限，管窥蠡测，书中如有错讹疏漏之处，敬请批评指正。